BETTY

呐喊无声

[美]蒂芙尼·麦克丹尼尔 著
王金冉 译

四川人民出版社

图书在版编目（CIP）数据

呐喊无声 / (美) 蒂芙尼·麦克丹尼尔著 ; 王金冉 译. -- 成都 : 四川人民出版社, 2023.5
ISBN 978-7-220-13153-0

Ⅰ.①呐… Ⅱ.①蒂… ②王… Ⅲ.①长篇小说—美国—现代 Ⅳ.①I712.45

中国国家版本馆CIP数据核字(2023)第051348号

All rights reserved including the right of reproduction in whole or in part in any form. This edition published by arrangement with Alfred A. Knopf, an imprint of The Knopf Doubleday Publishing Group, a division of Penguin Random House LLC.
四川省版权局著作权合同登记号：21-2023-30

NAHAN WUSHENG
呐喊无声
[美]蒂芙尼·麦克丹尼尔 著　王金冉 译

出 版 人	黄立新
出 品 人	武　亮　刘一寒
策　　划	郭　健　石　龙
特约监制	王　月
责任编辑	陈　纯
责任校对	范雯晴
责任印制	周　奇
产品经理	曹　震
封面插画	杨俊卿
封面设计	末末美书
版式设计	许　可

出版发行	四川人民出版社（成都三色路238号）
网　　址	http://www.scpph.com
E-mail	scrmcbs@sina.com
新浪微博	@四川人民出版社
微信公众号	四川人民出版社
发行部业务电话	（028）86361653　86361656
防盗版举报电话	（028）86361653
照　　排	天津书田图书有限公司
印　　刷	天津光之彩印刷有限公司
成品尺寸	145mm×210mm
印　　张	14.5
字　　数	386千
版　　次	2023年5月第1版
印　　次	2023年5月第1次印刷
书　　号	978-7-220-13153-0
定　　价	65.00元

■版权所有·侵权必究

本书若出现印装质量问题，请与我社发行部联系调换
电话：（028）86361656

我的母亲，贝蒂，于一九五四年二月十二日出生在阿肯色州的欧扎克。我的外婆是一位讲起来不可思议的女人。我的外公是一名切罗基人，一名私酿酒贩，脑子里充满了神话故事。我的妈妈是家里多个孩子中的一个，她在俄亥俄州阿巴拉契亚山脉的山麓长大成人。这本书一寸是舞蹈，一寸是歌声，一寸是月亮的光辉。最重要的是，这个故事，永永远远地，是小印第安人的故事。

　　我爱你，妈妈。这本书献给你和你所有古老的魔法。

——蒂芙尼·麦克丹尼尔

我破碎的家

你对我竖起高墙,
我会在墙上留下一个洞;
你对我打开小窗,
我会在窗前徘徊等候你;
你对我捧来清水,
我会为你献上我的热血。

—— 贝蒂

作者的话

　　这部小说发生在俄亥俄州南部阿巴拉契亚山脉的山麓。俄亥俄州的阿巴拉契亚是我的家族成长和每位成员走向光明的地方。俄亥俄州南部有着它独特的美丽传统、文化、历史和丰富的南方口音与方言。我无比荣幸能把这个地区称作我的家。我希望，读完这本小说后，你能和我一样爱上俄亥俄州这片土地。

　　我还希望你能喜欢这个故事，这个故事受到我的家族几代人经历的启发，特别受到我母亲和家族中女性前辈的力量的鼓舞。面对逆境，她们奋起反抗。能讲述这样一个故事是我的荣幸。

目 录

序言 001

一 我，一个在刀锋下长大的女孩 003
1909—1961

二 谁在主宰她们的命运 035
1961—1963

三 我也是 233
1964—1966

四 她们的萌芽 341
1967—1969

五 救赎的号角 401
1971—1973

序 言

"我每逢想念你们,就感谢我的神。"
——《腓立比书》1:3

在我还是个孩子的时候,我只有父亲的猎枪那么高。父亲叫我带上他的猎枪,去旅行车那里找他,他总是躺在引擎盖上休息。父亲从我手中接过猎枪,横放在自己的大腿上。我坐在他的身旁,能感受到夏日的炎热从他的皮肤上散发出来,仿佛他是太阳下曝晒的铁皮屋顶。

我不介意他在菜园吃完午饭后,残余的番茄籽从他的下巴上掉下来,落到我的胳膊上。这些小小的种子贴在我的肉体上,就像书本里凸起的盲文。

"我的心是玻璃做的,"他说着,开始卷一支烟,"我的心是玻璃做的,一旦我失去你,贝蒂,我的心就会破碎。它受的伤是那么重,即使用上永恒的时间也无法治愈。"

我将手伸进他的烟袋,抚摸干燥的烟叶。我感受每一片烟叶,仿佛烟叶是活生生的动物,正在我的指尖间游走。

"爸爸,一颗玻璃做的心是什么样的?"我问他。我觉得他的答案会比我能想象的任何答案都更重要。

"是一块心形的空心玻璃。"他的声音在我们周围的山丘上翱翔。

"爸爸,玻璃是红色的吗?"

"和你身上的裙子一样红,贝蒂。"

"但你的身体里怎么会有一块玻璃呢?"

"它挂在一根可爱的小绳子上。玻璃里有一只鸟,是上帝从天堂捉到的。"

"他为什么要在里面放一只鸟?"我问。

"这样一片小小的天堂就会永远存在于我们心中。我想,这是存放天堂最安全的地方。"

"鸟儿长什么样子,爸爸?"

"嗯,小印第安人,"他一边说,一边把火柴擦过宽檐帽的砂纸带,点燃他的烟卷,"我想它一定是只闪闪发亮的小鸟,它的整个身体像豆大的火苗一样闪烁,就像那部电影里桃乐丝的红宝石拖鞋。"

"电影?"

"《绿野仙踪》,记得图图吗?"他学着吠叫起来,然后长号一声。

"那只小黑狗?"

"没错。"他把我的头贴在他的胸口,"你听见了吗?怦、怦。你知道这是什么声音吗?怦、怦、怦。"

"是你的心脏跳动的声音。"

"是小鸟扇动翅膀的声音。"

"小鸟?"我把手贴在自己的胸口,"爸爸,小鸟会怎么样呢?"

"你是指当我们死去的时候吗?"他眯起眼睛看着我,仿佛我的脸变成了太阳。

"是的,当我们死去的时候,爸爸。"

"嗯,玻璃做的心会像吊坠盒一样敞开。鸟儿会飞出来,指引我们去天堂,这样我们便不会迷路了。去往一个你从未去过的地方是很容易迷路的。"

我仍旧把耳朵贴在他的胸口,聆听他沉稳的心跳声。

"爸爸,"我问,"每个人都有玻璃做的心脏吗?"

"不。"他抽了一口烟,"只有我和你,小印第安人。只有我和你。"

他叫我往后靠,捂住耳朵。只见他嘴角叼着烟卷,手里举起猎枪,扣响了它。

一

我，一个在刀锋下长大的女孩

1909—1961

第 一 章

"那里要有哀号和切齿。"
——《马太福音》8:12

一个在刀锋下长大的女孩,必须学会承受它的锋利。尽管受伤、流血,甚至伤痕累累,但不知何故,那女孩的美丽不会因此而磨灭。她的膝盖依旧健康,足以应付她每周六拿着海绵擦拭厨房地板的劳作。女孩啊,你要么迷失,要么找到自我。这些抉择相互争论个不停,一直到永远。永远?不过是纠缠的誓言、破碎的圆环、紫红色的天穹。如果我们把它放到大地上,永远是绵延不绝的山峦,是俄亥俄州的一个村落,在这里,所有的蛇都知道天使是如何失去翅膀的。

我记得那里热烈的爱与奉献,正如我记得那里的暴力。当我闭上眼睛,我能看见春天在谷仓周围生长的石灰绿色的三叶草,野狗正驱赶着我们的耐心和温柔。时间不会一成不变,所以我们赋予时间另一个美丽的名字,以便我们随身携带,记住我们来自何方。我家里有八个孩子,然而不止一个孩子会不出意料地将生命留在童年的岁月里。一些人怪罪上帝索取得太少,另一些人则怪罪魔鬼留下得太多。在上帝和魔鬼之间,我的家族树顽强地生长着,哪怕树根腐烂,树枝残破,树叶爬满真菌。

"它变得既闻起来苦涩,又手感粗糙。"父亲总会这样说后院的红针栎树,"因为它不相信光明。"

我的父亲生于一九〇九年四月七日,诞生在肯塔基州一片位于屠宰场下风口的高粱地里。也正因为屠宰场的存在,这里的空气弥漫着血腥和死亡的味道。我曾想象过人们都盯着那个刚诞生的小家伙,仿佛他是血与死亡的孩子。

"我的孩子需要在河里施洗。"我的奶奶看着父亲伸向她的小手说道。

我的奶奶和爷爷都是切罗基人的后代。当我还是个孩子的时候,我认为自己身为一名切罗基人,意味着我与月亮息息相关,就像月亮散发出的一道银色光束。

"切——罗——基。阿——努——达——狄——思——狄①。"

追溯先祖的血脉,我们属于红漆氏族。这个切罗基氏族曾负责制作一种特殊的红漆,用于神圣仪式和战争。

"我们的氏族是创造者,"父亲对我说,"也是导师。我们的先辈讲述生与死,讲述点燃一切的神圣之火。我们的族人是这些知识的传承者。记住这一点,贝蒂,也记住去学习如何制作红漆和讲述圣火。"

红漆氏族以医者和药师闻名,据说他们将药物"画"在病人身上。我的父亲以他自己的方式,延续着这种传统。

"你爸爸是个巫医!"有人会在学校嘲笑我,把羽毛丢在我的脸上。他们以为这样做会让我放弃对父亲的爱,但我爱他更甚。

"切——罗——基。阿——努——达——狄——思——狄。"

在我的整个童年时代,父亲总是讲起我们的祖先,确保我们不会忘记他们。

"我们的土地曾经有这么辽阔。"他会一边将双手伸向身体两侧,一边说起东部的领土,在切罗基人被强制迁移到俄克拉何马州之前,那片土地曾经属于切罗基人。

那些不愿意远走他乡前往俄克拉何马州的祖先想选择归隐山野。但他们仍被告知,如果要留下来,他们就必须按照白人定居者的方式生活。统

---

① 切罗基语,意为记住。

治者通过制定当地的法律，要求切罗基人必须学习"文明"，否则他们将会被驱逐出自己的家园。他们别无选择，只能说白人的英语，皈依白人的宗教。他们被告知，耶稣也为他们而受难。

皈依基督教前，切罗基是母系社会。女人是一家之主，但基督教让男人做主人。在这种转变下，女性被剥夺了曾经拥有和耕耘过的土地。她们不得不系上围裙，走进厨房，被训导这就是她们的归宿。切罗基男性一直是猎人，如今也被要求耕种土地。切罗基人的传统已经被连根拔起，就连男女平等的性别角色也不复存在。

在纺车和犁之间，切罗基人为争取他们的文化传承而战，但传统在逐渐被淡忘。我的父亲尽他最大的努力让我们的血统传承下去。他尊重祖先留下的智慧，比如如何用南瓜的叶和茎制作汤匙，以及何时播种玉米。

"野醋栗长叶子的时候开始播种玉米。"父亲会说，"因为野醋栗最先从冬眠中睁开眼睛，告诉我们大地已经足够温暖了。大自然会对我们说话，我们只需要记住如何去倾听它的声音。"

我父亲的灵魂来自另一个时代。在那个时代，居住着一些懂得倾听和尊重大地的部落。父亲的内心对土地满怀敬意，慢慢成为我所见过的最伟大的人。我因此而爱他，但又不止于此。我爱他，是因为他热衷于栽种紫罗兰花，却从来不记得它们是紫色。我爱他，是因为他每年在独立日的时候，总是要把头发修剪得像顶歪倒的帽子。我爱他，是因为他会在我们生病咳嗽的时候，为我们举起一束光。

"你们看到那些细菌了吗？"他一边用光束照亮我们之间的空气一边问，"它们在拉小提琴。你们的咳嗽就是它们演奏的曲子。"

借由他的故事，我得以在太阳上跳华尔兹，而双脚却毫发无伤。

我的父亲注定会成为一名好父亲。而且，即使他和母亲有许多矛盾，他也注定会成为一名好丈夫。我的父母是在俄亥俄州乔伊尤格市的一处墓地相遇的。那天乌云密布，父亲没有穿衬衫。他将它提在手上当作袋子，里面装着像吸烟者的肺一样的蘑菇。当他在搜寻更多蘑菇时,他看到了那个女孩,也就是我的母亲。她坐在一张被子上。这张被子显然出自一个还在学习针线活儿的女孩之手。针脚间隔不均,将两种不同的奶油色布片歪歪扭扭地拼凑起来。被子的中间缝着一棵用零碎的印花布片做成的"树"。她就坐在这棵"树"上,面对一个内战无名士兵的墓碑吃着苹果。

多么奇怪的女孩啊,父亲想,坐在墓地里,嚼着一个苹果,身下有那么多的死人。

"打扰了,小姐。你在附近见过这种蘑菇吗?"他打开自己的衬衫。母亲朝里面的蘑菇瞥了一眼,然后抬头注视他的脸,摇了摇头。

"小姐,你吃过这种蘑菇吗?"父亲又问道,"用黄油炸,特别美味。"

她一句话也没说,于是父亲继续搭讪。他可能觉得母亲应该是个健谈的女孩。

我父亲讲道:"我打赌你是某种濒危语言的传承者。""那名士兵是你的族人吗?"他指着墓碑问她。

"怎么可能?"母亲终于开口了,"没有人知道他是谁。"她用手指了指墓碑,"无名士兵……你认识字吧?"她的语气比她自己想的还要刻薄。

有那么一会儿,我的父亲不想再理睬她了,但他内心的一个声音告诉他要留下来陪她,于是他在被子旁边的草地上坐了下来。父亲后仰着望向天空,聊起天上马上就要下雨了。他拿出一朵蘑菇,把它缠绕在自己修长的手指上。

"它们多丑啊,不是吗?"母亲皱紧眉头。

"它们很美,"父亲感觉蘑菇受到了冒犯,"人们称它们为'死亡号角'。这就是为什么它们在墓地长得如此茂盛。"

他把蘑菇较细的那头对准嘴巴,发出号角的声音。

"嘟嘟嗒嗒,"父亲笑了,"它们不只美丽,也是天然的良药,对各种疾病都有药效。也许有一天我可以为你炸一些,甚至可以为你种上一亩,全都属于你。"

"我不想要蘑菇。"母亲做了个鬼脸,"不过,我想要柠檬,想要一整个林子那么多。"

"你很喜欢柠檬吗?"父亲问。

母亲点了点头。

"我喜欢它们的黄色,"她说,"这样的黄色让人开心。"

母亲与他四目相对,很快又将目光挪开。猜想到她的心思,父亲也把目光转向手中的蘑菇。他研究着它,用手指抚摸皱巴巴的菌褶,母亲这才慢慢将视线放回到他身上。父亲是个高大瘦削的男人,让她想起了每年夏天都会爬到窗户玻璃上的竹节虫。那条沾满泥泞的裤子对父亲来说太大了,靠着一根磨损的皮带系在细瘦的腰间,才能勉强将裤子绑在身上。

父亲的胸口很干净,不长胸毛,这令母亲感到诧异。她已经习惯了外公那健壮胸膛上卷曲粗糙的体毛,抚摸起来就像是握住细细的铁丝线。外公的身影从她的脑海中消散了,取而代之的是面前的这个男人。他又黑又厚的头发两侧剪得很短,顶部留得很长,发丝打着卷甚至能够垂到她的手上。

"爸爸不会同意的。"她自言自语道。

母亲知道眼前的这个男人一定来自女人当家做主的家庭。因为他坐在被子的外面而不是上面。她能从他身上看到他的母亲和外婆的影子,那些女人都在他棕色的眼睛里。她相信这男人能把女人放在如此亲密的位置。

最让她无法忽视的是他的肤色。

不是黑人,母亲像二十世纪三十年代的人那样想着,也不是白人——那群同样危险的家伙。

她垂下双眼,盯着父亲赤裸的双脚。这是一双在丛林中行走、在河里濯洗的脚。

"他可能爱着一棵树。"母亲轻声嘟囔道。

当她抬起眼睛时,发现我的父亲正盯着她看。她又开始吃自己的苹果,还差几口就能把它吃完了。

"请原谅我满身是灰,小姐。"父亲边说边掸去裤子上的尘土,"但你成为一个掘墓人后,就不得不弄得满身脏。在这儿工作并不坏,但对于那些需要我来埋葬的伙计们来说确实够糟糕的。"

他看见母亲在苹果后面笑了起来,又马上忍住了。父亲想着这个女孩会怎么看待自己。他那时已经二十九岁了,母亲才十八岁。她齐肩的头发束在白色的花边发带里。那头发的颜色和质地让父亲想起阳光下一缕缕奶白色的玉米穗子。母亲的肌肤被薄荷绿的裙子衬得更加红润,纤细的手腕上系着一条脏兮兮的白色带子,与她那双脏兮兮的花边手套很相配。这样一个女孩子,近看不起眼,远看却是另一番景色。

这就是手套的魔力,他想,这个女孩试图让自己看上去如一位高贵的淑女,而不是什么默默无闻的丫头,就像田里横冲直撞的破拖拉机那样摆脱着这个不属于她的世界。

苹果就要啃到核了,但在梗的周围还能看见红色的果肉。母亲一口咬下去,汁水从她的嘴角溢了出来。当风拂过她耳旁散落的发丝时,父亲突然感觉到一滴细雨轻轻落在自己赤裸的肩膀上。他惊讶于自己竟然还能感受到如此轻柔的东西,看来艰难的岁月还没有完全锤打好他。他抬头望向渐渐昏暗的天空。

"这种云预示着暴风雨要来临,"父亲说道,"我们要么干坐在这里等着被水冲走,要么动起来离开这儿。"

母亲站起身,把吃剩的苹果随手丢在地上。父亲注意到了她的脚,她也光着脚。如果他们之间有什么共同之处的话,那就是他们都光着脚在大地上行走。他想说些能让她感兴趣的话,但雨下得更急了。雨水打在两个人身上,伴随着天上的电闪雷鸣。这场暴风雨以我的父母无法理解的方式降临了。

"我们到那棵核桃树下避雨。"父亲提议。

他一手提着装蘑菇的衬衫,一手抓起地上的被子挡在了母亲的头上。母亲默许他领着自己来到树下。

"不会下很久的。"父亲说道。他们躲在核桃树浓密的树枝下,从大雨中得以喘息。

他抖落掉被子上的积水,然后抚摸起面前粗糙的树皮。

"切罗基人会煮这种树皮,"父亲告诉母亲,"有时用来治疗疾病,有时拿来吃。这种树皮很甜。如果把它泡在牛奶里煮,你会得到——"

没等他说完,母亲的嘴唇与他的嘴唇触碰到了一起,她给了他一个有生以来最轻柔的吻。面对这个女孩越来越大胆的举动,父亲的内心并不平静,毕竟他是个男人。他手里的蘑菇被放到了一旁,被子也在地上被重新展开。他慢慢地试探,生怕女孩会改变主意。

母亲躺在被子上,父亲也躺在一旁。在他们互相感受体温的时候,四周的田野里玉米穗子像火箭一样竖起。他们没有立刻坠入爱河,但某些东西并不需要爱来孕育。几个月后,母亲再也不能掩饰他们之间孕育的东西了。母亲的父亲——我叫他拉克外公——注意到了她变大的肚子。外公的巴掌打在她的脸上,打到母亲鼻孔流血,眼冒金星。她哭着喊外婆,但外婆只是站在一旁,眼睁睁地看着,什么都没做。

"你这个小婊子!"外公一边解皮带一边痛骂道,"你肚子里的东西是个孽种。我真应该让魔鬼活活吞了你。我这是为你好。给我记住了!"

他用皮带的金属扣抽打着母亲的腹部。她倒在地上,拼命护住自己的肚子。

"不要死,不要死,不要死……"她低声鼓励着腹中的孩子,直到外公的气出够为止。

"上帝的活儿做完了,"外公重新把皮带系在裤子上,"好了,晚上吃什么?"

那天晚上，母亲捂着自己的肚子，时刻确认着肚子里的孩子还活着。第二天早上，她离家出走，去寻找她的"蘑菇"男人。那是一九三八年的夏天，每个怀孕的女人都该有自己的丈夫。

抵达墓地后，母亲在空地上扫视了一圈，看到一个男人正背对着她挖坟。

他就在这儿，她边想边走到一排石头中间。

"你还好吗？"

男人转过头，但并不是父亲。

"对不起，"母亲挪开了自己的视线，"我以为你是我要找的人。他也在这里做掘墓人的工作。"

"他叫什么名字？"男人问道。但他没有停下手头的工作。

"我不知道。但我能告诉你，他又高又瘦，黑头发，棕眼睛——"

"黑皮肤吗？"他把铁锹插进土里，"我知道你说的是谁了。我最近听说他被镇郊的一家衣夹厂雇用了。"

母亲来到衣夹厂，站在大门外。到了中午，工厂喇叭响起，工人们拿着午餐从厂房里走了出来。她费力地在一群穿着蓝色衬衫和深蓝色裤子的工人中寻找他。有那么一会儿，她以为他不在那里，直到——她看见了父亲。不像其他人，他没有拿午餐盒，而是卷了一支烟并点上。父亲正吞食烟雾，眼睛扫过树梢。

他在看什么呢？母亲很好奇，望向风中飞舞的树叶。

当她垂下眼睛时，父亲正在凝视着她。

是那天那个女孩吗？他问自己，但不能确定。那是很久以前的事了。更别说眼前的女孩脸上青一块紫一块的，那肿起来的眼睛显然不能帮父亲认出她来。然后，他看到了母亲耳朵上那些像玉米穗子般飘荡的发丝，一下子就确认了她就是那天雨中的女孩，那个欢爱过后迅速穿好衣服的女孩。

父亲注意到母亲把手轻轻搭在自己的肚子上，那里不再像他记忆里那样平坦。他吐出足够多的烟雾来藏住自己的脸,又返回了厂房。木头的气味、刺耳的锯子声、细密的灰尘像星群一样飘浮在空中,全都把他带回到了墓地的那一刻。他想起了雨,想起雨是如何从树叶的缝隙间滴落下来,落在她的瞳孔上,雨水在她的眼角打转,然后顺着她的脸颊滚落。

几个小时后,当工厂最后的下班铃声响起时,父亲走在其他工人的前面。他发现母亲还没有走。她坐在工厂铁门外的地上,看上去憔悴不堪,仿佛刚刚参加完一百万场葬礼,每场葬礼都只有她一个抬棺人。当父亲靠近她时,母亲站了起来。

"我有话跟你说。"她的声音颤抖起来。与此同时,她掸去了裙子后面的灰尘。

"我的?"父亲指了指母亲的肚子,然后又开始卷一支烟。

"是的。"她痛快地答道。

父亲用眼睛追逐着空中的一只鸟,然后回望她说:"这不会是我这辈子做过的最糟糕的事。你有火柴吗?"

"我不抽烟。"

他卷好烟,把它夹在耳朵上。

"我每天五点下班,"父亲说道,"但我有一小时的午休时间。我们可以去法院。这是我能做到的全部了。可以吗?"

"可以。"母亲把赤裸的脚趾插进他们之间的泥巴里。

父亲开始默默数着她身上的瘀青。

"谁干的?"他问。

"我爸爸。"

"魔鬼在你爸爸心中多久了?"

"从我出生开始。"她说。

"打女人的男人只会让我愤怒,那种能在喉咙里尝到的愤怒。老天,尝起来可真难吃。"他朝地上啐了一口。"请原谅我的行为,但这种事我可控制

013

不住。我妈妈总是说打女人的男人走路都是歪的，走路歪的人会留下歪的脚印。你知道歪的脚印里有什么吗？什么都没有，除了让上帝眼中充满怒火的东西。我虽然是个没什么能耐的男人，但我知道如何安放自己的愤怒。看在他是你爸爸的分儿上，如果你不同意的话，我不会杀他。我会听你的。但你马上就是我的妻子了，要是我不对那个打你的男人出手，我就不配做你的丈夫。"

"如果你不杀了他，你会对他做什么呢？"母亲浮肿的眼睛随着提问变得明亮。

"你知道你的灵魂就在这里吗？"父亲轻轻刮了一下她的鼻梁。这比他们做过的任何事都要亲密。

"我的灵魂真的在这里吗？"母亲问道，"在我的鼻子里？"

"嗯，每个人的灵魂都在这里。上帝叫我们从鼻腔吸入灵魂，灵魂就停留在它最初进入的地方。"

"你会对他做什么？"母亲又问了一遍，听起来比之前更急切。

"我会挖出他的灵魂，"父亲答道，"在我看来，这比死亡还要糟糕。没有了灵魂，你谁都不是。"

母亲笑了。她问："你叫什么名字，先生？"

"我的名字？"父亲把手从她的脸上放了下来，"兰登·卡彭特。"

"阿尔卡·拉克。"

"认识你很开心，阿尔卡。"

"我认识你也很开心，兰登。"

在他们走向父亲的旧卡车时，他们又低声互道了一次对方的名字。

"我不经常带女士兜风，"父亲把蒲公英的根从座位上挪开，给女孩腾出坐的地方，"顺便提一嘴，你闻到的是百里香。"

母亲坐了下来，有小石头硌着她的大腿。父亲为她关上门，在她的注视下绕到驾驶室也坐了下来。当他发动引擎时，母亲知道自己已经无路可退。

"你在想什么?"父亲看到她眼中闪烁。

"只是在想——"母亲看着自己的肚子,"我不知道自己会成为什么样的母亲,也不知道自己会有什么样的孩子。"

"什么样的孩子?"父亲轻轻地笑了,"好吧,我算不上聪明,但是我知道一定会是男孩或者女孩。他们会叫我爸爸,叫你妈妈。他们就是这样的孩子。"

他把卡车开到了大路上。

"我想我还配不上妈妈的称呼。"母亲边说边从座椅上站起身来,越过仪表盘上晾晒的草药,为父亲指出自己家的方向。

当他们到达那座小小的白色房子时,拉克外公正坐在门廊的秋千上,而拉克外婆正递给他一杯牛奶。母亲迅速从他们两人中间穿过,一路小跑,没理会他们的质问:跟她在一起的男人是谁,这个男人怎么敢直接走到他们家的门廊上。

母亲跑进卧室,听见拉克外公的声音逐渐积蓄愤怒。她开始把任何能抓到的衣服都丢到自己的被子上。

"我还差什么呢?"她环顾房间。

她走向敞开的窗户,并没有朝外关注外公的情况——他正仰面倒在后院的地上,父亲一拳接一拳地重击他的脸。母亲看着短棉布窗帘。窗帘是黄色的,上面印着白色的小花。她在思考是否需要这么美丽的东西来装饰自己要去的地方,无论那会是什么地方。

"我需要你。"她自言自语道。

母亲扯动窗帘,直到杆子断裂。她一边听着外公在外面哀号,一边把窗帘扯下来,丢在那堆衣服上。

"这样就行了。"她一边说,一边把被子的四个角系起来,像袋子一样扛在肩上。出门之前,母亲没有忘记带走梳妆台上的浮雕耳环。

015

"我不会忘记你们的。"她对每个雕刻在耳环上的女孩说道,并戴上了它们。

与这对耳环上的女孩在一起,意味着母亲并非孤身一人。她走到院子里,也不再那么害怕了。母亲经过尖叫的拉克外婆时,父亲正揪着外公的头发,把他的脸按在地上。他把拉克外公的头拽起来,放他喘口气,母亲发现外公的牙齿比今天早先时少了三颗。

"只剩一件事要做了。"父亲边对母亲说边掏出了折叠刀。

他锁住颤巍巍的拉克外公的脖子,把刀刃抵在了他的鼻子上。

"不要!"母亲举起手来。

父亲看了一眼她,又低头看了一眼那把刀。

"对不起,阿尔卡。"他说道,"但我告诉过你,我要挖出他的灵魂,我现在就要这么做。"

父亲毫不犹豫地把刀刃插进拉克外公的皮肤,一道血迹出现在金属刀刃上。父亲越插越深。外公痛苦地哀号着,越来越多的血从外公的脸颊上流淌下来。拉克外婆消失在门廊里,躲到一根柱子后面呜咽。

"你做得够多了。"母亲试图说服父亲。

"还没把他的灵魂挖出来呢。"父亲一边说一边把刀刃深入骨头,直到削下拉克外公的一块皮。

他挪开了刀,好看清楚自己割开的伤口。

"像烧红的煤。"父亲告诉拉克外公,"你没有灵魂。你的身体里看不见一点儿上帝的影子。你已经被掏空了。完蛋了,老头子。"

毫无还手之力的拉克外公任由自己的脸被摔在地上。父亲站了起来。他从母亲肩上接过被子,对她说:"我们最好在你开始同情这个老浑蛋之前离开这里。"

"你不用担心这个。"

母亲从裙子口袋里掏出半根巧克力棒,走到自己父亲面前。外公翻了个身,仰望着她。她把半根巧克力棒放在他的胸口上。

当母亲听到父亲卡车门打开的嘎吱声时,她朝外公啐了一口,然后离开了。

她本以为这一路上会很安静,但父亲问她是否介意汽油的味道。他在加油站后面租了一间小房子。房子只有一扇窗户,母亲就把她的窗帘挂在了这里。他们把她的被子放在床上,压着父亲的旧被子。

"我会努力做一个好丈夫,"父亲告诉她,"做一个好男人。"

"那就好,"母亲揉着肚子说,"那样就好。"

现在,每当我想起我的家,我就会想起一大片古老的高粱地,就像我父亲出生的地方——干燥的棕土、湿润的绿叶、坚硬的枝杈里潜藏着无与伦比的甜蜜。这就是我的家,这里拥有牛奶和蜜,以及所有那些老掉牙的东西。

第二章

"好树不能结坏果子,坏树也不能结好果子。"

——《马太福音》7:18

每年冬天初雪降临的时候,母亲都是在客厅里度过的。客厅里摆放着父亲做的家具,但每当我想起母亲在这里的情形时,总记得客厅里空荡荡的。记忆中的客厅铺着木地板,上面有我们拖曳家具、跑闹或者用小刀留下的划痕。我记得每扇窗户都挂着棉布窗帘,中间摇曳着一把糖浆般颜色的老旧木质摇椅。我的母亲会打开每一扇窗,然后坐在这把摇椅上。她穿着她最漂亮的常服——一件灰粉色的绣着一簇簇奶油色和亮蓝色小花的衣服。我敢保证这些花儿的数量会是一个奇数。母亲光着脚,蜷曲着脚趾,把右脚搁在左脚上。

雪会随着风的方向飘落进来。起初,毛茸茸的雪花没有落地就融化了。后来,雪花像灰尘一样堆积起来,也把寒冷带进了屋子。我能看见母亲在喘息和忍受皮肤刺痛的样子。这就是冬天之于我的模样。雪飘落进来时,母亲穿着春装坐在客厅中央。然后父亲跑到客厅里,关上窗户,把毛毯裹在母亲身上。在俄亥俄州呼吸镇[①]林荫巷的房子里,余下的雪融化成木地板上的积水。这就是冬天之于我的模样。这就是婚姻。

我的家最初是由父亲和母亲一起建造的。上面盖着不会漏水的屋顶,下方是由砖头、石头以及木头搭成的。除此之外还有烟囱、门廊、地下室和阁

---

① 呼吸镇(Breathed)也可称作布雷思德镇。

楼。这些都是由父母亲手参与完成的。我父亲的手是土。我母亲的手是雨。怪不得他们有时无法彼此相拥在一起,因为那样会变成一团泥泞。然而正是在这团泥泞中,他们为我们建造了一座房子,这座房子继而成为我们的家。

家中最大的孩子出生于一九三九年。那一天的色彩是深褐色的,好似一张乌贼墨汁的照片。这个蓝眼睛的婴儿被取名为利兰。从他出生的那一刻,父亲和母亲就知道这个孩子有多么不像他的爸爸,又有多么像他的妈妈。

"他有着她的金发。"

"他有着她的苍白肌肤。"

"他有着她的迷人翘唇。"

有了这个新生儿,父母决定在俄亥俄州的呼吸镇定居。这是从肯塔基州移居到俄亥俄州之后父亲长大的小镇。他认为这是一个养家糊口的好地方。在离河边不远的地方,父亲抱着他刚出生的儿子,迅速地将他浸入河水,就像我们每个人出生时他都会做的那样。

"这样我的孩子就能像奔涌的河流一样强壮了。"父亲说道。

一九四四年,利兰出生五年后,菲雅出生了。利兰爱他的妹妹,但他的爱就像一个吸尘器的集尘袋,里面满是污秽。

"是上帝让利兰成为我们的大哥,"菲雅曾说过,"所以我不能说是上帝错了。"

当我想起菲雅的时候,我的脑海中便变幻出千盏摇曳的灯光。那些粒子闪闪发光、耀眼夺目,然后消失在黑暗中,变成嗡嗡声,我意识到那是蜜蜂的声音。

"像蜂蜜一样甜。"菲雅会这样说。

随着她一天天地长大,父亲总是抬起她的手臂。

"你是我的尺。"他告诉自己的女儿,"要用你来丈量菜园里生长的所有植物之间的距离,要用你来丈量篱笆桩之间的距离。"

"为什么我是你的尺?"菲雅经常这样追问,即使她知道他会回答什么。

"因为你很重要。"父亲会把她的双臂展平,"你是我的厘米、英寸和英尺。你双手之间的距离可以丈量从太阳到月亮的一切。只有女人能丈量这一切。"

"为什么?"她想要用答案来提醒自己。

"因为你很强大。"

一九四五年,随着亚罗的出生,菲雅变成了大姐。亚罗被浸入河水中的时候,抓到了一只蝲蛄。父亲用蝲蛄的爪子轻轻抓挠亚罗的手掌。

"这样你的手就永远能抓牢了。"父亲对亚罗说。

从那时起,亚罗会抓住他所看到的一切——弹球、鹅卵石,以及父亲口袋里的珠子。亚罗经常紧紧抓着这些东西,所以父亲叫他蝲蛄男孩,可我没有机会这样叫他。在他两岁的时候,这个捡拾一切的男孩张开双臂瘫倒在了院子里的七叶树下。一颗坚果卡进他的喉咙,也许他以为这颗外壳闪亮的棕色坚果是一块硬糖。

在他被撒满蓍草①种子的泥土埋葬之后,父母带走了利兰和菲雅。就像父亲说的那样,他们不仅离开了呼吸镇,也离开了俄亥俄州和那里所有的薄皮房子以及满是血腥的繁荣。他们无法再继续生活在以七叶树为标志的土地上了。

离开之后,父母就不停地从一个地方搬到另一个地方。母亲总是在这个州怀孕,然后又在另一个州生下孩子。一九四八年,她在堪萨斯州所罗门河畔生下瓦康达的时候差点儿丧命。婴儿出生时,父亲估摸她足足有14磅②重,而且胎盘先于婴儿出来。父亲努力把它塞回去,至少他自己是这么讲的。

这个孩子以瓦康达泉的名字命名。这眼泉水曾经和所罗门河共同存在过。大平原上的印第安人造访过它,他们相信这泉水有神圣的力量。灵水,这就是她名字的含义。

我们的"灵水"只活了十天,而且每一天都在哭泣。父亲说,那是因为

---

① 亚罗(Yarrow)与蓍草(yarrow)在英文中拼写一致。
② 14磅约为6.35千克。

有一只在她头顶上盘旋的猎鹰把自己的影子落在了瓦康达身上,让她学会了猎鹰的哭号。他曾经试图用蚯蚓按摩瓦康达的喉咙来驱赶走猎鹰的影响。母亲也会在夜晚到来的时候轻摇瓦康达,希望能哄她入睡。但他们所做的努力全都是徒劳。

到了那一天,瓦康达依然在摇篮里哭泣。父亲正在厨房用棉球轻轻收拾放在毒藤上晒干的红茶叶。

"瓦康达,请安静下来,"他说道,"再哭下去会让你的灵魂注水的。"

母亲在卧室用棉球往自己的脸上敷金缕梅。

"这孩子就不能闭嘴吗?"她问镜中的自己。

九岁的利兰和四岁的菲雅坐在客厅地板上,用更多的棉球制作绵羊玩具。

"瓦康达。"他们同时捂住耳朵喊道。

然后,便是寂静。在寂静中,瓦康达被发现嘴里堵着一团棉球。

三年后,一九五一年,另一个女孩降生在这个家里。她出生在加利福尼亚州的一座楼梯上,被取名弗洛茜。当时母亲一手抓着栏杆,一手按在墙上,台阶的凸起顶到了她的背。在弗洛茜出生后不到一分钟,父亲拿着一粒干豆子摩擦她的嘴唇,这样她便不会受到头顶上飞过的鸟儿和它们的影子的伤害了。他还把一颗松果压在她的额头上,祈祷她能长寿,至少活过瓦康达和亚罗。

弗洛茜是母亲最顺利的一次生产。

"这个女孩马上就出来了。"

弗洛茜总是渴望出风头。

"毫无疑问,我生来就与众不同,"她后来回忆道,"大多数婴儿都会出生在傻里傻气的床上或者笨重汽车的后座上,但我不一样,我出生在楼梯上,就像葛洛丽亚·斯旺森[①]在电影《日落大道》里走下的那座楼梯。"弗洛

[①] 葛洛丽亚·斯旺森以及下文中的卡罗尔·隆巴德、丽莲·吉许、艾琳·邓恩、奥莉薇·黛·哈佛兰、贝蒂·戴维斯皆为美国著名女演员。

茜一边说一边还会模仿斯旺森的表情。

即使不是真的,弗洛茜也会宣称自己和卡罗尔·隆巴德的生日在同一天,有时也会是丽莲·吉许、艾琳·邓恩或者奥莉薇·黛·哈佛兰。在弗洛茜心中,她距离成名只差一首歌和一支舞。而在我的心里,她只是一个在楼梯上出生的女孩,后来变成了一个灵魂分裂的女人,在光明和黑暗之间进退失据。

"跟我干吧。"她会说,"贝蒂,如果你愿意。"

贝蒂,小小的我,一九五四年出生在阿肯色州一个有着爪形支柱的干燥浴缸里。母亲是在马桶上分娩的,她能躺下的最近的地方就是浴缸。在弗洛茜的嫉妒中,我被以贝蒂·戴维斯的名字命名。

父亲说,他是在一个舞会上认识这位女演员的,那时候他们的年龄都还太小,不能找舞伴。

"她让我特别紧张。"父亲说道,"我能感觉到肚子里充满了蝴蝶,它们从我身体的一侧飞到另一侧。那就像是我吸入了一股永不止歇的风。为了让自己平静下来,我喝掉了贝蒂递给我的牛奶。不管她是不是故意的,反正这牛奶坏了。"

"大多数蝴蝶都设法躲开了,但有一只蝴蝶被牛奶泼到了。肚子里有一只疯疯癫癫的蝴蝶可不是什么好事。"他一边抚摸着肚子一边回忆着,"为了摆脱蝴蝶,我把贝蒂·戴维斯留在了月亮上,独自在树林间散步。没有了戴维斯小姐同行,我不再紧张了,于是所有的蝴蝶都飞走了,只剩下因为碰到牛奶而生病的那只。这只蝴蝶发烧得很厉害,烧到我以为肚子里点燃了一支蜡烛。

"我知道我必须得做点儿什么。于是我抓住了一只小小的黑蜘蛛,把它整个吞了下去。蜘蛛做了我想让它做的事,它在我的肋骨之间织了一张网,使得蝴蝶被网缠住。于是我的肚子舒服了,而蜘蛛留在了我的体内。我的肚子现在是它的家。有时候我感觉自己身体里的网比其他任何东西都要多,但我告诉你,我从此再也没有闹过肚子,因为只要我吃下去坏东西,都会被蜘蛛抓住。我常在思索,为什么上帝没有把所有的蜘蛛都放进我们的肚子里。"

无论他讲的故事如何，我的名字并没有和贝蒂·戴维斯的名字拼写一致。我的名字是以"y"结尾，而不是"e"，因为父亲说"y"让他想起了弹弓和吐着芯子的蛇。

他还说，是我名字里的"y"伴随着我头皮上的黑色形状把响尾蛇吸引到了我的摇篮里。

哒，哒，说话，女孩，说话。

溜进摇篮里的蛇绝对不怀好意，至少父亲是这么说的。他把蛇从我的毯子底下抓出来的时候，蛇咬伤了他。在吸出毒液后，他斩下蛇头，把蛇头埋入和他臂长一样深的洞里。他又为剩下的尸体祷告，以安抚蛇的灵魂，然后砍下它的尾巴，用尾巴给我做了一个儿童玩具。

摇啊，摇啊，咔嗒，咔嗒，说话，说话。

父亲的头发是黑色的，而皮肤是棕色的，就像他游过的淤积泥沙的美丽河底。他的脸颊永远是阴沉的，眼睛像是他用胡桃壳制成的粉末的颜色。他把这些特征遗传给了我。大地烙印在我的灵魂中、我的皮肤上、我的头发上，以及我的眼睛里。是他给了我这些。

"因为你是切罗基人。"在我四岁的时候，父亲这样告诉我。那时我的年龄已经足够大，大到可以问他为什么别人叫我黑人了。

"他们会叫得更难听，贝蒂。"他说。

"但'车厘匙'是什么？"我问。

"切罗基，跟我念，切——罗——基。"他在说"罗"的时候把嘴巴张得很滑稽，引得我咯咯笑起来。

"车——厘——匙……"我反复念着，直到我念对，"但这代表什么意思？"

"切罗基就是你。"他边说边把我抱到大腿上。

然后父亲从口袋里掏出一小块鹿皮。

"它看上去像狗的背。"我抚摸着有毛的那一面。

"确实像，不是吗？"父亲把鹿皮翻过来，指向光滑一面上奇怪的字母。书写字母的墨水是蓝色的，边缘模糊不清，仿佛水让字迹变得褪色。

"这就是切罗基文写出来的样子，贝蒂。"他说，"我的妈妈从我的外婆那儿继承了这张鹿皮，她称这是她吸入的空气。因为每当她觉得无法呼吸的时候，她就会看看外婆给她的鹿皮，看看外婆写的字，然后就能找回她的呼吸了。"

父亲深深地吸了一口气，直到胸腔充满空气，再把它们呼出来，吹动我头顶黑色头皮边缘的细发。

"我看不懂。"我用小小的手指抚摸着这些褪色的字母，"写得好古怪，它们说了什么？"

"它们说不要忘记你是谁。"

"奶奶忘记了她是谁吗？"我问道，"这就是她需要被提醒的原因吗？"

"曾经有一段时间，像我们这样的人不能说自己是切罗基人，"他答道，"我们必须说自己是荷兰移民。"

"那是什么？"

"一类皮肤较黑的欧洲人。"

"为什么我们不能说自己是车厘匙人，我是说，切——罗——基。"

"因为我们必须隐瞒身份。"

"可是，为什么？"

"切罗基人被迫离开了他们的土地，移居到划定的土著人居留地。如果我们的族人说他们是荷兰移民，那就可以留下，因为拥有欧洲血统的人也可以拥有土地。但你无法欺骗自己太久，谎言会把你累垮。我的爸爸和妈妈经常需要说自己是荷兰移民，这让我的妈妈感到无法呼吸。所以她必须提醒自己她是谁。"

我抬起头看着他。

"我是谁？"我问。

"你就是你,贝蒂。"他说。

"我怎么能确定我是谁呢?"

"因为你的出身,你出身于伟大的战士,"他把手放在我的胸前,"也出身于伟大的酋长们,他们领导我们的族人走向战争与和平。"

他接着一边念着"切——罗——基",一边握住我的手,在空气中写下这个名字。

我有时候会梦见这些祖先。梦见他们握着我的手,摩擦我的手掌,直到我的皮肤像树皮一样剥落,直到我可以像他们一样用古老的方式说话。每当梦醒时分,我会把手掌捂在耳边,努力听到他们的声音。我等待这些声音让我焕发活力。

在出生两年后,我变成了姐姐。我的弟弟崔斯汀[①]于一九五六年出生在佛罗里达州。当父亲把他浸入河水时,一条鲈鱼游过,撞到了崔斯汀的后背。父亲说这会让自己的儿子成为一名游泳好手。当崔斯汀长到足够岁数后,他总是跳到水里。他喜欢溅起的水花,喜欢河水拍打岸堤礁石的样子。

"就像一幅画,"他能在飞溅的水花中找到画意,"干了就会消失不见的那种画。它在提醒我们没有什么是永恒的。"

一年后,也就是一九五七年,母亲又生下了一个男孩,他们决定给他取名叫林特。他们说这是诞生于母亲中年危机中的孩子。

"这就是为什么他的脑子里只有石头。"弗洛茜后来说,"妈妈的中年危机影响到了他。"

对于我们来说,尝试理解林特就像是尝试在黑暗的森林里找到出路。我们只知道他总是愁眉不展。如果他吃得太多或者讲话声音太大,就会担心我们把他赶走。他还愈加担忧父母不会携手终老。待到他八岁的时候,林特站在熨衣板旁边确保他的衣服被熨得足够平整,因为这能让他相信父

---

① 崔斯汀(Trustin)名字中包含信任(trusting)的意思。

母之间没有任何嫌隙。

生下林特之后,母亲数了数肚子上的妊娠纹,表示不会再生更多的孩子了。

于是,父亲把林特出生时的胎盘埋了起来。他用石头压好胎盘,确保林特会是最后一个孩子。

父亲过去常说,当一个孩子降生时,他的第一次呼吸会随风飘散,幻化成植物、昆虫,或是一个有羽毛、皮毛或鳞片的生物。他说,这个孩子与这个生物的生命是紧密联系在一起的,是彼此的镜像。

"有些人能触摸天空。他们对于我们这个世界来说是那么高大,就像是参天红杉。"当我们吃惊地坐在他的脚边时,父亲边说边把手臂举过头顶,"还有一些人像牡丹一样美丽和柔软,而另外一些人则像大山一样坚实。你会遇到那些让你难以忘怀的人,他们会在你的记忆中留下皮疹,就像毒藤对你的皮肤所做的一样。"

父亲调皮地挠着我们的胳膊,直到我们大笑起来。

"就像蜘蛛,"他说道,"有些人在生命中不停地结网,要么用他们的舌头,要么用他们的手,"父亲把手指弯曲成蜘蛛腿的形状,然后用舌头抵在牙齿上发出嗡嗡的声音。"嗡嗡。有很多人就像讨厌的苍蝇一样烦人。嗡嗡。"他的手指在空中划动。

"嗡嗡。"我们的手指和他一起划动。

"你们得留心那些像蒲公英散播种子那样散布谣言的人。"他说,"但真正需要格外留心的是那些食腐者,他们就像长在烂树上的真菌。"

"那我们像什么,爸爸?"我问道。

"嗯,我们卡彭特一家像是莓果,丰饶、多汁的莓果,长在树林深处。莓果——"

"会把悲伤带给所有经过它们身旁的人,"母亲的声音盖过了父亲,"而且味道很奇特。"

第 三 章

"北风啊，吹来！南风啊，吹来！吹向我的花园。"
——《雅歌》4:16

　　在阿肯色州的欧扎克，群山旁生长着深绿色的原野，那就是我出生的地方，也是家里人在林特出生之后回到的地方。我们住在父亲建造的基于混凝土地基的小房子里，墙还没有砌好，隔热层仍然暴露在外面，没搭好的屋顶只能用油布遮挡。在盖房子的空当，父亲贩卖私酿酒，并和其他矿工像地鼠一样钻进地下工作。

　　在我们这些孩子中，只有利兰不住在家里。那时他二十岁，他在十八岁的时候就应征入伍，已经离开家两年了。他目前驻扎在韩国，常会给父母写信。利兰从来不在信里说军队的事，也不说他驻扎在某地的理由，只会说一些看上去像是在旅行的内容。

　　"我前几天去钓鱼了，"他写道，"我用了一根韩国产的钓竿。它叫作吉欧尼吉。钓到了一条很像家乡这边鲈鱼的鱼。"

　　而父亲会在他的信中告知利兰我们目前所在的位置。

　　"目前在阿肯色州，"父亲用他的斜体草书写道，"这里应该有许多蓝鼠尾草和金光菊，不过我没看到多少。地下只有岩石和硬壳。这就是我做矿工得到的东西。"

　　矿场不在我们家附近，所以父亲会乘坐火车前往，在外面搭帐篷露宿，以节省开支。直到许多天之后，我们才能再次听到他的消息。

　　他打电话来的那个下午，我正趴在胶合板地板上。我的周围散落着父亲用蜂蜡倒模做的蜡笔，里面混着咖啡豆或者黑莓之类的东西。电话铃声响起时，我拾起红色蜡笔，然后继续写作。

"耶稣的血①啊，快接该死的电话，贝蒂。"母亲的声音从厨房传来。

我抓起话筒。

"我在写作。"我甚至没打招呼，就对电话那头的人这样说，"你打扰到了我。"

"贝蒂？"

"哦，是爸爸。我在写一个关于猫的故事。这只猫有一条紫罗兰做的尾巴。我把紫罗兰涂成了红色，因为你从来都不记得它们是紫色的。吃老鼠的不是猫，而是猫的尾巴。这是不是很有趣？我从来没见过猫的尾巴吃老鼠，它总是用嘴巴，但我不知道为什么不可以用尾巴吃掉老鼠，只要尾巴有牙齿就行了。"

我停下来喘口气，父亲趁机问母亲在哪儿。

"她和林特在厨房。"我说。

"去叫她，我需要她来矿场接我。"他的声音听上去异常紧张，像拧紧了的钢丝发条。

"你为什么不坐火车回来？"我问。

"火车今天深夜才开，现在快去叫你妈妈。他们马上就要把矿场怪物放出来了。你不希望怪物把你亲爱的老爹吃掉，对吧？"

我喊母亲来接父亲的电话。一听见她来了，我就把红色蜡笔塞进口袋跑了出去。

崔斯汀和弗洛茜在后院用树枝当作枪互相射击，菲雅坐在草地上，嚼着一株蒲公英。

我假装自己变成了一块石头，没有任何人看见我。我偷偷溜到停在院

---

① 耶稣被钉在十字架上，流下了深红色的血，代表着救赎。

子里的"漫步者"旅行车前。当然,我不会忘记拍打挂在汽车天线上的浣熊尾巴,就像我每次做的那样,这样能求得好运。

我悄悄地爬上保险杠,从打开的后座窗户爬了进去,然后躲在毯子下等着。母亲从房子里走出来时,我没有发出任何声响,看着纱门在她身后猛地关上。她的胳膊下面夹着敞开的旧手提包,然后用空着的手打开一个发夹,把她金黄色的发梢夹在脑后。

"菲雅?"母亲的声音很刺耳。

菲雅迅速站了起来,跑到前门。她在上到门廊台阶一半时停住了,赤裸的双脚叠在一起。

"什么事,妈妈?"菲雅问。

"看好林特,"母亲从腋下掏出手提包,仓促地合上,"他在厨房里。如果他开始哭,你就给他拿块石头看。我得去接你的爸爸。耶稣的血啊,不是这件事,就是那件事。"

菲雅侧过身子给母亲让路。

"听着,我不想回家之后再听到林特叫你妈妈,"母亲告诉菲雅,"听懂了吗,姑娘?"

"是他自作主张。"菲雅低下头,"我可没教他这么说。"

"别跟我装无辜,我知道你在干什么。看看你抱着他,叫他宝贝的那个样子。你最好清醒一点儿,表现得像个合格的姐姐。听见了吗,姑娘?你已经十五岁了,不要让我还得像你四岁时那样照顾你。"

菲雅垂下眼睛,点了点头,走完了剩下的台阶。

"今天算是毁了。"母亲一边说着一边上了车子。

她把手提包扔在仪表盘上,搓了搓手,然后把钥匙插入点火开关。她试了三次才让车子发动。母亲在院子里来了个急转弯,然后把车开上了土路。

"这男的是不是觉得我没别的事可做。"她大声自言自语着,一只手抓着方向盘，另一只手则狠狠地扇它，"别管什么洗衣服、洗盘子和给他养孩子。别别别，我有大把的时间上路。"

她打开电台，当这首歌播到一半时，她开始跟着唱。如果你听到她的歌声，一定会说："天啊，我打赌这肯定是个时髦的母亲。"

我们离矿场越来越近，我不得不捂住耳朵来抵挡卡车驶过的隆隆噪声。在拐进办公室停车场后，母亲关掉了电台，放慢了车速。我本来打算跳出来给父亲一个惊喜，但当我从毯子底下向窗外偷偷张望时，我被自己看到的东西吓坏了。

"矿场怪物。"我低声对自己说。

他的皮肤被煤尘熏成了黑色，走起路来一瘸一拐，还拖着自己的右腿。从他身体前倾的样子，我能看出他很痛苦。他的胳膊捂着肚子，仿佛他的肋骨已经断了，他的下唇被割开，左眉也有一道深深的伤口。尽管伤口很新，但还是很难相信这些血迹和伤痕不是长期留下的。

我不明白他为什么会朝我们走来，但当他走近时，我看见了他的眼睛，这才发现这个驼背的男人不是矿场怪物，而是我的父亲。

"你是怎么搞的？"母亲把车挂到空挡，猛地拉紧手刹。

她正要开门，但父亲摆手示意她待在车里。

"快点儿，兰登。"她的眼睛朝四下飞动，让我想起旷野里的一头鹿。

父亲护着自己的肚子，摇摇晃晃地向前走着。我可以看出他的肋骨受伤了。我刚刚见到父亲被煤炭熏黑，临近一看，颜色似乎是分层的。他的左脸被涂抹过的地方有几道纹路。我去察看他的前额。有人用湿漉漉的手指在煤黑色上写了一个词。我以前听过别人这样叫父亲。我默默地念着，与此同时，母亲也盯着他的前额，低声把那个词念了出来。

我用牙齿咬住毯子，这样我就无法尖叫了。

他们怎么敢这样对他，我想。难道他们不知道我的爸爸是谁吗？

他知道如何把一粒种子播种到和第二指关节一样深的地下。他知道绝对不要把玉米种得太过靠近。

"这样秆子会很脆弱,"他会说,"穗子会长得很小,谷粒会不饱满。"

难道他们不知道这一点吗?难道他们不知道他是整个镇子里最有智慧的男人吗?甚至可能是整个世界?

我深深地藏在毯子下面,听着父亲屈身把自己塞进前座时发出的呻吟声。他的右腿还搁在外面。

"他们把我的膝盖像玻璃一样击碎了。"他边说边把脚抬进车里。

母亲想让他快点儿关上门。

"快点儿,"她催促道,"快点儿,免得他们继续收拾你。"

他一坐进来,母亲就立刻发动了车子。她比大多数人都开得熟练,但因为过于紧张,她一下子松开了离合器。车子向前猛冲,在引擎熄火时,我被甩到了椅背上。

"冷静,阿尔卡。冷静,"父亲努力不让自己的声音发抖,"我们会没事的,再发动一次。"

"耶稣的血啊,锁好你的门。"她尖声叫道,然后拿出钥匙,祈祷自己能让车子再次发动起来。当它发动起来时,母亲感谢了上帝。她控制自己把脚慢慢地从离合器上抬起来。

"干得好,姑娘。"父亲看着窗外那些盯着我们的男人。那些男人也都被煤炭熏黑了,但当他们摘下护目镜时,我能看到他们眼睛周围的白色皮肤。

"我们离开这什么都没有的地方吧。"父亲说。

母亲开得飞快,车轮扬起了尘土。当她把车拐到大路上时,拐得特别急,我以为车要翻了。

"别急,阿尔卡。"父亲看着速度表,"如果我们因为违章被拦下,只会让事情变得更糟。"

母亲把速度降到限速范围之内后,扭过头望着他,问他究竟发生了什么事。

"先回家,不谈这件事。"父亲回答道。

他看到了车门上的煤灰,才顿时发觉自己身上有多脏。他向前倾着身子,似乎在努力拯救干净的座椅。

"我想知道发生了什么。"母亲仍然问道。

"没什么新鲜的,阿尔卡,还是老一套。"

他说起自他到矿场的第一天起,其他人就不再叫他兰登了。他们叫他唐托[①]和羽毛头。

"还有别的名字。"他抬眼瞧着自己的前额说。

他又说起其他人拒绝和他一起搭乘竖井电梯的事。

"和老兰登·卡彭特一起搭电梯,你会被剥头皮的。"

父亲描述了他们如何欢呼和拍打嘴巴,发出印第安人打仗时会发出的叫喊声。这些人很可能是从一部在摄影棚里搭建帐篷、用剧本篡改印第安文化的西部片里看到的。

"你可能会以为,在矿井里,"他说道,"在每个人都被煤炭熏黑的地方,我们之间将不再有隔阂,我们将一起劳动。"

"你永远无法成为他们。"母亲目不转睛地看着前面的路,"他们只需要肥皂和水,就能比你强。"

"你是这样认为的吗?"父亲问道。

"全世界都是这样认为的,兰登。难道你不明白吗?你洗不干净的。"

"我不想洗干净。"父亲说道,"我只想能够安安静静地、不用担惊受怕地工作。"

他的脸一直朝着车窗外。

"他们把我按在地上,直到我动弹不得,其中一个笑得最厉害的家伙把

[①] 美国电视剧《独行侠》里的一个印第安人角色。

口水啐在我的脸上。他啐在我的脸上,仿佛我什么也不是。然后他用口水在我的额头上写字,写他们给我起的名字。"

父亲小心地摸着写在额头上的词,仿佛那是刻在他肉体上的东西。我对我的灵魂轻轻诉说着心事,我的灵魂告诉我:帮帮他。但我动弹不得。我被吓坏了,被他讲述的故事吓坏了,被他讲到那些人对他的嘲笑、讲到他们是怎样牢牢抓着他的胳膊时愈加放低的声音吓坏了。

"你有被压倒过吗,阿尔卡?"他问道,"无法制止别人对你做的事,你遇到过这种事吗?"

母亲咬紧下颌,一言不发地开着车,忽然把车停在了路边。父亲把手放在门把手上,他一定以为他应该下车了。

"别动。"母亲一边叫住他,一边打开自己的手提包。

她拿出一张干净的白手帕,朝手帕的一角吐了口唾沫,然后轻轻擦拭他的脸颊。父亲赶紧躲开了。

"你会毁了你这些漂亮东西的。"他说道。

母亲把他的脸重新扭向自己,更用力地擦他的脸颊,擦掉他脸上的煤灰和血。她抬头看见他前额上的词,然后摇下车窗玻璃,把手帕在窗外重重拍打。大部分煤灰已经染透了手帕,但表面的灰尘被抖落下来。她擦拭着他的额头,直到那个词消失不见。接着,母亲在眼前展开手帕。她皱起眉头,仿佛她能在布料上看到那个词的字母。

"反正我从来都不怎么喜欢这个破玩意儿。"她把手帕扔出窗外,发动了车子,重新拐到大路上。

我把手伸进我的口袋,捏住红色蜡笔,把它掏出来,用它在后挡板上写字。我写到父亲从前额射出来一千支箭镞,杀死了洞穴怪物。我一直写,直到蜡笔短得不得不用两根手指夹住它,按着它,直到我能写出我想给他的幸福结局。然后我闭上眼睛,意识到我的出生地在父亲的故事里是痛苦的一章。

在接下来的两年时间里，我们漫游在美国各地。我们从老人的口中学习历史，从醉汉的口中学习外语。有一位从科罗拉多州上车的搭车客，她教授我们关于牛顿和他的苹果科学课。我们在亚利桑那州的一家餐馆遇到了一个前科犯，他教授我们世界的法则和监狱的法则。我们做得最多的事情，就是通过观察汽车认识各个州的名字。

"我说这是来自阿拉斯加州的。"菲雅说。

"爱达荷州。"弗洛茜发现了一辆红色福特汽车，"我打赌后备厢里一定装满了土豆。"

林特亲自去凑近瞧了瞧。

"这是德克萨斯州的。"崔斯汀朝车子招手。但车上的人没有招手回应。

"这是家乡的车。"母亲指着一辆飞速开过的黑色福特雷鸟，上面挂着俄亥俄州车牌，"兰登，我想回家了。"

二

谁在主宰她们的命运

1961—1963

第四章

"你的话一来到，我就吞下去。"

——《耶利米书》15：16

那是一九六一年，我七岁，母亲说她想回家。家，就是俄亥俄州，因为那里是她的根。

"根是植物最重要的部分。"父亲说，"通过根，植物汲取营养，当其他一切都被冲走的时候，是根帮助植物抓在原地。没有了根，你就只能在风中飘摇。"

漫长的岁月让我们的父母原谅了七叶树之地的过往。

我们挤在蕨色的"漫步者"旅行车里，它拖着一辆小型平板车。父亲和母亲轮流开车，天线上的浣熊尾巴一直摇曳着。入夜后，母亲负责开车。我数着她打哈欠的次数，直到父亲指向一对桉树，告诉她把车开到树林里。

母亲一熄火，父亲就带着一罐私酿酒下了车。他计划认真地搜寻林地，寻找更多的植物，即使我们已经有成束的草药晾在车子上的不同位置，比如座位后面和窗框上。

每当结束夜晚的搜寻之后，我知道父亲都会把引擎盖作为他的床。而母亲总是睡在前面的长座椅上。崔斯汀会躺在后挡板上，双腿悬在拖车和旅行车之间，菲雅和弗洛茜会躺在后座，头靠在一起，身体朝向相反的方向，双脚从两扇后车窗伸出来。林特会像一只小猫一样趴在菲雅身上，而菲雅会轻拍他的头顶。我只能睡在后座的地上，有时候也会是在后挡板上，如果崔斯汀打算睡在地上的话。

那天晚上，车内格外拥挤，于是我下车去寻找父亲。

每经过一棵树，我都会驻足良久，用手指在树皮上写字。我想如果我送给树优美的寄语，它们就会成为我穿越森林的地图。

亲爱的大橡树，你的树皮就像我父亲的歌声，帮我找到我的路；亲爱的山毛榉，不要告诉橡树我说的话，你的叶子是最好的书签，帮我找到我的路；亲爱的枫树，你闻起来像一首最好的诗，帮我找到我的路。

我正从一棵树走向另一棵树，赤裸的双脚被一条隆起的树根绊倒，摔在地上擦伤了膝盖。我坐在地上哭了起来，并不是因为我受伤了，而是因为我迷路了。

"天哪，天哪，"父亲站在我身旁咂嘴，"我会因为找到你而变得富有和出名。他们会把我放在世界上所有报纸的头版头条，标题写着'兰登·卡彭特在树林中发现神秘生物'。但首先，我得问问你，"他与我脸对着脸，"你是上帝的造物还是魔鬼的造物？"

"爸爸，你一点儿也不好笑，而且你不会出现在任何报纸头版上的。"我说。

"哦，不会吗？"他问。

"不会。"我使劲儿皱起我的小眉毛，"我迷路了，既然你在这里，说明你也迷路了。如果你迷路了，你就不可能登上报纸封面，除非是一篇关于你迷路的报道。照你的情况，没有人会写这样的报道，因为没有人想读。"

我想起了那些人在矿场殴打我父亲的场景。

"你并不重要，"我说的话就像他们曾经会说过的那样，"因为你是兰登·卡彭特。"

父亲往后一靠，脸上闪过一丝愤怒。

"你的嘴巴还太小，不适合说这种刻薄的话。"他说完，喝了一口私酿酒，跨过去坐在一截倒下的树干上，树干上方覆盖着灌木和厚厚的苔藓。

我捡起一片树叶，用它擦去磨破的膝盖上渗出的血水，然后站了起来。

我观察着四周的树木,觉得自己没有足够的勇气独自一人探索黑暗,于是我坐在了父亲身边。我盯着他手上的罐子。他在玻璃外面画了一些小小的黑色星星。

"为什么你总是在私酿酒的罐子上画星星?"我问。

"因为星星是属于月亮的①。"他说道,然后把罐子放在脚边的地上。

父亲把手伸进衬衫口袋,掏出一袋干烟叶。我看着他把一撮烟叶放进一张卷烟纸里。

"爸爸,你为什么不在乎我们迷路的事情?"我问。

"是你迷路了,姑娘。我很清楚自己在哪儿。"

他让我舔了舔卷烟纸的边缘,这样他就能包住烟草了。然后,他用帽子边缘的砂纸擦燃了火柴。他点燃香烟,我盯着他手掌上的伤疤。他的皮肤卷曲起伏,仿佛他的手掌就要熔化了。他看着伤疤,从各个角度观察着它。当他开始皱眉的时候,他把目光挪开,摘下了帽子,把帽子戴在我头上,接着抽他的烟。

"你难道不害怕我们会永远迷路吗?"我问道,"我怕,我可害怕了。"

当父亲呼气的时候,烟气被他吹向那些星星。

"你知道烟是灵魂的雾吗?"他问道,"这就是它如此神圣的原因,它能够带着你的恐惧飞到云端,那里是食怖者的家园。"

"食怖者?"

"一群善良的小生物,会吞食你所有的恐惧,这样你就不会再害怕了。"

他把香烟递给我,告诉我先把烟含在嘴里,然后迅速吐出来。我能做到的就是把烟咳出来。我想再吸一口,但父亲要我保护好自己的肺。

"你的肺还要用来在田野上奔跑。"他一边说一边把香烟拿了回去。

我们看着烟雾飘走,直到消失不见。

---

① 私酿酒也被称为月光酒。

"我还是感觉迷路了。"我说道。

父亲看了我一眼,然后把目光转向黑暗的森林。

"你知道吗,"他说,"有一次,我遇到了一片树林。我出去采撷植物,结果睡着了。当我醒来的时候,我迷失了方向。"

"熊的戒指[①]?"我问道,"哦,多漂亮啊。一只熊给你的吗?它上面有闪闪发亮的东西吗?让我瞧瞧。"

我开始掏他的口袋,但只找到散落的人参珠子。他笑着用胳膊拦住我。

"冷静点儿,贝蒂,"他仍然在笑,"不是熊的戒指,是我的方向,我的方向感。我走过前方的草地,我迷路了。我走过后方的草地,我还是迷路了。等到夜幕降临,我想我会永远和这片树林做伴了。"

"爸爸,然后你做了什么?"

"我捡了一些小石头,把我的名字写在泥土上,这样人们就会知道这个人的名字。然后我躺下来,仰望夜空中的星星。正是那时,我突然意识到自己身在何处。"

"你在哪里?"

"天堂的南方。"

"那是哪里?"

"抬头看,贝蒂。"

他用手背托起我的下巴,轻轻地把我的脸引向天空。

"天堂就在上面某个地方,"他说,"我们在它稍稍偏南的地方。这就是天堂的南方,就在这里。"他跺了跺我们脚下的土地,"你在哪里,你要去哪里,这些都不重要,因为你永远在天堂的南方。"

"我在天堂的南方。"我惊讶地仰望天空。

"不会在别处。"他说。

[①] 方向的英文为bearings,与熊的戒指(bear rings)同音。

他掐灭香烟，打算把它塞进自己的靴子里。他又想要假装把烟蒂丢进我的鞋里，可我光着脚，于是他挠我的脚后跟，直到我笑出声来。

"别再长大了，"他聊到我的脚，并用手比量了一下，"再也不会是这么小了。"

"我不会再让它长大了，爸爸。"

"哦，你不会，是吗？"他咯咯地笑着，把我的脚放下来，"我们最好休息一下，明天还要开很久的车。如果幸运的话，我们明天下午就能到俄亥俄州了。"

"我能和你一起睡在引擎盖上吗？"

"你不觉得这样会着凉吗？"他问。

"我有一条围巾，"我把长长的黑发绕在脖子上，"瞧！"

"你确定你不想睡在车里吗？"

"我宁愿睡在火星上，顺便提一句，我写了一个关于火星的新故事。我把它写在经过路易斯安那州时那个餐馆的纸巾上了，可我走时忘记把它带走了。"

"你忘了这个故事吗？"他问。

"哦，没有。"我摇了摇头，"我忘了拿纸巾，但我记得故事内容。这是我迄今为止写过的最好的关于火星的故事。"

"你总是写关于火星的故事，我想你身上有火星人的血。"

"嘿，我的故事讲的就是火星人的血。"

"我得听听这个。"他伸直双腿，在脚踝处交叉。

"嗯，火星人，"我开始讲述，"他们想入侵地球。"

"火星人似乎总是想要得到我们的东西。"他说。

"我想，这就是他们致力去做的事。为了入侵我们，他们派来了鸟。"我试图用双手摆出鸟的形状，"这种鸟只有火星上有。这种鸟的翅膀和餐馆菜单挡板一模一样。它们的身体像餐馆的番茄酱瓶子，它们的头像倒扣的杯子。"

"像我和你妈妈用来喝咖啡的杯子吗?"他边问边把一个想象的咖啡杯送到嘴边,咕噜咕噜地喝着。

"没错。鸟的腿是长长的苏打水勺子,就像崔斯汀吃他的橘子冰激凌用的那种。勺子的末端是弯曲的,盛着火星人的血。鸟飞向地球,血便洒落下来。每一滴血都像种子一样渗入我们的土地。在有人察觉之前,人们的后院里就已经长出火星人了。"

"这些火星人长什么样子?"

"和我们的皮肤不一样,火星人的皮肤是用蓝色方格桌布做成的。"

"我想餐馆里也有吧?"父亲笑得很灿烂。

"当然有了。"我点点头,"再说手指,火星人的手指像弯曲的吸管。"我对着他的脸弯曲我的手指,"像我用来喝草莓奶昔的那根带红白条纹的白吸管。还记得餐馆外飘扬的红旗吗?有一个巨大的蓝色'X'和白色星星的那个[1]?"

"我记得。"他的笑容消失了。

"那就是火星人的头发,只不过剪成了条状,方便梳理。他们的眉毛就像女服务员戴的别针,他们的眼睛就像餐馆里的奥拉……奥拉……"

"奥拉里莓。"父亲帮我拼出了这个词。

"奥拉里莓馅饼,"我说,"莓果的果汁流下来,哗啦哗啦。"我用手抓自己的脸,直到父亲笑得咳了起来。

"他们有盐和胡椒的调料瓶做的天线。"我继续说,"餐馆里的叉子缩小了就是他们的牙齿。正是他们的牙齿会要了我们的命,因为一旦火星人长成了,他们会砍断自己的根,然后冲我们微笑。他们金属牙齿闪烁的光芒会让所有人发疯。我们会自相残杀,直到只剩下火星人。"

父亲颤抖着他的肩膀说道:"你让我紧张死了,我都要抬头警惕天空中

---

[1] 这里指的是美国南北战争时期的"邦联旗",在一定程度上代表着种族主义。

的番茄酱瓶子鸟了。你打算给这则具有警示意义的宝贝故事取什么名字？"

"《微笑的火星人》。"我把舌头伸进上一周脱落的乳牙的牙洞里，唱了出来。

"《微笑的火星人》可能是目前为止我最喜欢的故事了。"父亲说道。

我们同时在听到黑暗的树林中传来一声巨响时回头了。

"那是什么？"为了看得更清楚，我把他的帽子推到额头上。

"也许是你的火星人，"父亲说，"我们最好回到'漫步者'车上去，免得外星人发现我们，然后冲我们微笑。"

他把我从树上抱下来，让我的脚轻轻落在地面上。

"你不打算带上你的私酿酒了吗？"

"不，"他说，"我们得让火星人得到它。这样他就会马上睡着了，不会在接下来的夜晚成为一个麻烦。"

我们穿越森林时，我抓住了他的手。他每走一步都是跛着的。矿场的事已经过去两年了，但仍旧鲜活地刻在我的脑海里。父亲血的颜色混杂着煤尘落在他脸上痛苦的轮廓里。我回想起他说他们把他的膝盖像玻璃一样击碎了。我想知道，像玻璃一样锋利的棱角会不会刺入他的身体。他走路的样子似乎印证了这一点。我决定也要跛着走路，这样他就不孤单了。他看着我，然后努力让自己不再跛得那么厉害。

"爸爸，我能和你一起睡在引擎盖上吗？"我再次问他，"车里太挤了。妈妈身体里好像藏着一百万个人。当你这么想的时候，你身边就有了菲雅、弗洛茜、崔斯汀、林特、妈妈，还加上一百多万人。你不能在篮子里装满罐头而不让它们彼此斗嘴、晃得叮当响。你曾经这么说过，记得吗？"

"我说过吗？"

"嗯嗯。一定说过，爸爸。所以我能和你一起睡在引擎盖上吗？"

"你必须保证自己不会着凉，贝蒂。"

"我保证，保证，保证，保证，保证……"我一直重复着，直到他笑着举手投降。

"我想引擎盖还容得下一个大印第安人和一个小印第安人。"他说道。

我们一起一瘸一拐地走着,我紧紧握着他的手。我们经过"漫步者"时,弗洛茜伸出舌头冲我做鬼脸,我也回敬了她。然后她说晚安,所以我也说晚安。弗洛茜和我同时也对菲雅说了晚安。

"晚安。"菲雅说。

父亲把我举起来,让我的脚踩在引擎盖上。我玩了一下天线上的浣熊尾巴,然后把帽子搁在了天线上。与此同时,父亲爬了上来。他朝车子里的母亲招手,但她已经睡着了,身体正在前座舒展,一条腿搁在方向盘上。她的鼾声听上去像动物用鼻子在泥巴里寻找食物。

"好了,贝蒂,这就是你的硬床。"父亲拍了拍引擎盖,把上半身靠在挡风玻璃上。

"爸爸,"我坐在他身边问,"你喜欢我的火星人故事吗?说实话。"

"我真的喜欢。"

我还没来得及多说什么,就听见车门"吱"一声打开,又轻轻关上,接着传来小脚踩在地上小树枝上的响动。

"睡……睡……睡不着。"林特往父亲这边的引擎盖上爬。

林特用拳头揉着他惺忪的睡眼。他的小口袋被他搜集来的石头撑得鼓鼓的。

"好吧,儿子,你走运了,因为我的口袋里有睡眠粉末。"父亲把林特拉上引擎盖,放在我们中间。

"你还是害怕睡觉吗?"父亲问他。

几周前,林特画了一幅画,他火柴状的身体上有一个潦草的黑色涂鸦。当时他只有四岁,所以他的画并没有他解释的时候那么清晰。他告诉父亲这个黑色的涂鸦是黑夜,如果他睡着了,黑夜会偷走他的灵魂。

"我的灵……灵……灵魂,"林特说着,把黑色涂鸦涂得更黑,"夜晚会夺走它,爸爸。夺走它,埋……埋……埋葬它,在北方,在寒……寒……寒冷中。"

想到林特的画,我向我们四周的黑暗望去,父亲向林特保证黑夜不会偷走他的灵魂。

"我不会允许的。"他用手臂抱紧了林特。

"你阻……阻……阻止不了,爸爸。"

"你的灵魂就在这里。"父亲轻轻把手放在林特的鼻梁上,"你睡觉的时候,我会一整夜把手护在上面。等你早上醒来,你的灵魂还会在这里的。我保证。"

林特把头枕在父亲胸口上,我独自一人在引擎盖的边缘蜷起了身子。

第五章

"鸵鸟的翅膀欢然拍动。"

——《约伯记》39:13

"欢迎来到呼吸镇"的红字印在美国梧桐上的一块布满裂纹的谷仓木板上。我渐渐发现,在天堂和地狱之间,呼吸镇是一小块令人悸动的土地,蜥蜴会被车轮碾碎,人们说话就像无休无止的雷鸣。在这里,俄亥俄州的南部,你随着流浪狗的吠叫醒来,必须得永远警惕这背后是否潜藏着狼的身影。

"这个镇的名字怎么读来着?"崔斯汀问道,"呼吸镇?"

"你读的时候没有吸气。"父亲通过后视镜看着崔斯汀,"读它的时候,要仿佛你正在深呼吸,然后读呼吸,呼——吸。"

四周山丘耸立,像是人类向天堂发出的一声惊叹。作为阿巴拉契亚山脉的山麓,风化的砂岩形成了山脊和悬崖,融化的冰川断壁形成了山谷。古老的砂岩覆盖着绿色的苔藓和地衣,以与它们相似的事物命名。这里有魔鬼的茶桌、跛足的鹿和巨人的阴影。名字世代传承,宛如传家宝一般珍贵。

穿过山丘和土地的不是路,也不是街,而是当地人所说的巷。他们仿佛在说,这些满是泥土的道路什么都不是,只不过是一些较宽阔的小巷。主巷是圣山米、木吉玩具店、幻想服装店和其他商店所在的地方。从主巷分叉出居民巷,每家每户都有一本《圣经》和一份制作面包的食谱。在更远的地方,是郊区的宅基地。在呼吸镇最完美的形象中,它化身为妻子和母亲,每到独立日,都记得把国旗挂在门廊的栏杆上。在呼吸镇最黑暗的形象中,它是一个不留下任何伤口,就能让你流血致死的地方。

父亲将车缓缓开进呼吸镇,像一个小心翼翼走路的人。不久,一个拿着黄色气球的白发男人出现在视野中。他站在一根木条的边缘。

"嘿,老朋友。"父亲冲着窗外边喊边向那个男人挥手。

"兰登·卡彭特?"男人也挥了挥手,"真的是你?"

父亲的回答是一声短促的汽车鸣笛声,我们继续往前开走了。

"那是老科顿·维德斯。"父亲告诉我们这群孩子。我们回头望着那个仍然挥舞着双臂的男人。

"这家伙寄的信就一直没停过。"母亲说着,看向飞上天空的黄色气球。

我把注意力转回到了我们周围的小镇。我们以前生活在荒野中,树木比男人高得多,草地和女人一样可爱。然而,呼吸镇有些不同。它吸气、呼气,似乎不像是一个被人类创造出来的镇子,而是一个自然生长的事物。我想把呼吸镇写成一首诗。如果有必要,我会很押韵,在念出它们的时候就像把石头投进一条河。这似乎是唯一能描述这个地方的方式,在这里,泥泞的小巷像一条条匍匐伸展的棕色宝石蛇,鳞片上反射着阳光。

父亲急转弯时,我抬起头看到巷牌。

"林荫巷。"我大声念出了名字。

高塔一样的树排列在巷子两旁,它们的枝丫编织在一起,宛如结冰的河流。这条巷子的尽头是通往我们家的车道,那里有大片的树林和尚未开垦的田野。在荒草丛生的车道上,停着一辆红色的汽车。倚在车子旁边的是利兰。他正在休假,父亲写信告诉他新房子的事,所以利兰说他会在这里和我们碰面。那时他二十二岁。他金色的头发剪得很短,身上穿着军装。

崔斯汀下车的时候,尖声喊了利兰的名字。

"你从哪儿弄来这么漂亮的新车?"父亲问道。他盯着利兰闪亮的新车。

"哦,只是从一个朋友那里借的。"利兰说。

"你从日本给我们带什么东西了吗?"崔斯汀问。

利兰写信说他最近驻扎在日本。他写的东西让我们无限神往——脸上涂抹白粉的女人、拖曳在地的美丽和服。他说,那里的屋顶被称作宝塔,形状却像层层叠叠的南瓜花。

"该死,当然了,我给你们带了些东西。"利兰递给崔斯汀一块镇纸,上面有彩色的旋涡。林特则得到了一块圆圆的灰石。

"我从日本的土里亲自挖出来的。"利兰告诉他。

"瞧它多么圆啊。"父亲对林特说,"它看起来像一只古老的大眼睛。"

林特因这个说法而笑了起来。

在利兰送给弗洛茜一把折扇的时候,她雀跃不已。她把折扇举到面前,在白色蝴蝶和镀金叶子的扇面画背后眨动着眼睛。

我的礼物是一个粉色的丝绸盒子,里面是一套丝绸面料的睡衣。睡衣上有饰扣和可以扣上的纽扣。我习惯了丹宁布、棉布和法兰绒这样的面料,但不习惯丝绸。我从来没有摸过这么柔软的东西。我把睡衣贴在脸颊上,弗洛茜拿起一只袖子,贴在她的袖子上。

"摸上去凉凉的。"弗洛茜笑着说。

"你知道吗,丝绸来自虫子。"父亲说道。

"虫子?"弗洛茜缩回了手,"不要。"

利兰把手伸进车里,取出一个首饰盒,它和我的整条胳膊一样长。它的顶部是一个宝塔形的屋顶,闪亮的黑漆上画着盆景树和莲花。两扇前门敞开,衬里是丝绸,里面的小抽屉和小隔间包围着一个随着音乐起舞的小妇人雕像。利兰把盒子交给菲雅,她尴尬地抱在怀里,迅速关上门,音乐就停止了。

"菲雅的礼物怎么这么大?"弗洛茜问道,她合上折扇。

利兰在裤子上擦了擦手,然后从车子的储物箱里拿出两个小鸟雕像。鸟是由红色的玻璃做的。他把一个给了母亲,另一个给了父亲。

"这真的……真的很好，儿子。"父亲拍了拍利兰的肩膀。

利兰退后一步，双手插进兜里，冲着房子点头。

"我一直在等你们。"他说，"我甚至没有往窗户里偷看。"

父亲把他的鸟递给母亲，和她的鸟放在一起，他张开双臂丈量着面积。

"你能相信吗？"他问道，"所有这些土地都是我们的，没有人能要求我们离开。"

我们每个人都在高高的、参差不齐的草丛中独自行走。独立的车库里面冲出来一只浣熊。房子很大，被深色的常青灌木严密护卫着。它更像是属于大地，而不是人。四面墙都爬满了常春藤，藤蔓缠绕着门廊残存的栏杆，门廊底部长满了灌木，使得门廊向右倾斜。泥蜂的巢穴像一根蛀空的棒子一样悬挂着，四处游荡的蜥蜴不需要藏身之处。

"我要捉一百只，把它们都放在我的房间。"崔斯汀一边说，一边追逐着这些爬行动物。

房子有两层，不包括阁楼。这座维多利亚时期的建筑歪歪扭扭的，看起来不过是一个被紧靠它生长的松树的影子缠住的古老的梦。

我们小心翼翼地走上摇摇晃晃的门廊台阶，仿佛它们随时都可能坍塌。父亲用双手抓住两侧的廊柱，测试它们是否稳固。

"它们很稳。"他说。

母亲走在最后。她的鞋跟卡在了顶层台阶的裂缝里，父亲试图解救她时，她咒骂起来。

"这地方就是个陷阱。"她一边看着房子，一边把自己的重量托付给父亲的肩膀。房子的木板之前被漆成黄色，但漆皮已经剥落，赤裸的木头暴露在外，像砂岩一样被侵蚀了。

"真是个垃圾场。"母亲在父亲救出了她的鞋子后说道。

"光从面积上看，它已经很值了。"父亲立马说，"而且，没有什么是修不好的。"

049

"连同其他的一切都能修好,是吗?"母亲的语气很平和,她抬头盯着门廊天花板上的脱落部分。

我们走向前门,绕过地板上高大带刺的蔓生杂草。巨大的落地窗没有被打破,但已经裂开,上面布满灰尘。玻璃上有些地方被当地人擦过,他们害怕房子,所以不敢冒险进去探望那些鬼魂。他们只是把脸贴在窗户上,想看看房间里面潜伏着什么。

父亲开始摆弄那扇只挂着一根铰链的纱门。纱门已经被切断了,松动的一端晃动着。突然,最后一根生锈的铰链也断了,倒下的门把他撞了出去。他在跌倒之前站稳了脚跟,然后迅速把门放下,像是他本来就打算把门拆下来似的。

"你能不能别捣乱了?"母亲从他身边挤过去,"你难道看不出来这房子已经被赊给了魔鬼吗?"

她在宽大的前门停了下来,四块嵌板中的三块连同门把手和锁一起消失了。她摇了摇头,然后推开了门。

走进屋子,就像是跨过鬼门关进入了坟墓。木质地板上原本漆着一个大钟面,如今堆满了干枯的棕色叶子。房子中央有一座宽大的环形楼梯,它曾一度非常华美。而此时,唯一没有被偷走的东西就是台阶了。

被楼梯分开的是两间客厅。透过破裂的墙体,外面的树叶缓缓爬进来,直到真实的树叶生长在画着花和藤蔓的老旧墙纸上。我到现在还能记起那面墙纸,薄荷与丁香花缠绕在一起,像是长满了一个漫长的春天。我觉得之前的女主人选择这面墙纸,是因为她爱自己的房子。

"皮科克一家的故事是真的吗?"菲雅摸了摸客厅和餐厅之间的弹孔,"我还以为是瞎编的。"

皮科克一家在一九〇四年建造了这座房子。凭借拥有的财富,他们的生活挥金如土。一九四七年,他们打算把他们的房子翻修成现代样式。在翻修不久后,全部八名家庭成员神秘失踪。没有尸体,没有血迹,只有墙上的八枚弹孔。

父亲儿时的玩伴——煤渣砖约翰，拍得了皮科克一家的地产。煤渣砖约翰拥有各式各样的出租房，但每个人都告诉他，买下皮科克一家的房子就是买下了一个诅咒。随着时间的推移，这处房产越来越破败。小镇外的抢劫者毁坏和偷走了任何他们能毁坏和拿走的东西。他们不像镇子上的居民那么害怕诅咒。

当父亲给煤渣砖约翰写信，告知他我们要到呼吸镇后，煤渣砖约翰很快回信：

> 我有一座房子要送给你，但我告诉你，亲爱的朋友，它被诅咒了。它的主人消失了，再也没寻见。我能确定的是，我没看见过飘浮的床单，也没看见过门会自己关上，尽管有弹孔（一共有八个），但从来没有人在我面前流过血。如果这房子闹鬼，那鬼可不太擅长这个。我之所以觉得它被诅咒了，是因为大家都这么说。我送你这座房子是出于私心。我希望它能带给你足以称作家的感觉，让你不忍心离开。就当是我这些年太过孤独吧，亲爱的朋友。

父亲说没有任何不幸降临在这座房子上，那些谣言不过是为了让小镇上的居民有话可谈。

"再说了，对于一个早就被诅咒的家庭来说，加上一个新的诅咒算得了什么呢？"母亲说道。

弗洛茜指着我们可以摆放电视的地方，轻快地跳过去。

"这里可以看《美国舞台》[①]。求你了，我们买台电视吧。"她拽着父亲的衬衫。

[①]《美国舞台》是美国的一档音乐表演节目。

"我们到时候再说。"他答道。

林特从我身边走过,来到一个靠墙站着的老虎雕像身边。老虎的形貌非常逼真,尽管它没有左后腿,玻璃做的眼睛也被挖走了。

林特纤细的手指沿着老虎的条纹滑动。他把他的头靠在老虎身侧,仿佛在倾听老虎的心跳声。他蓬松的棕发落进了他深棕色的眼睛里。崔斯汀则偷偷溜到另一侧,藏在老虎的嘴巴后面,开始低声咆哮。林特被声音吓到了,他倒在墙上,呜咽的同时把自己蜷缩得更小。父亲听见了动静,走了进来,一边把林特抱住,一边训斥着崔斯汀。

"老天,我只是在开玩笑。"崔斯汀站了起来。

当崔斯汀看到我时,他摸着他的手枪皮套,取下他的玩具手枪。

"那我就抓走一个小印第安人。"他开始追我。

"别烦我。"我努力跑得比他快。

"我不。"他朝空中开了一枪,"我接到命令,要把所有野蛮人赶出这片土地。"

我躲在菲雅身后。

"别让他抓到我。"我拽着她的裙子。

利兰冲进房子,抢走了崔斯汀手中的枪。

"你不应该追你的姐姐。"利兰说道。他仔细看了看玩具枪,然后把枪举起来,对准墙上的弹孔。

"砰!"他的叫声吓了菲雅一跳。

"利兰,军队发给你枪了吗?"崔斯汀问。

"当然。"利兰把手枪还给崔斯汀。

"我打赌肯定没有我的好。"崔斯汀说道。他对准墙上的一只祖母绿甲壳虫开了一枪。

菲雅迅速抓住我的手,我们一起走进厨房。台子上放着打碎的搅拌碗和十几条木制擀面杖,堆得像柴火堆。在壁挂式水槽的底部,有一本烹饪书。它摊开着,仿佛不久前有个女人还用指尖翻阅过书页。

"贝蒂,"菲雅指着正穿过走廊的弗洛茜,"不如我们看看她要去哪儿,那里说不定会有宝藏。"

我们一起跟着弗洛茜来到楼梯口。第七级台阶上有一颗线条粗糙的爱心,是用折叠小刀刻下的。

"我们的房子里曾经住过恋人。"弗洛茜一边说,一边踩过那颗爱心上了楼。

四间卧室都在二楼。我把睡衣盒子交给菲雅,这样我就能和弗洛茜比赛探险了。第一间卧室很长,可以同时俯瞰前院和后院,但门不见了。我们都知道这间宽敞的房间会是父母的。

走廊对面是楼上唯一的浴室。浴室里的铸铁浴缸还在,因为它太重了,谁也偷不走。马桶也还在,但它的水箱盖坏了,马桶座也从上面脱落了。

弗洛茜把头探进一间面向后院的小卧室,告诉菲雅这可能是菲雅自己的房间。

"既然你有单独的房间,你就不需要一个大房间了。"弗洛茜一边说一边用手指拨弄她的头发。

"她有单独的房间,是因为她是长姐。"我提醒弗洛茜。

"她只有十七岁,她还没有大到能做任何重要的事。"弗洛茜说道。然后她决定把林特和崔斯汀的房间安排在菲雅旁边。

弗洛茜踏入前面的卧室时,拍了拍手,然后说:"我们的房间,贝蒂,就是这一间了。"

这个房间闻起来很潮湿。天花板上的水渍看起来像刚留下的新鲜瘀青,边缘是黄色、白色和绿色的。上面能看见蜘蛛网,新的旧的都有。一条破旧的跳绳盘绕在碗里,像一条蛇。地上到处都是砸碎窗户的石头。

"老天,这镇子上除了砸窗户,就没什么更好的事做了,是吧?"菲雅说着走了进来,踢着石头,"林特会喜欢看到这些的。"

石头用纸包着,纸外面捆着橡皮筋,现在橡皮筋已经腐烂了。纸上写着一些名字,就好像这座房子是一口许愿池,供那些想诅咒别人的人下咒。

房间中央有一个盒子,一侧被砸碎了。我把手伸进盒子里,拿出一本破旧的海伦·胡文·桑特迈尔写的《香草与苹果》,还有一瓶空的蓝色华尔兹香水。弗洛茜从我手中一把夺过了那个心形的瓶子。

"就像被王子吻了一下。"她咂咂嘴,把香水瓶从脖子轻揉到嘴唇。

"里面还有什么?"菲雅指着盒子问。

我捡起盒子,把里面的东西都倒了出来。首先是一条灰蓝色的手帕随着橡树叶和枫树叶形状的金色箔纸飘落下来,然后是一张一九三七年的报纸,文章详细报道了阿梅莉亚·埃尔哈特[①]的失踪,还有几枚竞选徽章,其中一枚是艾尔弗·兰登[②]一九三六年的竞选徽章。兰登的照片底下是他的口号:生命、自由和兰登。

"他的名字和爸爸的一样。"我拿起徽章,举给我的姐姐们看。

"嗯……"这是弗洛茜把香水瓶放到窗台上前唯一说过的话。"哦,看哪。"她的眼睛捕捉到两扇窗户间的两枚弹孔。

"两个洞意味着两个人在这里中枪了。"母亲的声音围绕着我们。

我们转过头,看见她怀着好奇心冷静地从门口向里面打量。

"也可能是一个人中了两枪。"菲雅说,"也许子弹没有射中,因为这里没有尸体。"

"他们被谋杀了。"弗洛茜也说道,"可能不是用枪杀的,凶手用的是斧头。"

弗洛茜尖叫着,张开双臂朝我猛扑过来。我把她推回去时,利兰正好

---

① 阿梅莉亚·埃尔哈特是第一位独自飞越大西洋的女飞行员。当她尝试首次环球飞行时,在飞越太平洋期间神秘失踪。

② 艾尔弗·兰登是一九三六年美国总统大选共和党候选人,最终输给了富兰克林·罗斯福。

把他的头探进房间。

"你会留在这里吗?"母亲问他。

"回军队前,我还要去几个地方转转。"他靠在门框上,戳着靴子的后跟,把下巴靠在胸前。

"好吧,我不怪你不留下,"母亲说,"你能透过地板看到大地,透过天花板看到天空,这完全称不上是房子。"她急促地吸了口气,补充道,"至少我们知道魔鬼一直都在哪里出现了。"

她走出去时摇了摇头。

当菲雅向后靠在弹孔上的时候,利兰抓住机会,慢慢走进房间,踢起那些竞选徽章。

"菲雅,你喜欢你的首饰盒吗?"利兰问她,"你把它落在门廊了。"

菲雅没有回应他,这时他的声音阴沉下来:"你是不是觉得我送你睡衣更好?"

她把我的睡衣盒抱在胸前。

"我只是替贝蒂拿着。"她说。

他转向我和弗洛茜。

"你们俩别烦我。"他说。

"但这是我们的卧室。"我告诉他。

他把我扔到走廊里,差点儿把我的胳膊拧下来。接着,他也把弗洛茜推了出来。还没等我们回去,他就猛地关上了门。我试着扭动门把手,但他在另一边用手攥着它,于是我用小小的拳头砸门。

"没什么大不了的,贝蒂。"弗洛茜挽着我的胳膊说,"我们去看看房子的其他地方吧。"

我们穿过走廊。我没有像弗洛茜那样数着我们脚下嘎吱作响的死甲虫,我回想起最后一次见到利兰的情景。父亲在我们租的房子里开辟了一个菜园,菜园里种着几排玉米。父亲总是告诉我们,当玉米穗成熟时,玉米穗会变干，玉米皮会变黑。

"有些人会剥开玉米皮检查谷粒。"父亲会说，"千万别这么干，因为如果它没有成熟，你就得把穗子留在茎上。但既然你已经剥开了玉米皮，害虫就会钻进去蛀坏谷粒。"

尽管如此，利兰还是在玉米没有成熟的时候剥开了穗子。

"你会毁了玉米的，儿子。"父亲告诉利兰。

利兰没有停下，他和父亲开始争吵。我不知道是父亲先动的手还是利兰先动的手。我只知道，一切结束后，玉米秆都被压扁了，父亲也留下了一个黑眼圈。不久之后，利兰就参军了。

"这是第九十八、九十九、一百……这是第一千只甲虫。"弗洛茜一直在数死去的甲虫。

走廊传来的滑动声使她停了下来，是父亲在把床垫推进他和母亲的房间里。林特和崔斯汀就跟在他身后，仿佛在举行阅兵仪式。

"贝蒂，你认为我们的兄弟很可能是地球上最蠢的男孩吗？"弗洛茜问。

听到她的话，崔斯汀停止了行军。他把手放在枪套上，说两个女孩光脚出门是违法的。

"别动！警察！"他跑向我和弗洛茜，用他的玩具枪射我们的脸。

"你也光着脚，蠢货。"我和弗洛茜一起说道，然后推开了他。

"嘿，嘿，在我们的新家里不许有人打架。"父亲说道。他走进走廊，林特紧紧跟着他。

父亲搓着手，微笑着环顾四周。

"我感觉我可以吞下整座房子，我已经如此爱它了。"他说。

他望向走廊尽头那扇紧闭的门。这扇门曾经被漆成淡紫色，上面还残留着些许颜色，像是一段难以抹去的往昔岁月。彩色的玻璃嵌板已经碎了，地板上的彩色玻璃碎片就像宝石一样散落着。父亲穿着他的工作靴，把锋利的碎片踢到角落里，让光着脚的孩子们安全地走在他身后。

"我打赌这扇门是天堂的入口。"父亲说着打开了它。

可我们看到的是纵横交织的蜘蛛网和通向狭窄楼梯的黑暗。

"关……关……关门。"林特退后一步,"立……立……立刻。"

"没事的,儿子。"父亲说,"没什么好怕的,只是一座老旧的楼梯和一座老旧的阁楼,除了木头和钉子,什么都没有。"

但林特不抱有任何侥幸,他跑到了走廊的另一头,在拐角处偷看着我们。

"我们先进去看看。"父亲告诉林特,然后转身走向楼梯。

"其他人注意脚下。"父亲一边说,一边走在了最前面。

台阶在我们脚下嘎吱嘎吱地呻吟着,我发现自己在寻找可以抓牢的栏杆。我又仿佛听到什么东西在抓挠,一股冰冷的穿堂风刺痛了我的皮肤。我的心跳得如此之快,就连指尖都能感觉到。弗洛茜向我靠了过来,而崔斯汀则把手放在手枪上,似乎随时准备开枪。

我们越往上走,空气里的那股奇怪的芳香就越浓烈。这香味让我想起有一次我在月光下捡到的那根白鸟羽毛的气味。

"我打赌皮科克一家的尸体就在这上面。"就在我们到达楼梯上头时,弗洛茜说道。

但和房子的其他地方一样,阁楼也被清空了,留下来的只有一个盒子,里面装着用过的梳子和一个标签上写着"重要"的脏罐子。

"这上面臭死了。"在我们分散去探索这宽阔的房间时,弗洛茜捏着她的鼻子说道。

"爸爸,地板上这些是什么?"我一边问,一边把脚底翻过来,想看清嵌在脚后跟上看起来像小黑虫的东西。

父亲捡起一粒黑色的颗粒。

"我们该下楼了。"他说。

从上面传来的吱吱声使我们抬起头来。父亲赶紧用手捂住弗洛茜的嘴,免得她看到挂着的蝙蝠而尖叫起来。

我们蹑手蹑脚地走向台阶,父亲低声对我和崔斯汀说保持安静。他等到我们都下了楼,才松开弗洛茜的嘴。

"我不能和蝙蝠住在一起。"她说。

"蝙……蝙……蝙蝠?"林特在走廊尽头喊道。

"它们会在我们睡着的时候吸我们的血。"弗洛茜打了个寒战,仿佛她能感受到蝙蝠在爬遍她的全身。

"没错,爸爸,"我补充道,"我们都会变成吸血鬼的。那样的话,我们就不得不在晚上种菜了,因为我们再也不能晒太阳。"

"蝙蝠不会伤害我们的,"父亲轻轻地关上阁楼的门,"它们是善良的生物。"

"但我们不能和它们一起生活。"弗洛茜甩动她的胳膊。

"我会让它们飞出阁楼的,"父亲说,"然后给它们做一间小小的房子,放在空地的一根柱子上。这样即使它们不住在这里,它们仍然会觉得它们和我们卡彭特是一家人。"

"你要怎么让它们飞出去?"崔斯汀问。

"我会用血星星。"父亲压低了声音。

"什么是血星星?"我想象着天空浸泡在血色里。

"星星里充满了我们死去的切罗基长老的血。"父亲说,"他们的血是如此崇高,以至于与他们的灵魂一起升天,变成了血红色的星星,为所有人撒下智慧的光辉。"

"根本没有血星星这种东西。"弗洛茜迅速反驳道。

"哦,当然有,弗洛茜。"父亲接着说,"在血星星之前,没有四季。第一滴血带来了春天,第二滴血带来了夏天,第三滴血带来了秋天,第四滴血带来了——"

"傻爸爸。"弗洛茜走到前面,假装用小指在涂口红,"我们去看看谷仓吧。"

弗洛茜在前面带路,父亲把林特抱下楼梯,崔斯汀紧跟在后面。

我在自己的卧室门口停了下来。门敞开着,但房间里空无一人。我的睡衣从破烂的盒子里掉了出来,散落在地板上,睡衣已经破了,好像被人踩过。

在隔壁房间,母亲坐在床垫上。在她揉自己的腿时,我看到了夹在她的尼龙袜和脚掌之间的熟悉的方形纸片。那时,我以为那些方形纸片是用来防止她的鞋子在脚掌上滑动的。

"菲雅和利兰在哪里?"我问她。

"别烦我。"她转过身,开始往床垫上爬,"我要在做晚饭前小睡一会儿。"

"可是他们去哪儿了?妈妈?妈——妈!"

她抬起头来看着我,两根眉毛竖得笔直,然后说:"如果你再来烦我,我就用你长长的印第安头发把你吊在树上,叫乌鸦来啄你的眼珠子。你想这样吗,宝嘉康蒂[①]?"

我飞快地冲下台阶,差点儿从变形的楼梯上摔下来。我追上了父亲和其他人,他们站在巨大谷仓前的院子里。谷仓高大但破损的四壁在一个石板屋顶下相交,屋顶上面印着"1803",每个数字都和屋顶一样长。

"这是俄亥俄州成立的日子。"父亲告诉我们。

我们把目光投向谷仓木板上褪色的手印。我想象人们把手浸在各种颜料里面,然后将整个身体甩在谷仓上,而手掌最先触碰木板。一些手印已经模糊了,这情形看起来好像是有一天晚上所有人都开始跳舞,并且试图让谷仓加入进来。

"手印属于建造者,"父亲把自己的手放在一个黄色的手印上,"或者属

---

① 宝嘉康蒂:英属弗吉尼亚州印第安人,印第安部落波瓦坦族酋长波瓦坦的女儿。

于某个不肯放手的人。"

他冲谷仓微笑,仿佛拥有这样一个谷仓便是迈入了幸福生活。

"我打赌会在里面找到一匹小马。"崔斯汀说道,他和弗洛茜跑进谷仓探索。

林特跟着他们,但他总是停下来捡石头。

"爸爸,"我问,"你知道利兰和菲雅去哪里了吗?"

"我们出来的时候,我看到他们沿着巷子走了。我想他们是去镇子上看看大伙儿都过得怎么样。"

他转过身,仔细眺望这片土地。

"想象一下这里的四季,小印第安人。"他笑了,"今年春天余下的日子,你会爬上那棵树。"他指着院子里那棵高大弯曲的红针栎树,"夏天到来时,你就可以一整天都在菜园里吃西红柿,菜园会建在那边。"他指着房子旁边一片长长的草地,"秋天,你会坐在后门廊上,看着树叶飘落在地。冬天来临时,你会嘲笑光秃秃的树,说它们长得都像八脚朝天的蜘蛛。"

他把脚跟深深埋在地里,盯着屋后一棵柿子树旁流淌的小溪。

"世界上没有比这里更好的地方了,就在此处,就在林荫巷的尽头,"他说,"就像上帝把我们捡起来,安放在他的口袋里。"

一声惊雷回响在天空中。林特跑出谷仓,奔向父亲。我抬头看着树梢上聚集的乌云。

"像是从火里升起的烟。"我说。

"也许这就是暴风雨。"父亲眯起眼睛望向云中察看,"我们最好在暴风雨真的到来之前把所有东西都搬进去。"

我和林特跟着父亲来到小巷。他把床垫从车顶掀下来,顶在自己头上。林特模仿父亲的样子和他一起向门廊中走去。

我转向我们隔壁的房子。在修剪整洁的院子里,有一个小女孩,她满头都是卷曲的金色短发,头发用白色的缎带系着。她怀里抱着一个巨大的红色皮球,正把皮球高高地弹过头顶。

"我七岁。"当我靠得足够近时,我对她说。

"我六岁。"她说。

她的连衣裙是可爱的蓝色,袜子上有相衬的蓝色皱褶饰边。

"我喜欢你的袜子。"我说。

她笑了,我回头看她在对谁笑。当我意识到是我时,我也冲她高兴地笑了。她把红色皮球弹给我,我接住球,丢还给她。我们这样传了好几次。她的笑声听上去像是一个小铃铛。

"扔高点儿。"她说。

我尽可能扔高。

"你是我最好的朋友。"她接住球后说。

"你也是我的好朋友。"我跳上跳下,拍着我的手。

"我们每天都一起玩。"她一边说,一边把球弹给我。

我接住了球,就在这时,她家屋子新刷好的纱门打开了。一个穿着淡蓝色裤子的男人走了出来,用手指着我。

"把球还回来,马上!"他对我说,"在这个社区,没有人偷东西。"

"我们在玩。"我说。

"我们在玩,爸爸。"女孩赞同地说。

"我什么也没偷。"我肯定地补充。

"没①是异教徒说的话。"他一边说,一边把女儿拉到身后,"现在,把球给我。"

我把球丢给他。我意识到他没有穷人那样的手,也不像穷人那样毫不起眼。他手表的表盘反射阳光,形成了一个刺目的光点。他那双冰冷的眼睛似乎也是如此。

---

① 没(ain't)被认为是受教育程度较低的人的日常用语。

"亲爱的？"纱门再次打开，一个女人的声音响了起来。她似乎是飘到院子里的。她飘过自己种植的百日菊，站在了那个男人身后。她从他宽阔的臂膀后面望过来，问他："她是从哪里来的？"

"从这里来的。"我不介意亲自回答她，我指着我们的房子，"我们要搬进来了。"

她抓住那个男人的小臂，她的珍珠耳环在颤抖。

"有色人种家庭？"她倒吸了一口凉气，"当一个有色人种家庭搬到我妈妈的社区时，她说连水的味道都尝起来不一样了。"

"你的话可没有让我惊讶。"他说道，然后冲着球点了点头，"她想偷这个。"

"我们不能再要这个球了，在她碰过之后。"女人把她的小女孩抱起来，"有色人种总是有某种疾病，球上到处都是她的细菌。"

"你是对的。"他赶紧丢掉了球，掏出干净的手帕擦拭自己的手。

"露西丝，你必须小心挑选你的玩伴，亲爱的。"这位母亲把女孩的头护在她的肩膀上，抱着她走进屋子，"脏孩子会带给你脏东西。"

男人在妻子和孩子安全进入屋子后，冲我拍巴掌。

"滚出去。快点，滚。"他拍得更响了，好像我是四肢着地走路的动物，肚子在泥巴上摩擦。

"我说滚。"他跺了跺脚，朝向我迈了一大步。

我跑回去，站在我们的车道上。他走上门廊的时候一直在盯着我。他把白色柳条家具上的绿色条纹枕头抖松，然后走进了屋子。

我迅速做了一个决定，我回到他们的院子里，捡起那个红色的皮球。我认为我又听到了他们开门的声音，但我没有停止奔跑，直到我安全地站在我们家高高的杂草丛中。我在我们的车道上弹着球，想着这个男人，想着他拍打那双白手的样子。

呼吸镇报

夜深人静时，窗户被打碎

今天清晨，杜松老爹超市的工作人员发现一扇巨大的前窗被击碎，于是展开了清理工作，玻璃在他们脚下嘎吱作响。附近的几名住户反映称，凌晨一点半左右，他们听到附近有枪声。

当被问及这起破坏事件时，警长评论道："在呼吸镇，我们非常重视这起故意破坏事件。"

目击者反映称，枪声响起后，他们看到一个人影从超市里跑了出来。目前还没有关于对嫌疑人的清晰描述。

当地居民、来自壶巷的格雷森·耶洛因前来查看损坏情况。

"窗户破了真是可惜。"他说，"那是块好玻璃。"

现场虽然找到了血迹，但后来确认是从一个破瓶子里洒出来的番茄酱。

といっ
第六章

"在你双翼的庇护下叫我藏身。"

——《诗篇》17:8

我还记得我躺在菜园里的岁月,那里有土地的甜蜜气味,伸展得同我的腿和手臂一样长的南瓜蔓散发着芬芳,到处都是带刺的茎,以及泥土随着石块移动的声音。我凝视南瓜深绿色的叶子,像是在凝视深绿色的眼睛。这株植物还太小,不能结出任何果实。它是从父亲的种子里长出来的。我们搬进这座房子的时候,已经是季末了。尽管如此,父亲还是认为在初霜之前我们会有收成。

"天哪,天哪,这里有个大南瓜。"父亲的声音传来,接着,一股清凉的水喷在我脸上。我张开嘴巴,喝着从他手上握着的软管里冒出来的水。

"我真羡慕你,贝蒂。"他说,"你像植物一样自由。"

"你也可以像植物一样自由,爸爸。"我说。

"好吧,让我试试。"

当他躺在我身边时,阳光泼洒在我们脸上。

"贝蒂,你喜欢我们的菜园吗?"他问。

"我爱它。"

在早年间,种菜一直是家里的要事。在菜园里,父亲说的话和干的活一样多。

"对切罗基人来说,大地是有性别的。"他会告诉我们,"第一个女性是塞露。她拍打肚子就能产出玉米,拍打腋窝就能产出豆子。但她的魔法被视作巫术,她被一群野孩子杀害了。于是她的血沁入大地,万物从中生长。直到今天,塞露的血还在我们的大地上流淌着。"

即使杂草永远不会被割除,我们的菜园也会被父亲打理得井井有条。我和姐姐们走了八十步,他据此标出了两块菜地相隔的距离。在第一块地种植的三年里,第二块地会休耕。

"土地有三年的好日子。"父亲告诉我们,"第一年是壮观的收成,你永远不会忘记的那种。第二年是过得去的收成,但你只会记得一部分的收成。第三年,就会是你完全没有印象的收成了。这是大地在说它需要休息。所以,你让大地睡足它给你的每一年。三年种植,三年休养生息。"

他用葡萄藤篱笆把每一块地围起来,篱笆是用我和姐姐们的身体部位来测量的。

"我的卷尺在哪里?"他会问,直到我们中的一个走到他面前,伸出手臂或者手指。

他用皂苷灌木做篱笆的门。这些灌木不是用来装饰的,而是用来向土壤输送天然的氮。父亲知道这些知识,就像其他男人知道可以在商店购买已经混合好的肥料一样。

父亲是植物百科全书,尤其懂得植物的药用价值。无论我们走到哪里,他似乎总能招来一群乐意付钱买他的茶、补药和其他汤剂的人。呼吸镇也不例外。他已经帮助了一位患水肿的老人,用夹竹桃给他酿制淡茶。父亲从不宣称他有良药,他只是提供我们已经遗忘的植物智慧。

"我们被允许获取的生存所需的一切,大自然都已经给我们了。"他会说,"这并不是说,如果你吃了这种植物,你就永远不会死。因为植物本身就会有死亡的一天,你并不比它特殊。我们能做的就是试图治愈那些能被治愈的疾病,减轻那些不能被治愈的疾病的苦楚。最起码,我们把大地带入了体内,重新认识到即使是最小的树叶也有灵魂。"

对父亲来说,我们每个人都应该学会如何种植自己的菜园,这是至关

065

重要的。但崔斯汀更想在一旁描绘菜园,而不是身处其中。而林特把所有的精力花在了收集石头上。弗洛茜则是一直在晒日光浴。她还提醒我,母亲让我待在树荫下。

"你会变得更黑的。"弗洛茜笑了。她翻身晒着她身体的正面。

菲雅对菜园里的花最感兴趣。她喜欢百日菊和牡丹,但她最喜欢的是蒲公英。弗洛茜总是叫它们杂草,但菲雅从不觉得它们比玫瑰低贱。她会坐在草地上,吃亮黄色的花朵,直到她的舌头变色。当父亲谈起过去切罗基女人是什么样子时,她会时不时炫耀她黄色的舌头。父亲告诉我和我的姐姐们这些以前的事,因为他认为我们知道过去的样子是非常重要的。

"在过去的日子里,还没有白人的阴影笼罩。"他一边说,一边把他的铁锹插进土里,"切罗基女人负责种植,因为女人的身体里有塞露的血。血脉非常强大,在雨后,在沙尘后,只有血能留下来。切罗基男人没有塞露的血,所以土地和庄稼都不属于他们,它们只属于女人。"

"那为什么现在是你在种植?"弗洛茜问,"你不是女人,爸爸。"

"我会种植,是因为我的妈妈和我的外婆允许我这么做。她们教会了我一切。我或许没有她们作为女人的力量,但我有她们的智慧。我可以与你们三个分享这种智慧。"

他抓起一把土。土很松软,因为他在土上烧过干树枝和小树苗。他把松软的泥土倒在我和我姐姐们的手中。

"令庄稼生长的不是太阳,"他对我们说,"而是你们身上的能量。想象一下,你们体内的能量能帮助你们每个人种出多少东西呀。"

在菜园旁边的一截树桩旁,父亲用四根木柱支撑起一块木板,搭建了一个舞台。这些木柱大约有五英尺高,牢牢地扎在地上。父亲在树桩上切出台阶,把它变成了一个梯子。

"我妈妈的菜园就有一个这样的舞台。"他说,"舞台在菜园前面,仿佛一切回到了时间的开始。女人和女孩会坐在舞台上。她们会唱歌,让乌鸦和害虫远离庄稼。女人唱歌时，她们的声音会沁入土里，滋养植物的根，让植物更强壮。"

"男孩不在舞台上讲话和唱歌吗？"菲雅问。

"不，"父亲说，"他们没有女孩和女人拥有的那种力量。"

我和姐姐们给舞台取名叫"遥远之地"，因为即使它在我们的院子里，看上去也是那么遥远。我们不受任何人和任何事物的束缚，这是我们的世界。我们在那里说着自己的语言，那听上去像英语，我们发誓那是无与伦比的东西。在我们的语言中，我们会讲述没有结局的故事，唱着拥有无数和声的歌曲。我们变成了彼此，每个人都成了讲故事的人，成了演员，成了创作型歌手。我们丈量着身边的一切，直到感觉我们已经绘制出了生命的几何，从我们拥有的生活到我们相信我们注定会拥有的生活。

在很多方面，"遥远之地"是我们的希望和欲望具象化而形成的四个木质角落。我的姐姐们站在不同的角落。风鞭打着她们的头发，但她们仍旧纹丝不动。在我眼中，她们从未如此高大过。我从这些瞬间中意识到这一点。她们把脚分开，坚定地扎根下去，让自己的身姿看上去无比强大。她们一只手抓着裙子，另一只手放在身前，感受着风在击打她们的手掌。从舞台外面看过去，她们就好像已经活了很久很久，成为一个女人。

当然，我们在这里也是孩子。我们会绕着舞台跑，但从来不越过舞台的边缘，仿佛整个世界就在这里，它大到足够容纳三个小女孩的梦想。我们会装作被射中心脏，只为了死而复生。天空颠倒过来变成大海，我们在里面游泳，用脚踢着水，一只手放在悬浮的舞台上，另一只手在嬉戏中自由地溅起水花，或者伸向游过的鲸鱼。夜晚，当我们触摸坚硬的木板时，它便变成了鸟儿柔软而温暖的身体。它是那么高大，能够挣脱大地，飞上天空，让我们免受任何不幸。弗洛茜会跑到一只翅膀上，说她要潜入群星之中，成为一颗星星。那一刻，我们共享一个幻想、一个纯洁美丽的念头，那就是我们举足轻重，那就是一切皆有可能。

最后总是会有尽兴的舞蹈。我们在舞台上入睡，只为了在第二天太阳升起的那一刻醒来。粉色和橘色的云彩看上去只为我们而表演。

"太阳太大了。"菲雅总是说。

"还不够。"弗洛茜会回答。

我常常觉得自己被夹在两人中间，只好说："刚刚好。"

确实如此，在我们的"遥远之地"，这刚刚好。

"诅咒在这里伤害不了我们。"弗洛茜用特别重的南方口音说，"没用的，它在这里伤害不了我们。"

但一旦我们走下舞台，离开我们的世界，现实便在那里等着我们。诅咒就是现实的一部分。弗洛茜似乎欣然接受了这个诅咒，她经常用诅咒磨炼自己的演技。她会把手放在额头上，大声呼喊"折磨，我们的瘟疫"，然后向后倒去，仿佛晕了过去。

我不愿相信我们和我们的房子都被诅咒了，尤其是在我们付出辛劳之后。我们把灰尘和碎片扫出门外，让它们变成一团团飞尘，沿着门廊的台阶飘落。我们跪在地上，用手擦洗地板，清洗墙壁，直到连影子都被擦洗干净。我还记得母亲擦过镶板后，它是多么闪亮。渐渐地，木头会在炎热中膨胀，讲述自己的故事。

嘎吱，嘎吱。

母亲决定把她儿时卧室的黄色短窗帘挂在厨房水槽上方的小窗户上。她盯着窗户上印着的白色花朵，说这里对花儿来说是个好地方。然后她拾起水桶，开始清洗弹孔的四周。我本以为会在抹布上看到血迹，但抹布上只有石膏、墙纸和木屑。

在这期间，我的父亲也在打理房子。他看上去只是一个手里拿着锤子的普通人，直到他开始给每一枚钉子讲故事。在"很久很久以前"和劳作之间，父亲清理了阁楼上的蝙蝠，利用旧皮带上的皮革制作每扇坏门上的铰链。他更换了破碎的窗户玻璃，修补了屋顶、墙壁和地板上的洞，但这座房子再也不会像全盛时期那样华丽了。也许你换一个好的角度看过去，仍旧可以一瞥它曾经的模样，但是承受四季的风吹雨打对于一座被抛弃的房子来说很艰难。我们尽力修补了毁损。即使有种种缺点，我还是喜欢这座房子。我也想知道它是否也喜欢我们。我们尝试用漂亮的东西填充它，比如父亲在他和母亲的卧室门框上挂上鹿皮，因为之前这个房间没有门。我们把碎布小地毯铺满了地板，搬进我们所有的家具。剩下的桌子、椅子、橱柜或者其他需要的家具，父亲也会慢慢去做，这是从爷爷那里继承下来的传统。

我们从煤渣砖约翰那里买了一些电器，他在业务上除了买房子，还会买下房子里的东西。父亲通过帮他修理出租的房子来支付电器钱。很快，我们就有了一台带显示屏的冰箱和一台冷藏柜。

没过多久，利兰又出现在了家门口。他带来了一台柜式电视。

"得花多少钱才能买到这样一个东西？"父亲问。

"免费的。"利兰把目光挪开，咬着脸颊内侧，"你要吗？"

"哦，求你了，求你了，我们留着吧。"弗洛茜拉扯着父亲的衬衫。

"好吧。"父亲说，他帮利兰把电视搬进了客厅。

画面是黑白的，但弗洛茜就好像它是五颜六色的那样尖叫。

利兰在那之后留了下来，他有时睡在楼下的橙色印花沙发上。当他不在家过夜时，他会在早上回来，经常衬衫只扣了一半，胃口大到好像能一个人吃掉森林里所有的鹿。军队只给了他一个短暂的假期，但他在外面待的时间要长得多。那是八月的头几天，军警戴着他们的臂章出现了，把他带了回去。他们押送他上车时，我们的邻居在他们的院子里看着他。

"他们这样的人没有一个是体面的。"他们的声音融合在一起，"希望他们能学学我们镇上的道德。"

也许他们认为，我们学习他们所谓道德的最好地方就是他们的学校。那一年，菲雅要上高中了。弗洛茜要升五年级。去年的时候我六岁，还没有被学校招收。

"我不想离开爸爸。"我那时说。

现在,在呼吸镇,我已经七岁了,该上一年级了。

上学的第一天,我和姐姐们一起等公交车。一辆耀眼的红色轿车驶过,巷子对面的那个金发女孩把脸贴在后窗上。我告诉菲雅和弗洛茜那个女孩的名字是露西丝。

"小露西丝小姐。"弗洛茜用她的马鞍鞋尖踢着松散的碎石。

"贝蒂,你紧张吗?"菲雅问道。她看着我用手把父亲的人参珠子倒来倒去。

"我为什么非要上学呢?"我耸着肩,"我已经知道一切了。"

"贝蒂,"弗洛茜转向我,"你知道我们不能在学校一起玩,对吧?"

"弗洛茜,"菲雅用手肘碰她,"别说了。"

"我是说,在家里当然不要紧。"弗洛茜没有理睬菲雅,"但是在学校,我们不能被看到在一起。"

"为什么?"我问。

"这不是显而易见吗?我是说,瞧你这个样子。你是不会成为班上最酷的小孩的,贝蒂。我不能让你拖累我。"

"我也不想被看到和你在一起。"我朝她丢珠子。

"很好,"她用鞋跟把珠子踩进了土里,"我们达成一致了。"

"我恨你。"我告诉她,"我要碾碎一只蟾蜍,然后告诉上帝是你干的。"

"闭嘴,"她说,"你只是恼羞成怒,因为你不会交到任何朋友。"

"这不是她的真心话,贝蒂。"菲雅对我伸出手,但我躲开了。

"我要走着去学校,"我说,"我可不想让人看见我和丑八怪弗洛茜在一辆公交车上。"

我跑进了树林,同时我的姐姐们上了车。我没有去学校,而是选择了回家的路。

当我到家的时候，父亲正站在车库前面，把一罐黑色的液体递给一个我认识的女人，她就住在附近的房子里。林特靠在父亲腿上，他把拇指含在嘴里，听着父亲告诉那个女人罐子里装的是一种煎药。

"我煮的是另一种树皮，"他解释道，"你听说过豆科和桤叶树科吗？"

女人摇了摇头。

"这是皂荚树和胡椒木。"我弯腰藏在灌木丛里，低声对自己说。

"好吧，这是皂荚树和胡椒木，"父亲告诉她，"对你的咳嗽有好处。"

"味道怎么样？"女人问。

"你觉得味道怎么样不重要，"父亲说，"对蛇来说味道如何才重要。这就是你咳嗽的原因。你这里有一条蛇，"他轻拍她的喉咙，"对蛇来说，这味煎药尝起来味道好极了。它的味道是那么好，说真的，蛇会从你的身体里爬出来。如果你感觉到了，就去河边吐出来。河水会减轻咳嗽的剧烈程度，给蛇降降温。"

"我听别人说过你可能会说一些奇怪的话。"她说。

"我发现一剂故事煎药对治疗很有帮助。"他回答。

女人走后，我溜进谷仓，爬上阁楼。我从裙子口袋里拿出记事本和铅笔，准备开始写作。几秒钟后，我听到林特问为什么谷仓的手印在动。

"它们没在动，儿子。"父亲说道。他们的声音传进谷仓。

"在动……动……动。"林特说。他从口袋里拿出一块石头，朝谷仓丢过去，石头击中谷仓。然后他就跑回了房子。崔斯汀正在前门廊画画。

"贝蒂？"父亲朝我喊道，"我知道你在里面。我看见你穿过院子了。"

"不，你没有。"我迅速往后躲，"我不在这儿。"

他开始爬梯子，阁楼的梯子因他的重量在移动。

"你为什么不在学校？"他问。

"我不想去。"我发出咝咝声，像一条走投无路的蛇，"如果他们让我像垂死的人一样咽下最后一口气呢？"

"他们不会那样做的，贝蒂。"

"你怎么知道？"

"因为我不会允许他们那样做。"

他这时已经站在梯子上，向我伸出了手。

"来吧，快点。"他说，"你不能躲在谷仓阁楼里，小印第安人，那样你会永远受不到教育的。如果不受教育，大家会有足够的理由说你是个无趣的人。你想被说成是无趣的人吗？"

我摇了摇头。

"那么来吧，"他说，"我送你去上学。"

我从梯子上爬下来时，他谈论起我在学校会拥有的那些乐趣。

"如果学校真的那么有趣，你为什么不去？"我边问边从梯子的最后一节横档跳到地上。

"我还是个孩子的时候上过学，但我不得不在三年级辍学，去地里干活，养家糊口。你知道你能上学有多幸运吗？我们家族还没有人从中学毕业过呢。菲雅会是第一个，弗洛茜会紧随其后。你不许放弃这个机会，小印第安人。"我们走出谷仓时，他用手臂搂着我，"你会交到很多朋友的。"

"不，我不会。他们会问为什么我长得跟他们不一样，人们总是这样。"

"你告诉他们我们一直告诉他们的话，你是——"

"切罗基人，我知道。"我们走向车子时，我低下了头，"我只是不想去。"

"如果你不去，"他说，"你就找不到神奇的古老之眼了。"

"什么是神奇的古老之眼？"我问。

"是很久以前，一位切罗基的老者为上学的孩子们雕刻的。老者想要创造一只前所未有的眼睛，一只有五个瞳孔和一个属于河流的虹膜的眼睛。它总是在转动，在表面之下藏有惊喜。但只有像你这样的孩子才能看得见。"

"像我这样的孩子?"我问。

"切罗基孩子。"他说。

"这只眼睛究竟有什么特别的?"

"当你凝视它时,你会看到你所思念的家中的一切。"

"一切?"我抬头看他,"甚至是你?"

"一切,甚至是我。"

想象着这只眼睛,我跳到他身前,钻进了"漫步者"。随后父亲肯定的语气让我一路都面带笑容。但离学校越近,我就越紧张。

父亲把车停在一排树旁。我下了车,希望他能离开,但他和我一起下了车。

"我能自己走。"我说。

"哦,我知道你会干什么。"他回答,"你会找到另一个谷仓阁楼或者山上的洞穴藏起来。"

"一个山洞。"我咕哝道,"我怎么没想到呢?"

父亲打开门,我们走进学校。和米黄色的砖墙外观不同,学校内壁都是深色的木头,使得白色瓷砖格外突出。走廊空无一人。每扇关着的门外面都贴着一块标牌,上面写着老师和年级。

"啊,我们到了。"父亲找到一年级教室的牌子。

他轻轻敲门,但没有给里面的人开门的机会,就把门推开了。这扇门在教室的后面。每个人都回过头盯着我们看,有些孩子见到我的父亲就笑了起来。我仔细打量他,试图弄清他们觉得他哪里好笑。

"有什么能帮到你的吗?"老师问。

"我的小女孩为上学的第一天做好准备了。"父亲把我往前推了推,"她很兴奋,即使她不会承认她好好梳过头什么的。"

孩子们开始窃窃私语。

"瞧瞧你们这些孩子。"父亲一边说,一边把手伸进口袋,掏出一颗薄荷糖。

他用拳头把糖果在课桌上砸碎,每一击都让人心惊肉跳。

"你们每个人都尝一口。"父亲告诉他们,他把糖果分成足够多块,四处分发,有一些比鞘翅还小。

"同学们,"老师拍了拍手,"别吃那些糖。"

"只是糖。"父亲告诉她。

"我相信只是糖。"老师开始收集那些糖。

"我没事了,爸爸。"我试图把他推出去,"你可以走了。"

"我给你找个好座位。"他说。父亲把他的手摆成望远镜的形状,俯瞰教室。教室很小,但他装作像是在搜寻一百亩的土地。

"爸爸,"我拽他的胳膊,"这里就有一个。"

我指着敞开的窗户旁边的空座位。他像举林特一样把我举了起来,抱到座位上。我盯着老师看了一路,她比我想象中要年轻。我想象中的老师扎着一个灰色的发髻,穿着一双鞋跟磨平了的便鞋,女式衬衫领子上别着一枚胸针,就像弗洛茜描述的她的老师们那样。但是我的老师看起来并不比菲雅年长多少。她穿着高跟鞋,没有戴胸针,敞着她那圆点花纹连衣裙的领子。

"我能自己走,爸爸。"我从他怀里挣脱出来,立刻坐到了座位上,试图藏在桌子后面,"好了,爸爸,你回家吧。"

他告诉老师他想和她谈谈。她摸了摸她太阳穴边一缕金色的卷发,然后和我的父亲去了走廊。

我前桌的男孩转过头面对我。他有一头硬邦邦的棕发,以及一双间距很近的眼睛。

"你叫什么名字?"他问。

"贝蒂。"

他做了个鬼脸。

"你讲话真好笑。"他说。

"你讲话更好笑。"我告诉他。

"你长得也很好笑。"他说,"你的老头子也是。"

"你才是长得好笑的那个。"我皱起眉头,"还有,我的爸爸不是老头子。他是我爸爸。"

男孩打量着我,咂咂嘴。

"我从没在照片之外见过你们这种人。"他说。

"班上有很多女生。"我指出她们,"这儿、这儿、这儿——"我的手指停在露西丝身上,她在看我。

"废话,我知道班上有女生。"男孩转过身来,把胳膊搁在我桌上,面对着我,"我是说我从没见过有色人种。"

"而我从没见过屁股上长脸的人,如果你再不转过去,我就拿我爸爸的折叠小刀,把你切成碎块,装在一个心形的盒子里邮寄给你的丑八怪妈妈。她不得不给家里所有人写信,告知他们你的下场,然后她会一直拼命哭呀,哭呀,哭到他们必须把她像疯狗一样射杀。"

"孩子。"老师的声音吓了我一跳。

男孩咯咯笑着转过身去。

"孩子。"她又说了一遍,"我们这里不用这种方式说话。"

我抬起眼睛,看到了她小脸上的怒容。

"我爸爸对你说了什么?"我问。

"你要叫我夫人。"

"好吧,我爸爸对你说了什么,夫人?"

"他说你是贝蒂·卡彭特,你很狡猾。"

"他不会这么说的。"

"哦,他当然说了。"她从讲桌上拿起她的尺子,在手掌上拍了一下,"他说你鬼鬼祟祟的,要我盯着你,不然你会偷偷溜走。"她用两根手指在

075

空中比画,仿佛它们是腿,"毕竟你们这种人非常狡诈,是不是?"

她走过来,用手指在我裸露的胳膊上划了一下。她看着自己的手指,似乎在期待什么东西会掉下来。

"为什么她的皮肤这么黑,夫人?"坐在教室另一头的一个女孩问。

"因为她涂了油。"老师回答。

"我没有。"我说。

"不,你涂了。"老师站在我身边,"你涂了油,整天懒散地坐在太阳底下,什么都不干,只是越变越懒,越变越黑。"

"我没有在皮肤上涂油。"

"你撒谎。"她的尺子降落在我的手背上。我能感受到泪水充盈我的眼睛,但我绝不会让她看到我会哭。

"我要告诉爸爸你打我。"我告诉她。

"如果你告诉他,我会把你爸爸拽到这里,他也会被我打。"

"他不会。"

"哦,不会?你试试看,孩子,看看会发生什么。"

她用尺子轻轻拍打自己的手掌,开始解释斜纹粗棉布牛仔裤和遗传基因双螺旋结构之间的区别。

"你知道异族通婚是什么意思吗?"她念出这个复杂的词语,仿佛它是一种罪恶。

我摇了摇头。

"它的意思是,"她说,"你爸爸的基因和你妈妈的基因结合在一起是不正常的。这就像把尖锐的碎片混进牛奶,然后卖给普通人。贝蒂,你想喝一罐有碎片的牛奶吗?"

不想,箭头夫人。

"我会特别不舒服的。贝蒂,你难道不同意这一点吗?"

同意,宝剑夫人。

"你当然会同意,我的印第安小女子。你和你兄弟姐妹就是我们新鲜的、丝滑的、美味的、安全的牛奶里的碎片。"

是的,我肠子里的刀子夫人。

我用手捂住了脸。到课间休息的时候,我来到室外,远离我的同学,这让我感到松了一口气。当他们在荡秋千或者在旋转木马上转圈的时候,我走到教学楼旁边高高的草地里。这是学校里唯一能让我回想起家的地方。

"她真古怪。"

我转向那个声音,看到一群孩子站在猴架旁边。他们都盯着我看,露西丝在他们之中。

"你不想在猴架上荡一荡吗?"其中一个男孩问我,"它们以你的名字命名——猴子、猴子、猴子。"

我看着露西丝,想知道她是否记得我们曾经玩过同一个红色皮球。我打算问她,但两个女孩开始对她耳语。

"快去。"她们把露西丝推到前面。

"我做不到。"她转过身面对她们。

我跪下来,对草说:"反正我也不想和他们做朋友,我宁愿和你做朋友。"我用手抚摸高处的叶片。

我正准备告诉草它有多么美丽时,看到了父亲早先停车的地方,一棵树上有一只新雕刻的眼睛。

"神奇的古老之眼。"我跑向它。

这个雕刻让我想起了父亲为他的木制动物所做的眼睛,但我让自己相信那只神奇的眼睛不是他用折叠小刀雕刻的。当我靠近眼睛,注视那只眼睛的五个瞳孔时,我被人从背后推了出去。我跌倒在地,伸出手,可没有人来扶我。我的胸口撞在地上,没等抬起头,我的裙子就被掀了起来,两个孩子抓住了我的胳膊。

"住手。"当我的内裤被扯到膝盖下面的时候,我尖叫着说。

077

"她没有。"我听到一个声音说。

抓住我胳膊的两个孩子放开了我。我迅速提好内裤,转过身,发现是露西丝把它扯下来的。

"她根本没有。"另一个声音从她身后传来。

"没有什么?"我迅速站起来,眼泪像火一样在脸颊上灼烧。

"尾巴。"露西丝看向别处,"他们逼我做的。"

"为什么你们认为我有尾巴?"我问道。我抓着裙子,生怕刚才的事再次发生:"我又不是猫或者狗。"

"像你这样的人都有尾巴。"一个男孩说。

"每个人都这么说。"另一个男孩补充。

"你们这些笨蛋。"我说,"我没有尾巴。"

教务老师吹响了她的哨子,开始叫大家回到教室。那个小团伙解散了。露西丝是最后一个走的,只留下我一个人。我转头去看那只雕刻的眼睛。

"你看见他们对我做了什么吗?"我冲它尖叫道。我只想要大声尖叫,"你什么都没做。"

我捡起一块石头扔了过去,砸中了眼睛的五个瞳孔。再没什么能扔的了,我只好回到教学楼里,一路上一直把手放在裙子上,害怕再次受到侵犯。

即使没有一个同学看到尾巴,等我们回到座位上时,每个人都在窃窃私语尾巴长什么样子。

"它有厚厚的黑毛,和我的拇指一样长。"一个女孩说。

这天剩下的时间,我都把头伏在课桌上。当最后的铃声响起时,我跑过一辆辆公交车。我看见弗洛茜和一群女孩交谈,她们看上去已经是她最好的朋友了。菲雅在一群一年级的学生中穿梭,我知道她在找我。

我以最快的速度冲进树林,想要回到家中。当我到家时,父亲正背靠后墙在搭架子。

"是你逼我去那个可怕的地方的。"我对他说。

我又往外跑,但他在院子里抓到了我,告诉我冷静下来。

"我恨你。"我用小手用力捶他。

"没事了。"他把我拉入怀中。

我把脸埋在他的肩膀啜泣:"他们说我有尾巴。但我没有尾巴,我没有。"

"你当然没有,小印第安人。"

他哄着我,把我的脸从他的肩膀上抬起来。他捻去我的眼泪,就像在捻去鹿蜱。

"我打算去树林里采一点儿人参,"他说道,"想跟我一起来吗?"

我用他的衬衫袖子擦了擦鼻子,然后点点头。

"我去拿包。"他走进车库,抓起他的束口包,里面装满了他用小权和树枝做成的珠子。

"准备好了吗?"他问。

父亲伸出手,带着我一起走进树林。他指着我们经过的树。

"那一棵是荚蒾,贝蒂,这是俄亥俄州本地的植物。鸟儿会在夏天吃它的果子。那一棵是美国红雪松,注意它的树皮是如何被划伤的。这意味着一头雄鹿曾经到过这里,摩擦它的鹿角。在你收割树皮时,要记住这一点。贝蒂,你应该在哪里剥树皮?"

"阳光照射的那一侧。"我说。

"没错。还有,你应该收割什么样的根?"

"朝向东边的根。"

"非常好。"

"瞧,我什么都知道。我不需要上学。告诉我我不需要上学,爸爸。"我拽着他的手,"求你了。"

"啊,我们找到了。"他挣开我的手,走向番木瓜树,人参喜欢长在这

079

周围。

经过山麓那些尚未成熟的植物,父亲爬上陡峭的山坡,来到已经准备好被收割的成熟植物旁。

"帮我找找有没有三个尖头的人参,"他对我说,"这样我们就能挖到生长不止一季的人参了。"

我寻遍所有的植物,终于找到了有三个尖头的人参。我肯定地大声数了出来。

"没错,"父亲说,"你是一个真正的人参猎手。"

不顾右腿僵硬带来的疼痛,他跪了下来。因为这是他对自己的要求,这是他在挖人参之前,请求人参允许的仪式。我跪在父亲身旁,看见他闭上眼睛,嘴唇开始无声地翕动。在他这样做的同时,我仔细地观察着他。他眉头紧锁。他的专注体现在他将头低向大地,而不是抬向天空。我不知道自己能否像他那样沉浸在与自然对话之中。

我学着他的样子,闭上眼睛,把手放在地上。起初,我不知道该说什么,所以我让自己去感受。柔软的泥土在我的手指间涌动。温暖的阳光照在我的肩膀上。植物在风中摇曳,拂过我的双腿。我被一种感觉主宰了,我感觉到我的手指可以变长,变成河流;我的身体可以静止不动,变成一座山。在我意识到这一切之前,我的嘴唇已经开始动了。我问大地它从哪里来,告诉它我从哪里来。然后所有的焦点又回到了人参身上,我请求它的允许,然后睁开了眼睛。

我发现父亲看着我,面带微笑。

"我们开始吧,贝蒂。"他说。

他先从植物上摘下红色的浆果扔到我手里,然后从口袋里拿出螺丝刀,在人参根部周围挖掘,直到根部松动。父亲拔出人参,确保所有细小的根须都完好无损。他从包里取出一颗珠子,捏了捏,然后把它扔进洞里。

"好了,小印第安人,"他转向我,"现在把你的种子放进去。"

就在他捏珠子的时候，我也轻轻捏了捏人参果，然后把它们丢进洞里。果子会让人参的数量保持稳定，珠子是父亲对自然之母的允准的报答。

"我们已经感谢完大地了。"他填好了洞。

在我们带着丰收成果回家的路上，父亲从一棵郁金香树上撕下了一小块树皮。我们回到车库，这里正在被他改造成他的植物工厂。他已经建了一个柜台，还在远处的墙壁上增加了一个货架。角落里放着一个小型柴火烹饪炉子，他会把采撷的植物放在炉子上煮，做成茶或者汤剂，然后把它们灌进罐子，储存在柜台上。

"我要去拿我的牙。"他伸手去拿柜台后面的罐子。罐子里面是他从响尾蛇身上拔下来的牙齿，在我还是婴儿的时候，他把这条蛇从我的摇篮里抓出来，而蛇咬伤了他。

"响尾蛇的灵魂就在这颗牙齿里，"父亲说，"响尾蛇把尖牙刺入我的肉体时，它的灵魂差点杀了我。这个灵魂力量很强。咝，咝——"他发出响尾蛇的声音。

我摇晃着他的葫芦乐器。父亲把地上水桶里盛放的河水倒进壶中。

"水永远来自河流。"他说，"记住这一点，贝蒂。"

他把响尾蛇的牙齿衔在嘴里，挂在嘴唇上，直到我笑出声来。然后他拿起水壶走到烹饪炉子旁边。

"让火和太阳一样热。"他说。

他又往炉子里添了些柴火。我放下葫芦乐器，拾起一根松枝。我把松枝浸入水中，用它在我的额头上洒水。

"水永远来自河流。"他用锤子的锤头碾碎人参根时，又说了一遍。他摘下根和叶子，连同郁金香树皮一起扔进水中煮沸，把人参叶撕碎撒在上面。

父亲从一个锡罐里拿出两粒皂荚树的干豆荚。他把豆荚放入沸水中，它们会让液体变得更甜。我想他一定是在为一个不能忍受苦味的人做汤剂。

081

他一边搅拌混合物，一边继续授课。

"对付着凉，盘腺野樱桃树很管用。"

"庞……膝……"我尽力重复这个名字。

"俗名是野樱。"

"对付着凉很有效。"我重复道。他点了点头。

"还有，对付发烧，"他补充着，"要用美洲榛果栗。"

"蒸果……"

"美洲榛果栗，俗名叫侏儒栗。"

他停下来，抬头看着角落里的蜘蛛网。

"你知道你可以用蜘蛛网给伤口止血吗？"他说，"记住所有的这些，贝蒂。"

他离开沸水，取了一罐箭镞。他选了一支砂岩色的，把它丢进了壶里。

"这样箭镞就会赋予水力量了。"他解释道。

我听着箭镞在沸水中不断撞击壶底。

"我从你这里学到很多知识，爸爸。"我说，"比我从愚蠢的学校那里学到的更多。"

他把煮沸的混合物舀进木碗里，放在柜台上冷却。

"如果你不上学，他们就赢了，贝蒂。"他说，"他们打赢这场战争是如此容易，唯一要做的就是把你推倒。"

他把响尾蛇的牙齿从嘴里拿出来，举在我们中间。

"这就像我当时被响尾蛇咬伤了，"他说，"我以为我被打败了，但咬伤我的东西让我更强大。你现在就是被咬伤了。"

他抓住我的手，用尖牙刺破了我的手掌。

"哎哟。"我猛地向后一缩。

"你必须存活下来，贝蒂。"

"我做不到，"我揉了揉自己的手掌，"我没你那么强大。"

"你很强大,你只需要提醒自己。"他拾起木碗,"所以我给你做了这个。"

"这只是人参而已。"

"还有一支箭镞,"他说,"这就使它成为战士的饮料。"

他把碗递给我,边缘还是热的。我注视着棕色的液体,被热气熏得眯起眼睛。

"会烫伤我的嘴的。"我说。

"已经够凉了。"

我凝视着液体,看着它打旋,然后把碗举到嘴边,慢慢地啜饮滚烫的液体。我一直喝,直到碗里只剩下箭镞和树皮。

"你感受到体内的精神了吗?"父亲问。

"我感觉牙齿上有泥巴。"我把碗放下来,舔弄我的牙齿。

"但你感受到精神了吗,小印第安人?"

"我不知道。"我深深望着他的眼睛,"我怎么确定呢?"

"我给你展示。"他抓住我的手开始跳跃,同时小心着自己的坏腿。他大笑起来,仿佛从来没有这样开心过。"如果你光站着不动,贝蒂,你会错过无与伦比的东西。"

起初,我跳得很低,但父亲灿烂的笑容让我跳得更高、更高,直到我们一起跳跃,仿佛能够触摸到天空。

"你感受到了吗?"他问,"你感受到精神了吗?"

"我感受到了些东西。"我说道,同时感受到落地的撞击。

"你得完全感受到才行。"他拉着我在车库跑了几圈。

"你现在感受到了吗?"他回头看我。

"我感受到了更多的东西。"

"你得完全感受到才行。"他又说了一遍,然后带我离开了车库。他仍旧紧握着我的手,领着我跑向田野。

"我们要跑向哪里?"我问。

"跑向美好的事物。"他说。

我们有节奏地跑动着,直到我觉得自己快要离开地面了。

"我感受到了。"我说,"我全都感受到了。"

我真的感受到了,像有什么东西涌入我的身体,我看到颜色在流淌——蓝色、黄色、绿色。那是天空、太阳以及草地。学校的遭遇给我的灵魂打了结,但现在我能在奔跑中把那些不愉快倾倒给草地。我突然萌生出对周遭万物的喜爱,这抵消了露西丝和其他人在操场上给我带来的几乎快要吞没我的孤独。我确信我可以举起世界上最重的东西。那不是石头或者铁,而是旋涡,是一切旋转着的东西。

我跑得多么快呀。我跑过父亲,他让我超过他。我的手从他的手中滑开了。我绕着田野跑了一圈,然后跑向我的父亲,他就站在那里,臂膀向我敞开。那时我才意识到我们是在跑向彼此,我跳进了他的怀抱。

"我小小的战士。"他说道,然后用他的脸轻轻蹭我的脸。

第七章

"豺狼在宫殿里号叫，野狗在御苑内呼应。"
——《以赛亚书》13:22

林特有一张孩子的脸，有一张孩子的脸和一双老人的眼睛，有一张孩子的脸和一双不肯休息的老人的眼睛。

"九月会安抚他的。"父亲说，"林特所有的恐惧都会消失，就像一只狐狸逃入黑夜一样。"

父亲每到新的一月都会这么说，仿佛翻开日历的一页就像打开一扇门。但当九月来临时，纤细到可以滑进树枝之间的林特，遭遇了父亲所说的甲虫摇，因为他颤抖的样子像一只幼虫。

"这个男孩只有四岁，"父亲说，"还是一个孩子。孩子不相信自己被人关注，除非他们动起来。这就是他在做的事。只是在动，这样我们便记得关注他。这样我们便知道他在这座房子里，和我们在一起。"

林特继续颤抖，父亲把林特抱到外面，他在田野里生了一堆火。在明亮的橘黄色火焰旁，父亲烤暖了手，然后把手放在林特身上。

"我看着你呢，儿子，"父亲说着，把他的手放在林特的胸口上，"我看着你呢。"

林特的右臂最先停止了颤抖，然后是左臂。

"我看着你呢。"

他的腿停止了颤抖，然后是脑袋。

"我看着你呢。"

当林特和他们周围的草一样静止的时候，父亲说："好孩子，我看着你呢。"

林特坐起来笑了。也许父亲认为他的儿子会好起来，不会再生病了，认为他会保持理智，认为他的笑声至少可以证明他正常了。但是到了星期天，林特开始抱怨起他身体里的动物。

"在我……我……我的皮肤下面，"他对父亲说，"动来动去，又痒，又痛……痛……痛。我感觉到有鹿角在刺……刺……刺，爸爸，刺我的背。我的胳膊上有松……松……松鼠。我的脚……脚……脚上有负鼠。土狼站……站……站在我的膝盖上。"

只要林特说他的哪个部位有动物，父亲就会模仿林特所说的那种动物的叫声，朝他身体上的那个部位吹气。当林特告诉父亲，他的手肘里有一只狼时，父亲便嚎叫起来。当林特说有只老虎在他的背上跑，父亲便咆哮着露出他的牙齿。在父亲发出老鹰的尖啸后，林特说这是最后一只动物了。

那时父亲就知道，对林特的爱需要跨越很多桥梁，而它们并不那么容易跨越。在为此做准备时，父亲说我们不能跟外人谈论我们的弟弟。

"他们只会把他送走。"林特在空地上搜寻石头时，父亲告诉我们。

"他们会把他送到哪里？"我问道，也不确定"他们"是谁。

"送到一间满是蝎子的房子里。"父亲说，"这些蝎子会蜇他，直到让他忘记怎么说话。不仅如此，他们还会试图'治好'他，但他们真正会做的是把他赶出这个世界。"

每当林特说他出现想象的症状时，比如睫毛疼痛或者耳朵里有蜘蛛，父亲便会治疗他，仿佛这些病症是真的。

"爸爸，答应我，你不……不……不要让魔鬼抓住我。"

夜晚对林特来说越来越艰难，他害怕恶灵随时都会离他只有五英尺那么近。因为林特的喋喋不休，崔斯汀经常睡在楼下的沙发上。茶水不再能舒缓父亲的紧张，于是他换成了咖啡。

"睡……睡……睡不着，"林特说，"有魔……魔……魔鬼。"

"你睡不着，"父亲告诉他，"是因为你出生的时候，我用浸泡了三天知更鸟羽毛的水清洗你的眼睛。我想让你成为一个早起的孩子，但我把羽毛浸泡得太久了，导致现在你起得过早，甚至都不愿意躺下。这里根本没有魔鬼，儿子。"

可林特仍旧哭喊着，寻求父亲对出现魔鬼的肯定。

"爸爸？"林特问，"你永远都会是……是……是我的爸爸吗？"

"当然了。"父亲点头回答。

"妈妈永远都会是我的妈……妈……妈妈吗？"

"永远都会。"

"我不想长……长……长大，我不想只有我一……一……一个人。"林特紧紧抓着父亲，"我想永……永……永远和爸爸妈妈在一起。"

我们费尽心力想要理解林特。前一分钟他可能还很开心，下一秒，似乎他的脸就阴沉下来。父亲说那是我们所有人都无法理解的东西，但我们都需要努力理解。

"如果他哭了或者说一些奇怪的话，那并不是他的错，"父亲告诉我们，"灰尘进入他的耳朵，在他的脑子里吵吵闹闹。这种喧嚣是我们无法理解的，因为我们不曾经历他所经历的一切，但他仍然是你们的小弟弟。他的脚仍然跑向我们，只是他的思想跑向了别的地方。我们必须尊重他。我们必须明白，我们的一言一行都会影响到他。"

"爸爸说得对。"菲雅说。

"我们得做林特的家人。"父亲继续说，"我不想你们中任何一个人丢下他。如果你们不陪伴他，他就无法摆脱那些纠缠他的东西。如果丢下他一人，寂静会唤醒他体内的魔鬼。"

所以我们没有撇下林特一人，而是带着他去河边之类的地方。

"地……地……地狱。"他会指着深深的河底说道。所以他坐在岸上，在水中拍打他的小脚。

他喜欢看崔斯汀跳水,所以崔斯汀会爬上一棵树,走到一根枝丫上,然后呼唤林特:"看我呀,林特。看我呀。"

崔斯汀凝视水面之前,会像公鸡一样啼叫,这时林特总是会拍手叫好。尽管当时崔斯汀只有五岁,但他跳水时严肃极了。他在空中起跳,树枝会随着他的身体微微弹起。他的双腿完美地合拢在一起,脚趾尖绷起,仿佛他这辈子从未是平足。入水的时候,他的身体会形成一条直线。他的手臂和双手紧紧压扣在一起,仿佛在祈祷。

然后他会出现在河岸上,像狗一样甩动他黑色的长发。他在河岸上昂首阔步时,湿润的牛仔短裤的磨损边缘紧紧贴着他瘦削的大腿,沙子从他的脚趾间涌上来。

"老天,刚才跳得真不错。"他会恭喜自己道,"你们都看见了吗?"

"唔,"弗洛茜会耸耸肩,"我见过更厉害的。"

"跳得很好,崔斯汀。"菲雅会迅速地说。

"水花再大点儿,"林特总是要求道,"水花再大……大……大点儿,崔斯汀。"

崔斯汀会再次爬上树,这次表演一颗炸弹。但即使是这样,他的动作依然是艺术。他用双臂小心翼翼地抱住他的腿,阳光在他脊椎的曲线上闪现。每当水花溅在他身上的时候,林特都会在岸边拍手大笑。

崔斯汀一遍又一遍地跳水。他从河里出来,再去爬树的时候双脚都会是湿漉漉的。他每次都说:"这会是我迄今为止最出色的一次跳水,等着瞧吧。"

"耶,"林特会像鸭子一样在岸上呱呱叫,"大水……水……水花。"

一个阳光异常明媚的下午,在林特的鼓励下,崔斯汀爬得比以往任何时候都要高。正当他准备像公鸡一样啼叫时,他湿漉漉的脚滑了一下。

他的跳水从来都是计划周全地落下。但当他从空中坠落的时候,那些编排的动作很快被其他动作取代。他的双臂挥舞着,双脚在空中踢来踢去。他的身体扭曲变形,撞到坚硬的地面上。

我和姐姐们赶紧游出水面。林特开始在岸上祈祷崔斯汀平安。

"你没事吧?"菲雅站在崔斯汀身旁问他。她喘不过来气,我不知道是因为她游得太急,还是因为看到崔斯汀脸朝下摔倒在地上的样子。

"你死了吗?"弗洛茜用脚趾碰了碰他。

"别这样,弗洛茜。"菲雅拍着她的胳膊。"崔斯汀?"她转向他,"你能听见我们吗?"

他翻了个身,盯着我们头顶的流云。

"刚刚风把你吹倒了,是吧?"菲雅扶他坐起来。

"你不打算说点什么吗?"我问他,"你的声音也被摔没了吗?"

他看着他跌落的树,仿佛它非常非常高。

"好吧。"他说。

我们以为他会再说点什么,但我们错了。他站起身,朝家的方向走去。

有趣的是,崔斯汀没有在坠落时尖叫。那天晚上,我们把这件事告诉父亲,他说有我们在他身边真是件好事。

"一个默默坠落的男孩,"父亲说,"需要有人在他身边替他尖叫。"

第八章

"都是哑狗，不会吠叫；只知做梦、躺卧、贪睡。"

——《以赛亚书》56:10

我把整个下午都献给了山丘。我跑进那些山洞，亲吻它们冰冷的岩壁。我在池塘褐色的水面上溅起水花，在葡萄藤上荡来荡去，直到我头晕目眩，感觉世界像一道明亮的光束那样散开。与此同时，弗洛茜绑架了"玉米棒"。

弗洛茜喜欢电影，汽车影院和电影院是她在这个世界上最喜欢的地方。电影放映时，她会模仿她偶像的姿态和面部表情。她迷上了影视明星杂志，以及那些女演员慵懒地躺在家中沙发上的全彩照片。

"他们都住在好莱坞，贝蒂。"她说，然后把杂志贴在我脸上翻动，"我出生在加利福尼亚州是有理由的。我注定要住在那里，而不是住在这个愚蠢的老呼吸镇。我需要霓虹灯和白色天鹅绒。"

弗洛茜认为如果她绑架了"玉米棒"，她就可以用赎金买一张远行的巴士车票。她选择"玉米棒"作为目标是有原因的，它是阿梅里克斯·戴蒙贝克的狗。弗洛茜听说阿梅里克斯是二十世纪三十年代从纽约来的。他每天都穿西装三件套，口袋里揣着一块小手表，嘴里总是叼着一支雪茄，头上戴着一顶装饰着金色野鸡羽毛的软呢帽。他腋下夹着《纽约时报》，每天都会坐在理发店门前的长椅上读。

弗洛茜知道阿梅里克斯每天都穿着同样的鱼骨纹西装，而且那件西装早已破烂不堪，但她并不在乎。她不在乎他读的是同一份一九二九年的《纽约时报》，标题是"大萧条"；不在乎他的软呢帽边缘裂开了一道口子，他的野鸡羽毛也断了；不在乎那支雪茄是他唯一的雪茄，这就是为什么他从不点燃它，但他会把它含在嘴里，就像他点燃了一样。阿梅里克斯并不比我们富有，但对于一个绝望得想要逃离一切去追寻梦想的十岁女孩来说，相信一个曾经富有的男人会永远富有是件非常容易的事。

对弗洛茜来说，抓住"玉米棒"并不难。这只狗经常在田野里慢吞吞地寻找玉米棒。它会尝试捡起玉米棒，用没有牙齿的嘴叼着，再挖洞藏起来。弗洛茜摇晃着一根玉米棒，直到这只狗缓慢地朝她走来。她引诱它穿过树林，花了整整一下午的时间才走出来。这只狗已经变得和所有老东西一样慢了。弗洛茜只有在它进入棚屋后才奖励它一根玉米棒。

那天晚上，在整个晚餐过程中，弗洛茜一直都在椅子上蹦蹦跳跳。父亲问她在笑什么。她往嘴里塞了更多的煮豆子和玉米，然后说："没什么。"

后来父母睡着了，我坐在床上，写着一首关于一个女孩缩小成一片树叶的诗。

她骑在橡果的帽子上从山坡往下走，我写道，避开山脚下的狼群——

弗洛茜夺走我手中的铅笔，试图把它插进我的鼻孔。

"走开。"我扇了她一下。

"来嘛，我给你看点东西。"她说。

"我在写作。"

"贝蒂，我给你看的东西比你那些愚蠢的故事重要得多。"

"别烦我，弗洛茜。"我像狗一样冲她咆哮。

"好啊，"她也像狼一样冲我咆哮，"那我就不给你看了。"

她滑下床，手里还拿着我的铅笔。她在梳妆镜前停了下来，拉起衬衫。她把我的铅笔放在她赤裸的胸膛上，我问她在做什么。

"铅笔测试，"她告诉我，仿佛我才是那个无知的傻瓜，"我在杜松老爹超市的一本杂志上看到的。你把铅笔放在乳房间，如果它没有掉下来，你就可以戴胸罩了。但如果它掉下来了，你就仍旧是个小女孩，除了头发上的花以外,不应该戴任何东西。"

她松开铅笔,它掉了下来,在地板上发出叮当的响声。

"你今晚不会长出胸部的,笨蛋。"我说。

她又试了几次,然后就不再去捡铅笔。她跨过铅笔,拉住我的胳膊。

"来嘛,贝蒂。我想给你看不可思议的东西。"

"我不感兴趣。"

"它是活的。"她睁大了眼睛。

"活的?"我从床上站起来,把毛毯裹在肩膀上,"你没告诉我它是活的。"

"我就知道你会想看的,贝蒂。"

我们从卧室探出头,悄悄地在走廊上挪动我们的双脚,为了不让木质地板发出任何声响。

"你难道不喜欢在所有人都睡着的时候醒着吗?"我们靠墙走下楼梯的时候,弗洛茜贴在我的耳边说。

一到外面,她就想和我一起躲在毯子底下。我推开她,把毯子裹得更紧了。她踩着脚走到了前面,一只负鼠从她身边经过,吓了她一跳。

"真是奇妙,夜晚让一切都变得这么诡异。"她说着,一阵风吹过,似乎把地面刮得沙沙作响。远处,一只猫头鹰在啸叫。弗洛茜和我靠得更近了。

"你害怕了。"我说,"胆小猫,喵,喵,喵。"

"闭嘴。"她停下来,盯着我们身后,"你感觉到了吗?"

"感觉到什么?"

"感觉有人在跟踪我们。"

我们听到脚下的小树枝折断的一声脆响。弗洛茜深深地吸了一口气。

"你闻到了吗?"她问,"像没药的气味。"

"没药?你在哪部电影里看到的?"我问。

"我真的闻到了。"

"你知道为什么闻起来像没药,对不对?"我用着预兆不祥的声音问道。

她摇了摇头。

"闻起来像没药,"我说,"因为当红肚子的男人靠近时,人们总是会闻到没药的味道。"

"他为什么有一个红肚子?"她问道,眼睛在阴影里转动。

"因为他的肚子里浸满了他在午夜杀害和吞食的所有女孩的血。"我冲着她的后颈吹气,"你总能知道红肚子的男人在靠近你,因为没药的气味会变得越来越浓。"

"闭嘴,贝蒂。"她低声说。

"那是什么在动?"我指向黑暗,"我的天。那是什么,弗洛茜?"

"停下,贝蒂。"

"我是认真的,真的有东西在外面,是——是——红肚子的男人!"我抓住她。

她尖叫着跳起来:"别让他吃掉我。"

我大笑起来,她花了好一会儿才意识到没有真正的危险。

"我根本没怕。"她说道,气喘吁吁地走到前面。

"你看上去真像是害怕了。"我跳到她身边。

"我只是在完善自己的恐惧表情,为有一天我会出演的恐怖片做准备。"

她没有再说什么,领着我来到谷仓后面的棚屋。曾有一段时间,这间棚屋里建有一个大型鸟舍。但遮挡早就不见了,也很多年都没有鸟了。藤蔓爬满了木架,一直爬到木架部分坍塌。棚屋里还存放过供给鸟舍的食物。

弗洛茜转向我,把手指放在她的嘴唇上,然后轻轻地拉开门闩,打开了门。一阵轻柔的鼾声从黑暗的棚屋里传来。弗洛茜拉了一下电灯的绳子。在明亮灯光的沐浴下,我的目光先是扫过落满灰尘的架子,然后落在了那只睡着的狗身上,它灰白的头枕着一个空的鸟食袋子。我还没开口问任何问题,弗洛茜就详细地解释了她是如何让狗掉进陷阱的,以及她的计划是什么。

"你没救了,"我告诉她,"为了钱绑架一只狗。"

"我不会伤害它的。"她说,"再说了,也许它喜欢被绑架的名声。我们会一起出名的。"

她蹲下来,用瘦长的胳膊搂住它的脖子,把它吵醒了。它只是打了个大哈欠。当它的嘴巴张开时,她瞧了瞧里面,说它只有一颗牙齿。

"一定是颗幸运牙。"她对"玉米棒"说。

"它从来不叫吗?"我问。

"我想是它太老了,已经忘记怎么叫了。"她说。

我坐在"玉米棒"身边,挠了挠它的下巴。它的嘴角翘了起来,后腿重重地拍打着地面。

"我敢打赌,到了明天,阿梅里克斯会在呼吸镇的每棵树上贴满一千张海报。"弗洛茜说,"贝蒂,你觉得他会付多少钱?"

"我的答案是他所有的钱。"我说道。她在和狗蹭鼻子。

"你真的这么觉得?"她问。

"当然。"我点头,"爸爸说如果你有一颗坚硬的心,一条老狗会让它变得柔软。这就是为什么它们特别珍贵。"

"我好奇,怎样才能拥有一颗坚硬的心呢?"

"吃很多林特的石头吧,我想。"我说。

我们咯咯笑着离开了棚屋,弗洛茜又说了许多阿梅里克斯会付多少钱的话。

"可能比我需要的还多。"她露齿一笑。

但阿梅里克斯没有张贴任何海报,他所做的只是从当地某家养猪场买了一只小猪来代替"玉米棒"。弗洛茜非常生气,她追上去扇了猪的屁股。阿梅里克斯和弗洛茜对视了一眼,她逃走了。

"我们现在这么办,"那天晚些时候,她坐在一个树桩上深思之后对我说道,"我们给'玉米棒'拍张照片吧。"

"我们没有相机。"我提醒她。

"好吧,那么崔斯汀可以画出'玉米棒',这也一样。"她的声音非常激动,"然后我们就把画拿给阿梅里克斯,也许他买那只猪是因为他以为'玉米棒'死了。我们在画旁边放一张便条,索要十五美元。不,等等,应该是二十美元。"

"你为什么一直说'我们'?"我双手抱臂,"我可没绑架它。"

"我会分给你一些钱。"她说。

没等我回答,她丢出四颗弹珠、一颗火球糖,以及一个她最近在河边找到的碎乌龟壳。对于我这种没见过世面的孩子来说,这些简直是一百万美元。我们马上往手掌心吐了口唾沫,握手达成交易。当我们出发去棚屋告诉"玉米棒"我们的计划时,我们发现它侧身躺在一摊白沫里,张着嘴。

"你喂过它吗?"我问。

"喂了。我今天早上还喂了它饼干和肉汁呢。"弗洛茜跪在它身边。

"你给它留了水吗?"

她冲着架子底下一个旧的咖啡罐头点了点头,水面上漂着一个小罐子。

"老鼠药。"我把标签念给弗洛茜听。

她迅速站起来,望向浑浊的水面,然后抬头看着水面上方的架子。

"老鼠药一定是从架子上掉下来,在水里打开了。"她说,"它喝水时喝下了老鼠药。"她瞪圆了眼睛,"它死了,贝蒂。"

"死了?"我意识到,自从我们来到这里,"玉米棒"就没动过。

"有那么多能从架子上掉下来的东西,贝蒂。那盒纽扣,或者那些破帽针。"她把那些东西指给我看,好让我明白她的意思,"亲爱的妹妹,为什么是老鼠药?而且为什么在这么多年之后才掉下来?老鼠药是皮科克一家的,在架子上藏了几十年了。如果爸爸发现了,他早就会扔掉了。你知道他有多么恨毒药。这些年来，老鼠药一直没被人发现，现在却刚好从架子上掉了下来。为什么？我告诉你为什么，因为这是房子的诅咒。"

她双手抓着自己的脸，仿佛她出现在一部恐怖片里。

"你为什么非要把罐子放在架子底下？这是你的错，弗洛茜。"

"不是，我只是不想让太阳把水晒热。架子底下阴暗又凉爽，我希望它能喝清凉的水。"

她把手放在心口上。

"哦，我们得把尸体埋了，这样除了我们就没人知道了。"她说。

"我们得告诉爸爸。"我把罐子拿到外面，把水倒掉，这样就没有其他东西会喝到了。

"拜托，贝蒂。如果爸爸知道了，男孩们就会知道，整个镇子都会知道的。我不想被叫作杀狗犯。再说了，如果我被抓了，我就会说绑架'玉米棒'是你的主意。一个演员知道如何说谎，并让所有人都相信她。我和卡罗尔·隆巴德同一天生日，我知道如何扮演一个角色。拜托，贝蒂，帮帮我。"

她搂着我的胳膊，眼睛睁得大大的，噙着眼泪。

"好吧。"我妥协了，用手指戳她的胸口，"但你负责挖坑。"

"当然了。"她点点头，"我不会打其他主意的。"

我们一起把"玉米棒"的尸体搬到手推车上。

"等一下，"她捡起曾经用来引诱狗的玉米棒，把它放在狗的身旁，"每个人都应该和自己喜欢的东西埋在一起。"

我们把铁锹横在手推车上面，一起推着，一直推到铁轨旁。

"这样它就可以看着火车来来去去。"弗洛茜说。她试图把铁锹递给我。

我提醒她我不负责挖坑。

"但是，贝蒂，我刚涂了指甲油。"

她竖起她的指甲。她没有钱买商店里的指甲油，也知道最好别用母亲的，所以弗洛茜想到了熔化我们的蜂蜡笔。她用棉签把蜡涂在指甲上。蜡干了以后，会留下一缕缕棉花，但是在远处无法察觉这样的瑕疵。

"我的指甲太漂亮了，不能被糟蹋。"她补充道。

"我的也是。"我露出什么都没涂的指甲，上面沾满了早些时候挖蚯蚓留下的泥土。

弗洛茜翻了个白眼，不情愿地把铁锹铲进土里。泥土并不松软，所以她只铲进去几寸就不能把铁锹铲得更深了。

"拜托，贝蒂，帮帮我。"

"我就知道会是这样。"我说着，抓住了铁锹的把手。我们一起挖了一个足够让"玉米棒"躺进去的坑。

"我很抱歉，'玉米棒'。"弗洛茜说道。我们让它的尸体滑进坑里："事情不应该是这样的，你不应该死的。"

她把玉米棒从手推车里拿起来，扔在了"玉米棒"的尸体上。

"你觉得这条老狗会认为是我毒死了它吗？"我们填坑的时候，弗洛茜问道。

"你给它铺了床，喂它饼干和肉汁。它不会认为一个这样做的女孩会毒害它的。"我说。

她抬起眼睛望着我。

"贝蒂，你觉得它死的时候很痛苦吗？"

我想起了它嘴巴下面的那摊白沫。我迅速摇了摇头，这似乎宽慰了她。

"我们得走了。"没等她再问些什么，我说道。

当我们回到谷仓时，父亲正在里面取出更多的钉子来完成他用旧窗户制作的架子。

"你们两个在干什么？"父亲停下来，盯着我们中间的铁锹。

"一只野火鸡在林荫巷被撞了。"我说，"我们把它拿进林子里埋了，就像你每次看到动物尸体时都会做的那样。"

097

"留着动物尸体一直被车子碾压是不尊重的。"他说,"你们是怎么抬起那么重的鸟的?"

"我们一起抬的。"弗洛茜抢在我回答之前说道。

"很好,你们对火鸡做得很好。大地会记住的。"父亲拿起一罐钉子,转身离开。

"如果真的有诅咒呢?"我问道,这让父亲停下了脚步,"如果那只狗——"

弗洛茜用手肘顶了我一下。

"我是说火鸡。"我避开了父亲的眼睛,"如果死掉的火鸡是第一个呢?"

"第一个什么?"他问。

"我们之中第一个消失的人,像皮科克一家那样。"

"贝蒂,小动物常会在马路上被撞,这不是什么把戏。"

父亲开始敲打锤子。我和弗洛茜去了"遥远之地",她把破碎的乌龟壳放在了那里。我们一起躺在舞台上,仰望天空,什么都没说,只是互相传递着乌龟壳,手指顺着裂缝滑动,直到我们闭上双眼。

第九章

"如同羊进入狼群。"

——《马太福音》10:16

门廊上的南瓜灯用微笑和三角眼向我打招呼。食品杂货店的糖果袋子沙沙作响。干枯的树叶飘过老人的耙子,老人累得没有力气把落叶堆起来。一条紫色的围巾随风飘荡在尘土飞扬的小巷中。一只没有名字的乌鸦在头顶盘旋。这就是十月之于我的模样——一段被秋日的阴影、鬼魂和母亲占据的时光。

到了万圣节,母亲把我叫到她的房间里,帮我穿万圣节衣服。我走进去,明确地知道自己要什么。

"蝉,"我告诉她,"我想当穿着蝉壳裙子的公主。我还想要翅膀,紫罗兰做的翅膀,还有——"

"我还想做一位守身如玉的女王呢,"她说,"但这是不可能的,不是吗?"她给已经鲜红的嘴唇又涂了一层口红,"总之,公主不长你这样,贝蒂。看看你那泥巴色的皮肤和稀疏干枯的头发,你见过像你这样的公主吗?"

她放下口红,把我拽到她身前,面对梳妆镜。

"你看到了什么?"她问道。镜中的她盯着镜中的我。

我在自己身上看到的是我的父亲,我们拥有同样的黑发、同样的浓眉。我有着他那结实的下巴和鼻子。他会说我们脸颊上的骨头是第一头鹿的腿骨。我们的脸颊像鹿跃起时那样拥抱天空。还有棕色的皮肤,我想通过向河流祈祷来摆脱它。我以为河会喜欢这些祭品——樱花、树皮和母亲的尼龙袜。我甚至抓住了一只蟋蟀,把它扔进了棕色的河水里。我以为蟋蟀可以游上岸,但它还没到岸边就淹死了。我觉得这样的献祭就足够了,于是我跳进河里,在我的肺允许的时间内尽可能屏住呼吸。我相信当我冲出水面时,河水会把我身上的颜色洗掉。但显然,蟋蟀的死毫无意义。

"贝蒂,即使你很漂亮,"母亲说,"你也不可能成为公主。卡彭特买不起王冠或者宝座。"

她拿起一件旧袍子,我们搬进来的时候,它就一直在崔斯汀和林特房间的角落里。在打扫完房子并且扔掉大部分破旧的东西后,母亲留下了这件袍子。袍子是铁锈的颜色,上面的污垢仿佛是什么东西曾经在上面流血并逃脱后留下的。前面的口袋里有一只老鼠的骨架,部分保存完好,脱水的皮肤贴在瘦小的骨头上。老鼠被包在发黄的纸里,纸上用颤抖的草书写着艾米莉·狄金森的话:"因为我不能停步等待死亡,所以他温和地停下来等我。"迁移骨架就像是在惊扰坟墓,所以我们就把它留在了那里。

"啊,母亲,我不想穿这件袍子。"我说。

当她认为我拖延太长时间才把胳膊伸进袖子时,她大吼了起来。然后,她把一个枕头放在我的肚子上。当她合上袍子,把枕头裹紧时,我问她我会成为什么。

"一个女巫,"她回答道,"一个女怪物,或者一个女魔头。"她龇牙咧嘴地说着,"也被称作巫婆,这绝对是一个卡彭特女孩可以扮演的。"

她哼哼着,用手指戳我的枕头肚子。

"没有什么比一个控制不住食欲的女孩更适合演女巫了。"她说完,大笑着从床底抓起一个装满脏鞋带的鞋盒。她把它们绑在我的头发上,扎出一串串小马尾辫。母亲又从床头柜上拿起蜡烛旁一根用过的火柴,她用空着的那只手抓住我的脸,用她的拇指指甲抠住我的下巴,让我的头保持稳定,同时用火柴头在我的额头上画画。

"我应该从没告诉过你,我的哥哥是怎么死的,"她说,"我的哥哥就像落日一样美丽。如果你问我他有没有秘密,我会说一个也没有。直到有一天,我听到阁楼传来响动。"

母亲就像醉酒的人一样,重现了那种刺耳的呻吟声,然而我只闻到她嘴里有薄荷糖的味道。

"我循着声音上了阁楼,"她说,"在所有我以为会发现的东西中,我从来没想过会看到我的哥哥趴在桌子上,他身后是我们邻居家的男孩。"

她把火柴用力按在我的皮肤上,我因疼痛而缩了一下。

"起初,"她继续说,"我以为哥哥被袭击了,然后我意识到他们是在一起了。"她用舌头发出啧啧声,"我告诉父亲我看到了什么,他逼迫哥哥吃掉《圣经》,一页一页地,为的是吞下他的罪恶。哥哥反抗了,但父亲永远是一个强壮的男人。当撕到亚当和夏娃的故事的一半进度的时候,父亲已经把那么多页纸塞进了哥哥的嘴里,它们填满了他的脸颊。即使在哥哥噎死以后,父亲还在不停地塞纸,直到哥哥的嘴唇被迫张得特别大,嘴角都裂开了。"

她把我转向镜子,我凝视着镜中她画在我前额中间的那只黑眼睛。

"都怪我看见了这一切。"她用手指按了按自己的瞳孔。

她发出那种深沉的笑声,让我只想逃离她。但还没等我来得及这样做,她就把我拽向了衣柜。她递给我一个边缘绣着六月虫的枕套。

"给你装糖果。"她告诉我。

她又打量了我一会儿,然后用火柴在我的脸上画了几下。我试图朝镜子里看,但她阻止了我。

"只是一朵花。"她保证,"现在,快出去吧。"

这件袍子对于七岁的我来说太长了。我一来到室外,它就拖曳在地上,卷起枯叶和其他碎片。

"我希望我是一位公主。"我吟唱着走进了林荫巷。那里挤满了穿着各种衣服的糖果猎手：一个垫子，一个老爷钟，一个手指恶作剧陷阱，也许所有人都是小小的怪物。

聚在巷子中间的是一群和我同班的孩子，露西丝也在那里。她见我靠近，不再数自己的棒棒糖，开始偷偷嘲笑我，当着我的面摆正自己小小的王冠。尽管宝石是假的，但王冠仍旧让她像一位公主。

"你也来不给糖果就捣蛋？"她问我，"我以为你这种人只吃玉米和牛仔呢。"

她拍打自己的嘴巴，发出印第安人打仗时的叫声。女孩之间没有小摩擦，所有事都会像两只野鸟争夺最后的虫子那样升级。

"我的天，露西丝，你实在是太好笑了。"我用手指撑起嘴巴，咧到和我的眼睛一样宽，"瞧瞧我，我是露西丝，世界上最漂亮的女孩，至少马戏团是这么认为的。"

"吻我的屁股吧，印第安小女子。"她说道，然后朝我赤裸的脚上啐了一口唾沫。她的口水被糖果染成了红色。

我把手从嘴里拿出来，攥成拳头逼近她。

"吻你的屁股？"我大声问道，"哈，就算你的屁股沾了上帝亲手做的巧克力，我都不会吻你的屁股。"

我听过母亲在争吵中对父亲说过这句话，我一直在等待什么时候自己能用上这句话。

"你这个头发稀疏的杂种。"露西丝逼近我。我们一样高，所以我们的鼻尖碰在了一起。

她咬紧牙关，而我们的眼睛瞪着对方："我要——"

一个打扮成擀面杖的男孩打断了露西丝，他问我脸上写的是什么。露西丝亲自退后一步看了看，然后笑了。我意识到母亲根本没有给我画一朵花。

"写着'巫婆'。"露西丝在人群中笑得最刺耳。

"她在万圣节扮成巫婆?"有人问。

"她一年到头都是个巫婆。"露西丝肆意地笑着,差点儿喘不上气来。

朱比利四兄弟穿着条纹马甲,头戴草帽,粘着车把形胡子,打扮成理发店四重唱①组合的样子。他们开始打响指,这一节奏让周围的人都吹起了糖果的哨子。朱比利大哥晃动他挂着的蝴蝶领结,在弟弟们的伴奏下唱起了歌。

"在咱们呼吸镇,有一个巫婆。她叫作贝蒂,她让人笑咯咯。她的头顶呀,麻袋应该往上搁。我们宁愿吻一块臭抹布,都不会吻贝蒂,呼吸镇最出名的巫婆。"

"巫婆,巫婆,巫婆。"露西丝咯咯笑。

"闭嘴。"我在她的笑声中尖叫,用手捂住自己的耳朵。

她没有停止大笑,于是我扔掉枕套,扯下了她的王冠。

"还给我。"她抓住王冠的一头,我抓住另一头,直到宝石弹飞出来。

"你这只肮脏的猪。"她开始捡宝石,"我要告诉妈妈和爸爸,他们会把你赶出镇子。他们说你很脏,说你会带来疾病。"

我撅折王冠,直到薄薄的金属啪的一声断成两半。我把两半王冠丢在她面前。

"你不配戴王冠,露西丝。"我说,"你不是公主,一位真正的公主不会说你对我说的那些刻薄话。"

露西丝慢慢站起身,让宝石从她的手掌里滑落下来。她眯起眼睛看着我,抬高下巴,挺直了她的粉色公主裙。

"我不需要王冠就能比你强,"她笑着说,"你还不明白吗?我永远都比你强,印第安小鬼头。"

露西丝带头笑了起来。我抓起枕套,跑回了家。我蜷在院子里"漫步

---

① 理发店四重唱是一种无乐器伴奏的男声四重唱形式。

者"的轮毂盖前面，用口水擦掉铬合金上的污垢，这样我就能看见我的镜像和母亲写在我脸上的"巫婆"。

"小印第安人，你为什么哭？"父亲走出车库。

"我没哭。"我赶紧擦干眼泪，"还有别再叫我小印第安人了。"

"你在脸上写了什么？"他问。

他想摸我的脸颊，但我不让他这么做。

"不是我写的。"我说。

"谁写的？"

"妈妈，她说她画了一朵花。"

我把枕套套在头上，希望自己能消失在白色的棉花里，再也不会被人看见。

"那么我们就让它变成一朵花吧。"父亲说着，轻轻地把我头上的枕套摘下来。

他跪在我面前，不在意自己的坏膝盖。他把手伸进口袋，掏出一根火柴。他点燃它，又吹灭它。

"这不公平。"我说道。他用烧黑的火柴头在我的脸颊上画画。"万圣节是成为另一个人的机会，但我仍旧是我。"

"你想成为谁？"他问。

"除了我以外的任何人，但我真的想成为呼吸镇的公主，穿着用蝉壳做的裙子。我最想要的是紫罗兰做的翅膀。"

"啊，最红的花。"

"它们是紫色的，爸爸。你从来都不记得紫罗兰是紫色的。"

他笑了，然后说："你知道，切罗基没有公主。"

"这不意味着我不想变成公主。"我说。

他点了点头："当我和你一般大的时候，我也想成为另一个人。"

"爸爸，你想成为谁？"

"某个重要的人。你知道我为什么叫你小印第安人吗？"他停下来，凝视着我的眼睛，"这样你就能知道你已经是一个很重要的人了。"

他把我转向轮毂盖。在我的镜像中，我看到"巫婆"现在变成了父亲笨拙的笔下一朵花的黑色心脏。

"我们去找你的翅膀吧，我的公主。"他说着，用手臂把我抱起来。他把我抱到院子前面的银枫树下，把我放下来。

在落叶之间搜寻一番后，他捡起两片树叶。一片是熊熊燃烧的火红色，有金色的叶脉。另一片是深紫红色，有赤褐色的茎。

"爸爸，你打算做什么？"我问道。他站在我身后，拿着落叶。

"我要给你翅膀，小印第安人。我很遗憾它们不是红色紫罗兰做的，但我要告诉你，银枫叶做的翅膀是最棒的翅膀。"

他用胶带把叶子的茎粘在袍子后面。

"它们不是公主的翅膀。"我边说边扭过头去，想看看那些树叶，"它们是那些买不起羽毛的人的翅膀。"

"贝蒂，你记住，其他女孩只能在万圣节做公主。"他说，"即使是这样，这些女孩也只能装成一位公主。但你每天都是一位真正的公主，一位切罗基国王的公主。"

"谁？"我问。

"我，我是国王。你不知道老兰登·卡彭特的这一点吗？"

我摇了摇头。

"我是崇高的菜园国王。"他说，"因此，你是切罗基公主。没人能夺走你这一点，因为这存在于你的血液里。"

他卷起袍子的袖子，轻轻拍打我手腕内侧的血管。

"在你的血液里。"他又说了一遍。

"在我的血液里。"我说。我低头看着自己的血管，仿佛我能看到里面似的。"但我记得你说切罗基没有公主。"

"这不意味着你不能成为公主。"他笑了。

当我走到林荫巷,我试着相信自己是一位真正的公主。我每走一步,都想象我的翅膀是真的。风吹过我的头发,太阳照在我的脸上,直到我感觉自己真的很重要。

"我是一位公主。我有意义。我很重要。"

然后我看到露西丝还在笑,我意识到,照耀在我身上的阳光永远会有一片阴云。也许弗洛茜是对的,也许我们的生命是被诅咒了,根本没有指望变好。自那时起,我希望万圣节结束,希望秋天结束,希望来临的冬天冻住露西丝的笑脸直到次年二月。因为那时我就八岁了,或许就足够大了,能成为自己想成为的人。

我感觉到一只手轻轻地抓住我的手。我低下头,看到了崔斯汀。母亲把一个纸板箱装扮在他的头上。

"我愿意和你一起走,只要能让你不再哭泣。"他从箱子底下偷看我。

"我没哭。"我擦着眼睛说,"你是什么呀?"

"一个箱子。"他自豪地对自己的衣服咧嘴一笑,"妈妈说箱子是最好的东西,因为每个人都需要一个,至少每个人在他们的一生中都需要一个。"

他上下打量我,然后问:"贝蒂,你是什么?"

"我是一个——"

"等等,"他说,"我知道你是什么,贝蒂,你是一个天使。快瞧你的翅膀呀。"

呼吸镇报

皮科克一家神秘失踪案中使用了同一把枪

现已核实，用来打破杜松老爹超市前窗的枪与射入皮科克故居墙体的霰弹枪型号相同。

这个消息在整个社区掀起了轩然大波。只要提及皮科克一家和他们谜一样的失踪，这里的居民都会感到不寒而栗。可以说，鲜有母亲不会提醒自己的孩子远离皮科克一家曾经住过的房子，现在那里居住着卡彭特一家。

"我记得皮科克一家失踪时候的情形，"当地居民菲德丽亚·斯派塞评论道，"感觉原先的诅咒仍旧存在，像是它根本没有离开过。皮科克一家的失踪总带着不祥。现在，感觉就像同一条蛇再次张开了它的嘴巴。"

由于社区居民们的担忧日益加剧，桑兹警长发布了一则声明。

"根据目前掌握的事实，我们无法认定近期的枪击事件和皮科克一家的失踪毫无关联。"

空气中弥漫着恐惧，许多居民拿起武器保护自己。

"我不想像皮科克一家那样失踪。"一位不愿意透露姓名的红负鼠巷居民说。这名居民继续就他们认为凶手是谁给出了推论。

"我不信任脸会融进夜色的人。"他们说，"这就是我受过的教育，我仍旧这样认为。没有种族隔离，我们就会有这样的暴力。"

第十章

"就落在想吃之人的口中。"

——《那鸿书》3:12

那次万圣节之后，我叠好袍子，把它藏在阁楼的角落里。二月，我年满八岁了，我吹灭蜡烛，希望这件袍子能变成一件比露西丝的裙子更漂亮的公主裙。我跑上阁楼去看，但袍子没有变化。我抓起一只袖子，拖着袍子走出了房子。我走进树林，选择了落叶最多的小径。袍子一路卷起落叶，直到看上去不过是我攥在手里的一根落地的树枝。当我觉得自己走得足够久了，我一口啐在袍子上，诅咒它，然后把它烧掉，埋在了一个无名的坟墓里。

"贝蒂，你不应该在你脏兮兮的袍子上浪费愿望，"弗洛茜说，"你应该许愿给我一件胸罩。"

自从年满十一岁，一件胸罩就成了弗洛茜最想要的东西。她仍旧没有通过笔试考试，但还是恳求母亲给她买一件少女胸罩。

"哦，拜托了，妈妈。"弗洛茜双手合十，"如果我得不到一件，我会死的。"

"你的胸还没有大到需要戴胸罩。"母亲告诉她。

"我也一直在求它们长大。"弗洛茜回答。

"别在你准备好承担之前，给自己多许愿一磅肉了。"母亲说。

弗洛茜的祈祷终于在她床上的一个包裹中应验了，她立刻撕开了它。

"太美了。"她对着她手里的胸罩咧嘴大笑，我以为她要把它吃了。

"高兴了?"母亲站在我们身后的门口。

"我好喜欢。"弗洛茜脱掉衬衫,穿上胸罩。她抚摸罩杯铁丝中间小小的奶油色蝴蝶结,但罩杯太大了。

"我会长到这么大的。"我还没说什么,她就说道。

母亲摇了摇头,下了楼。

"我要给菲雅看看。"弗洛茜飞快地穿过走廊,跑进菲雅的房间。

菲雅拿着她的日记本坐在床上,我可以看见她在那页纸上草草写下的音符。她试图让自己的歌声与每一个音符对应起来。

"看,菲雅。"弗洛茜在房间里旋转,"很漂亮吧?"

"你不能穿着胸罩到处走,弗洛茜。"菲雅说道,"你的兄弟们会看到的。"

"那又怎样?"弗洛茜扯了扯她的肩带,露出一丝不悦。

"永远不要让你的兄弟们看到你半裸的样子,"菲雅说,"这是罪恶。你会让上帝抓挠他的眼睛,直到他永远失明。"

"这附近没有兄弟。"弗洛茜说。

菲雅指着林特从她床下伸出的脚。我弯下腰,看到林特在地板上摆石头。

"林特不算。"弗洛茜说着,在梳妆镜前看着自己,她对着镜中的自己笑了,然后倾身去亲吻镜子中的自己。

从那年冬天到来年春天,胸罩成了弗洛茜的道具。当她重现电影中的场景时,她会脱下胸罩,用胸罩扇她想象中的男主角的脸。三月天气一转暖,她会躺在"遥远之地",穿着胸罩和短裤晒日光浴。每次菲雅告诉弗洛茜这样穿不得体时,弗洛茜都会翻白眼说:"胸罩就像泳衣上装。老天,菲雅,我感觉你有一百岁了。"

那天晚些时候,弗洛茜在晒太阳,我坐在舞台上,手里拿着一张小小的纸,写着一个关于菲雅走进树林的故事。

女孩走了，我写道，没人知道去哪里和为什么。她只是走进树林，消失在树影后，直到我再也看不见她和她的蓝裙子。

当我翻身趴在舞台上时，我的短裤被扯了下来。我转过头，看到弗洛茜咧嘴大笑的脸。

"你在干什么？"我提起短裤。

"我只是想看看你有没有尾巴。"弗洛茜说。

"你知道我没有。再说了，如果我有尾巴，你也会有的。我们是姐妹，弗洛茜。"

"我们看起来可不像。"她捏住一绺浅棕色的头发，捻弄着它们，"他们说你的爸爸是黑人。"

"他也是你的爸爸，笨蛋。"

"这谁知道。"她说，"我的绿眼睛可能来自一个有着电影明星肌肤和绿宝石金库的男人。"

她穿好衬衫，跳下舞台。她说她要进城和几个女孩在电影院碰面。她没有问我想不想去，她只要是和她的朋友们在一起就从来不问我。

她一走，我就进屋去拿母亲早先做的饼干。厨房的台子上放着一堆柠檬果肉，但没有柠檬皮。我在冰箱里只找到了一个空罐子。

"妈妈，柠檬水在哪儿？"我朝整座屋子喊。

只有头顶嘎吱作响的地板回答了我。我抓起一块饼干，走上楼梯。我发现母亲从未如此笔直地坐在床沿，她的脚和腿紧紧地夹在一起。楼下缺失的柠檬皮用别针固定在她淡蓝色裙子的柠檬图案上。她的头上戴着亮黄色的玻璃纸，和我们每年都用来包装春季礼品篮的玻璃纸一样。玻璃纸包在她的头上，整齐地系在她的脖子前面，就像她去镇子想让自己看起来特别漂亮时会戴的小围巾。

透过透明的包装，我可以看到她的脸。她的妆容很滑稽——明红色的口红，厚重的睫毛膏，脸颊上的两圈腮红映衬着白色的粉底，像两轮明月。

这一切都被赋予了一种色泽，仿佛玻璃纸里面有一盏灯，把我的母亲染成了黄色。看到她头上戴着玻璃纸，我一点也不吃惊。我已经习惯了她在浴缸里灌满水，然后说她宁愿淹死也不愿活了；习惯了她拔下一盏灯的插头，把灯绳绕在脖子上，说这就是她的死期。父亲告诉我们她不是认真的。我们认为他是对的，因为她从来没有坚持到底。浴缸里的水会被排干，灯会被重新插紧，她会继续做她在寻短见之前一直在做的事情。

我吃掉最后一块饼干，看着她在玻璃纸里吞吐雾气。

"我不知道你在里面怎么呼吸。"我站得近了一些。

我以为她没听见，于是我说得更大声，但她还是没有回答。

"好吧，如果我把你这样留在这里，爸爸会生气的。"我说。

我解开她脖子上的结，把玻璃纸从她头上摘了下来。她的眼睛一直盯着面前的墙壁，仿佛墙壁和她之间系着一根线。

当我转身离开时，我听到了她的声音，但我没听清她说了什么。

"妈妈，你说什么？"我问。

"那个黄色的世界实在是太美了。"

我等着她再说些什么，但她只是安静地坐在那里，没有什么其他异样。

来到走廊，我把玻璃纸举到眼前。从木质地板到父亲挂在墙上的崔斯汀的炭笔画，一切都是黄色的。我透过黄色凝视的时间越来越长，我发现这些东西在逐渐消失，直到我站在一片高高的黄色草地上，微风拂过，草儿轻轻地弯下腰。这仿佛是我母亲留给我的一个甜蜜而温柔的梦。

"这个黄色的世界实在是太美了。"我说道，然后母亲的尖叫声刺穿了我的耳朵。

我跑回她的房间。我先看到了血，然后我看到她躺在地板上，身旁是一把锋利的菜刀。

"妈妈，你做了什么？"

她的手腕被割开了。她颤抖着，蜷缩成一团。尽管她想以各种方式结束生命,但她绝对害怕死亡。对她这样的女人来说,死亡意味着什么?也许就在那一刻,离死亡如此之近,她害怕死亡会一次又一次地降临在她的身上。她缩进自己的身体里,直到她能尝到自己的乳房,在自己的大腿里窒息。

我踩在血上滑了一跤,跌进了一摊血水里。我丢下玻璃纸,抓住她的手臂。她的手看起来很脆弱,像布娃娃的手。我把她的手腕按在我的胸前。我能感觉到她温暖的血液浸透了我的衬衫,她的眼睛向上翻,她的头歪向一边。

"黄色去哪里了?"她问。

我捡起玻璃纸,盖在她的眼睛上,这样她的世界又能变得美丽了。

"我会回来的。"我起身说。我想她理应知道我不是只想逃跑。

早些时候,父亲带着崔斯汀和林特去河边钓鱼。我跑过树林的灌木丛,踩过树枝和松果。我能想到的只有母亲血的颜色,它让我想起那天早上她让我去采摘的甜菜。她给我一个黄色的大碗,告诉我把碗装满第一批春季作物。但我还没走进菜园,她就大喊让我回来。

"但我还没摘到甜菜呢。"我告诉她。

"回来。"她又说。

我回去了,给她看空空的碗,她扇了我一巴掌。

"我告诉过你把它装满。"她说。

"我在努力,妈妈,是你叫我回来的。"

她用手抽了我一下,又差我出去了。她再次喊我。

"回来,贝蒂。"

当我转过身时,她已经不见了。我在碗里装满了甜菜,直到它们溢出来。

"回来。"我飞快地穿过树林。

当我来到河边时,我闻到了烟味。我循着烟味逆流而上,找到了父亲。

他正在朝一小堆火里丢鱼肉。

"我们把一部分鱼肉献给火。"他正在告诉我的兄弟们,而兄弟们看着我来的方向,盯着我,"火焰会平息死去动物灵魂的愤怒。如果你不安抚灵魂,它就会复仇,从洒出的血中幻化出新的形状。"

"像她这样吗?"崔斯汀指向我。

父亲转过身,看到我的时候吓了一跳。

"贝蒂,你伤到哪里了?"他用手上下摸着我的胳膊,疯狂地寻找伤口。

"不是我的血,"我指着家的方向,"是妈妈的。"

父亲从我身边挤过去,喊我们往火上撒土。我们迅速各自抓起一把土,扑灭了火焰。

"快点,"我告诉弟弟们,"我们得去帮助爸爸拯救我们的家人。"

我们三个拼命奔跑。

"等……等……等我。"林特说。崔斯汀跑回去,抓住林特的手,拉着他跑得飞快。为了追上父亲,我丢下了他们两个。

"阿尔卡?我来了。"穿过树林时,他一直大喊她的名字,仿佛她能听见他的声音似的。

我们一到家,他一步三个台阶地上了楼。

他发现母亲昏倒在他们卧室的地板上。父亲滑倒在血泊中,跪在地上,一路爬到她身边。我的弟弟们在我身后停下来。林特开始颤抖和哭泣,于是崔斯汀把他拉回走廊。

"没事的,林特。"我能听到崔斯汀说,"你为什么不给我看看你口袋里有什么新石头呢?"

我看着父亲把手按在母亲的伤口上,血从他的指缝渗出来。

"别那样挤她的皮肤,爸爸。"我告诉他,"你把血越挤越多了。"

我就是这么想的。但他的手在挤压她,像挤压一团海绵。

"打给拉德医生,贝蒂。"他说。

我没有去打电话,而是把母亲的凳子拖到了房间右后方的角落,那里有一张巨大的蜘蛛网。

"贝蒂,你在干什么?"父亲问,"去叫医生。"

"我在取蜘蛛网。记得吗?"我爬到凳子上,把手伸向角落,但我离蜘蛛网有几英尺远,"你说过可以用蜘蛛网止血。"

"该死的,贝蒂。打给拉德医生。快点!"他猛地扯下床单,裹在母亲的手腕上。

我跳下凳子,从走廊里弟弟们的身边飞奔而过。我跑下楼时,可以听见林特在呜咽。我抓起电话旁的便笺本。我在母亲手写的姓名和电话号码里搜寻着。当我找到拉德医生的名字时,我把手指放在拨号盘上,计算着转盘旋转所需的折磨人的几秒钟。

"妈妈割伤了自己,"当拉德医生跟我打招呼的时候,我立刻说,"到处都是红色。爸爸把床单扯下来包住了她的手腕,等她好起来,她一定会很生气的,气他毁了这张好床单。"

"我在电话里听到的是兰登·卡彭特的声音吗?"拉德医生问。

"是的,那是我爸爸。"我说,"他在喊你最好带上能救她的东西,因为他觉得他做不到。"

"是在林荫巷吗?"

"是的。"

"我马上就到。"

等候拉德医生的时候,父亲叫我和弟弟们到外面去。

"你们不应该看到这个。"他说。

林特一直跑,直到跑出房子。在院子里,他用手抚摸着草的叶片。而崔斯汀一直用手指在胳膊上画旋涡,仿佛他正在画一些符号用来驱逐恶灵,或者至少阻止恶灵在这一刻进入他的灵魂。

尽管拉德医生还没有出现,但我已经跑到小巷,挥舞起双臂。没过多久，我就看到了一辆车的车头。我跳了起来，更用力地挥手。他开得太快了，当他拐进我们住的小巷时，岩石从后轮胎下飞溅出来。

"她在楼上，她在楼上。"拉德医生拿着他的大黑包走下车时，我不停地喊。他朝房子跑去，我跟着他跑。"她在楼上，她在楼上。"我不停地说。

我停在了门廊的台阶下，仿佛那是我无法逾越的门槛，而拉德医生跑进房子里从我的视野中消失了。

"小心，里面有刀子怪……怪……怪物。"林特在他身后说。

我的弟弟们紧紧靠在我的身侧，我们三个盯着房子，等待着。

"他们在上面干什么呢？"我问。就在这时，我们听到一阵下楼梯时沉重的脚步声。

纱门突然打开，父亲抱着母亲走了出来。拉德医生走在他们前面，为他们打开车子后门。他们走过时，我凝视着母亲。她闭着眼睛，双腿毫无生气地晃动着。

"你们去哪儿？"崔斯汀问他们。

起初，他们似乎要一起离开。拉德医生坐到驾驶座，父亲小心翼翼地把母亲放在后座。但父亲关上门，从车里退了出来。

"拉德医生没有给我们棒……棒……棒棒糖。"林特说，"他总是给……给……给我们棒棒糖。他生我们的气了吗，因为血……血……血？"

崔斯汀用胳膊搂住林特，我们看着拉德医生载着母亲离开。

车子一消失在视线中，父亲就转过身来，面对着我们三个。我们能做的只有盯着他身上沾的母亲的血。

"她死了吗？"崔斯汀问。

"没有。"父亲迅速向我们走来，把我们一个个拉入他的怀中，"她没有死。关于这一天，你们只需要记住你们的妈妈在腌甜菜。甜菜汁弄得她满手腕都是。这就是那些红色的东西，孩子们，只是甜菜汁。她会好起来的。"

那一夜，我和弟弟们说起父亲是如何在"好"这个字上破音的。

父亲没有睡觉，他开始打扫房子。丈夫们总是这样做，他们认为只要房子干净了，家务做完了，他们的妻子就会高兴，仿佛生命中所有的快乐都汇聚在洗过的地板上。接下来的几天，父亲做完了几件正在制作的家具，将它们摆在家里，直到房间看上去像一个典型的乡村小屋。他为母亲造了一个小小的梳妆台，告诉我们，当母亲回来的时候，不要刺激她。如果盘子脏了，我们要负责洗。如果地板上有泥巴，我们要立刻擦。我们要做安静的小孩，不去烦母亲，仿佛这样就足够了。

"妈妈什么时候回……回……回来？"林特问。

父亲从来都没有给出答案，他总是说："很快，儿子，很快。"

母亲不在的时候，菲雅辍学了。父亲非常失落，他将前门廊顶层的台阶刷成了黑色。

"因为一级台阶在这里死去了。"他告诉菲雅。

"台阶不会死的，爸爸。"她说。

"它死了，菲雅，因为你不再迈向更好的生活了。"

"它们只是门廊的台阶，爸爸。它们只是让我们进出房子而已。"

"大家伙儿说我是蠢货，"他说，"你不知道我能感觉到吗？全是因为我是个只上过三年学的成年人。底层的台阶是个苦涩的地方，菲雅，我很清楚。我一辈子都待在这里，只能仰望上面的台阶。你知道上面的台阶有什么吗？"

"有什么？"菲雅问。

"那里能让你好好地看这个世界。"他说，"你能看到世界的全部。从那里，你能决定这个伟大的世界的哪一部分是上帝专门为你创造的。但辍学之后，菲雅，你就永远无法攀登到上面的台阶，过更好的生活。你本该是我们家族里第一个能说自己是受过教育的人。你不需要离开学校，这不

116

是你妈妈对你的期待。你还可以回去。我可以再把台阶刷成白色,复活它,台阶不需要永远死去。"

"由我来承担更多的家庭责任非常重要。"菲雅说,"爸爸,妈妈现在需要帮助,你不觉得吗?"她垂下头看着黑色的台阶,"反正这级台阶对我来说从来就不是活的。"

菲雅毫不费力地扮演了母亲不在时的角色。她穿着母亲的围裙,手里拿着一块布在屋子里走来走去,就好像她是一名参加反尘埃战争的新兵。父亲做了大部分的饭菜,但是厨房里的菲雅让人感觉是她做了所有的工作——她用长柄勺把热汤舀到我们碗里,她把刚出炉的热面包端上餐桌。在做所有这些事的空当,她照顾林特,仿佛她体内的母性本能比她这辈子需要的还多。

"我觉得你根本不想要妈妈回来。"有一天,我们三个站在厨房里,弗洛茜对菲雅说,"我觉得你只是想当我们每个人的妈妈。"

菲雅脱下母亲的围裙,拿起母亲用来割腕的刀,她走出了纱门。我跟上去,但弗洛茜抓住了我的胳膊。

"你疯了吗?"弗洛茜说,"她会用那把刀杀了我们。我们的血大概会成为她对某个神明的献祭,用来交换一条黄金的围裙。"

"别傻了。"我回答,"她是菲雅,她不会伤害我们的。"

我跑出门去追菲雅。弗洛茜犹豫了一下,但很快也跟了上来。当我们来到"遥远之地"时,菲雅已经盘腿坐在舞台上了。

"你们怎么这么久才来?"她问。

"弗洛茜觉得你会捅我们。"我坐在菲雅身边告诉她。

"当姑娘们拿着刀,这样想是很正常的。"弗洛茜说着,也扑通坐下。

"你认为我会杀了你,是吧?"菲雅问弗洛茜,然后把刀刺进了舞台。

弗洛茜吓了一跳。菲雅看了她一眼,在木头上割了一道狭长的口子,接着又一道、又一道。

"它们是和妈妈的手腕相通的伤口。"她告诉我们,"如果我们在舞台上切开这些伤口,妈妈的伤口会愈合得更快。"

我和弗洛茜看着菲雅用刀在木头上切得越来越深。弗洛茜说:"我在想妈妈为什么要这么做。"

"深陷抑郁。"菲雅耸耸肩说。

"妈妈是这样吗?"弗洛茜问,"深陷抑郁?"

"利兰说所有的女人都是这样的。"菲雅抬头看着我们,"但他通常对所有事情的看法都是错的。"

菲雅把刀放在了舞台旁边。

"现在我们把伤口留在这里,手腕上的伤口便别无选择,只能愈合。"

弗洛茜没有像我想的那样嘲笑菲雅,甚至在菲雅要我们和她一样把手放在伤口上面时也没有。她毫不犹豫地照做了。当我和弗洛茜注意到菲雅的手指在颤抖时,我们以为这是力量的一部分,所以我们也颤抖手指。

"我想要妈妈回来。"菲雅直接对弗洛茜说,"我只是帮忙打理家务,不代表我想要取代她。难道她不比家务意味的更多,不比桌上的食物意味的更多吗?我做这些事不代表我要成为妈妈,因为成为她是一件只有她自己能做到的事。"

菲雅开始唱歌,我和弗洛茜加入了合唱。

"妈妈,回家吧,我们如此爱你。没有你,家是冷的,花儿不再生长。我们深深地想念你,我们送你一个吻。妈妈,回家吧,我们如此爱你。"

我唱得很大声,唱得都跑调了。那些我和弗洛茜无意间编造出的歌词,覆盖了彼此的声音。

那一夜之后,我们不断地来到"遥远之地",在伤口上唱歌。像母亲一样,我们也需要好起来。我们以为我们的努力奏效了,因为母亲回家以后,我们没有看见她手腕上的伤口,它们在明亮的白色绷带后面。

"它们愈合了,"菲雅告诉我和弗洛茜,"伤口离开了。绷带只是为遮挡阳光，这样伤疤就不会因晒到太阳而再次开裂。我们必须确保妈妈不会再尝试伤害自己。我们每天继续在伤口上唱歌，这是我们作为女儿的责任。"

我们希望凭借我们的力量，能让母亲的绷带被摘下。但是当利兰出现在我们家门口，说他被军队开除的时候，绷带依然还在。

"他们非得说我拿了不属于我的东西。"利兰说，"但是他们没有证据，他们最多只能把我撵走。我想我能在这儿待一段时间。"

他把阁楼当成了自己的卧室，除了用嚼过的口香糖粘墙上的虫子之外，什么都不做。

一家人聚齐了，父亲决定举行一次家庭野餐，驱散笼罩在一切之上的阴影。他快活地领我们穿过房子后面的树林。父亲一只手牵着母亲软绵绵的手，另一只手摇晃着篮子，而我们跟在他后面走。

在路上，林特收集了太多的石头，他的口袋没有地方放了，于是他开始往我、菲雅和父亲的口袋里丢石头。他也丢了一些在弗洛茜的口袋里。但弗洛茜趁他不注意，把它们都掏出来扔掉了。

父亲为我们的野餐选了一个好位置。他铺开一条白色的棉毯，把食物放在母亲的盘子里，但我看到她只吃了一小块饼干。

"真好看，崔斯汀。"菲雅看到崔斯汀正在描绘的画时说。他的画是野餐静态的生命。为了给画着色，他拔起草叶，在纸上摩擦，直到纸染上绿色。

"我看起来适……适……适合野餐吗？"林特没有特地问我们中的某个人，他在衬衫上滚着一块石头。

每次母亲一动，弗洛茜都会用手肘推我。

"你敢不敢赌她会在其中一棵树上上吊？"她对我耳语，"还是说你认为她会用叉子插进自己的喉咙？"

我转过身，看到利兰把父亲做的一块珠宝馅饼递给菲雅。

"想要点馅饼吗？"他问她。

馅饼切开时会露出裹在粉红色明胶中的五光十色的明胶块。这道甜点是菲雅的最爱。她总是先吃明胶块周围的饼皮，然后把明胶块排列在盘子里。

"多么美丽的珠宝啊。"她会说，然后把明胶块迅速倒进嘴里，整个吞下去，仿佛她的身体是守护蓝宝石、绿宝石和红宝石的金库。

她从未拒绝过一块这样的馅饼，但当利兰递给她的时候，她说她已经吃饱了。他盯着馅饼看了一会儿，然后自己吃了下去。

我突然感觉身侧被捅了一下，弗洛茜用手肘挤着我。她朝母亲点点头，她正在拾起一罐腌甜菜。

母亲转动罐子，读着标签上的生产日期。她毫无征兆地把甜菜和汁水倒在了毯子上。我从来不知道白色棉花被染色的样子，是那么迅速而美丽。

父亲把母亲扶起来，说我们要一起去散步。他紧紧抓住她的手，我们在树荫下越走越远。

"抬头。"他说。

当我们抬起眼睛，看到了柠檬。

"哦，我的天。"母亲笑了，"你把美丽的黄色世界给了我。"

柠檬垂挂在枫树、橡树、梧桐树、榆树、胡桃树和松树上。这些树一生都未曾结出这些金黄的果实。树木上的颜色是如此宏丽，很容易把柠檬看作某种宝石。这就像一场梦。我想要尽情享受这一切，我用眼睛去追寻柠檬的边缘。黄色在蓝天的衬托下是那么明亮，那些柠檬就像太阳分裂出来的小球，似乎在自己发光。

当然没有那么多的柠檬，可是我感觉像是我的父亲把林子里的所有树都召唤过来，并且在每棵树上都留下了寄语。

我朝其中一颗柠檬伸出手。我想采摘它，又怕它们会全部掉下来，仿佛它们都连着同一株茎、同一个梦，同一个我不想要结束的甜蜜时刻。

"但它们为什么在这里？"菲雅问。

"因为很久以前，"父亲说，"一个女孩曾经告诉我，如果能够拥有一片柠檬树林，那该多好。"他冲母亲笑着。"我找到你的柠檬树林了。"他告诉她。

我不知道父亲买这么多柠檬花了多少钱，我也不知道他是怎么在他的膝盖剧痛的情况下把这些柠檬挂上去的，但我知道这些事只会摧毁这场美梦。这些细节对母亲来说也无关紧要，她紧紧贴在他的身侧，直到我再也看不见她的手腕。

在柠檬的后面，一只红色气球飞上天空。

"老科顿不会漏掉任何一封信。"父亲说了我们都想说的话。

一九三五年，科顿的妻子维克托里被殴打并绞死在呼吸镇边缘的一棵皂荚树上。维克托里被皂荚的刺刺穿了，她的双臂被迫伸出，仿佛她只是又一个周日晚上的十字架。我们在柠檬树下散步的时候，她已经被绞死几十年了。从那以后，科顿每天至少给她寄一封信。他会卷起信纸，放进一只充满氦气的气球里，然后释放它。

有一次，我在地上找到了一只泄气的气球。在科顿的信中，维克托里仿佛从来没有被谋杀。他会写他们从未拥有过的孩子，写他们从未能拥有的人生：

我依依摇曳的维克托里树儿①：

今天，我们最小的孩子站在牧师面前，站在爷爷的木兰树下。我们的儿子娶了一个好姑娘，你觉得呢？你哭得这样凶，肯定会让他尴尬的。你把我的手帕弄得这么湿，我都以为它要烂了，完全烂了。你烤了我们的儿子最爱的蛋糕作为婚礼蛋糕。令人垂涎欲滴的柠檬蛋糕配上覆盆子奶霜，尝起来是多么甜蜜呀。不过，这可让我们花了好长时间来驱赶蜜蜂。

你让我的脚跳了那么多的舞蹈，它们可愤怒了，但我的心

---

① 原文为My Hickory, Vickory tree，化用英文儿歌 *Hickory Dickory Dock*（《嘀嗒嘀嗒钟儿响》）。

里绝对没有丝毫怒火。为什么这么多年后你还是选择跟我一起跳舞？我永远不会知道了。我害怕，不是害怕死亡，而是害怕天堂。你会问我，为什么？因为我知道你永远不会在那儿邀请我跳舞。不，你会和希帕蒂娅①或萨福②一起跳舞，和诗人、哲学家以及上帝一起。他们都是你的最爱。我会在角落里安静地愤愤不平。我身处天堂但如同身处地狱。但至少现在，我拥有你。我拥有你，至少现在。今晚，我们会做爱，分享同一个梦。明天到来，我们会赖床，会开车到呼吸镇的边缘兜风。你会在那里吗？求你了，在那里吧。我要疯了。

我给你心上的一吻，
你的一片棉花③

有了维克托里身上刻下的种族歧视言论，她的死因是无疑的。科顿生于呼吸镇，长在呼吸镇，他的肤色和他的名字一样洁白。或许这就是他们没把他一起绞死在那棵树上的原因，又或者是因为绞死一个男人不像绞死一个女人那样刺激。

"如果她还活着，他不会给她写一封信的。"母亲说，她已经不再和父亲靠得那样近了，"我们认为他们非常相爱，是因为她在相爱的中途死去了。但如果她活着，他们要么离婚，要么拥有不幸的婚姻。他们一定不会生活在爱情里。"

我想就是在那一刻，所有的柠檬都从树上掉了下来。我们看上去就像陌生人，对彼此没有任何意义。

---

① 希帕蒂娅：古埃及著名数学家、天文学家和哲学家，世界上第一位女数学家。
② 萨福：古希腊著名的女抒情诗人。
③ 科顿（Cotton）与棉花（cotton）在英文中拼写一致。

第十一章

"天上的星辰坠落在地上。"
——《启示录》6:13

一九六二年五月，弗洛茜在家里发现了一本关于巫术的书，书的名字是《灵魂的词典》。在内封上，有一幅手绘的插图，一个女巫拖曳着一个标着"灵魂"的袋子。根据袋子上用墨水写的说明，如果你想知道某个人是不是巫师，你就把他的名字写在一张纸条上，然后放进热锅里。如果纸没有燃烧，意味着那个人就是巫师。我和弗洛茜决定试一试。我们走进厨房，崔斯汀正坐在桌子旁。他手里拿着松软的纸，正在勾勒面粉、糖和茶叶罐在柜台上排列的样子。就在我要认为他是一名严肃的艺术家时，他用沾了木炭的手指在嘴唇上一抹，给自己画了一抹黑色的胡子。

"叭、叭、叭。"崔斯汀假装他的胡子把他变成了一个老人，慢吞吞地说着话，"在我那个年代，上帝还不到四岁。"他说着父亲觉得自己是个老古董时会说的话。

我和弗洛茜把一个煎锅放在炉子上，冲着我们的弟弟翻了个白眼。崔斯汀让我们从他的白纸上撕下几条，写下所有我们想测试的名字。有些名字不出所料地烧得很慢。

"该你了。"弗洛茜对崔斯汀说，她把他的名字扔进煎锅，"嘿，贝蒂，记不记得爸爸告诉我们那些野孩子杀掉了那个女人，因为他们认为她是个女巫？他们杀了她以后，玉米从她的血里流了出来。如果你们中谁是巫师，我会杀了你们，看看你们的血里会流出什么。"

崔斯汀不画了，看着他的纸条。纸条在锅里变黑了。

"做巫师没准挺好的。"他说，"我可以把你们变成一对丑陋的癞蛤蟆。哦，等等，你们已经是了。"他发出巫师的咯咯笑声，直到我们把他推出去。

他继续笑着抓起自己的画，把我和弗洛茜留在了厨房。

"到你的名字了，贝蒂。"她说。

弗洛茜把纸条放在煎锅的中央。她用锅铲戳了几下，纸什么反应也没有，她用眼睛盯着我。

"看哪，《夺情记》[①]，你是一个女巫，贝蒂。"弗洛茜说。

"我不可能是女巫，我只有八岁。似乎是锅不够热。"

"热到足以让其他人的名字烧起来了，女巫。"弗洛茜丢下锅铲，这样她就能把手指立成十字架对着我，"我要告诉爸爸你是一个骑扫把的巫婆。"

"不，你不会。"我使劲推她。

她撞到了台子上。

"你这臭泼妇。"她更用力地推我。在我们还没意识到之前，我们就卷入了一场著名的卡彭特姐妹斗殴之中。我们在地板上打滚，希望能挖出彼此的双眼。我咬她的胳膊，她试图掐掉我的乳头，菲雅急忙冲了进来。

"你们会把整座房子点着的。"她用一个防热手套把冒烟的煎锅挪开了。当她看着里面，问道："你们两个在烧什么？"

我推开弗洛茜，迅速站起来朝锅里看，写着我名字的纸条已经变成了黑色的焦片。

"我告诉过你我不是女巫。"我对弗洛茜说。

她胸罩的肩带掉了。她把它拉了起来，然后检查自己的头发。我把她的马尾辫揪掉了，地板上有她断裂的橡皮筋，还有几缕浅棕色的头发。

弗洛茜怒视着我。她从抽屉取出一根新的橡皮筋，给自己扎了一根更

[①] 美国电影《夺情记》女主角吉莉安是一名隐藏在人类之中的女巫。

高的马尾辫。我们的胳膊上下都有咬痕和抓痕。我们都明白，谁的伤痕多谁就输了。我们沉默地数着彼此的战斗勋章。难以分清谁才是赢家，我们都没有再说话，转而走到窗边，想看看菲雅在看什么。

"爸爸在做私酿酒。"她朝我们微笑，"我们去拿一罐吧。"

"哇，好啊。"弗洛茜振作起来。

看到弗洛茜兴奋的样子，菲雅补充道："只要我们记住酒是魔鬼融化的样子就好了。"

"我们怎样才能拿到一罐呢？"弗洛茜问道，并没有理会菲雅的警告。

"你们中的一个需要去吸引爸爸的注意。"菲雅望着我，"贝蒂，应该由你来。"

"为什么是我？"我问。

"因为你是他的最爱。"菲雅说。

"她才不是。"弗洛茜双手抱臂。菲雅悄悄将我赶出纱门，赶到后门廊。

"吸引他的注意。"菲雅对我说，"你这样做的时候，弗洛茜和我会偷偷溜进谷仓。"

我朝父亲走去，他正往自制蒸馏水里丢糖、玉米和酵母。我们在阿肯色州的时候，他曾贩卖过私酿酒，人们会来我们家买一些。有一天，警长出现了，说他听说父亲在从事非法酒类生意。父亲告诉警长，那只不过是个无稽之谈，他很欢迎警长来搜查他的家。于是，警长和他的副手一起巡视我们的院子，院子里铺满了父亲放的大石头。

"这些石头是怎么回事？"警长问父亲。

"哦，"父亲笑着转过身来，"我是种石头的。"

父亲在院子里挖了几个洞，把罐子放进去，然后用石头盖住洞，把私酿酒藏了起来。警长和他的副手一直在私酿酒上行走，他们却根本没有意识到。父亲最终不再卖酒了，不过他还是继续小批量生产，供自己饮用。

父亲做私酿酒的时候，脸上总是露出他在做什么真正特别的东西的表情，母亲也总是这么说他。当我走进谷仓，看着他饮下一勺酒时，我就看到了这种表情。他拿着一个打火机对准金属器皿的底部，冲着从混合物中冒出的纯净的蓝色火焰微笑。

"哇——哦，这会让你现原形的。"他说着，走到靠煤渣砖支撑木板搭成的简易桌子前。他早先剥下的两只松鼠尾巴正放在木板上。

我靠近放着松鼠尾巴的桌子。父亲稍后会将松鼠毛做成崔斯汀的画笔刷毛。

"我们能不能留下一条尾巴，和浣熊的尾巴一起放在天线上？"我靠在桌子上问父亲。

他抬起眼睛，看到我身上的抓痕。

"我看你和弗洛茜又像疯狗一样打起来了。"他说，"总有一天你们俩会吞掉对方的，那时只有毒蛇会开心。"

他绕过桌子。

"你比昨天长高了吗？"他抬起手，用手测量我的身高。

"我不觉得。"我亲自看了看自己的腿。

"孩子就是这样。"他说，"某天你们都还小得不得了，我可能会在浴缸的排水口把你们弄丢。一晃的工夫，我就得记住你们曾经这么小过。"

我离开了桌子，坐到离谷仓足够远的院子里，好让我的姐姐们能不被察觉地溜进去。

"你今天有故事吗？"我问他。

"我不是一直都有吗？而且这次故事真的很精彩。"他慢慢坐在我身边。

他不得不调整他右腿的角度来迁就他的膝盖，弗洛茜和菲雅迅速溜进了谷仓侧门。

"小印第安人，你听说过永不停歇的星星捕手吗？"父亲问。

我还没来得及回答，谷仓就传来了玻璃打碎的声音。父亲正要站起来，但我抓住了他的胳膊。

"跟我说说那些永不停歇的星星捕手。"我说,"他们是谁?"

"你没听到那个动静吗?"他问。

"我什么都没听到。"我想象着菲雅和弗洛茜可能在谷仓里弄坏的所有东西,"什么是永不停歇的星星捕手?"

他朝谷仓望了最后一眼。

"我绝对听到了什么。"他放松地靠了下来,"瞧瞧,我说到哪儿了?"

"你正打算跟我讲永不停歇的星星捕手的故事。"

"哦,对。"他点点头,似乎准备谈论一件相当严肃的事情,"永不停歇的星星捕手,他们永不停歇,是因为他们永远不能停止飞翔。"

"为什么他们停不下来?"我问。

"因为他们必须抓住星星,总有星星在坠落。实际上,昨晚就有一颗落在了我们这条林荫巷里。"

我越过父亲,看到菲雅和弗洛茜带着一罐私酿酒成功地离开了谷仓。弗洛茜在树林里向我挥手,让我赶紧跟上她们。她向后退去,马尾辫弹了一下,跟着菲雅消失在树林里。父亲转过身瞧我在看什么,但他只看到了飘动的树叶。

"爸爸,星星掉到哪里去了?"我问。

"哦,对,就在谷仓旁边,"他指出那个地点,"我本来想给你看星星的,但是我不得不把它交给永不停歇的星星捕手。贝蒂,你确定你没见过他们吗?"

我点点头。

"那么你真的错过了特别的东西。"他说,"他们是美丽的黑狮子,有我们的'漫步者'那么大。"

"有那么大?"

"就是那么大,"他说,"我自己都不敢相信。一开始,我以为我可能是在做梦,所以我绕着他巨大的爪子走了一圈,伸手去摸他又厚又冷的毛。

127

我能闻出他已经活了数十亿年,他闻起来就像一场大雨过后的大地。当我望向狮子的眼睛,我没有看到瞳孔和虹膜。他的眼睛是罗盘,指针不停地旋转,同时追踪着好几样东西的位置。"

父亲抚摸下巴,像在抚摸胡须。他说:"他的鬃毛是他身上最宏丽的部分。他的头发像灰尘一样旋转和移动,但那不是普通的灰尘,是宇宙的物质。小小的银色光点不停地旋转,是那么鲜活。我不由得哭了出来。"

"为什么,爸爸?"

"因为那实在是太美了。我想狮子也想知道我为什么哭,因为有那么一会儿,他只是看着我。然后他说话了,声音深沉而温柔。"

"他说什么?"

"他说,他是为星星而来的。他用他的大爪子把它捡起来,然后放在他的背上,星星在那儿被他的鬃毛吸收,消失在黑暗中。我以为他会像出现时那样迅速地离开。然而,他的鬃毛开始扬起,分成两部分。我先前觉得他的鬃毛很多,但现在变得更多了。它们伸长成羽毛,简直就是闪闪发光的尘埃螺旋。他的鬃毛变成了翅膀。

"'你现在要飞走了吗?'我问那头大狮子。

"'我可以带你飞到月亮上,看一棵非常特别的树。'他回答。

"老天,我可不会错过这个机会。我爬上他巨大的背,紧紧地抓住他。他用脚一蹬,离开了地面。他那鬃毛做成的翅膀在我们翱翔的时候留下了光的轨迹。我低头看着我正在离开的世界,然后把目光投向我即将进入的宇宙。月亮映入眼帘,它是多么壮观啊,小印第安人。他带我飞进其中一个深坑,那里生长着一棵巨大的树。这棵树长着血红色的树皮,上面有金色的天书。树枝上悬挂着紫色的玻璃铃铛,星星在其中成熟。狮子告诉我,我是第一个看到这棵树并摘下果实的人。

"'但你只能采摘尚未成熟的东西。'他告诉我,'因为没有星星可以在大地上生存,但那些注定要成为星星的东西一定可以。'"

父亲把手伸进衬衫口袋，掏出一块坑坑洼洼的石头。

"这是我摘下的尚未成熟的星星。"他说着，把石头递给我。

他又卷起裤腿，给我看他右边膝盖上的紫色污块。

"我爬树时，膝盖撞到了那棵大树的树干，把这儿撞青了。"他把手放在膝盖上，"人们再问我为什么一瘸一拐，我可以说，我是在爬星星树时摔伤了膝盖。"

我凑近看那紫色的污块，和他吃早餐时黑莓酱留在指尖的污渍一模一样。

"这不是星星，"我举起那块石头，"只是你从林特那里弄来的一些河边的垃圾。而且那不是瘀青，只是你在玩弄果酱。"

"我从没想过你会不再相信这些故事，小印第安人。"他的声音似乎被他眉宇间的悲伤压垮了。他垂下眼帘，仿佛大地能给出答案。

"我相信你去过月亮，爸爸。"我说道，但已经太迟了。

他把重心放在左腿上，慢慢地站了起来。

"不，"他说，"就像你说的那样，这就是块石头，仅此而已。妄想我能飞到月亮上真是太傻了，不是吗？那不会是我这样什么也不是的老头子能做到的。"

我在一个已经破碎的男人身上又切开了一条口子。

他垂下肩膀，转身离去。我想知道他的道路会把他引向何方，这时林特跑出了房子。

"它咬了我一口。"林特抓住自己的手背。

"什么咬了你？"父亲冲向他的儿子。

"一条响尾蛇……蛇……蛇。"林特让父亲看他的手。

伤口只不过是林特用红色记号笔在皮肤上画的两道红线。

"好痛，爸爸，救……救……救我。"林特痛苦地呻吟起来。

"来，让我把你完全治好。"父亲说着，把手伸进口袋，掏出一袋干烟草。他把一些烟草放进嘴里咀嚼了一会儿。

"烟草有助于排毒。"父亲说,然后把嘴贴在那两道红色的印子上。

当父亲假装把毒液吸出来的时候,我捏着石头,走进树林,寻找我的姐姐们。几乎是一瞬间,有什么东西跳到了我的背上,把我脸朝下地撞倒在地,还撞飞了我手里的石头。

"抓到你了。"弗洛茜在我耳边喊道,她压在我的背上。

"你这个负鼠脸,"我说,"下来。"

弗洛茜站起来大笑。

"你慢得让我等了快一辈子那么久。"她说。

我看见菲雅站在一棵树旁,手里拿着一罐私酿酒。

"我告诉过她不要吓唬你,贝蒂。"菲雅叹了口气,"但你知道弗洛茜的性子。"

弗洛茜冲菲雅吐了吐舌头。

"你们看到那颗尚未成熟的星星了吗?"我起身问道。

"尚未成熟的星星?"菲雅环顾四周。

"在这儿呢。"我在一片黑莓丛的边缘发现了它。

我朝它走去,但弗洛茜抓住了我的胳膊。

"你现在变成林特了吗?"她问,"只是一块愚蠢的石头。来吧,菲雅要给我们看一只老鹰。"

菲雅已经开始奔跑了,她淡紫色的裙子飞起来,像一个顽皮的精灵。她带着我们穿过树林,来到一片松树林,林子里有古老的黑色树干和锋利的松针,让我想起那个女孩被狼吃掉的童话故事。

"巢就在上面。"菲雅停下来,指着一棵高耸的松树说。

我们每个人都抬头看着两根树枝分杈处的一大堆小树枝。

"爸爸说老鹰比其他任何鸟飞得都高。"菲雅抱着罐子说,"他说大多数人认为秃鹰飞得最高,但是他们错了,应该是老鹰。爸爸说这就是为什么它们的头是白色的。老鹰飞得那么高,它们的头顶触碰到了天堂,在这种神圣的触摸中,羽毛变成了白色。"

老鹰妈妈尖啸着。它飞回来了,正在树梢上盘旋。

"给我一点,行吗?"弗洛茜从菲雅手里抢过私酿酒,立刻喝了起来。"哇哦。"她饮下后露出痛苦的表情。

菲雅盯着老鹰,从裙子口袋里拿出一支铅笔和一张纸。

"我来这里写我的祷文。"她一边说,一边把纸均匀地撕成三份,"你们两个也可以写你们的祷文,然后老鹰会把它们带给上帝。"

"鸟才不会给上帝任何东西。"弗洛茜咂咂嘴。

"她会的。"菲雅看着老鹰,就好像他们是老朋友一样,"爸爸是这么说的,那么一定就是真的。"

菲雅简直要为这个想法哭出来了。我意识到,不仅父亲需要我们相信他的故事,我们也需要相信他的故事,相信尚未成熟的星星和老鹰能够做出非凡的事情。归根结底,这是一种疯狂的希望,希望生命中存在着比我们周遭现实更多的东西。只有这样,我们才能宣称自己的命运没有被诅咒。

"我相信。"我告诉菲雅,从她手里接过铅笔和纸条。

我希望我是一只老鹰,带着菲雅的祷文飞向上帝,我写道。

我把铅笔递给弗洛茜。她翻了个白眼,但还是从菲雅那里把纸条抽了出来。

"我祈祷成为一个明星,生活在好莱坞,比伊丽莎白·泰勒[①]更有名。"弗洛茜一边写一边念出了祷文。

菲雅静静地转过身,一定要背对我们写自己的祷文。

"让我看看,"弗洛茜试图偷看菲雅写的东西,"别这么神秘。"

菲雅一个字也不肯和我们说,迅速地把纸折起来。

"现在它们该回巢了。"她边说边收集我和弗洛茜的祷文。

---

① 伊丽莎白·泰勒:美国著名女演员。

当菲雅开始爬树的时候,我拉了拉她的裙子。

"如果老鹰妈妈回来了怎么办?"我问她,"它会把你的眼睛挖出来的,菲雅。"

"没关系,小贝蒂。"菲雅笑着说,"我一直都这样做,它允许我这么做。"

我不情愿地放开了姐姐。当她到达巢穴时,她小心翼翼地把我们的祷文放在蛋中间。

"老鹰越来越近了,菲雅。"我紧紧抓住树干,仿佛我可以把她摇下来,"快点。"

她开始离开老鹰的巢穴,就在这时,老鹰发出一声尖啸。

"小心。"我和弗洛茜一起喊道,老鹰飞了过来,爪子先向菲雅抓去。

菲雅别无选择,只能松开树枝,从空中垂直坠落下来。她落地的时候,背部发出一声闷响。我连忙搀扶菲雅站起来,弗洛茜的笑声就像猪的呼噜声。

"我没事。"菲雅说道,她抬头看着立在巢穴里的老鹰,"我们可以走了。它会把我们的祷文带到它们该去的地方。"

菲雅从我手中接过罐子,喝了一大口。接着她绷紧了脸,抓住喉咙,说这烈酒有多么炙热。

"它会把我们从里面烧着的。"她说。

"我不介意。"弗洛茜试图抓住罐子。

菲雅紧紧抓住它,跑出了松树林,弗洛茜紧随其后。我留下来看老鹰穿过它的巢穴,数它的蛋。

"一、二、三。"我和它一起数。

老鹰满意地起身飞走,不知不觉中带走我们的一张祷文。当它飞起来时,纸条掉了下来。我等着纸条从树枝上坠落。

"我接住你了。"我对祷文说。就在它落到地上之前,我抓住了它。像对待一只会飞走的蝴蝶,我慢慢地张开双手,偷偷瞥向那张纸。我小心翼翼地把手伸进去，打开纸，立刻认出了菲雅的字迹。

> 我想要自由，请让我摆脱他，我祈祷。

"他？"我问，"他是谁？"

我想起了菲雅写的一首歌，是关于一个男孩的，他的手指是蛇做的。

哒，哒，像罪恶一样在我的身体上上下下滑动，仿佛他从伊甸园开始就没吃过东西。

我把纸塞进口袋，去追赶我的姐姐们。她们在松树林外争夺着私酿酒。

"贝蒂还没喝呢，对吧，贝蒂？"菲雅把罐子递给我，弗洛茜试图抢走它。

我扇了弗洛茜一下，迅速喝了一口。

"感觉像是吞下了太阳。"我一边咳嗽一边说。

那天余下的时间里，我们一边欢笑，一边分享罐子里的酒，赤身裸体在河里游泳，在山间跳舞。当时十八岁的菲雅喝了将近一半的酒。我只能偶尔喝一小口，大部分都吐了出来。年仅十一岁的弗洛茜，意志坚定，一口一口不屈地喝着。当我们来到田野里的拖拉机旁时，天已经黑了，我们三姐妹已经醉得不能自已，但是没有跌倒。菲雅靠着拖拉机行走，用手抚摸拖拉机的侧面，说她不认为枪手是我们中的任何一个。

"我认为是贝蒂。"弗洛茜露出她所有的牙齿，同时稳住手中的罐子。

"哈，"菲雅拍了拍膝盖，"你不觉得会有人注意到一个八岁的小女孩拿着一把大猎枪吗？再说了，贝蒂为什么要开枪？"

"也许只是因为她没有弓和箭。"弗洛茜把手竖在脑后，摆出羽毛的样子。

"你也是切罗基人，笨蛋。"我掐她的胳膊。

"但问题是，你看起来真的很像。"她报复回来。

"不是女孩开的枪，"菲雅说，"是一些该死的男人没有更好的事去做。"

她把脸贴在拖拉机上,好像要把它吸进去,"现在是狼出没的时间了。它们会闻到我们的乳房。我们最好还是回家吧。"

我们三个醉醺醺地贴在一起,朝着我们确信是正确的方向出发。路上,我们经过了一座教堂。在一望无际的玉米地里,这是唯一的建筑。我们把脸贴在教堂的一扇窗户上,里面有一盏灯亮着,照亮了十字架上的耶稣像。

"这地方是空的,"弗洛茜笑了,"我们进去把所有的十字架都倒过来。等牧师明天早上来到这儿,他会以为他犯下的所有罪恶都追上了他。"

想到这儿,我们推开前门,我和姐姐们咯咯地笑着。那时候,教堂从来没有上过锁,上锁会意味着牧师不信任他的教众。那样的话,他们还怎么能相信他呢?

"咚、咚,上帝,你在家吗?"弗洛茜问道,沿着过道向前走去。

这是我们第一次走进教堂。父亲更相信上帝在树林里,而不是在建筑里。

"不需要坐在长凳上才能得到上帝的启示。"父亲会说,"你所要做的就是在山上走一走,就会明白有更伟大的东西存在。一棵树比任何人都更会布道。"

教堂从地板到天花板都镶嵌着狭长的橡木板,窗户上挂着皱巴巴的棕色窗帘,地板上铺着紫红色的地毯。布道台旁边有一张木桌,桌上放着一根没有点燃的蜡烛。

菲雅把手伸进口袋,掏出一支香烟和一根火柴。她点燃香烟时,眼睛一直盯着蜡烛。

"让魔鬼远离我们。"她一边说,一边把火柴的火焰举到蜡烛的烛芯上,直到它开始燃烧。

"那根小蜡烛对我们来说可不是什么天使。"弗洛茜说,"它的光都不够赶走阴影,更别说恶魔了。"

她走近火焰,却被自己的脚绊倒了,向前跪在地上。酒罐子从她手中飞出,在地毯上打滚。剩下的私酿酒洒了出来,浸湿了桌子下面的地毯。

"我本来想喝的。"弗洛茜咒骂了一声,跪着走到了第一排。她从座椅上爬了起来。

"女孩和妇女不允许坐在第一排。"菲雅模仿牧师的口吻嘲弄着她,"亲爱的弗洛茜,难道你不知道吗?"

菲雅走过去,把香烟递给弗洛茜。

"我就想坐在第一排。"弗洛茜说。

"你必须和其他女性一起坐在后排。"菲雅的声音更低沉了,她摇摇晃晃地走向布道台,"世上没有女孩或者女人应该穿裤子,贝蒂。"她指着我的裤子,"难道你不知道这是罪过吗?"她发觉自己整个趴在了布道台上,"我相信,亲爱的,我们喝得太多了。"

"女儿在后排,儿子在第一排。"弗洛茜皱着眉头说,"我们没有嘴吗?我们没有手吗?没人觉得我们会用它们做什么。我讨厌任何能让男孩为所欲为的地方。去他们的,我们有一只老鹰,会带我们的祈祷飞上天空。"她举起双臂,"我们有老鹰妈妈的力量,而且——好吧,我——我有点忘了我刚才在说什么。"

"我知道你在说什么。"菲雅踢了一脚布道台,它倒了下来,"他们夺走了我们的一切,即使我们拒绝。"

她解开连衣裙的扣子,把它脱了下来,只留下一条衬裙。

"我感觉不太舒服。"我说着,然后吐在最近的长椅上。

"你真是个天才。"弗洛茜站起来,冲我做了个鬼脸。她嘴角叼着香烟,摇摇晃晃地走向墙壁。那里有一个木制的十字架,她把它颠倒过来。然后,或许是担心自己的灵魂,她又把它正了回去。

"我要去河边,"我大声宣布,"我又要吐了。我要去河边,这样河水才能把呕吐物带走。"

"难怪一个女人大部分时间都在愤怒。"菲雅盯着手里的裙子说,"我们没有幸福的空间。在他们对我们做过那些事以后,我们就没有了。"

我摸索着爬上第一排长椅，头晕目眩地躺了下来。

"夏娃吃了苹果。"菲雅一边说一边拿起蜡烛。她不紧不慢地凝视着火焰，唇角露出一抹微笑。"夏娃干得好啊，因为我们从那棵智慧树上学到的第一件事，就是如何制造一场大火。"

"菲雅，不要。"我说。

"贝蒂，我们必须证明我们也能烧东西。"她说，"如果我们不这么做，野兽将会统治世界。"

她睁圆了眼睛，眸子里闪烁着火焰的光芒。她倾斜蜡烛，火焰和布料接触时，热蜡溅了出来。棉花被火焰吞没了，烟雾向天花板席卷而去。

"好亮啊。"弗洛茜笑了，她捂住嘴巴，仿佛说不准火是可笑的还是可怖的。

当火焰开始顺着布料爬上菲雅的手时，她松开了手。我们屏住呼吸，看着蜡烛和裙子落在被酒浸透的地毯上。在一阵光焰的爆炸中，火焰吞食烈酒，烧得越来越旺，越来越具有毁灭性。

菲雅从餐具柜上抓起装满野花的花瓶。

"给我熄灭，你这该死的火。"她把花瓶里的水倒在火上。野花撒了出来，一触到火就烧了起来。

"你不会把火扑灭的。"弗洛茜把香烟扔进闪烁的橙色光焰里，围着火光跳舞，"这是诅咒，我们都必须承受诅咒。"

"你不能用水灭火，菲雅。"我告诉她，她抓住我的胳膊，一把将我从长椅上拽起来，"你知道这得用土。"

"我们得离开这里，贝蒂。"她拉着我穿过过道，一路喊着弗洛茜跟我们走。弗洛茜一边把马尾辫散开，一边继续跳舞。她左右摇摆，长发在她的后背飘动。

"该死的，弗洛茜，我说快走。"菲雅又说了一遍。

弗洛茜跑在我们身后，咯咯地笑着。当我们三个人安全抵达外面时，菲雅松开了我的胳膊。

"我做了什么？"当火焰吞噬教堂尖顶上的白色十字架时，她问道。

弗洛茜欢呼鼓掌，我把她推开，朝教堂跑去。我尽可能地接近火海，同时避免被烧成灰烬。我把手伸进口袋，找到了菲雅的祷文，把它扔进了火里。

"贝蒂，小心。"菲雅尖叫，火焰在我身边噼啪作响。

我被击倒在地，我能感觉到热力从草地上升起。我想我可能会躺在那里熔化。然后我感觉到有人用手抱住我的两条胳膊，我的姐姐们在救我。

我们往附近的山丘上逃，我不断地跌倒，但是我的姐姐们不断地把我扶起来。我们的呼吸都很急促，我不知道为什么我们没有呼出任何东西，比如一阵狂风或一道闪电。

我们一到山顶就栽倒在地。在那里，我们看到了大火。我们知道附近的某个农民很快就会看到大火，并通知警长。

"这该死的一晚。"菲雅说着，捡起一块小石头扔下山坡。当她认为那块石头已经滚到山脚下时，她问我为什么要跑进火里。

"贝蒂，你差点被烧死。"她说。

"我来告诉你她为什么要这么做。"弗洛茜替我回答，"因为她喝得烂醉如泥。"

我们三个人听着远处消防车的喇叭声。我的姐姐们注视着火，而我则注视着烟。

"烟是神圣的。"我说。我相信如果烟能把恐惧带到云端，那么它就能把菲雅的祷文带到更高的地方，带到天堂。

第十二章

"山岳在他面前震荡,大地及其居民在他面前莫不战栗。"

——《那鸿书》1∶5

那天晚上,即使洗了澡,洗了头发,我还是能闻到从我的皮肤上散发出来的烟味,仿佛它在我的皮肤里扎根。我把湿漉漉的脑袋枕在床上,听着菲雅在走廊尽头的房间里放着日本音乐盒。

"晚安。"她的声音飘向我和弗洛茜。

"晚安。"弗洛茜回答。

寂静恭候着我。

"晚安。"我说道。我闭上眼睛,看到了三姐妹,看到了橙色的火焰,看到了黑色的夜晚,看到了教堂的白板烧得焦黑,化为灰烬。

关于火,弗洛茜说得最多的就是用来熔化一支橙色的蜡笔做她的指甲油。她走路的时候会拖着指甲在墙纸上留下痕迹。枕头上的痕迹更多,因为她睡觉时会把双手枕在头下面。我开始发现她也在空白的纸上画着指甲,画出小小的橙色条纹。我意识到那是一片火海。

菲雅甚至不承认火灾那晚我们出去过。然后有一天,大约在事故发生一周后,她抓住我的手,领着我出了房子。我猜她可能会带我回老鹰那里再做一次祷告。

"我们要去杜松老爹超市。"我问她时,她说道。

她给我们每人买了一瓶汽水,外加一桶碎冰。她把瓶子放在桶里,让汽水保持凉爽。我们走上山丘,坐在一片高高的草地上,草地和她穿的连衣裙一样碧绿。她把瓶子从桶里取出来,然后把手伸进冰里。

"我摸到了什么,贝蒂。"她边说边把手往下摸索,"这里面有东西。"

她把冰倒在地上,一颗小橘子从桶里滚了出来。

"上帝都在融化。"菲雅说,我们看着冰在阳光下化作水,"但橘子还是这么冷。"

她拿起橘子,放在她甜美柔软的脸颊上。

我的姐姐们自有办法接受我们犯下的事。我的办法是去我父母的卧室,母亲的尼龙袜就放在那里。她有足够多的尼龙袜,能在抽屉落成柔软的一堆,而吊袜带放在上面。她买了背面有缝的尼龙袜,一条线从她的腿上穿过,像一条老实且从不蜷起来的蛇。

尼龙袜留存着母亲小腿和脚的形状。我有时会把尼龙袜穿在胳膊上,想着自己还能感受到她上次穿尼龙袜时身上的温暖。大多数时候,我会把她的尼龙袜挂在梳妆椅的座位上,这样它们就能从坐垫上垂下来。然后,我就趴在椅子下面,袜子在地板上晃来晃去,仿佛是她的腿。

我会用手托着脸,一边哼歌,一边敲打我的脚后跟,想象母亲坐在我上方的椅子上梳妆。尽管母亲阴晴不定,但我还是渴望与她亲近,至少在那个仍然困惑于女性日常生活的年纪,我想待在她身旁。当我想象母亲坐在我上方的椅子上,用镊子把她脸上的桃红色绒毛拔掉时,我在尼龙袜的脚边找到了安慰。

这就是我在烈火中渴望得到的安慰。我把挂在父母卧室门口的鹿皮推到一边,走进他们的房间。母亲正在楼下擀面条。我蹑手蹑脚地走向她的梳妆台,打开最上面一层的抽屉,把手伸到尼龙袜下面。我喜欢感受它们的薄纱贴着我的肌肤,这就像把我的手沉入母亲保守秘密的小小海洋。

我通常不会伸得太深。弗洛茜警告过我,母亲会吃蛇的舌头,她在抽屉里放了一个密封的蛇舌罐子。

"如果你敢碰那个罐子,你就会像妈妈一样发疯。"弗洛茜发誓说,"你也会开始吃蛇的舌头,直到只有舌头分叉的东西才会爱你。"

弗洛茜告诉我,母亲每天晚上都会把罐子放到不同的抽屉里,所以我才尽量不乱把手伸进抽屉。但是那天,尼龙袜太柔软了。我闭上眼睛,让我的手陷得更深。没过多久,我的指尖碰到了什么东西。

我是不是发现了一条从罐子里掉出来的蛇的舌头?

我用手抓住我摸到的东西。当我把它拿出来时,我发现是一只袜子,里面裹着一堆一模一样的照片。照片上有一个小女孩,她穿着深色连衣裙,一只大大的奶油色蝴蝶结从水手领上垂下来。这个女孩很瘦,两条胳膊笨拙地垂在身体两侧。她苍白的头发垂落在她小小的肩膀上,垂落在她更加苍白的脸上。她没有笑,灰色的眼睛在照片中几乎是白色的,但是我仍然能看出她眼神中的恐惧。她似乎是那种会被雨声吓到的孩子。我还注意到她的两根手指交叉在一起,似乎在祈祷。

站在女孩旁边的是一个看起来二十多岁的男人。他的双臂笔直地放在身体两侧。我把照片拿到阳光下,想看清那个人的脸。他的脸有种熟悉的感觉——赤裸而冷酷的凝视以及泛白的金色头发。我马上厌恶起他那咬紧的下颌,他身上的某些东西让我想起了苦涩的草药。

"你是谁?"我问照片中的男人,仿佛他会活过来回答我。他穿着高腰工作裤,系着背带,我可以看到汗衫从他的扣角领衬衣底下露出来。

和那个女孩一样,他没有笑,但他直视着镜头,几乎是在威逼它留下自己的形象。肉体上,他是一个男人,但精神上,我知道他是一头狼。

我把照片拿到楼下。弗洛茜在客厅里,正随着《美国舞台》起舞。而林特坐在沙发上,在他的皮肤上涂满小红点。

"林特,这些红点是什么?"我问。

"精……精……精灵咬的。"他说,"我在树林里抓到她们了。"

"他难道不傻……傻……傻吗?"弗洛茜一边嘲弄他,一边围着我们跳舞。

"我不傻……傻……傻。"他对她说,"是真的,贝蒂。"他抬头看着我,"它们是精灵咬的。大多数人都以为是蚊……蚊……蚊子叮的,但是去抓一只,你就知道了。你得仔细看……看……看,你会发现那真的是一只小精灵,她的牙齿像刀……刀……刀一样锋利。"

"来吧,贝蒂。"弗洛茜拉住我的胳膊,想让我和她一起跳舞,"你不会想和林特一起玩的,他的口吃可能会传染。"

林特冲她做了个鬼脸,在胳膊上画了一个大红点。

"我不能在这儿。"我挣脱了弗洛茜,朝走廊走去。

我走进厨房,母亲正在切她刚擀好的面团。

我的母亲总是光着脚做饭。那时她四十二岁,但是她光脚的时候看起来更年轻,就像一个女孩。真的,当她专注的时候,一只脚会踩在另一只脚上,一如她年轻的模样。

我想弄明白她那时是什么心情。在切完面团后,她把刀子放到一边,用自己的双手小心翼翼地把面条分开。她在哼歌,当开始大声唱歌时,我知道可以靠近她了。

"这个小女孩和这个男人是谁?"我把照片举起来给她看,用特别甜美的声音问道。

她看到那张照片,立刻扇了我一巴掌。我呛入了从她掌心中喷出的一小团面粉。

她转身面对面条,我看到她苍白的头发如何垂落在她的脸上。我打量照片中的小女孩,发现她苍白的头发也是如此。这个小女孩看起来像是被时间困住了,从照片捕捉到她的那一刻,她就无法再变老一天。然而,那个小女孩终究还是长大了。她站在我面前,正在把面条摊开晾干。

我想知道,如果我和母亲是从小一起长大的两个女孩,彼此都不比对方大多少,我们会不会成为朋友。我知道她会非常安静,所有的话都必须由我来说。我可以带她去"遥远之地",也许我们会在那里分享秘密,遮住我们的嘴，轻轻地耳语。

母亲给闹钟定时，把面条晾起来。直到嘀嗒声响起，她才开口说话。

"爸爸那年三十二岁，"她说，"我从没见过比他还年轻的人。"

她掸去手上的面粉。当她开始削土豆皮时，她告诉我把照片放回原处。

我向后缩，这样我就可以躲开另一个耳光。我问："为什么你有这么多一模一样的照片？"

她急促地吸了一口气，但没有我想象中的愤怒。她说："你踩着某样东西一阵子，它就会消失在你的脚后跟底下。"

当她开始把土豆切成块准备下锅煮的时候，我把照片拿回了楼上。

我没有回到父母的卧室，而是循着走廊尽头传来的嗡嗡声走着。声音引我来到菲雅的卧室，我发现利兰靠在她的木质床头板上，他的腿蹬在她的床上。他穿着靴子，肮脏的鞋底在菲雅的毯子上留下了泥污。他没有注意到我，还在哼歌。我听出来这是菲雅的歌。我多看了他几秒钟，他又在吃罐头里的腌甜菜。

"那不是你的床，"我告诉他，"是菲雅的。"

"那不是你的床。"他重复我说的话，让他自己的声音听起来像我，"贝蒂，你不能再这么烦人了。你为什么不管好你自己那该死的床呢。"

我盯着照片里的拉克外公看，他的眼睛就如同那双从菲雅的床上回望我的眼睛。

"你为什么那样皱眉头？"利兰问。

我不答他的话，他拍了拍床。

"过来，"他说，"告诉我你最新的故事，小贝蒂，我保证不会把结局毁了。"

我跑进父母的房间，以最快速度把所有的照片塞进袜子。当把袜子放回抽屉时，我在另一只袜子里发现了更多的照片。我知道那些照片是母亲踩过的，我可以从照片的褪色程度看出来。这些照片只能看清树木的轮廓。

我关上抽屉,但感觉自己终究还是找到了蛇的舌头。

走出房间的途中,我向窗外望去,看见菲雅坐在"遥远之地"。我跑向她,一路低声呼唤她的名字。我离舞台越近,她的歌声就越响亮。

"魔鬼和天使,他们拼出我的名字,身处火焰和光环中,感觉别无二致。"她唱着自己写的歌词,"我以为你会打开我,像打开一首歌。男孩,我错了,男孩,我错了。"

我爬上舞台,坐在她身旁。

"你唱歌带着回响。"我告诉她。

"是吗?"她转向我,"嘿,贝蒂,你掉了一根睫毛。"

她用指尖抵上我的脸颊,捻起我掉落的睫毛。

"你的手指染红了。"我说。

"我在吃腌甜菜。"她把睫毛放在我嘴边,"你可以许个愿。"

我越过她的肩膀,看到利兰站在门廊上。他拿着打火机点了根烟。就在烟头燃起橙色的火光时,我闭上眼睛,吹落了姐姐手指上的睫毛。

呼吸镇报

枪手是魔鬼

牧师暗示枪手不是别人，正是魔鬼。他说，这个启示是他在五金店买一把闪闪发光的新铲子时得到的。

"我进来买铲子，给我养过的最好的狗挖坑。"牧师说，"当我看到铲子上映出一张魔鬼的面孔时，我回头看，但是没有人在那里。"

牧师相信，由于教堂的火灾和持续不断的枪声，我们的镇子正在沦为罪恶的受害者。

"我与魔鬼战斗了不下十七次。"牧师补充说，"我知道他在附近。他喜欢啃噬你的心，夺走你的灵魂。我怀疑魔鬼之所以在呼吸镇生事，是因为他知道我们背离了我们的主。我邀请所有人参加我们的晚祷。我们必须在邪恶在我们周围生根之前，用祈祷驱逐这个魔鬼。"

第十三章

"扰害己家的，必承受虚空。"
——《箴言》11∶29

父亲照例种植的烟草植物在六月中旬开花，我们会用指甲掐掉花朵。在掐花的时候，我们会眯起眼睛，因为不出一会儿，烟草便会像切开的洋葱一样刺痛我们的眼睛。

收获之后，我们把花铺在阳光下，这样父亲就可以用动物脂肪给它们上油了。花会晾晒一整天，然后父亲把花切成细细的碎片。不像父亲会用纸卷起来的烟叶，他会把干花留给他母亲的肥皂石烟斗。

"花儿实在是太美了，它们值得比叶子更好的归宿。"他满足的同时，嘴里叼着烟斗，鼻孔满是花的烟雾。

崔斯汀和林特还很小，坐在父亲脚边，假装一根棍子就是一根烟斗。弗洛茜因此叫他们宝宝。但是当没人看到的时候，我和她也会把棍子放进我们的嘴里。父亲揉乱我们的头发，说假装抽烟没关系，但是我们要再过半个多世纪才能抽真正的烟斗。

"把你的肺留着，用来在田野上奔跑吧。"他会说。他看着外面的菜园，时刻留意它的收成。

夏天对他来说是一个忙碌的季节。他为他日益增长的客户种植草药，采撷野生植物。父亲不仅为他蒸蒸日上的生意做药谱，而且还为林特和他的假病做了同样的事。就在那天早上，林特开始握紧他的手，说他的手变成了爪子。他的手指以如此古怪的角度蜷曲着，看起来确实像鹰的爪子。

父亲拿起他的勺子,舀了一勺药汤,把勺子放在林特的头顶。

"从我儿子身体里滚出去,你这只天上的掠食者。"父亲一边说,一边模仿着一只俯冲的鹰,将勺子飞向林特的嘴巴,"带着你的灵魂离开这里,这具身体不是你的,老鹰。我儿子的手指不是你的爪子。在你上次失去它们的地方寻找它们吧,但不要在这里寻找它们。"

父亲把药汤喂到林特嘴边,让他喝下去。一口一口地喝着,林特的手指舒展开来,他的手掌放松了。男孩回来了,老鹰的影响也不见了。

"也许你只是想为了那个孩子累坏自己,"母亲对父亲说,"这样你就能赢得微不足道的胜利。但这是徒劳的,你应该明白的。"

父亲不会放弃他的儿子。在某种意义上,也许林特只是另一株植物,父亲希望他能够在恶劣的条件下成熟,抵御任何逆境。对于一位好父亲来说,不去这样相信是一件可怕的事情。

在此期间,父亲被雇用为重建教堂的工人。有时候我会去看看进展。教堂的框架已经搭好了,屋顶也一块一块地铺好了。崔斯汀和我一起来过一次。他坐在草地上,用他的松鼠毛刷蘸一罐黑漆。

"贝蒂,你觉得是有人烧了教堂吗?"他问。

"是电路故障,"我说,"大家都知道。"

这就是调查得出的结论,最有力的证据本应是菲雅那条被烧干净的裙子。

"只是电路故障。"我又说了一遍。

当我看向父亲和其他工人时,他开始继续画画。到了秋天,他们完成了教堂的外部装修,正在完善内部装饰。

那年学校开学时,露西丝告诉每个人:"贝蒂可能路过教堂,因为她长得太丑了,所以把教堂点着了。"

其他人都被她的机智逗笑了。

更糟糕的是,感恩节快到了。模仿印第安人打仗时号叫的声音越来越多，我桌上的羽毛也越来越多。除此之外，每年二年级的班级都会举办一年一度的首次感恩节演出，这回轮到我参加演出了。

"想成为朝圣者的同学请举手。"我们的老师奇尔先生①问。

"贝蒂，别想举手。"露西丝对我说。她的红色格子头带和她的格子套头衫非常相配。"你会演一个印第安人的。"

当奇尔先生看到我时，他啧啧称奇。

"你来演一个印第安人。"他在他的笔记板上写下了我的名字。

"早告诉过你了。"露西丝甩了甩她的金色头发。

"你真可笑，露西丝。"我说，"我可不想当什么臭朝圣者。"

那天晚些时候，我们被叫到礼堂进行彩排，彩排由音乐老师尼德尔夫人②主持。她是个高个子女人，右腿比左腿细。她小时候得过小儿麻痹症，不得不佩戴一个支架，这个支架由金属棒和皮带组成，系着看起来不舒服的扣子。由于她双腿的长短粗细不同，她的右臀总是微微上翘，就像关节脱臼了一样。

"大家听好了。"她走到我们面前说。她把所有的朝圣者演员引到舞台的一边，把所有的美洲原住民演员引到另一边。她的支架发出刺耳的声音。

当我和黑头发的孩子们站到一块儿时，露西丝和她的朝圣者同伴们咯咯直笑。尼德尔夫人走过来，给我戴上了一顶羽毛头饰。

"我的祖先是切罗基人。"我告诉她。

"那真不错，亲爱的。"她把手指贴在嘴唇上，考虑着羽毛的位置。

"切罗基人不戴头饰。"我说。

"是嘛，"露西丝在舞台对面喊道，"所有印第安人都戴。"

"我认为他们戴，亲爱的。"尼德尔夫人递给我旁边的男孩一把用硬纸

---

① 奇尔先生（Mr.Chill）名字中带有寒冷（chill）的意思。
② 尼德尔夫人（Mrs.Needle）名字中带有针（needle）的意思。

板做的小斧头。她让他站在帐篷旁边。

"我们不戴,"我说,"我们也从来没住过帐篷。"我用脚踢了踢布质帐篷。

"亲爱的,我几乎可以肯定,所有的印第安人都住帐篷。"尼德尔夫人说,"他们不会住更好的地方了。"

她让我们站到她铺在舞台上的绿色方块毛毡上。

"这代表陆地。"她说。

露西丝和我同时踏上方块。

"下去,"我告诉她,"这不是你的土地。"

"现在是我的了。"她从我脚下抽出毛毡,开始把它卷到身边。

"小偷。"我把她推倒在地。

当露西丝站起来,握紧拳头时,我们周围的孩子都发出了嘘声。

"好了,好了,孩子们。"尼德尔夫人走过来,挡在我们中间,提高了嗓门,"没必要像野蛮人一样动粗。"

当天晚些时候,露西丝指控我偷了她的钱包。钱包是黄色橡胶材质的,上面有一张笑脸。我常看着她在课堂上开合它,希望自己也有一个这样的钱包。露西丝并没有对我的渴望视而不见。

"是贝蒂偷的。"她说。

仅仅这一项指控就足以让奇尔先生走到我的课桌前,掀开盖子并搜查它的下面。

"我告诉过你了,奇尔先生,我没有偷。"我说。

他命令我站起来,掏空我的口袋。他只找到了我手写的诗和一片小小的叶子,那是我早上捡来的,因为我觉得它上面的秋天颜色很漂亮。

"脱掉你的鞋子,倒掉里面的东西。"奇尔先生告诉我。

我照他说的做了。

"现在把你的头发抖开。"他说道,就好像我把钱包藏在那里似的。

"行了，贝蒂，钱包在哪儿？"他沮丧地发现我没有把它藏在身上。

"我只知道我没偷。"我说。

他从讲桌上抓起一把尺子。

"把手伸出来，贝蒂。"他说。

"不，"我把双手藏在身后，"我什么都没做错。"

"小姑娘，把你那做贼的手伸出来。"他说。

"不，我说的是实话。"

他把我逼到墙角。我的同学们站在椅子上看着，而我滑了下来。我蜷起膝盖，双手埋在大腿里。

"我要爸爸。"我不在乎自己听起来有多幼稚，"我要回家。"

"你说得够多了。"奇尔先生抓住我的胳膊，把我拉到我的课桌前。

他试图把我的手放到桌面上，但我把手插进了裙子的腰带里，不肯挪动分毫。

"如果你非要这样，那好吧。"他把我的身体向前推到桌子上，开始用尺子抽我的后背。

"别打了，奇尔先生，求你了。"

我哭着喊父亲，希望他不管在哪里都能听到我的声音。

"说是你偷的。"奇尔先生在我的尖叫声中说。

"但我没有偷，我发誓。"

"骗子。"

他狠狠地抽了我一下，我脚下的桌子都挪动了。我试图抬起头，把注意力从痛苦上挪开，想象自己正身处"遥远之地"，甜蜜地逃离那种痛苦。但每次尺子落下来，我都会回到教室，直到我再也无法承受。

"我偷了露西丝的钱包。"我对着桌子的盖子喊道，"是我偷的，行了吧。求您了，别打了。"

但是他没有停下。

149

"这就是骗子的下场。"他打得很重,打得我咬到了舌头,打得我尝到了血的味道。就在这时,露西丝的声音响了起来。

"我找到了。"她说。

每个人都转过身去,看见她坐在桌子前,盖子敞开,下面是她的黄色硬币钱包。

"我想它一直在这里。"她说着看向了奇尔先生手中的尺子。

奇尔先生把眼镜推回到鼻梁上。

"好吧,这事儿就这么了结了。"他向教室前面走去。

"你不打算惩罚她吗?"我问,"露西丝撒谎了,钱包一直在她那里。她故意撒谎。"

露西丝面向前方,什么也没说。她双腿交叉在脚踝处,双脚快速地拍着。

"同学们,打开你们的历史课本,翻到——"

"这不公平。"我说。

"如果你不坐下,卡彭特小姐,我就把你送到校长办公室去。"他从眼镜后面瞪了我一眼,"我向你保证,校长的尺子比我的大多了。"

我瘫坐在座位上,我的后背一下一下地疼。我以为其他人会指着我,嘲笑我,但他们只是打开书,听着奇尔先生开始给我们讲述内战。

放学后,我穿过树林慢慢地走回家。我希望父亲可能有止痛药来驱散我的疼痛,但是当我来到车库的时候,林特已经在里面了。他在头上碾碎了一块饼干,并告诉父亲那是魔鬼的骨灰。

我悄悄地走进房子,来到楼上的浴室。站在镜子前,我掀起衬衫的底部,盯着我皮肤上的红色伤痕。

"贝蒂,你怎么了?"

我立刻放下衬衫,发现崔斯汀站在门口。

"你没事吧?"他问。

150

我推开他，逃到外面，逃到"遥远之地"。

坐在坚硬的舞台上是很痛苦的，但我忍住了。我从口袋里拿出笔记本，拿出我的诗，把它们在我身边围成一圈。

"啦、啦、啦，走开啦，疼痛，"我唱道，"把你自己埋在泥土里。"

我紧紧地闭上眼睛，只是为了再次睁开。世界纹丝不动。当风把我的一圈诗吹走时，我离开了，回到了屋子里。在我的卧室，我发现白色铁床头板周围的墙上画着小鸟。崔斯汀在走廊对面放下了他的木炭笔。

"看到鸟儿飞翔总是让我微笑。"他说，"我想它们也会让你微笑。"

第十四章

"使他们徘徊歧途无路可走。"

——《诗篇》107:40

他们及时完成了教堂的建设,迎接那一年的圣诞礼拜。父亲告诉我们,在他帮忙建造教堂的框架时,他把我们的名字刻在了干板墙后面的一块木板上。

"这样就没有人能指责卡彭特一家从来没有去过教堂了。"他笑着说。

但是对我、弗洛茜和菲雅来说,这让我们感觉仿佛我们的签名被留在了犯罪现场。

"这只是个玩笑。"父亲看到我们的脸时说,"再说了,谁需要去教堂,上帝在每一棵树上,我们周围有很多树。"

我开始幻想我们的名字引发了另一场火灾。新的火焰从父亲为教堂做的雕刻上着起,直到整个教堂再次燃烧起来。

圣诞节早晨,我从这个幻象中醒来。我看到弗洛茜还在睡觉,她的枕头上有小血点。前一天晚上,她用父亲的骨针刺穿了自己的耳垂。

我从床上爬起来,看到耳环的周围已经结痂了。那是母亲的浮雕耳环。她把耳环传给了菲雅,时机合适的时候,菲雅又把耳环传给了弗洛茜。浮雕很漂亮,是一个有着红宝石眼睛的女孩,她戴着一顶缀满鲜花的帽子。

我从弗洛茜皱眉的表情可以看出她随时都可能醒来。我迅速下楼,在最下面的台阶上发现了林特。他旁边放着一袋糖和一个空牛奶瓶,从前门到最下面的台阶,到处都是他从外面带进来的融化的雪迹。他腿上的金属碗里有雪、糖和牛奶。他搅拌这三种原料，把它们变成我们著名的卡彭特雪糕。

"贝蒂，你要……要……要来点儿吗？"他问。

我看着他赤裸的脚，他的脚还是那么小。当他蜷起脚趾的时候，它们几乎消失了。双脚周围的雪已经融化成积水。

"你又不穿鞋子出去了吗？"我问，"你会冻伤的，林特。"

"只是在门廊上走……走……走，"他说，"很快……快……快就回来了。"

"别再这样了，好吗？"我揉乱了他的头发。

"好。"他从口袋里掏出一块石头，扔进糖袋里。

"妈妈会因为你往糖里放石头而责备你的。"

"我没有在糖里放石……石……石头。"

"那这些是什么？"我指着里面的石头。

"这些是糖……糖……糖果蜘蛛。它们像糖一样甜，而且不咬人。它们是我的朋……朋……朋友。"

我揉乱了他的头发，说他很傻，然后离开了他，循着声音走进厨房。我发现父亲正在往一只玻璃碗里调制潘趣酒。

"我很高兴你起床了，贝蒂。"他说着把潘趣酒放进冰箱，"趁现在还安静，我们出去拿你的礼物吧。"

我们打开后门，把外套裹得更紧了。已经下了好几天的雪，整个呼吸镇都是白色的。天空又白又冷，每走一步，我和父亲的靴子就会陷进厚厚的雪里。父亲搓着双手的样子让我觉得他从来没有这么冷过。

我跑向我们的圣诞树，那是我们院子里的一棵云杉。我们从来没有在家里摆放过一棵树，因为父亲说，把树连根拔起，再用金箔纸和人造天使来打扮失去生命的树是不对的。

"世界上最好的圣诞树，"他说，"要将它留在大地上，允许它生存和成

153

长,拥有自己的生命。"

我在树下寻找礼物。父亲用报纸把每个礼物都包住,用绳子捆了起来。我把写着我名字的报纸从包裹上撕下来,发现了一个雕花的木盒子。

"看起来像三条连起来的曲线。"我抚摸光滑的侧面。

"它们是汇在一起的河流。"父亲说,"这就是为什么我把它们涂成蓝色,把铰链装在侧面,这样你就可以打开那些河流了。"

盒子里装着一些崭新的笔记本、铅笔和一支钢笔。

"那天晚上我做了一个梦,"他说,"是关于你的,小印第安人。你在舞台上。"

"就像'遥远之地'那样的舞台?"我问。

"不,是一个有明亮的大灯和天鹅绒大幕的舞台。你穿着一条蓝色的裙子。"他的手慢慢地向两边延伸,仿佛在构架这个场景,"你写诗的时候,舞台的灯光照耀着你。当你大声朗读这首诗的时候,它听起来就像河流汇在一起,汇聚成那些蓝色的东西,弯弯曲曲一直流向大海的东西。"

他掬起双手,往里面吹热气。他的手指是红色的,和他外套格子花纹的红色很相配。

"这么多的雪,小印第安人,你觉得生活在一片雪花里会是什么感觉?"

"很冷。"我说。

"贝蒂,如果你写我生活在一片雪花里,你会怎么写?"

"我会说我的爸爸生活在一片雪花里。他好冷。我只能在冬天见到他。有一次我想抱他,但他在我手中融化了。我的爸爸生活在一片雪花里。他好冷。我在夏天想念他。"

他看着我,似乎我们周围的空气中真有什么东西。

"我觉得想要生活在一片雪花里终归是个坏主意。"他说,"我忘记了融化,我忘记了夏天。"

"爸爸,你为什么要生活在一片雪花里?"

"雪花是那么宁静。我觉得只要生活在一片雪花里,你就可以和它们一样宁静。"

他的眉毛皱了起来,一时间,我看不见他的眼睛。我还没来得及问他更多,就听见后门的纱门嘎吱一声打开了。我的兄弟姐妹们正从门廊走出来。我看见菲雅手里拿着林特的鞋子,在他踏进雪地之前,她把鞋穿在他的脚上。

利兰是第一个来到树下的人。他打开他的礼物,是一把新的折叠小刀。他最近弄坏了旧刀的刀刃。菲雅得到了她想要的东西——一个棕色的日记本,封面上缝着一只猫。

"这……这……这是什么?"林特一边问,一边举起他的礼物,那是一颗角状石头。

"它叫作角珊瑚化石。"父亲告诉他,"儿子,你知道化石是什么吗?"

林特摇头。

"是活在很久以前的东西的残骸。"父亲说,"你手里的那块化石已经有三亿多年的历史了,它来自俄亥俄州的海底。"

"我的礼物更好。"崔斯汀说着,举起一个松鼠头骨,每个眼窝里都伸出一支画笔。父亲用松鼠毛做了几支画笔的毛刷,但另外几支是用松针做的。

"我等不及了。"弗洛茜撕开她的礼物。当她看到礼物的时候,她高兴得说不出话。这似乎是她当时最想要的东西——埃尔维斯·普雷斯利[①],那时猫王总是登上杂志封面。父亲在封面下垫了一张薄纸板,看起来就像是一张真正寄给粉丝的照片。他用黑色记号笔签下猫王的名字。

"这真的是埃尔维斯的亲笔签名吗?"弗洛茜笑得合不拢嘴,她的马尾

---

① 埃尔维斯·普雷斯利:外号"猫王",美国著名摇滚乐男歌手、演员。

辫跃动着。

"当然是了。"父亲笑着说。

我从来没有告诉弗洛茜她亲吻的是她父亲的笔迹。

"兰登，来客人了。"母亲走到我们身后，指着珀西玛说。

珀西玛是一个上了年纪的邻居，住在附近的房子里。她有一头红色的卷发，不放过任何一个穿亮片毛衣的机会。珀西玛那只患关节炎的手里正拿着钱。她向父亲挥舞着钱，而父亲朝她做了个手势，然后走进了车库。

几分钟后，他从里面走出来，手里拿着一罐褐色的煎药。在拿给珀西玛之前，他在我面前停了下来，问我："你觉得这些根看起来像什么昆虫？"

他把罐子举到灯光下，指着里面的黑莓根。树根上的小须像蠕动的脚一样呈扇形展开。

"蜈蚣。"我回答道。

"没错。"他说，"为什么有些树根看起来像昆虫？"

"因为这是一种……"我试着回忆他说过的话，逐字逐句地，"大地以其智慧，保存下来的根。"

"没错，小印第安人。我们只能猜测大地选择这种特殊的昆虫是因为它的能量，我们必须像大地一样明智地利用这种能量。"

他把煎药交给珀西玛，我走到他身边。

"和以前一样？"她问，"因为我不想要番茄根什么的。"她瞪着他，仿佛她是初次光顾一样。"你明白我的意思吗？"

"我向你保证，珀西玛，是一样的。"他把罐子递给她。

"我听说你接受羽毛作为报酬，是真的吗？"她问，"我可不想付高价——"

"我不收羽毛，"他说道，并没有像我常有的那样愤怒，"也不收珠子，不收鹿皮。不管你听到了什么。"

她把钱给了他，他数都没数就把钱放进了口袋。她站在那里，踌躇着，咬着嘴唇。

"还要别的吗?"他问。

她靠过去在他耳边低声说了几句。我试图听清她在说什么,但我只能听到她的下巴响动的声音。

"你便秘,是吗?"他大声问。

"诅咒你这个家伙,兰登·卡彭特。"她拍了拍他的胳膊,自己也咧嘴笑了。

"你有什么能帮我的吗?"她问。

他让她在那里等着,然后他抓住我的手,我们走向车库后面那棵滑榆。

"你总是从哪里收获树皮?"他问我。

"从阳光照耀的一侧。"我说。

他让我把食指放在树干上,量一块树皮的大小。他用刀子切进树里,切出一个不比我手指长的小方块。当我们向珀西玛走去的时候,他教我怎样剥掉树皮,露出里面奶油色的芯。

他告诉珀西玛,把它放在水里煮,然后饮下煮出来的茶。

"他们叫它滑榆,"他对她说,"因为一旦它湿了,它就是你抓过的最滑的东西。"

"我身上没有钱了。"她说。

"你可以下次来的时候给我。"

"好吧,好吧,有钱人。"她转过身,抬高膝盖穿过雪地,走回了自己的家。

父亲从口袋里拿出钱数了数。他让我数钱,但我只是假装在数。我们对彼此点头,仿佛在一起做生意。

"便秘意味着她不能拉屎,对吧?"我们走回家的时候,我问他。

"对。"他笑了。

"树皮会让她拉屎吗?"我问。

157

他笑得很大声。

"是的,"他说,"树皮会让她拉屎的。"

我们一边跺着靴子上的雪,一边走向后门廊,母亲和菲雅待在那里。菲雅把她的日记本抱在胸前,母亲则凝视着毛茸茸的雪花。

我站在菲雅旁边,用手肘碰碰她,想引起她的注意。

"你知道那边的树皮会让你拉屎吗?"我告诉她,但她没有像弗洛茜那样傻笑。我紧绷着脸问父亲树皮还有什么好处,这样我就可以让菲雅知道我也可以很认真。

"哦,对喉咙疼有好处,还有……"

"嘿,爸爸,弗洛茜和林特在吃布丁。"崔斯汀在厨房里说。

"闭嘴,打小报告的。"可以听到弗洛茜在说。

"孩子们,那是饭后甜点。"父亲猛地打开纱门,走了进去。

母亲转向我和菲雅。

"你知道那棵树还有什么好处吗?"她低声问,"会让你失去孩子。"

"失去孩子?"我问道。这时,一个女人带着她的孩子穿过树林的画面浮现在我的脑海里。我想象孩子的手从母亲手中滑落,两个人失散在黑暗中。

"你不能用树皮做这种事。"菲雅说。

"我能,"母亲对菲雅说,"小时候,我认识一个女孩,她遇到了麻烦。她认为她唯一的选择就是把一块滑榆树皮插进自己的身体里。麻烦的是,她拿不出来了,最后树皮都在她的身体里变酸了。不仅孩子死了,她也死了。现在每当我看到有人来要滑榆树皮,我总是在想,这是因为他们便秘,还是因为他们身体需要润滑。"

她在进屋前拍了拍自己的肚子。

"我不明白。"我转向菲雅,"为什么孩子死了?"

"别想了,贝蒂。"她说,"你太小了,不可能听说过这种事。"

我开始往里走,里面比较暖和,但是菲雅走进了院子。她把头向后仰,让雪落入她的眼睛。

我问她是不是要进来,她说:"是的。"

那天下午,菲雅在日记本上胡乱写着什么。利兰坐在沙发上,用他新的折叠小刀清洁他的指甲。崔斯汀正在用他的松针笔作画,弗洛茜则一直在跳舞,亲吻猫王的照片。这是美好的一天,以一顿丰盛的晚餐结束,我们都高高兴兴地上床睡觉。当林特把角珊瑚化石放在床下时,他可能是最开心的。

"这根本不……不……不是角。"他说,"这是食魔者牙齿的化……化……化石,它会吃掉所有藏……藏……藏在我床底下的魔鬼。"

那天晚上,我坐在毯子下面,举着手电筒,正在写关于林特化石的故事。突然,我听到关着的门的另一侧传来轻微的脚步声。我瞥了一眼弗洛茜,她还在睡觉。

又一声嘎吱的响动,我从床上爬了起来。我走到走廊,没有看到任何人。我掀开父亲母亲门口的鹿皮,看见他们躺在床上。父亲在打鼾,所有的被子都盖在他身上。母亲趴在床上睡着了,她的胳膊从床上垂下,她的衬裙滑到了她的大腿上,一小摊口水打湿了枕套。我用手捂住嘴,咯咯笑了起来。

我蹑手蹑脚地走下楼梯,朝栏杆底下望去,正好看到一条毯子的末端拖在地板上,一个人影正裹着毯子朝房子后面走去。过了一会儿,我听到厨房纱门开了又关上,在门框上轻轻叩了一下。于是我急忙跑下楼,立刻发现门口鞋堆里的一双雪地靴不见了。

我跑到附近的窗户前,看到那个人影朝车库走去,他的靴子在雪地上留下了脚印。不管里面是谁,他的头上盖着毯子,就像一件斗篷,藏住了他的脸。

那个身影似乎察觉到了我,突然转过身来。我躲到窗户下面,我等了

159

好一会儿才敢再次偷看。

那个人正消失在车库后面。

"他在干什么?"我问身边的灯。

他再次出现的时候,手里拿着什么东西,朝一个遥远的地方走去。

"你不能去那里。"我低声说。

尽管如此,那个人还是爬上了梯子,紧紧抓住手里的东西。他扫开雪,坐在舞台上。直到毯子落下,我才看到她的脸。

"菲雅?"

她唱起歌的时候,呼吸在冷气中翻滚。她把毯子裹得更紧了。

呼吸镇报

男子被鹿刺伤，归咎于枪声

一名农民在自己的土地上被一头从树林里冲出来的雄鹿刺伤，他将此事归咎于身份不明的枪手，他说："这些枪声把鹿吓坏了。我只是碰巧挡了它的路，我险些被它的鹿角杀死。"

该名男子目前情况稳定。

这头雄鹿在农场西边被捕，被桑兹警长击毙。一头母鹿从树林里走出来，站在那里看守公鹿的尸体，直到它被挪走。

第十五章

"因为她在父家犯了淫乱。"

——《申命记》22:21

第二天早上,我被一声枪响惊醒了。我赶紧把头埋在毯子底下,生怕枪手就站在我面前。

"你怎么了?"弗洛茜问。

我向毯子外偷看,看到她站在梳妆台前,正在梳头。

"谁有枪?"我问。

"什么枪?"她耸肩。

"弗洛茜,你没听到吗?有人在我们房间里开枪。"

"贝蒂,我一直站在这里,没有人开枪。你在做梦。"

她把梳子放在梳妆台上,离开了房间。

尽管她说没有人开枪,但我确信有一声枪响。为了安全起见,我检查了床底和衣柜。发现房间空无一人,我又躺了下来,浑身发抖,但仍然能听到枪声。我等着我的兄弟姐妹们在浴室里梳洗。

我听到最后一个人下楼,就从床上起来。当我走进浴室时,我大声地打了个哈欠,没料到菲雅弓着身子在里面。

"哦,抱歉,我以为没人。"我退回到走廊对她说。

她的指关节因为抓着水槽边缘而发白。

"菲雅,你病了吗?"我问。

她迅速抹去前额的汗水,然后从架子上取下两个发夹,把自己两侧的头发夹在脑后。

"我没事。"她艰难地吞了口唾沫,看着镜子里的自己。她发现自己上衣的扣子没扣好,赶紧整理了一下。她的手指在发抖。

"你确定你没有生病?"我问。

"我什么事都没有,贝蒂。"

她咬着牙对我笑。当她拍我的脸颊时,她的手掌又黏又湿。

"你看起来一点也不好,"我告诉她,"我想你是得了流感什么的。"

"我跟你说过了,小贝蒂,我感觉很好。"她说道,然后挣扎着让自己走得平稳。她靠支撑墙壁走到了走廊。

"也许你昨晚出去的时候生病了。"我说。

她在楼梯顶上停了下来。

"昨天晚上冻死人了,"她说,"我甚至都没把脚伸出毯子。"

"但我看到你了。至少,我以为我看到了。我一定是在做梦,就像枪声一样。"

"你肯定是在做梦,因为我当时在床上。"

她走下楼梯。我没有告诉她她的脸上血色全无。

在浴室里,我踩到了湿漉漉的东西。我把脚翻过来,看到我的脚后跟上有一滴血,我看到马桶座上还有一滴。我注意到柜门微微开着,母亲的卫生巾被拽了出来。我把盒子推回去,关上柜门,然后用纸巾擦去马桶座上的血迹。

我下了楼,坐在菲雅旁边的座位上,她把她的煎饼盘子推到我面前。

"你可以吃我的早餐,小贝蒂。"她说,"我不饿。"

她拿起一小罐父亲的糖浆,开始倒在我的盘子上。糖浆只是在水中煮沸的糖,但我很喜欢。菲雅的手抖得很厉害,我以为她要把罐子扔下去了。

"够了。"我说。

她放下糖浆,在座位上坐立不安。我还没来得及问她怎么了,她就吐

163

在了桌子上。每个人都往后靠在了椅子上。

"呃,菲雅。"弗洛茜把嘴里的食物吐了出来。

"对不起。"菲雅摇摇晃晃地从椅子上站起来,父亲在她倒下之前扶住了她。

"你病多久了?"他问。

"今天早上才病的。"她擦了擦嘴,"我要躺一会儿。"

她缩成一团,捂着肚子。

"你发烧了,姑娘。"父亲摸了摸她的额头,"我给拉德医生打个电话。"

"不行,"菲雅抓住父亲的胳膊,"我已经感觉好多了。再说了,你不是有茶什么的可以给我吗?"

"我不治疗紧急情况。"

"不是紧急情况,父亲,只是流感什么的。我只是需要休息。我不想要医生来。我不想小题大做。"

父亲扶她上楼,让她躺到床上。母亲很快开始把盘子挪到水槽里。她让我们其他人把桌布裹起来,拿到室外抖掉呕吐物,这样她就可以清洗桌布了。

"必须倒进河里,"我说,"这样水就能把呕吐物带走了。"

母亲经过时拍了拍我的后脑勺。

"你们一定要离菲雅远一点,"她补充说,"不管她感染了什么病菌,都会传染给每个人。这栋房子里会有很多病菌,我们必须搬家。"

弗洛茜连桌布的一角都不肯碰。

"好臭。"她捂住鼻子,"我自己都要犯恶心了。"

是利兰抓起桌布拿了出去。他抬头望向菲雅的窗户,任由呕吐物滑落在雪地上。

我们都以为她下午会好起来,但是她吐了父亲给她泡的茶。父亲决定烧鼠尾草,在房间里挥舞烟雾来帮助消毒。在这之后,他去了车库,煮了一种野生姜汁,擦在菲雅的肚子上。我站在走廊里盯着她看。因为有病菌,母亲不让我进屋。她让我回到楼下弗洛茜和男孩们看电视的地方,但菲雅汗流浃背的样子让我选择留了下来,守着她。

"好吧,"母亲对我说,"如果你要留下来,你得派上点用场,去把毛巾浸在冷水里,拿回来给我。"

我迅速照她说的做了。她把湿布搁在菲雅的额头上。

"我必须打电话给拉德医生,"她对菲雅说,"如果我们不及时治疗这种流感,很快就会变严重的。我以前见过这种情况。"

"不要叫医生。"菲雅把手伸向母亲,"他只会四处戳弄,让我更难受。会过去的,求你了,妈妈。"

也许是菲雅叫她"妈妈"的方式让母亲妥协了。

"好吧。"她从旁边的桌子上抓起空杯子,"我再倒点水。"

当母亲转身离开时,她的目光落在菲雅身上盖着的海军蓝毛毯上。菲雅臀部周围的布料比其他地方的颜色更深。母亲放下杯子,摸了摸毯子上的黑点,她的手指全红了。妈妈猛地掀开毯子,一摊血浸透了菲雅的裙子。

"耶稣的血啊。"母亲捂住了自己的嘴。

"今天早上浴室里有几滴血。"我说。

"你为什么不早说?"母亲转向我。

"我以为是你的,我看见你的卫生巾从盒子里掉出来了,我以为是——"

"去叫你爸爸。"她把我往前推,"快去。"

我匆忙跑下台阶,差点儿摔倒了。

"怎么了,贝蒂?"利兰从沙发上站了起来。

"我需要爸爸。"我跑过他身边。

"他在车库里。"弗洛茜说。

我撞开前门的纱门,跳下台阶,踏入雪地。

165

"爸爸,是菲雅。"我一跑到车库,就上气不接下气地说。他一直在准备按摩用的生姜。他丢下生姜,从车库冲出来,进了屋子,我紧跟在他身后。

我们上楼去见菲雅时,母亲指着血说不是流感。

父亲立刻跑回楼下,我能听到他在打电话。

"医生?我是兰登·卡彭特,我女儿流了很多血。不,不像阿尔卡那次。血是从……总之,请尽快过来。"

弗洛茜和男孩子们走上楼梯,想看看发生了什么。利兰把所有人都推开,第一个冲进菲雅的房间。

"她怎么了?"他问母亲。

她把他推回了走廊。

"在拉德医生到来之前,你们所有人都需要离她远点。"母亲说道,然后转向菲雅。菲雅已经开始不停地道歉。母亲试图从她那里得到答案,比如流血是从什么时候开始的。

"我不知道。"菲雅回答,她的声音在发抖,"我醒来的时候血就在流了。刚开始的时候只是几滴,我用了一片你的卫生巾。"

父亲冲上楼梯。

"拉德医生马上就到,"他说着走过去握住菲雅的手,"一切都会好起来的,菲雅。我们都在这里。"

他转向我们这些孩子,挥手示意我们进屋。

"抓住我的手。"他对我说,"弗洛茜,你抓住她的手。男孩们,排好队。我们要把我们的力量传给菲雅,她需要她的家人。"

我们在菲雅的床边围成一圈,最后母亲拉着林特的手。

"你会没事的。"父亲告诉她。"对不对,孩子们?"他在等我们全部点头。

"你会没事的,菲雅。"他又说了一遍,"你会好起来的,写你的歌,唱你的歌，坐在'遥远之地'。你的歌在这里，菲雅，就在这个房间里，甚至在痛苦中。不要以为太阳不会再升起。我可以看到你点缀着这片土地。"他转过头看向床边的窗外，"我看到了你未来的样子。你在唱歌，走向你生命中的每一个十年，直到你站在田野中，你满头银发，享受你注定会拥有的生活。未来正在给你写信，菲雅。它正在给你写信，告诉你你不会死在这张床上。"他转向她，"记住你有多么强大，我的姑娘。你是如此的强大。"

我甚至不确定菲雅是否注意到我们在那里，她几乎睁不开眼睛。

"这太蠢了。"利兰说，他挣断了我们连成的圈，在房间里踱来踱去，"那个该死的医生在哪儿？"

几分钟后，我们听到拉德医生的汽车轮胎在外面的碎石路面上嘎吱响动。

"在这上面。"父亲在楼梯口喊他。

拉德医生上楼的时候，朝我们这些孩子微笑。他是那种你认为他一辈子都是个老人的人，身上散发着霉味，胡子乱糟糟的，戴着双光眼镜。他经常给我们这些孩子吃打虫药，仿佛它们是糖果。

"拉德医生来了，"他告诉我们，"没什么好担心的。"

但当他看到菲雅和血迹时，他几乎震惊了。

"最好把这些小孩带走，兰登。"他迅速做了个手势，对父亲说。

父亲把我们赶到了走廊。

"在楼下等着。"他关上门对我们说。

"我哪儿也不去。"弗洛茜说。

我们每个人都把耳朵贴在门上，听着另一边的声音。

"亲爱的，你能听懂我说话吗？"医生问菲雅，"你对自己做了什么吗？"

"他为什么这么问？"崔斯汀问。

利兰扇了他一巴掌，叫他闭嘴。

"我说，亲爱的，你对自己做了什么？"拉德医生又问了一遍。

"没有。"菲雅的声音很大，我们都听到了。

我从门口退后一步。

"你怎么了？"弗洛茜问我。

我飞快地奔下楼梯。我没有停下来，直到我来到外面那棵滑榆下，我立刻在树干上找到了父亲为珀西玛割树皮的地方。旁边有一个新的方块，那里的树皮已经被割掉了。

我转过身，跌坐在雪堆里。

"我来了，菲雅。"我说着跑进了屋子，终于爬上了楼。

"你到底去哪儿了？"弗洛茜问。

"我知道菲雅为什么流血了。"我说。

"为什么？"利兰问。

我没有马上回答，利兰抓住我的肩膀，摇晃我。

"该死的，贝蒂。为什么？"

"因为树皮，"我说，"滑榆的树皮。"

"你在说什么？"利兰用力摇晃我，"说得明白些。"

"妈妈知道，她——"

我还没说完，利兰就打开了菲雅房间的门，把我推了进去。他命令我重复自己告诉他的话。

"树皮。"我说。

"贝蒂，什么树皮？"父亲问。

"妈妈，你知道的，"我转向她，"就像你说的那个女孩做的那样。"

我看着菲雅，她虚弱地摇着头要我停下，但我没有。

"菲雅把树皮放进她的身体里了，"我说，"就像你说的那个女孩，那个想要失去孩子的女孩。"

弗洛茜猛吸一口气，捂住自己的嘴。

"耶稣的血啊。"母亲栽倒在身后的椅子上。

"菲雅？"拉德医生俯下身来，"你是不是把什么东西放进了你的身体里？亲爱的，别对我说谎。"

菲雅舔了舔嘴唇，像是渴了一样，然后说："是的。"

"一片树皮，是吗？"拉德医生问。

"是的。"

"你怎么这么傻？"母亲问她。

"我想我必须这么做。"菲雅说。

"我得进行检查才能确定损伤情况，"拉德医生对母亲和父亲说，"一旦感染——"

菲雅拽了拽拉德医生的袖子。

"亲爱的，怎么了？"拉德医生转向她。

"我把它弄丢了，"她说，"我把它弄丢在里面了。"

"上帝啊，它还在你体内？"

她点了点头。

"上帝保佑，我们得马上把它弄出来。"拉德医生把手伸进他的黑包里，掏出一个东西，我觉得像一把大钳子，"把孩子们带出去。"

母亲从椅子上站起来，把我们都推回走廊。我蹲在她的胳膊下面，看着父亲抓住菲雅的手，拉德医生分开了她的双腿。他看起来像是准备挖她的身体。

"他们在对她做什么？"我反抗着母亲，这样我就能到菲雅身边。

"别这样，贝蒂。"母亲艰难地拦住我。

"让他们别再这样对她。"我哭喊，"他们会伤害她的。"

母亲成功地把我抱了起来交给利兰，他用手臂箍着我。当母亲关上门的时候，他把我抱进了走廊，任由我用拳头猛击他的胸膛。我感到疲惫不堪，然后跌倒在地，靠在墙上急促地往后退。

时间似乎过得很慢。当门终于打开时，父亲抱着菲雅走了出来，拉德医生紧随其后。拉德医生说:"我们要把她带到我的办公室,给她注射青霉素。希望在感染扩散到她的血液前,我们能及时把她送到医院。"

母亲留在房间里,我看着她掀开床单。她盯着床单上的一摊血,眼睛红红的。床单中间是一片树皮,又湿又滑。她迅速地把床单的角折起来裹住它。她把它带出去的路上,一直将它贴在胸前。

她跪下来,用附近的一块石头砸开冰冷的大地,直到她挖出一个可以把床单埋进去的洞。但是她埋得不够深,所以一个角从泥土里伸出来,像墓碑一样标记着这个地方。

第十六章

"自我出母腹,你就是我的神。"

——《诗篇》22:10

菲雅不在家的第一个晚上,我和弗洛茜躺在床上互道晚安。当我对菲雅说晚安时,只有寂静回应了我。她离开的第二天晚上,父亲开始种菜,尽管那时是严酷的冬天。他走到菜地,朝同一个方向铺好枯枝。然后,他焚烧枯枝来松土。我裹得严严实实地坐在"遥远之地",看着他站在火堆旁,火焰映在他呆滞的眼睛里。

"千万不要用水灭火。"与其是对我说,他更像是在与自己说话,"火憎恨水,水憎恨火。只有大地本身才能介入火和水之间,平息它们古老的战争。"

父亲觉得火已经烧得够久了,就往火上撒了些土。火灭了,泥土也从冬天的束缚中松动了。他便开始用他的鹿角耙耙土。他把鹿脱落的角绑在一根长棍子上做成了耙子,棍子作为把手。父亲喜欢鹿角,因为他说蛞蝓讨厌角,这样土壤里的蛞蝓就少了。

"第一位女人的头上被赐予了鹿角,将她的力量布施到大地上。"他说着,把耙子挖得更深,"蛞蝓害怕这种力量,因为它们是无脊椎生物,所有无脊椎生物都害怕女人的力量。"

他把耙子放在一边,他的声音渐渐消失。他用手把泥土垒成排。

"冬天不能种地。"我说。

"把我的种子拿来,贝蒂。"他的声音提高了,在房子的那边回荡。

我跳下舞台，重重地落在冰冷的大地上。我跑进车库，取出那袋玉米。我把它抱在怀里，向他走去。他已经垒好了一整排泥土。他从我手中接过袋子，把几粒玉米种子放进嘴里润湿。当种子被浸湿后，他把种子扔到我的手里，因为他总是说，为了让庄稼有价值，必须由女人或者女孩来种植。

"我们现在真的需要它的价值。"他说，"记住，小印第安人，要种到你的第二个指关节那么深。"

"可是，爸爸，现在是冬天啊。玉米是不会生长的。"

"凭借你温暖的双手，你将为种子和菲雅带来春天。"他说。

我挪开目光，不去看他眼中的泪水。我跪倒在面前的土丘前，用我的两根手指和拇指种下了种子。

"你是我的宽度、长度和深度。"他说着，把更多的种子倒在我手里，"女人总是负责种植。"

"我知道，爸爸。"当把种子塞进土里的时候，我的手在颤抖。

"如果一个女人生病了，不能照料她的菜园，那么她的菜园将由其他女人种植。"他说，"她们会为她这样做，让这个生病的女人好好休息，因为当她们在她的菜园里种植时，她们也在播撒让她恢复力量的机会。贝蒂，你还不明白吗？我们在为菲雅种植。当玉米长得又高又壮，她也会长得又高又壮。"

我再也没有说太冷或者种子不会发芽之类的话。我只是不停地从父亲的手里接过种子，把它们扔进冰冻的大地，直到我们种了两排玉米。

"这样就可以了。"父亲说。

他走进温暖的车库，抓起1加仑[①]大小的桶，里面装满了河水。他掬起一捧水，把水洒在种子上。在他的心中，冬天并不存在。

他放下桶，把剩下的树枝堆起来，重新生起一堆火。当他进屋取煤，

[①] 1美制加仑约为3.785升。

好让火烧得更久时，我一直看着火堆。

他带着弗洛茜和男孩子们回来了。林特和崔斯汀帮助父亲生火，利兰则盯着窗外。

"你和爸爸刚才在外面干什么呢？"弗洛茜问我。

"种菜。"我说道，好像这完全是正常的。

她咂咂舌头，然后说："我觉得菲雅要死了。"

"闭嘴，"我说，"她不会死的。"

弗洛茜望向我们的父亲和兄弟，看他们是否在听。她很满意他们没有在听，接着在我耳边低声说："我听到妈妈在哭。爸爸的样子很奇怪。也许菲雅已经死了，只是他们还没告诉我们。"

"我叫你闭嘴。"我把桶里的水泼到她身上。她尖叫着，好像我把整条河都倒在了她头上。

"不许在菜园里打闹和尖叫。"父亲说，"泥土会饮下你的尖叫和愤怒，直到大地开始哭泣，毁掉我们努力种植的庄稼。我们不能有那种消极的能量，尤其是在我们试图给予菲雅我们能给予她的所有养分的时候。"

我回去给种子浇水，弗洛茜也来帮忙。崔斯汀拾起一根多余的树枝，拖着它划开松软的土壤，勾勒出火焰。林特转过身去，擦着眼睛。利兰仍然眺望着黑暗，他走进黑暗中消失了。父亲看着他，然后转向我们，好像害怕我们也会消失在黑暗中似的。父亲盯着我脚边的水桶，然后用手舀了些水出来。他把水和菜园里松散的泥土混合在一起，做成泥巴，然后用泥巴揉出了一颗完美的圆球。

"我想我们现在的生活中有太多的污泥，"父亲对我们说，"不如用它来做点什么。"

他把泥球拍在火堆边一块燃烧的煤炭上，确保压得足够紧，把煤炭困在了球里。当他把球抛向空中时，煤炭在夜色中燃烧成了明亮的橙色，翻滚着，转动着，好像一团火正在落回大地。

"哇。"林特说。

"太酷了。"崔斯汀笑了。

"是一颗星星。"弗洛茜鼓起掌来。

我们兴奋地开始把水和泥土混合在一起,直到我们有了泥巴。我们可以把泥巴揉成一个球,然后用力压在煤块上,把它拾起来。一个个发光的球体交错在一起,点亮了黑夜。我希望无论菲雅在哪里,她都能从她的窗户里看到我们所有的星星,知晓这是我们为她做的。

那天晚些时候,火熄灭了,煤块也不再闪亮。我和弗洛茜坐在床上,洗过了头发,也洗过了指甲。

"我都不知道她有男朋友。"弗洛茜做了个鬼脸。

"谁?"我问。

"你说还有谁,拜托。我是说,菲雅从来没有约会过。我从没见过她跟男孩说话,你知道的,除了我们的兄弟。但他们不是男孩,他们还不能算是人。"她梳理了一下头发,然后说,"她一直怀着孕,我们竟然完全没察觉。她看起来一点也不胖。"

我一直默默地梳着头发。弗洛茜看着我,眯起眼睛。

"贝蒂,你知道她怀孕了吗?你知道树皮的事,也许你知道她怀孕了。啊,"弗洛茜抓住她的嘴,然后说,"你知道孩子的爸爸是谁。贝蒂,是谁?告诉我。"她跳下床,又跳到我的床上,"求你啦。"

"我不知道是谁,再说了,也许她没怀孕。"

"别傻了,她把树皮放进去是为了杀死孩子。"

"是为了失去它。"

"这是一回事,木头脑袋。否则你还有什么理由把一块肮脏的树皮塞进你的身体里?"

"也许她便秘了。"

弗洛茜开始笑,但又止住了。

"天哪，我想知道她体内是不是还有木刺。"她说，"我想知道她是不是已经死了。"

"我叫你闭嘴。"

我把她推下了床。关掉台灯后，我闭上眼睛，等待弗洛茜上床睡觉。在她对我说晚安之后，我也对她说晚安。最后，我们同时对菲雅说晚安，我们的声音重叠在一起。之后我们静静地聆听着寂静。我再也无法忍受了，于是打开了灯。

"我们应该拿一个罐子，把我们的晚安放进去。"我告诉弗洛茜，"这样菲雅就会知道我们没有忘记她。等她回来，我们就可以把我们的晚安送给她。"

"这太傻了。"弗洛茜说，几秒钟后，她问道，"我们该怎么做？"

我从笔记本上撕下一张纸，对半分开，把弗洛茜的那张给了她。我们每个人都写下："晚安，菲雅。"然后我拿了一个罐子，把晚安放在里面，时不时地摇晃它们，让它们活着。

只要菲雅不在，我们就积攒晚安。我希望这样做能让我不再担心她可能已经死了。这仍旧是我每次看到父母脸色时唯一的念头。

尽管父亲希望我们能通过种菜让菲雅恢复健康，但是大地太冷了，除了霜什么也长不出来。所以我摘了一些松针，把它们捆在一起，然后把它们插在一排排种子上，仿佛绿色的松针是玉米生长的第一个预兆。我想这一定见效了，因为几天后，菲雅回家了。

"给你的。"我对菲雅说，把"晚安罐"递给她。

她把手伸进去，取出一张纸条。

"这样你就知道我们跟你说了晚安，"我告诉她，"即使你不在我们身边。"

我想再说些什么，但是母亲警告我和其他人不要和菲雅谈论树皮的事，我们要表现得像什么都没发生过。母亲和父亲甚至把菲雅的床垫翻了个面，

175

这样就可以把血迹藏起来了。然后，母亲把新的黄色床单铺在床上。

除了打扫菲雅的房间，父亲还为她的归来烤了蛋糕。他在蛋糕上插了蜡烛，仿佛那天是菲雅的生日一样。她尴尬地吹灭了蜡烛，我们其他人都围在她身边。利兰是唯一不在家的人，他找了一份开着卡车在全国到处跑的工作。他说他会离开几个月，或者更久。弗洛茜说这是因为他在找那个让菲雅陷入麻烦的男孩。

"杀死任何伤害姐妹的男孩是兄弟的责任，"弗洛茜直视着林特和崔斯汀，"总有一天，你们会为我和贝蒂杀人。"

"我会为你杀……杀……杀人的，弗洛茜。"林特毫不犹豫地说，"你也是，贝……贝……贝蒂。"

"我不想杀任何人。"崔斯汀说。

"太遗憾了，"弗洛茜告诉他，"你必须这么做。"

我想象利兰开着他的卡车，在大地上搜寻那个男孩，用弗洛茜的话说，那个伤害了他妹妹的男孩。菲雅回家的第一个晚上，我躺在床上无法入睡，还在想这件事。我辗转反侧，试图闭上眼睛，这时我听到走廊传来一阵轻柔的脚步声。我起身向房间外窥视，菲雅站在走廊尽头的台阶旁。

她把手指放在嘴唇上，挥手让我跟她下楼。她领着我来到侧廊，那里有一台洗衣机。她翻遍了洗衣机旁边洗衣篮里的脏衣服，然后问："它们在哪儿？床单？树皮？"

"妈妈把它们埋在院子里了。"我告诉她。

"让我看看。"

我把她带到院子里的那个地方。她抓住还翘在外面的床单一角，使劲拉扯它，直到冰冷的大地裂开。

当床单从大地完全挣脱时，她急忙展开它，寻找着，直到她找到那块树皮。她回屋时一直把它抱在怀里。我默默地跟着她上楼，回到她的房间。

"帮我从最上面的抽屉里拿出一块布。"她指着梳妆台对我说。

我打开最上面的抽屉,发现旧衣服被裁剪成缝纫用的布料。

"选最漂亮的布料。"她说。

在我翻找抽屉的时候,她继续把树皮抱在怀里,温柔地看着它。最后我选了一块淡粉色的布料,上面有暗粉色的花朵。我递给她,她把布料裹在树皮上,这样她就可以再次把它抱在怀里了。她就这样坐在角落里的椅子上,摇着树皮,对它唱歌。

"嘘,宝宝,别说话。"

"菲雅?"

"嘘,贝蒂,不能吵醒宝宝。"

第十七章

"做儿女的，你们要在主里听从父母，这是理所当然的。"
——《以弗所书》6:1

有些小女孩在父亲的陪伴下长大，她们的父亲是体面的、善良的，温柔地住在女儿的心里。还有一些小女孩的生命中没有父亲，所以她们对好男人和坏男人一无所知。而所有之中最不幸的小女孩，她们的父亲知道如何在晴日和蓝天中召唤暴风雨。我的母亲就是这样一个不幸的小女孩，想要逃离她的童年，但无处可逃。

我母亲来自俄亥俄州的乔伊尤格市。她是一个如此可爱的女人，镜子都会为映照不出她的身姿而悲伤。她不仅止于美丽。但不管我在母亲身上看到了多少美妙的奇迹，她已经以一百万种截然不同的方式远离了我，即使我以为她就在我面前，尤其是一九六三年的那个二月。

菲雅回家已经一个月了，而我马上要九岁了。母亲把我叫进她的卧室，告诉我我的生日礼物是一个她从来没有讲过的真实故事。瑟斯顿·哈里斯[①]在收音机里唱着《漂亮的小比蒂》。她像油锅里的响尾蛇一样舞动，穿着尼龙袜在地板上滑来滑去。当她跳起来的时候，我看到她每个脚后跟下面都有一张照片。

"漂亮的小贝蒂，过来和我说说话。"她一边唱，一边把我拉向她，试图让我的胳膊像她一样摆动，"给你讲一个故事，发生在很久以前。漂亮的

---

① 瑟斯顿·哈里斯：美国男歌手。

小贝蒂,我看着你成长,年复一年。"

她涂的睫毛膏比平时厚了很多,睫毛膏随泪水滑落,留下长长的黑线。它让我想起去年夏天,电线杆被暴风雨刮倒,带电的电线在地上抽搐。

"你跳得像屎一样。"这首歌一结束,她就告诉我。

她关掉了收音机,靠在卧室的墙上。她张开双臂,站成了一个十字架。她身后的墙纸是绿色的和紫色的,我记得它很可爱。

"我的爸爸,"她说,"是一个脚趾踏在上帝的河流里,脚跟踩在魔鬼的泥巴里的人。我想这就是为什么我一直不太理解这类男人,不理解他们那些轻柔的话语和温柔的态度。"

我无法告诉你拉克外公是否戴着帽子去教堂或者拉克外婆是否真的信仰上帝,但我可以告诉你他们后院有棵樱桃树。我们去外公家的时候,父亲从来不去,只有我的母亲被允许进入她父母的房子。反正我们这群孩子更喜欢待在外面,尤其是在樱桃树成熟的时候。

我们被允许盯着深红色的水果看。我们可以舔嘴唇。我们甚至可以张开嘴巴,站在树枝下,等待一颗悬荡的樱桃掉下来。但是我们不能采摘树上的樱桃,这是外公的命令。像食腐动物一样,我们只允许吃掉下来的樱桃。为了确保这一点,外公会坐在屋子里一扇敞开的窗户旁,用苍蝇拍把棉布窗帘推到一边,这样他就可以盯住我们了。因为我们的父亲在他自家的前院打了他一顿,对我们如此的严苛肯定能让他非常高兴。那棵樱桃树是拉克外公用兰登·卡彭特的孩子们打败兰登·卡彭特的办法,让我们带着心灵的瘀伤而不是外表的瘀伤回家。

拉克外公一直在等待复仇的机会,而复仇的方式就是把他的女儿叫回家,这样他就可以重新获得一定的权力。我想母亲回到那个怪物身边是为了让他看看那个被他伤害的小女孩长大后会变成什么样子——一个强大到能记住一切的女人。

我从来没有爱过我的外公,但是我也从来没有忘记过他的样子。他是个又矮又胖的男人，总是穿着绿色的背带来提起他的裤子。他左鼻孔的皱褶处有一颗巨大的白痣。我想他试图通过在嘴巴左侧嚼烟草来遮掩它，那样能让他的脸颊鼓起来。父亲给他造成的疤痕在他的鼻梁上清晰可见，正是这道伤疤将他那双眼睛里的仇恨连接起来。他有一头金色的直发，随着年龄的增长已经褪色。他还是留着头发，一如既往，头发从中间分开。不管他在户外待多久，他白皙的皮肤上总是有轻微的灼伤。

我原以为他的声音听起来会像是死寂荒野中顽强的呼喊，但实际上听起来却是柔和的。我想，如果他是那种会唱摇篮曲的男人，他一定能唱出动听的摇篮曲。他从没和我说过话，但他确实说了一些关于我的事情。

"不要在那个杂种生病的时候带她来。"他看到我流鼻涕时，在门廊上对母亲说，"我是个老人，你想让我感染什么然后死掉吗？我知道你想要我的房子，所以你才喜欢把你的野孩子都带来。你希望他们让我染上野蛮人的疾病，你和你哥哥一样恶心。"他皱起眉头，呸了呸嘴，"有这样的孩子，谁还会惧怕地狱？"

拉克外婆总是站在他身后。她从来不看我们一眼，就好像她尽力让自己相信我们根本不存在一样，相信我们也不是她的孙辈。她穿着家常便服，系着围裙，手上经常离不开一块卷在她拇指关节上的抹布。不像母亲，拉克外婆会穿着一双系带子的黑色平底鞋。我想这样她就可以迅速行动，全心全意地伺候她的丈夫。

我尝试过想象拉克外婆年轻时的样貌，但是她的头发已经随着年龄的增长变白了。她把头发盘成一个结实的发髻。她的肌肤是如此透明，我可以看到她肌肤下面的血管。有时我甚至没有意识到她就站在那里，除非她动了一下。她知道如何与她的白色小房子和它像教堂一样的十字架融为一体。

"你爸爸夫哪儿了？"母亲一边问，一边慢慢走向梳妆台。

"他去查看迪林先生玉米仓的屋顶了，看看上面有没有太多的结冰。"

我说。

"好吧，我希望你爸爸不要从屋顶上摔下来，他太穷了，买不起翅膀。"

她打开梳妆台上的电扇，把头发从苍白的脖子后面挽起来，看着我。

"你刚才说什么？"她的声音盖过了电扇的嗡嗡声。

"我什么都没说。"

"别骗我。"她扑向我，抓住我的肩膀，"你总是在撒谎。"

她扯起我的衬衫袖子。

"也总是和太阳一起犯罪。"她朝我的脸一遍又一遍地大吼，"我告诉过你别晒太阳，那会让你变成黑人。"

"现在是冬天，妈妈。我没晒过太阳。"

"你真黑。"

她把我拽到她的梳妆台前，抓起粉扑。她开始粗暴地把白色的粉末扑在我的皮肤上，直到我浑身都是。

"耶稣的血啊，"她把我推开，把粉扑扔到地板上，"这毫无意义。"

她从架子上取下那瓶喝了一半的威士忌。

"该给你生日礼物了。"她摇摇晃晃地走到床边坐下。

她拍拍身边的床铺。我知道我不能在没有母亲追赶和挖出我眼睛的情况下逃跑，所以我坐在了她旁边。

"我九岁那年，上帝第一次背弃了我。"她说，眼睛一直盯着前面，"就是你现在的年纪，小姑娘。夏天给乔伊尤格市带来了那么多的雨水，感觉就像洪水已经来了。'幸好我们以前游过泳。'爸爸练习划水时会说。最后，雨停了，所有的东西都在滴落和发霉。在第一个干燥的日子，我在后院给一只鸡拔毛，准备晚饭。你从来没有处理过鸡，所以我来告诉你怎么做。首先你得让这个傻东西的血流光。要做到这一点，你得把它的脚吊起来，然后割断它的脖子。"

她用她那凹凸不平的小指指甲插在我的颈动脉上，仿佛那是一把刀。

"我总是帮爸爸把鸡血装在罐子里,他早上会就着鸡血吃饼干和肉汁。"她说。

她喝了一大口威士忌,目光变得呆滞,直到我想我可能得让她躺下来睡觉。

"一旦鸡的血流光了,"她继续说,"你得把它的身体放在开水里烫几分钟,这样羽毛就更容易拔出来。然后你抓住这只死鸟的脚,开始拔毛。"

她掐住瓶颈,假装拔瓶子玻璃上的羽毛,说:"拔、拔,该死。"

她停下来,又喝了一口酒。

"我拔毛的时候,"她说,"妈妈站在门廊上等爸爸回家。她手里拿着一块冰凉的湿抹布,就像她每天做的那样。当他坐在门廊的秋千上时,她会把抹布放在他的脖子后面。然后她会微笑着跪下来,脱下他的靴子,替他按摩双脚。我记得有一次妈妈忘记了微笑,爸爸让她舔他靴底的泥巴。我现在还能看到她的舌头舔进所有的小凹槽里。"

"她必须把泥巴舔干净?"我问。

我一开口就知道我错了。尽管如此,我还是没有准备好承受母亲给我的后脑勺重重的一巴掌。

"她必须把泥巴舔干净?"母亲嘲弄我,把更多的威士忌灌进她的喉咙。我不明白一个女人怎么能容纳这么多的酒。

"热得要命。"她站起来,咕哝道。

她提着瓶颈,笨拙地走到窗前。

"热得要命。"她又说了一遍。

现在是二月,天气很冷,母亲觉得热的原因与天气无关。她打开窗户,把头伸进漫天的雪花中,雪花落在她的头发上,就像撒了一层面粉。她慢慢地缩回屋内,面对我,倚在窗台上。

"我的妈妈一脱下爸爸的靴子,"母亲说,"他就塞上更多的烟草让脸颊鼓起来,在她耳边说了几句话。然后,他进了屋,妈妈走到我身边,叫我把鸡放在草地上，说她会做完的。她用抹布把我手上的鸡毛掸掉，然后她在围裙上吐了口唾沫，擦去我脸上的污垢，就像她每个星期天做礼拜前做的那样。我甚至问她：'妈妈，我们要去教堂吗？'她什么也没说。她只是把我抱起来，像对待婴儿那样拍我的背，把我抱进了她和爸爸的卧室。

"他已经在里面了，脱掉了背带裤，解开了衬衫的扣子。她把我抱到床上，温柔地让我躺下，然后走到梳妆台前拿她的香水瓶。我帮她用我们在后院种的玫瑰做了香水。她把香水装在一个旧的苦味酒瓶里，我仍然能记住标签上的每个字。彻里韦瑟医生的苦味酒，治疗胃部不适，剧烈头痛，体液紊乱[①]，胆汁反流，烧心，以及血液流通不畅引起的所有不适。"

我比以往任何时候都希望父亲在这里。我希望迪林先生的屋顶太滑，父亲爬不上去，他可能会马上回家，就在这一刻打开门，让母亲停下来。然而，当母亲离开窗户走到梳妆台，拿起威士忌酒瓶的软木塞时，屋子里只有一片寂静。她把软木塞塞进瓶口，然后把瓶子倒过来，剩下的酒就碰到了瓶塞的底部。

"我的妈妈把香水这样弄在我的脖子上，"母亲一边说，一边用湿润的软木塞轻拍我的脖子，"是不是很舒服？"她问，"又舒服又凉爽。"她说"凉爽"的方式让我觉得这个词很危险。

我看着她把最后一点威士忌喝完，然后把空瓶子扔出窗外。

"贝蒂，你知道什么是起酥油，是不是？"她问，"我的妈妈总是在梳妆台的抽屉里放一听。起酥油不仅仅可以用来烘焙，也可以用来干那个，那种男人会做的事情。我应该感谢我的妈妈用起酥油为我所做的事情，我现在知道她这么做是为了让我不会太痛苦。"

母亲做了个痛苦的表情，似乎屏住了呼吸。

[①] 体液论是西方古代医学理论的基石，认为疾病是机体内部体液整体平衡紊乱或被破坏所致。

"她在抹起酥油的时候我有一种奇异的感觉,"她说,"吓得我尿裤子了。我以为我的妈妈会因为我毁了干净的床单而杀了我,但她什么也没说,只是擦了擦我的腿,把毛巾垫在我身下。她走之前给爸爸修了指甲。'妈妈,你要去哪里?'我喊她,但她只是关上了门。当我听到前门纱门的嘎吱声时,我知道她已经走到外面去处理鸡了。"

我不想再听下去了,站起来说:"我要走了。"

母亲把双手按在我的肩膀上,直到她把我压回到椅子上。

"这是你的生日礼物,"她说,"你不能走,除非你得到了所有的礼物。"

她踉踉跄跄地向后靠,擦了擦眼睛。

"我的妈妈一走,爸爸就开始哼歌。当他脱下裤子的时候,那是我见过的最可怕的东西。我觉得那看起来像是一种邪恶的东西。生理反应,你明白我的意思吗?"她用我曾经见过的男人的方式托着裤裆,"你明白我的意思吗?"她又问。

我点头,好让她停下来。

她的胳膊耷拉下来。她说:"我以为他只是爬到床上在我身边打个盹。"她凝视远方,"他趴在我身上。我以为他会像毯子一样温暖我,直到我睡着。他太重了,我无法呼吸。我记得他额头上的汗水是如何积聚在他的发梢的。我不想让汗滴进我的眼睛,所以我别过脸,感到汗滴落在我的太阳穴上。"

她轻轻地抚摸我的太阳穴。

"然后他开始往后退。"她继续说,"我希望他能从我身上下来,但他只是掀起了我的裙子。那是我最喜欢的裙子,妈妈为我做的。它是海军蓝色的,水手领上挂着一个大大的奶油色蝴蝶结。"

母亲绞紧手指,双手撑在胸前。

"我不明白他为什么那样抚摸我。我叫他停下来。他为什么不停下来?我没有尖叫,因为我不想做一个坏女孩,不想因为制造噪声而惹上麻烦。"

她又一次站到电扇前。我想和她站在一起,一起愤怒地对抗一切,但我不知道母亲如此，自己要怎样才能和她一起站出来。我看着她脚下的照片，她的眼睛在房间里睃巡。她走来走去，踉跄地，茫然地，她在墙纸上拖动手指，仿佛在寻找，寻找。我想，夜晚对她来说太短暂了，她永远也找不到她想要的东西。我想生命会更短暂。她需要的是一个突然而来的无限时间。时间就像光束一样多，她便能找到一切。

"我要去找爸爸。"我说着，但是我没有动弹。她开始用指甲抠墙纸，像爪子一样挖呀，挖呀。

她要尖叫了，我想，而且那尖叫会像是活生生的猛兽。我们必须把它锁在后院，喂它血淋淋的牛排。

她把额头靠在墙上，站在那里，直到我以为她会永远站在那里。我又说了一遍，我应该去找父亲。但我还是坐在原地，根本做不到这件事。

似乎突然意识到我还在房间里，母亲离开了墙壁，向我走来。她的眼睛在雨中冲洗过，又在火中烧得通红。

"他像这样用手梳我的头发。"她的声音很柔和，她的手指穿过我散落的发丝，把发丝梳到我耳后。"他像这样把我压倒。"她提高了嗓门，抓住我的双臂，把我推回到床中央。她自己爬了上来，直到她压在我身上。她说："他像这样脱我的衣服。"

她试图脱掉我的裤子，但我紧紧地抓住它。她停了下来，提起她的裙摆，跨坐在我身上。

"他嚼烟草的汁液像这样落在我的脸颊上。"她固定住我的脸。

她移动嘴巴，收集唾液，然后让唾液慢慢地从她的嘴里滴到我的脸颊上。我开始扇自己的脸，想把口水弄掉。这时，她伸手拾起了一个心形的枕头，她把枕头紧紧地攥在手里。我意识到我在她身下陷得有多深。

"妈妈，请住手，"我说，"求你了。"

"我不能呼吸，贝蒂，就像这样。"她把枕头捂在我脸上。

我试图把枕头推下去，但我母亲的重量压在上面。

"当他把自己塞进我小小的身体里时,我没有准备好承受那种极致的痛苦。"她的声音充满了同样的痛苦,她开始顶我,"我以为他要把我撕成两半,杀了我。我甚至不知道这样的痛苦是如何出现的。我呼喊:'妈妈,妈妈,救救我。'但她没有来,而他只是不停地做那件事。那时,我明白了我没有被爱着。哦,上帝,我还能听到床的嘎吱声。"

我努力把脸转到枕头下面,找到了一个漏气的地方,才喘上几口气。

"他做了他想做的事情,可上帝无动于衷。"母亲更用力地顶我,"没有闪电,没有天使吹响他们的号角来拯救我。我爸爸在我身上的时候,上帝在哪里?我只是一个小女孩,我只是一个小女孩。"她又说了一遍,然后从我身上翻下来,把枕头也拿走了。

她把枕头抵在她起伏的胸膛上,我只能躺在那里发抖,什么都做不了。

她从床上爬下来,任枕头掉在地板上。她踩过枕头,走向梳妆台。她从最下面的抽屉里掏出一块绣着蠮螉的黄色手帕。她用手帕揩去她脏兮兮的睫毛膏,但只会弄得更脏。

"我爸爸做完之后,"她一边说,一边使劲擦脸颊,"他把吃了一半的巧克力棒放在我胸口,然后离开去吃饭了。我躺在那里,能听到他的叉子敲击和刮擦盘子的声音。我的妈妈走进来告诉我,我们要隐瞒这件事。'每个家庭都会发生这种事。'妈妈说,'你会习惯的。'然后她让我下床,这样她就可以帮我把我的裙子穿回去了。她在我的两腿之间放了一块抹布来止血。不过,对于习惯这件事,她错了。你永远不会习惯这样的事。我想她这么说是因为这比说真相更容易,如果说出真相,那么这种伤害就会一直伴随着你,就像白天一样漫长,就像身处暴风雨之中,寒风鞭笞你,大雨重重捶打你。我试图找到我心中的那个孩子,仿佛她还活着。我试图找到她,把她从暴风雨中拉出来,问她:'你长大后会是什么样子?'这样,我就可以假装她的未来不是我。我可以假装她爸爸送她上床睡觉的唯一原因,就是给她盖上被子,祝她做甜美的梦。贝蒂,你知道世界上最重的东西是什么吗？是一个男人在你不愿意的时候压在你身上。"

母亲抓起一管口红，打了个响指，让我站到她面前。她用空着的那只手托住我的下巴说："上帝恨我们，贝蒂。"

"所有卡彭特吗？"我问。

"女人。"她把口红擦在我的嘴唇上，用小指把口红涂到嘴角，"上帝用男人的肋骨创造了我们。从那时起，这就是我们的诅咒。正因为如此，男人拥有铲子，我们拥有土地，就在我们两腿之间。在这里，他们可以埋葬所有的罪恶，把它们埋得那么深，除了他们和我们，没有人知道。"

她小心翼翼地退了一步，看着我，她的目光切割着它落下的地方。

"哦，小贝蒂。"她笑了，"红色不适合你，亲爱的，现在快走吧。"

我冲出她的房间，跑进我的房间。我跌倒在我能找到的最黑暗的角落里，在那里，我静静地哭泣。当我抬起头时，我看到桌子上有几张纸和一支笔。我抓起它们，逃到了"遥远之地"。

我坐在舞台上，写下了母亲所说的每一句话。有时我不得不闭上眼睛，以免读到我正在写的东西，而不得不重温一遍方才的经历。但我一直没有放下笔。我写作的时候，就好像故事从我的指尖涌出来一样。所有的残酷，所有的痛苦，都写在一个故事里。我创造了它，它也在毁灭我。

我把纸叠在胸前。我去车库取来一个空罐子和一把手铲，打算把这些纸闷死。

回到"遥远之地"，我爬到舞台底下，用手铲掘开冰冷的土地。挖好坑后，我把故事放进罐子里，重复我母亲说过的话。

"把它们埋得那么深，除了他们和我们，没有人知道。"

我尽力把罐子的盖子拧紧，然后活埋了这个故事。我确保它埋得足够深，确保狼不会闻到上面的血腥味，然后把它挖出来。

呼吸镇报

枪声持续整晚

住在3号巷的煤渣砖约翰反映,昨天深夜他在自己家附近看到一道亮光,随后是一声枪响。桑兹警长回应,侦查发现雪地上的痕迹从煤渣砖约翰的住所一直延伸到周围的树林。现场发现了一些弹壳。私人领地内的两棵树经勘查发现有弹孔,但是弹孔都很旧,看起来像是步枪造成的。煤渣砖约翰说,他看到窗外有几个人影。

"他们有着细长的脸和银色的身体,"他反映道,"我出去找他们,天哪,他们闻起来像我妈妈做的土豆沙拉,但她已经在坟墓里躺了三十年了。"

煤渣砖约翰后来因醉酒被捕,因为他试图偷走警长的车,他说那是为了"追上他们狗娘养的飞船"。他的笨拙毁了自己的努力。警长说不会以盗窃未遂的罪名起诉煤渣砖约翰,但是给了他一张不守法的传票。

如果不是因为一位虔诚的老妇人的再次反映,煤渣砖约翰对夜间枪击事件的描述可能会被认定为是醉酒导致的疯狂。

"枪声听起来好像就在我家里发生一样。"这位经常去教堂的女士在被询问时这样说道,"我正坐在床上读《圣经》,喝着茶。我一个人住,可不想惹麻烦。我不知道为什么有人要在我家附近开枪。我现在一听到敲门声就害怕去开门。如果我是给魔鬼开门了怎么办?"

又有几名目击者反映了持续整晚的枪声。

"就好像枪手跑遍了整个镇子。"其中一人评论说,"他停不下来,在逃离什么或者逃向什么,我不知道。"

第十八章

"就是女子护卫男子。"

——《耶利米书》31:22

清醒地意识到我的性别后,我感觉自己被对称的女性形态所包围,这种形态形成了一个厨房,我梦见我的母亲站在里面。她浑身赤裸,只穿着阳光。她的腰不比水龙头里流出来的水更宽,站在炉子旁边,鲜血在沸腾,一群孩子正在吞食她脚踝上的肉。她的喉咙像瓷瓶一样裂开。我可以看到一朵粉红色的小花在她锁骨的裂口处绽放。她的鼻孔周围有小字写着提醒她呼吸的话。她没有嘴唇。嘴唇躺在台子上,上面涂着许多层口红,它正微笑着。母亲的脚踝拖曳着孩子们。她穿过厨房,拿起嘴唇,她把它装在脸上。当她移动她的手时,她的嘴唇还在微笑,而她的手指已经融化成灰色的旋涡。

我从床上坐起来,仍然能感觉到房间里噩梦的存在,我想知道母亲是否在墙的另一边醒着,并且努力在她父亲的记忆包围下睡着。我看着弗洛茜空荡荡的床。晚上早些时候,我给她写了晚安纸条,放在她的枕头上。她和学校的一个朋友住在一起。她走了最好,这个秘密在我心中是如此血腥,我不知道自己会不会告诉她,但我知道母亲希望我保持沉默。

我明白为什么母亲选择了我。弗洛茜会揭露过去,仅仅是因为这样她就不必独自承受,而菲雅在如此沉重的揭示下会变得更加安静、更加内向。母亲必须告诉别人,她觉得我已经足够坚强了。事实上,我和她一样受够了。我只想把它埋起来,只想把这个故事埋葬在"遥远之地",相信它已经离我足够遥远，遥远到我再也不会想起它。但我还是不断地想起它。

滚出我的脑袋。

我很快意识到，前门廊有足够的空间来制造一个迷宫，把我和我的思绪困在那里。

"跟紧点，贝蒂。"我对自己说。当我被烟囱里冒出来的烟呛住时，我能感觉到我正在失去一些东西，那烟就像在寒冷的天空下发出的悠长呐喊。

每次我看着母亲，我都把她看成一个小女孩。她揉着自己疲惫的眼睛，无法逃避强加在自己身上的暴力。我不得不远离这座房子。我加快了脚步，穿过空旷而贫瘠的冬日田野，因急促的心跳而浑身战栗。那些阴魂不散的日子让我发了烧，我旋转着倒在地上。我搂住自己，因为没有其他人会搂住我。

我有父亲的眼睛，现在又有了母亲的痛苦。我能感觉到这种痛苦正在变成一种坚实的东西，我害怕它会永远存在。当我想到她试图把他推开时，她的双手是多么的小，想到在他巨大的身躯下，她的身子是多么的小，我就哭了。在那个年纪，我对性一无所知，对强奸一无所知，但我知道发生在我母亲身上的事情，就像她被杀了一样可怕。

我不明白她是怎么忍受的。我更不明白外婆是那个把她送到魔鬼床上的人，她的良知是如何幸存下来的。当最应该保护你的两个人成为将你撕成碎片的怪物时，你会怎么做？难怪母亲还在受伤，她没有得到足够的爱。

我发现自己手里拿着家里一本老旧的《圣经》。打开《圣经》，我翻阅着内页上字迹潦草的出生日期、婚礼日期和死亡日期。我不停地翻页，泪水从我的眼睛滑落，滴在薄薄的纸上。看到上帝的名字，我停在了那一页。我的一滴眼泪滴在了一个单词上，将它放大了。

"信心。"我在合上《圣经》前说了这个词。

"贝蒂，你也看……看……看到了魔鬼。"那天晚些时候，林特在后门廊对我说。

"你怎么知道?"我问。

"我不是傻……傻……傻瓜。"他开始扯一只耳朵,然后是另一只,就好像他想把它们撕下来一样。

"你为什么要这样做,林特?住手。"

"我不……不喜欢我的耳朵,贝蒂。"

"为什么?"

"它们不在听东西的正……正……正确地方。"

"它们在正确的地方,林特,住手。"

"好吧,贝蒂。"

他把手伸进口袋,掏出一袋父亲的韭菜籽。

"你在干什么?"我问。

"我的指甲里有蜥……蜥……蜥蜴。"他说。

我看着他拿起那些黑色的小种子,往每个指甲里都塞了一粒。

"看到小黑……黑……黑蜥蜴了吗?"他把手举到我的面前,那些小小的黑色种子从他的指甲和皮肤之间探出头来看着我。

我不能怀疑他的笃信。当他声称自己得了红眼病时,他解冻了一个冻草莓,然后把它和全麦饼干屑一起捣碎,他把混合物擦在眼皮上。得了花粉热时,他把玉米糖浆滴在鼻孔下面,就像流鼻涕一样,然后吮吸一块硬糖,把舌头和喉咙后面染成红色。最不寻常的一次表现是,他声称自己肚子里有寄生虫,于是把白色的鞋带绑在了肚子上。

"我能感觉到它们在我体内蠕动。"他说。

在他所有的伪装下,我不记得林特得过比感冒更严重的病。然而,现在,他在我眼前变出了蜥蜴。

"我想我的指甲里也有。"我说。

他握住我的手,小心翼翼地在我的每个指甲里面塞了一粒小小的黑色种子。

"你知道石……石……石头是地球上最古……古……古老的东西吗?"他问,"我想了很久很久,我肯定它们一……一……一定是。仔细想想,我敢打……打……打赌地球就是一块大石头。"

当弄完我的另一只手时,他把手伸进口袋,掏出一块透明的石头。

"你看……看……看到这个了吗?"他问,指着岩石内部的一处变色,那处变色看起来像是某种神秘的东西。

"这是一条龙……龙……龙,"他说,"一条被困在石头里的龙。"

"谁能想到呢。"我指着龙的尾巴,好让林特知道我也看到了他的龙。

"你可以在石头里找到各……各……各种各样的东西,贝蒂。它们不仅仅是坚硬的,它们还很美……美……美丽。"

"我们为什么不再去找一些呢?"我问,"也许我们会找到一块里面有独角兽或者狮身人面像的石头,就像埃及的那样。"

"是啊。"他兴奋地坐了起来,然后才想起他应该是生病了,"那……那……那我们指甲缝里的蜥蜴呢?我们应该躺在床上休息。"

"难道你宁愿整天待在床上也不愿意找石头吗?"我问,"我们可以找到大的和小的,蓝色的和灰色的,光滑的和——"

"坑……坑……坑坑洼洼的?"他问。

"只要有,我们都能找到。"

林特带路上了一座山丘,穿过一片草地。我们经过一片古老的苹果林,又经过牧场上的马群。林特一直在谈论砂岩和岩石的形成方式。

"有时候我在想,人类是不是第一……一……一个被雨、雨、雨淋到脸上的石头。"他说。

每捡起一块石头,他都会仔细检查,告诉我为什么它的颜色和形状很重要。

"啊,这一块特别好……好……好,"他说起他刚刚发现的那块石头,"看它在阳光下闪闪发光的样子。上帝一定是真的爱……爱……爱我们，看看他给我们的这些石……石……石头。你不能把这样的世界交给你讨……讨……讨厌的人。"

当他冲着石头微笑的时候，我看着自己的指甲。

"我手上没有蜥蜴了。"我说，"你也没有了。"我指着他的指甲，"它们一定是在我们捡石头的时候掉下去了。无论蜥蜴掉在哪里，它们都会长出美丽的绿色植物。是不是很棒？"

他迅速从口袋里掏出那袋韭菜籽。

"不，"我说，"我们不需要更多了。"

"但我们还在生病……病……病。"

"那只是假装的，林特。而且，我们今天玩得很开心，不是吗？捡石头，它们是多么美妙。"

他点了点头。

"你为什么要假装呢？被响尾蛇咬，得猩红热，还有胳膊像树枝一样折断？"

"我的胳膊真的像树……树……树枝一样断了。"

"不，不是的，林特。你为什么要编造这样的事情？"

他开始对手里的石头耳语。然后他把石头放在耳边，好像石头在跟他说话，他也在倾听。过了一会儿，他点了点头，似乎同意石头对他说的最后一句话。当他看着我的时候，他放下了石头。

"我假……假……假装，是因为如果爸爸能治……治……治愈我的这里，"他触碰自己的身体，"那么也许他能治愈我……我……我的这里。"他触碰自己的头。

"你不觉得如果真是这样的话，你就不用再假装了吗？"

"也许需……需……需要一段时间，"他说，"也许就像岩石，必须慢慢形……形……形成。"

"我觉得你不应该再假装了，林特。"

193

"这不……不……不会伤害任何人。"

"不，这会。你让爸爸心碎了，你知道他的心是玻璃做的吗？"

林特摇了摇头。

"它是玻璃做的，"我说，"而且玻璃里面有一只鸟。这只鸟很脆弱，一切都会牵动着它。"

"你什么意……意……意思？"

"当爸爸治疗你的假病时，那些病菌就变成真的了。它们会从你身上飘到空中。但是它们必须去某个地方，所以当爸爸吸气的时候，它们就进入了他的体内，让他玻璃心脏里的鸟像你说的那样生病。你假装得了花粉热的时候，那只鸟就真的得了花粉热。如果你假装感染了寄生虫，这只鸟就会染上它们。他每次给你治病，我都能听到他心碎的声音。那是小鸟在求你停下来。难道你不希望爸爸玻璃心脏里的小鸟好起来吗？"

他点了点头。

"那么你必须停下来，林特。如果你不这么做，你会让爸爸的心碎成碎片，那些玻璃会把他伤透的。"

"可是如果我不……不……不……如果爸爸不……我的意思是，我脑子里的这些战……战……战争该怎么办？"

"我告诉你怎么办，"我说，"任何时候你觉得有一场你想要逃避的战争，就让我知道，我们一起去找石头。我们会谈论它们的大小、它们的颜色，以及它们是多么美丽和特别。我们会讨论所有的这些，直到你觉得我们在战争中找到了和平。箭不能永生，林特。子弹也不能。平静可以，即使在暴风雨中也有平静。"

"你愿意为我这么做……做……做吗？"他问。

"该死，当然了。"

"如果没有任何效……效……效果怎么办？"

我用手臂抱紧他，我说："你得有点信心，事情会好起来的。"

第十九章

"他的闪电光照世界,大地看见就震动。"
——《诗篇》97:4

一九六三年,春天的暴风雨似乎袭入了房子,爬上了墙壁,摇晃着蜡烛的光焰。无情的闪电以迅速的闪光和扭曲的奇观照亮了夜空,而乌云使黑夜更加阴沉。这就是俄亥俄州南部的春天:午夜的大雨,断电的狂风,河水一寸一寸地上涨。

我坐在后门廊的地板上,和正趴在地上的崔斯汀待在一起。我拿着一只手电筒,这样他在用木炭棒画画的时候就不至于看不清。我有时会想象,崔斯汀像他从图书馆借来的书中照片里的艺术家一样生活。我能看到他长大,和我们的父亲一样高,水泥地板上滴着油漆,厚重的油布覆盖着他所有的画布,使它们远离光线。所有白色的东西上都有沾着炭的指纹,还有足够多的画来保存他灵魂的美丽。

"你知道,当人们被闪电击中时,他们的牙齿会在黑暗中发光。"他说,"我从理发店外面的老人们那里听说的,他们知道这些。"

当崔斯汀画云彩时,它们在近处翻滚,但它们看上去也很遥远,仿佛暴风雨延伸了数英里。透过他笔下的白纸,你可以看到天空威压在一个乡村上,以及一个夜晚是如何在一场肆虐的大雨中失去一切的。当时他只有七岁,但这是崔斯汀的天赋。他能画出一场暴风雨,让你感受到你骨头里的闪电。

"你觉得妈妈为什么要对那些巧克力那么做?"他抬头看着我问。

前一天，母亲去杜松老爹超市买东西。目击者说，母亲把购物车停在了巧克力棒货架前。她在那儿站了足足二十分钟，盯着巧克力看。其中一个工作人员注意到了，问是否能够帮到她。问题不在于她是否哭了，而是怎么哭的，有人说她的哭泣是一声长长的呻吟，还有人说她哭得很安静，她的肩膀颤动，眼泪顺着她的脸颊滑落。但他们都同意接下来发生的事情。他们说她抓起巧克力棒，撕开了包装纸。她吃了一半，把另一半扔在地板上。他们说，她就像一匹饥饿的狼，那么急切地吞下巧克力，甚至差点儿噎死。超市经理试图阻止她，她抓伤了他的脸颊，永远留下了一道疤。

桑兹警长赶到时，发现地板上散落着吃了一半的巧克力棒。母亲慢慢地推着她的购物车走过过道，甜蜜地核对着她清单上剩下的东西，仿佛什么都没有发生，她的嘴上也没有沾上巧克力。警长责令她赔偿毁掉的每一根巧克力棒，父亲通过给超市打工解决了这个麻烦。

当父亲试图从母亲那里问出她为什么这么做时，她说："因为我饿了。"

"但你为什么每块只吃了一半呢？"他问她。

"只有一半是我的。"这就是她的回答，她不再谈论任何关于这件事的东西了。

"贝蒂？"崔斯汀皱起细小的眉毛，"你觉得她为什么要这么做？"

"她已经说了她为什么这么做。"

"没错，但我不认为她这么做只是因为她饿了。我觉得是因为她打算逃跑。"他一边说，一边研究着自己的画，"你听说过一幅叫《夜鹰》的画吗？我在图书馆的一本书上看到的。画里有个男人坐在一家餐馆的柜台前，这个男人的衣服后面有一个影子。我想我愿意住在他深蓝色西装的阴影里。如果有一天我走了，你就会知道我跑到了那个男人的衣服后面。"

当我的弟弟把山丘涂成黑色时，我仔细打量他。

"崔斯汀？"

"什么事，贝蒂？"

"你能给我画一大堆暴风雨吗？我想把它们送给某个人。"

他吹掉纸上的炭灰。

"当然了，贝蒂，我可以给你画暴风雨。"

接着是一声巨响。

"好像是枪声。"他转身看了看门廊的两头，好像在确定是否只有我们两个人。他凑近我，低声说："我知道谁是枪手，是菲雅。前几天我看见她从树林走出来，手里拿着一支猎枪。"

"你真的看到了一支猎枪？"我问。

"我是说，那可能是一根长棍子。但是在她走出树林之前，我听到从她走出来的方向传来一声枪响。"

"树林很大，有回声，崔斯汀。你不能确定声音来自哪里。再说了，你怎么能相信菲雅是枪手？她不是那种人。"

菲雅在教堂里点燃裙子时的眼神闪现在我的脑海中。

"弗洛茜正相反。"我说，"她是一个生来就有扣动扳机的手指的女孩。"

"有时候恰恰是我们最意想不到的人，贝蒂。"

他收拾好木炭棒和纸张，说他要进屋拿一块父亲在断电前做的辛辣隐士饼干。

独留我一人，我从口袋里拿出一个小笔记本和一支钢笔，支着手电筒写了起来。

没过多久，父亲走到门廊上。他递给我一块辛辣隐士饼干，然后坐在门廊的秋千上，看着外面的闪电。

"闪电是魔鬼在叩响天堂的大门。"他说，"他把整个身子用力撞上去，撕裂了天空。但魔鬼只有在暴风雨来临时才会叩响天堂的大门。"

"为什么？"我问。

"当他猛敲他父亲的门，乞求父亲让他进来时，那些雨水就能掩盖他的眼泪。"

我和父亲并肩坐在秋千上,吃着饼干,听着风摇晃房子的声音。

"爸爸?"我掸掉手上的饼干屑,"你想逃离暴风雨吗?"

"别担心,小印第安人,这种天气不会永远持续下去的。"

"我是说,你想过逃跑吗?崔斯汀会躲到一个男人的衣服后面。妈妈可能也会离家出走,虽然我还不知道她会去哪里。"

父亲静静地坐着,直到他卷起一支香烟,点燃它。然后他讲起母亲意识到自己怀上利兰的时候。

"你妈妈找到我。"他说,"我是一个会把自己弄丢的男人,但不知怎么的,她还是找到了我。在你妈妈出现之前,我既没有目标,也没有名字。在我成长的路上,人们叫我战斧汤姆,或者帐篷杰克,再或者碰头会保罗,就是不叫我的真名。没人问过我的名字,直到你妈妈问了。她不仅问了,还在后面加了个'先生'。'你叫什么名字,先生?'以前从来没有人叫我'先生'。"

他吐出一串长长的烟。

"我一开始是个无名之辈,"他说,"但是你妈妈让我成为一个爸爸,我才真正有机会成为一个值得被别人记住的人,直到离开这个世界。我为什么要逃离这一切呢?"

"爸爸,你是一个值得铭记的人。"我说。

他用手臂搂住我,把我拉到他的身边。

"你的脚现在能碰到地面了吗?"他向前探身,看到我的脚趾搁在门廊的木板上。他轻声说:"我猜你不再需要我摇你了,你现在可以自己荡起来了。"

我抬起双腿,直到我的脚碰不到地板。

"不,"我说,"瞧。"我在空中来回摆动我的脚,"我够不着。"

"好吧,"他笑了,"我想我还是被需要的。"

他轻轻地摇着我,看着外面的暴风雨。父亲身上的某些东西开始对我产生影响。当我阅读这些年来从图书馆借出的书籍时，我常常想——就像我读到的故事一样——我的父亲是从作家的头脑中诞生的。我相信伟大的造物主驾着雷鸟把这些作家送上了月球，让他们给我创造了一个父亲。像玛丽·雪莱[①]这样的作家，她笔下的父亲，哥特式地理解了所有怪物的柔情。

是阿加莎·克里斯蒂创造了我父亲内心的神秘；是爱伦·坡赋予了他黑色，让他能够拥有乌鸦的轻盈；是莎士比亚给了父亲一颗罗密欧的心；是苏珊·库珀赋予他对大自然的同情和重获天堂的渴望。

艾米莉·狄金森分享了她的诗人自我，这样我的父亲便知道了人类最神圣的文本就是我们押韵和不押韵的方式。约翰·斯坦贝克在我父亲的脑海里赠予他一个指南针，这样他便永远知道他在伊甸园的东边和天堂的南边。不得不提的还有索菲娅·卡拉汉，她确保父亲的一部分永远是森林的孩子，而路易莎·奥尔科特则在他的灵魂深处写下了忠诚和希望。留给西奥多·德莱塞的任务就是把我父亲的命运写成美国悲剧。在此之前，雪莉·杰克逊让我父亲准备好面对那种恐怖。

至于我父亲的想象力，我相信上帝走过我父亲的脑子。这是斯坦贝克的错，他从一开始就弄丢了我父亲的脑子，这给了上帝踩踏它的机会，留下一枚小小的凹痕和他的脚印。如果他们的脑子里有这样一枚上帝的脚印，那么谁不会拥有我父亲那样的想象力呢？然而，这种幻想越来越少，我开始看到父亲的血肉之躯。

他右腿的病痛持续折磨着他，使他变成身心俱疲地拖着脚走路的模样。他依然在抬重物，挖洞，用力地弯着背，还有更多的东西开始损害他的身体。他一生都在艰苦地劳作。从他还是个孩子的时候起，他就在田间或者

[①] 玛丽·雪莱以及下文中出现的阿加莎·克里斯蒂、爱伦·坡、莎士比亚、苏珊·库珀、艾米莉·狄金森、约翰·斯坦贝克、索菲娅·卡拉汉、路易莎·奥尔科特、西奥多·德莱塞及雪莉·杰克逊都是著名作家。

工厂里劳作，但他生来是为了在这个世界上做更多的事情。也许这就是为什么当他足够年轻的时候，总是愤怒地反对拧螺丝或者打卡上班，以至于我们频繁地搬家。

从一个地方到另一个地方意味着收入是不稳定的，特别是在早年。当母亲的口红都是从口红管里掏出来的时候，当她再也不能用小指甲刮出足够遮住半个嘴唇的颜色时，她是多么焦虑。

"真是一场暴风雨。"父亲说。

我从他的胳膊下溜了出来，回到我的笔记本和钢笔前。闪电划破天际，父亲在抽烟，而我翻开一张崭新的纸，写下了关于甜甜圈的故事。

镜头回到我还不到四岁的时候。那时利兰已经入伍了。父亲在外面打工，在他回来之前，我们毫无分文。所有的孩子都会交给母亲。我们当时不在俄亥俄州，而是在另一个停留时间不长的州。那时是冬天，我们吃完了所有的食物，母亲没钱再买了。我和我的兄弟姐妹都很饿，我们坐在厨房的地板上，仿佛一堆食物会出现在我们面前。七岁的弗洛茜捂着肚子发牢骚。崔斯汀才两岁，他还太小了，除了摇来摇去什么都不会做。那时候菲雅已经十四岁了，她盘腿坐着，玩弄着自己的头发，而一岁的林特正在吮吸自己的拇指。母亲看着我们，然后她抓起一个大碗。

"我们吃点甜甜圈怎么样？"

她假装拿起面粉、糖和肉桂，我们拍着小手欢呼起来。我们的橱柜是空的，她的手是空的，碗是空的，她搅拌着这些看不见的东西。

"四杯面粉。"她喊出了配料。拿起那个想象中的袋子，母亲把它抛向空中，笑着说："瞧瞧我这些长着面粉头的孩子。"

她把我们的头发弄得乱七八糟，直到我们想象着面粉落下来，然后她把我们拉起来，让我们帮她准备其他配料。如果你足够饿的话，你是可以想象得到面粉和鸡蛋的。如果你当天或前一天没有吃东西，你甚至可以在白糖里看到褐色的肉桂。我们互相传递着这些空碗，想着我们是否加入了足够的东西。母亲一边唱歌,一边把脱脂牛奶加到干燥的食材里,在台子上擀成面团。她用果汁杯口切圆圈,让我们用一根手指穿过每个面团的中心。

"没有洞就不能算是甜甜圈。"她说道。我们一边笑,一边用手指戳空气。接着,她又倒出一大桶根本不存在的油,一只苍蝇飞了过来,落在我们想象中的油炸甜甜圈翻滚冒泡的地方,直到它们变成金黄色,就可以取出来放在架子上冷却。

"看它们多漂亮。"母亲靠在空荡荡的台子上,"你们有谁想要糖浆的,有谁只想要白糖的?"

"我,我。"我们举起手。

"好吧,"她说,"我们会做一些糖浆的和一些白糖的。"

她把想象中的糖袋递给我们,我们互相传递着糖袋。她拿起一个碗,搅拌起牛奶和糖粉,把一半的甜甜圈撒上糖。她又在余下的甜甜圈上滴了一层薄薄的糖浆,直到它们闪闪发光。我们吃掉了这些在冰冷的厨房地板上根本不存在的甜甜圈。我清楚地记得,我的母亲一个也没有吃。

"只剩下十个了。"她会喊,"只剩下五个了,谁想要?"

"我,我。"我们在空中挥舞着手。

她把所有的甜甜圈都给了我们,就好像它们真的存在一样,而且她从来不从孩子们的嘴里夺走一个。

"你的故事是关于什么的?"父亲问我。雷声在我们周围响起,让空间回到现实。

"这不是一个故事。"我说。

"哦?"他好奇地看着那张纸,"那是什么?"

"是一个回忆,你不在的时候,妈妈给我们做了甜甜圈。"

"哦,是吗?"他点了点头,"好妈妈。"

"是的,"我凝视着逼近我们的闪电,"好妈妈。"

呼吸镇报

退伍军人被枪声侵扰

一名"一战"老兵的孙女承认，由于枪击事件在整个镇子持续发生，她的外公正在遭受枪声带来的痛苦。

"他听到枪声，以为自己又回到了战场。"孙女说。

这名男子身着"一战"军装，开始行军和站岗。他甚至在自己的房子周围设置了路障。

当被问及设置路障的目的时，这名男子回答说："为了把德国人挡在外面。"

孙女真诚地恳求枪手停止这种"毫无意义"的行为。"请停下来。枪声出现在我外公的头发里，在他的眼睛里，在他哭泣的心里。为什么你的痛苦必须成为我们的痛苦？"

一名住在老兵隔壁的男人认为枪手是女性。

"做这样事情的人就像个女人。"这名男子评论道，"当一个男人开枪时，那是一种清晰的声音。你永远不会质疑他的动机。"

当这名男子被问到他认为这名女子的动机是什么时，他说："她可能只是把口红弄丢了。"

第二十章

"我们有一小妹,她还没有乳房。"

——《雅歌》8:8

那年春天的雨一停,对于我们而言,播种的季节就开始了。种植总是从除草开始。我们把那些还太小、影响播种的野草拔出来,扔到木栏上,然后再把那些枝蔓横生的杂草在菜园里烧掉,以便松土播种。

"一定要把泥土堆成小丘,再种上玉米,"父亲会告诉我们,"因为小丘会让茎秆生长安稳,就像呼吸镇的山丘会让我们安稳一样。"他对着呼吸镇的山丘招手。

至高土丘还能保护玉米的根部不受阳光照射,父亲说这很重要。因为很久以前,玉米曾经拒绝做太阳的妻子。

"从那以后,"他说,"玉米和太阳就成了敌人。只要一有机会,太阳就会烧毁玉米的根,试图杀死她。"

每到新的季节,父亲都会给我们讲这些故事。我们把手伸进土里,把豆子种在低矮的小丘里。和玉米不同,豆子藤蔓脆弱,如果小丘堆得太高,雨后豆子的根部就会承受过多的压力。

"记住这一切,"父亲总是说,"总有一天,你们有了自己的菜园,你们就再也不会把豆子的土丘堆得这么高了。"

除了玉米和豆子,还有西葫芦、秋葵、辣椒和茄子。父亲种了各种瓜、西红柿、土豆、几乎所有的叶菜以及浆果,还有任何你能想到的甜的作物。他种植了许多不同种类的植物,以至于《呼吸镇报》派人拍了一张他站在菜园里的照片。

"呼吸镇的园丁",标题是这样写的。

有了这么大的菜园,每天清晨都得要锄地,因此我们每个人都有一把自己的锄头。

弗洛茜会抱怨说,任何一名女演员的手上都不应该有水泡。菲雅似乎很享受锄地的过程,她把锄头插进泥土里,脸上露出强烈的决心。

有些种子,比如南瓜,是在五月下旬种植的。父亲有一根杆子,我们会把种子挂在上面晾干,然后喷水让它们发芽。在这之后,我们就把南瓜种在它们小丘的坡子里,因为春天的雨打在小丘顶上太猛烈了,可能会淹死嫩芽。南瓜的优点是它长得很快,不知不觉地,我们就开始收获花朵了。

"南瓜上有两种花,"父亲指着南瓜说,"雌花靠近根部生长,会结出果实,而雄花长在离根很远的茎上,除了自己的颜色,什么都结不出来。"

"为什么雄花不结果呢?"我问。

"因为它们没有雌花的韧性,也没有雌花的力量。"父亲说。

考虑到雄花不会结果,雄花一开我们就把它们摘下来吃了。如果你等得太久,任何一场大雨都会让泥土飞溅到柔软的花瓣上,毁掉它们。我们收获的大部分花朵都是用来生吃的。鲜黄色的花朵堆在我们的嘴里,我们用牙齿咬碎花瓣。一些花会被我们放在最高的草堆上晒干。我们通常会先摘下一朵花,掐掉它的花萼,然后把花瓣平摊在草堆上。

"现在去摘第二朵花。"父亲每次都会像第一次那样教导我们,"轻轻地把它从边缘撕开,这样就可以叠在第一朵花上,叠成一条链子。"

到了仲夏,我们的草堆被花朵覆盖已是家常便饭。一九六三年的七月,弗洛茜和我在外漫游,在田野的尽头做更多的花链。

我们在叠花的时候,弗洛茜吃了其中的一些。她问我:"贝蒂,如果我只吃花,你觉得我能减掉多少体重?"

"你并不胖。"我告诉她。

"现在还不胖。但是我已经十二岁了,每个女演员在十三岁的时候都应该知道最适合自己的食谱。"她抬头看着太阳,"我们回'遥远之地',我有几本新的影视杂志要看。"

我们到达菜园时,父亲正在检查豆棚上绳子的韧性。

"我把收音机拿出来了。"他指着舞台上的晶体管收音机说。

弗洛茜爬上台阶,拿起了它。她打开收音机,在翻阅杂志的同时摇晃自己的脑袋。我坐在舞台边缘,这样我就可以晃动双腿写作了。

玉米对太阳说,我不爱你。太阳对玉米说,我要毁灭你。

当我写作时,我聆听着收音机发出的声音。播音员说今天是有记录以来最热的一天。

天气预报结束后,电视台播放了猫王的歌曲《情不自禁爱上你》,这首歌让弗洛茜尖叫起来。

"哦,埃尔维斯,我等不及要嫁给你了。"她说着,快步穿过舞台,坐在我身边。

她在我的双腿旁摇晃着双腿,问我是否觉得猫王读了她寄给他的信。

"你是说那些你塞进瓶子里,寄到河上的信?"我翻了个白眼,"猫王不会收到你通过呼吸河寄给他的信,弗洛茜。"

"为什么不会?"她把衬衫拉下来,露出她那浅浅的乳沟,"呼吸河流入俄亥俄河,俄亥俄河最终汇入密西西比河,密西西比河正好流经优雅园。"

"你觉得猫王会坐在密西西比河边,等着从瓶子里捞出一个连他的姓都拼不出来的女孩写的信吗?"

"我当然可以,'P''r''e''s''s''s'——"

"只有一个's',弗洛茜。"父亲说,并模仿他最擅长的猫王动作扭动屁股。他拧下一个成熟的秋葵,像拿麦克风一样拿着它,嘴里哼着关于一条河流流向大海的歌词。

"早跟你说过,"弗洛茜用手肘推我,"河流甚至会流向大海。"

父亲继续表演,一边抓着弗洛茜的手,一边咬牙切齿地模仿猫王。他把弗洛茜的手放到嘴边吻了一下。弗洛茜咯咯地笑着,笑得差点儿从舞台上掉下来。没等父亲抓住我的手,我就跳到了草地上。

"我要去钓鱼。"我说着把笔记本和铅笔塞进口袋。

我走进车库,抓起一根藤条钓鱼竿。

"来吧,弗洛茜,"我说,"我要拿你当诱饵。"

我们朝父亲挥手,他还在自顾自地唱歌跳舞,假装把衣领立起来,指向人群。

"他真以为自己是猫王。"弗洛茜笑着说,"傻爸爸,他永远不可能是猫王。"

我们笑着跑过田野,进入树林才放慢脚步。

弗洛茜擦去额头上的汗,说:"我怀疑我们今天钓不到鱼,不如我们进城去看看那些康乃馨男孩在干什么。"

"那些康乃馨男孩在上高中,弗洛茜。"

"我知道。"她笑了。当我盯着她看时,她板起了脸说:"我只是说我们什么也钓不到,所以我们还不如好好享受一下。"

"风是从南边吹来的,"我说,"那意味着我们肯定会捕捉到什么,哪怕只是地狱的气味。"

"等等,我要尿尿。"她环顾四周,想找个好地方蹲下来。

我决定钓陆地鱼,这是父亲小时候在河水干涸时常做的事。他会把他的藤条钓竿拿到树林里,然后用一片甜美的桦树叶做饵,因为它们是最甜的,至少他总是这么说。父亲发誓说,陆地鱼是各种各样生物的集合体。

"想象一条鱼,"他会说,"然后想象一只松鼠。现在把两样东西合在一起,你就能从一百万条陆地鱼中钓出一条来。"

我捡起一片落下的桦树叶,把它挂在钩子上,头也不回地把钓线抛在身后。当我把它向前猛地一拉时,弗洛茜那令人毛骨悚然的尖叫声穿透了树林，使得枝头的鸟儿纷纷逃离。

我转过身去，想看看她为什么尖叫。我看到的是她脱下了裤子。她蹲在地上，屁股上有鱼钩嵌在上面的血迹。

"你是故意的。"她说。

"这是个意外，我不知道你在我后面。"

"你想钓我，你计划了一整天。'来吧，弗洛茜，我要拿你当诱饵。'"她试图模仿我的声音，"你就是这么对我说的，贝蒂。"但她的愤怒让我的声调变得更高。

"我不是那个意思——"

"你一直嫉妒我。我更漂亮、更聪明，每个人都更爱我。你就等着吧，等我把这个钩子取下来，我要把它插进你的舌头里。"

"那我就不帮你把它取下来了。"我放下钓竿，慢慢地爬上了附近的一棵树。

弗洛茜双手抱臂站在那里呻吟。

"哎哟，好痛，真的好痛。"

如果愤怒对她没有任何帮助，她就会尝试她的表演。

"哦，可怜可怜我吧。"她把脸贴在一棵树上，"美丽的女孩，被那只丑陋嫉妒的野兽钩住了。"

她继续念着独白，我爬得更高了，找到一根我可以跨坐的树枝，仿佛它是一匹马。尽管透过树梢看不到房子，我还是吹了一声口哨，把手举在眼睛上，好像看到了什么壮观的景象。

"你在冲什么吹口哨，你这个老鼻涕虫的屁股？"弗洛茜朝我正在看的方向看了看，问道。

"你不会相信的，弗洛茜。"我舞动着胳膊和双腿，仿佛我的兴奋难以抑制，"一辆粉红色的凯迪拉克刚刚停在了林荫巷。"

"我不相信你。"她向前走了一步，鱼竿拖在身后。

207

"别动,弗洛茜,你会把鱼钩钩得更深的。"

"你什么都没看见,我们离得太远了。"她停顿了一会儿,然后轻声问,"凯迪拉克去哪儿了?"

"去我们家了。"

"我什么也没看见。"她挣扎着想在树林中找到一个空隙,好看得更清楚。

"弗洛茜,你绝对不会相信谁从凯迪拉克里出来了,是猫王。"我像她一样尖叫着他的名字,"他的凯迪拉克后座上全是你寄给他的瓶子,它们从窗户和其他地方都伸出来了。他收到了你的信,现在他要娶你为妻。"

我冲她眨了眨眼睛,发出亲吻的声音。

她咬牙切齿,像个患了狂犬病的动物一样把树皮从树上掰下来。她气喘吁吁地说:"你这个老鼠巫婆,你以为我需要你?弗洛茜·卡彭特不需要任何人,我自己能把钩子取出来。"

"需要爸爸用钳子把末端剪下来。"我告诉她,"如果你用力拉,钩子会把你的屁股扯下来。如果你客气点儿,我就帮你把爸爸找来,但你得好好求我。"我咧嘴一笑。

她又咒骂了几次,然后把愤怒深深地压在心底。她用力挤眼睛,直到眼泪从脸颊上滚落下来。

"求你了,贝蒂。"她说话的样子就像在试镜一样,"你能不能把我们的爸爸叫来,免得我失血过多——"

"好吧,好吧,费雯·丽[①]。"我从树上爬下来。

她把内裤拉起来,这样至少能遮住一部分。

当我回到菜园时,我兴奋地跑到父亲面前,告诉他我刚刚钓到了一条陆地鱼。

---

① 费雯·丽:英国著名女演员。

"是吗?"他边问边把黄瓜扔进篮子里。

"嗯。"我点点头,"不过,她还在树林里的钩子上。她太大了,不可能一路拖到这里。我希望你能帮我把她解救出来。"

"那么,这条陆地鱼长什么样?"他眯起眼睛。

"她是我见过的最丑的东西。她有着一头乱糟糟的头发,眉毛像毛毛虫,闻起来像尿。"我捏住鼻子,"我想这可怜的小东西只是太害怕了。"

"嗯哼。"他双手叉腰。"弗洛茜呢,贝蒂?"

"我想她进城去找康乃馨了。"我说。

"弗洛茜根本不喜欢康乃馨。"

"当康乃馨成为男孩的时候她会喜欢的。"

"好吧,"他开始向菜园外走去,"我们去看看你钓到了什么。"

"不,"我摇了摇头,"我才不回去呢。"

"你不想留着你的猎物吗?"

"不,我不想吃一条尿裤子的鱼。把她扔回树林里,让狼去追她吧。"

父亲手里拿着钳子,开始穿过树林。他一走出我的视线,我就跑进谷仓躲起来。我爬上阁楼。那天早上,我在一个罐子里抓了两只蜜蜂。盖子上有气孔,但其中一只蜜蜂还是死了。我将盖子打开一条缝,将将能够把蜜蜂尸体倒进我的手里。阁楼的窗户上铺着一张蜘蛛网,我决定把那只死蜜蜂挂在上面。

"你真漂亮。"我对一只看着我的蜘蛛说。

身下传来的嘎吱声引起了我的注意。我从阁楼的边缘偷看,看到了菲雅。她打开了一辆旧卡车的车门,那辆卡车是煤渣砖约翰不久前存放在我们谷仓里的。

从卡车停放的角度,我可以清楚地看到驾驶室。我看着菲雅滑到座位上,双腿伸出敞开的车门。她拿着她的日记。她把日记落在床上后,我读过一次。在那些晦涩难懂的字里行间,有一句话:

  我捉到一只萤火虫，杀它会伤害我的手掌，但我还是杀了它，我发现自己很难相信这个世界上还有光明。

  很久以后，我仍然每天都在想念菲雅，有时候我觉得她只是藏在我的体内。如果我能把一根长长的绳子伸进我的喉咙，也许她会爬出来吃开心果布丁，就像她还在时，我们一起吃甜点一样。她是个美妙的女孩，在很多方面有着难以描述的美妙。那时她浅棕色的头发还很长。她灰色的眼睛像暴风雨的边缘。她的身体很小、很小。你可以把她的全部放在自己的手掌里，也会轻易地失去她。如果我们生活中的坏事都藏在皮肤里，我们就可以像蛇一样蜕下它们，那会容易得多。然后我们就可以把那些干瘪的、可怕的东西留在地上，然后跨过它们，摆脱它们。

  "不，夫人，"菲雅唱道，"我没有地方可去。不，我不明白。"

  我曾想过有一天菲雅会出名，她可以像洛丽塔·琳恩[①]一样唱歌。菲雅有一次甚至在集市上因为唱歌赢得了一条丝带。我想知道她是否认为自己也能出名。

  我正准备爬下梯子，告诉她关于用鱼钩钩住弗洛茜的事，但是一个走进谷仓的人影阻止了我——利兰。

  在路上奔波了几个月后，他回家探望了一下。他还有更多的货物要运到加利福尼亚州。

  他站在卡车前面，菲雅在写她的日记。他似乎很喜欢她不知道他在那里。他咬着下唇，把头歪向一边，好像有什么东西从他的肩膀上经过，他必须给它留出空间。

  他从口袋里掏出一支香烟，用打火机点燃，打火机的样子是一个赤裸的女人，她有一双红色的水晶钻石眼睛。

[①] 洛丽塔·琳恩：美国传奇乡村歌后。

"为什么她的眼睛是红色的?"有一次我问他。

"因为所有女人的眼睛都是血红色的。"他说。

打火机的咔嗒声吓了菲雅一跳,她不唱了,抬起头来。当我看着利兰走向她时,我发现自己躲回了阴影中。

"别再划我一道口子了。"他对菲雅说,他拉起短袖,露出胳膊最上面的新伤口,"我没有绷带了。"

"利兰,现在不行。"她说,转过身背对着他,"我刚洗过澡。"

她急忙想把门关上,但是他抓住了门,把门打开了。

他眯着眼睛看着地上的什么东西。我自己看了看,但什么也没看见。

"我昨晚梦见你了,"他告诉她,"你洗了我的袜子,把它们晾在晾衣绳上。菲拉,这是不是一个奇怪的梦?"

他总是叫她菲拉,好像她的名字和她的灵魂一样拆散了。

"菲拉,你梦到过我吗?"

他把香烟递给她,她垂着头接过去。

"菲拉?"

他的声音很柔和,就像清晨的第一缕阳光。

她把香烟放在嘴里太久,以至于她看起来比十九岁要老。

"我曾经梦见你有一百万只眼睛,但没有一只在看我,"她吐出一口烟说,"我喜欢那个梦。"

他看了她一眼,然后从她嘴里夺走香烟,用靴跟把它踩碎。当他抓住她的脖子时,她能做的只是喘了一口气。

"菲拉,那天你为什么跟踪我到树林里?"

"我想看看你在做什么。"

"你会告诉别人你看到了什么吗?"

她没有回答,于是他摇晃她,又问她是否会说出来。

"我会,"她说,"你真恶心,你对我的鹰——"

他把她扔回座位上。当她踹他的手时,她的日记掉在了卡车的地板上,他的手正在迅速地解开他的裤子。

"我会尖叫的,"她说,"如果你不马上离开,我对天发誓,我会尖叫的。"

"不,你不会的。"他笑了。

她的眼泪似乎在脸颊上滚动,她眯起眼睛看着他,我以为她的脸会从眉心裂开。

"我恨你。"她一遍又一遍地扇他耳光,"我恨你。"

"我也恨你。"

他把她的右腿推到他的一侧,把她的左腿推到另一侧。他把她拉得更近,把她的裙子全部掀开了。她想反抗,于是他扇了她的脸,然后把自己的身体压在她的身上。他一把抓住她的长发,缠在驾驶座侧窗的把手上,直到她的头动弹不得。

"你不知道我在路上有多想你。"他舔着嘴唇,把牛仔裤往下拉,让它滑落到靴子周围。然后他不断地涌动,腿后面的肌肉在颤抖。

"求你了,"菲雅说,"停下。"

她的头向前一倾,绑在把手上的头发绷得更紧了。

"贝蒂是故意的,爸爸,我知道。"弗洛茜的声音飘进了谷仓。

利兰停下来,用手捂住菲雅的嘴。

"你敢出声。"他低声对她说。

弗洛茜说得很急,一刻也不停,她的声音越来越近。

"总有一天,你会发现我死了。"弗洛茜说,"贝蒂会因为嫉妒而杀了我的。"

"那只是个意外,弗洛茜。"父亲的声音跟随她的声音,直到他们都消失在远方。

我回头看了看利兰和菲雅,她的眼睛从来没有离开过他。

我张开嘴，正要喊父亲回来，但是我想起了母亲告诉我的，她在阁楼上看到她哥哥的那个故事。我知道我的父亲不会像拉克外公那样。但是，如果他对利兰什么也没做，只是让菲雅一页一页地吃《圣经》呢？如果所有人都说这不是利兰的错，而是菲雅的错呢？

尽管菲雅没有做错任何事，但我还是被利兰不会受到惩罚的可能性吓坏了。这种恐惧让我沉默。

利兰又等了一会儿，确定弗洛茜和父亲不会回来了，他把手从菲雅的嘴上拿开。

"我就知道你不敢叫。"他咧嘴笑着说。

她闭上眼睛，一动不动地躺着，而他继续做刚才做的事。

"不，夫人，我没有地方可去。"她轻轻地唱，痛苦扭曲了她的脸。

我把指甲抠进头皮，倒在墙上。我当时太小了，只有九岁。而我已经飘浮于世界之上，看着父亲毁掉自己的女儿，兄弟毁掉自己的姐妹。我想象着我埋葬在"遥远之地"的故事，关于母亲被强奸的故事正从坟墓中爬出来。就像母亲故事里床的嘎吱声，我能听到的只有卡车座椅的嘎吱声。为了想办法让它停下来，我从口袋里掏出笔记本和铅笔，我以最快的速度写着。

哥哥离开谷仓，他放过了妹妹。停止了，一切都停——

我把铅笔按得太用力，还没写完笔头就断了。我把铅笔扔到墙上，看着它滚到地板上的罐子旁，那个罐子里还有一只活着的蜜蜂。那只蜜蜂试图弄明白为什么它被困住了。我迅速爬过去，捡起罐子，打开盖子。在蜜蜂飞走之前，我抓住了它，使劲地捏着，直到我觉得手中全部都是它的刺。

第二十一章

"你将他们一同埋藏在尘土中,把他们的脸遮蔽在隐秘处。"
——《约伯记》40:13

菲雅会做蒲公英乳液,她会将它涂满全身。我总记得,她皮肤上的黄色惹人怜爱。我拿起蒲公英乳液,挤到我的头顶。黄色在我的黑发上,黄色在我的黑眉上。

所以,这就是金发的样子,我想着。我望向镜子,并不满意自己所看到的东西。那是我看见我的哥哥在谷仓强奸我的姐姐的第二天。

父亲正在厨房做李子罐头,用的是那种完整的、未切片的李子,接近黑色的李子。他做罐头的时候,总是露出梦幻般的神情。

"我妈妈最喜欢做的水果罐头就是李子罐头。"他说着,眼睛没有离开手头的工作。他把李子紧紧地压进罐子,但没有用力到弄破果皮。"夸——努——纳——斯——迪。"他小心翼翼地用切罗基语念李子。"夸——努——纳——斯——迪。"第二遍时,他唱了出来。"我妈妈教我的。"他自豪地说,"有一天,贝蒂,等你老了,这些李子会回到你身边。然后,你也会用它们做罐头,说着'夸——努——纳——斯——迪'。"

我没有回答,他抬起眼睛看着我。他眼睛里的梦幻在看到我发丝上干透的蒲公英乳液时消失了。

"你的头发上怎么会有这个?"他问,"你的眼睛为什么这么红?你哭过吗?"

"我是金发了。"我像弗洛茜会做的那样在他面前旋转,"你不喜欢吗?"

"你希望自己是金发吗，小印第安人？"他的手指被染成了紫色。

"也许那时候大家就不会再问我是不是涂了油，也许那时候他们就不会叫我——"

"别说出来，贝蒂。"

他的手里还拿着一颗李子，他伸手抓住我的肩膀。他紧紧地抓着我，熟透的李子挤在他的手掌和我之间。当他摇晃我，要求我永远不要像他们那样称呼自己时，我看见李子黏稠的果肉喷溅出来，汁液淌进我的袖子里。

"你听明白了吗？"他似乎喘不上气了，似乎我们中间有百万英里的距离需要拉近。

"你没必要为了这个把我的骨头压碎。"我摇晃着肩膀，挣脱了他的手。我又加了一句我母亲常会说的"耶稣的血啊"。

"我要听你说，你永远也不会像他们那样称呼自己。"父亲再次用力抓住我的肩膀。他手中的李子不再是完整的了，现在只是夹在我们之间的一个被压扁了的东西。

"好吧，我不会。你弄疼我了，爸爸。"

"对不起。"他放开了我，"我只是——"他举起双臂，"没有了你的黑发，你会是谁？你的眼睛，你的皮肤。你不会是我的小印第安人了。"

"天啊，没什么大不了的好吗？我会把蒲公英乳液洗掉的。"

我努力让眼泪留在眼睑后面。

"再说了，"我又说，"生气的应该是菲雅，不是你。"

"她为什么要生气？"他问。

"因为她所有的蒲公英乳液都在我的头发上。"我说道。我的内疚像一只被困住的苍蝇一样在喉咙里盘旋。"她得等到明年春天，才会有足够的蒲公英花做乳液。"

"贝蒂，你为什么要把她的乳液像这样用光？"

"每个人都在欺负菲雅，"我用拳头抹去眼泪，"凭什么我不行？"

我抓起一个空罐子，跑出了后门，跑到"遥远之地"。我爬到舞台底下，从口袋里掏出一支笔和几张白纸。我在写利兰在谷仓对菲雅做的事时，一根小树枝扎到了我的胸口。纸下凹凸不平的地面使我的字迹晃动、歪斜，但我想，这正是我所看待的世界。

给最后一句话画上句号后，我挖了一个洞，把故事装进了罐子里。我朝罐子里说着李子的切罗基语，在这个词有机会逃离之前，我把盖子死死拧紧。然后，我把菲雅的故事埋在了母亲的故事的旁边。

从舞台底下爬出来时，我盯着谷仓。所有的记忆都涌上心头，菲雅头顶的头发缠住的样子，利兰在最后咕哝的样子。我捂住耳朵，但声音还在那里。我不得不开始移动，因为我害怕如果我再站着不动，我就会崩溃。我开始奔跑，跑过树林里长刺的灌木丛和荆棘，细细的枝条划伤了我的腿。一只鸟在头顶上尖啸。我跑得更快了，我想起了老鹰。那时，我明白了菲雅祷文的意思。这个醒悟像是一个实体，在我的脖颈后面喘着粗气。她究竟写了多少祷文，乞求从他身边解脱？

前方是悬崖。在这儿，光明和树枝开始成形，直到菲雅出现在那里，像是飘浮在空中。她轻飘飘的，她的长裙飘动着，遮住了她的脚。她对我伸出手，我跑得更快了。她的肩膀环绕着一圈光。

"菲雅。"

我张开双臂，跳下悬崖，想抓住我的姐姐。她在被我抓住之前就消失了，任我独身从空中坠落，我的身体融化成水花，然后沉入悬崖下的河水之中。

我在棕色的河水里闭上眼睛，乳液被洗掉了，我让河水将我带向更深、更深的地方。当我的肺仿佛要炸裂的时候，我才踢了一下河床，向水面冲去。

"贝蒂，是你吗？"

我转过身，看见利兰在河边钓鱼。

"别游到我的鱼钩上。"他说。

他没有拿钓竿。钓竿在他的旁边,支在一块石头上。他躺在石头旁边,没穿上衣,有着二十四岁的人那样精瘦而强壮的身体。

"我以为你要走了。"我问他。

"怎么这种语气,贝蒂宝贝?你知道我还要在这儿待几天。"

他看了看水面,又抬头看了看烈日。

"我也许会进来泡一泡,"他说,"反正今天也钓不到鱼。"

他在站起来前解开了他的裤子。

"别进来,"我告诉他,"我看到一个老婆婆在上游的河岸给她的黑猫洗澡。河水今天被施了巫术,利兰。"

"那你为什么在里面游泳?"

"我已经是一个女巫了,弗洛茜没告诉你吗?我的名字不会在热锅里烧起来。"

我希望这会吓得他不敢和我一起下水,但他还是脱得只剩下内裤,跳入了河水中,溅起一大片水花。他浮出水面时,就在我的身边。自从他开卡车以后,他闻起来就像炽热的皮革和金属虹吸管。我甚至在河水里都能闻到这股味道。

我正要游开,但他抓住了我的胳膊。

"小贝蒂,你为什么那样皱眉?"他问,"看上去就像一片该死的卷心菜叶。"

他把我抛到空中。

"住手,利兰。"我蹬着腿,希望能踢到他,"别碰我。"

他把我浸入水中,他抓得很紧,我被水呛到了。

"对不起,贝蒂。"他拍了拍我的背,"呼吸,快呼吸。"他更用力地捶我的背。

"我说了别碰我,利兰。"

我不会允许自己在他面前哭,即使我能感觉到泪水想要涌出来。他想靠得更近时,我拼命推他。他看着我,好像要偷走我所有的牙齿。

"来吧,小贝蒂。"他在水下用力抓着我的手,把我拽向岸边,"我们在一起的时间太少了。"

他把我拉出水面,扔到沙滩上。当我试图逃走时,他强迫我坐在他身边。

"现在,我们会坐在这里,贝蒂。我说我们会一起坐在这里。"

他用胳膊箍住我的肚子,把我搂在他湿漉漉的胸前。我设法挣脱,但他抓住我的脚踝,把我往下拉,我还没反应过来,他就压在我的身上了,把我的双手钉在我的头顶。他炽热的呼吸和他下巴的水滴落在我的嘴巴里。

"贝蒂,你这是怎么了?"

他紧紧捏住我的手腕。他的身体是那么沉重,我以为我会窒息。

"别伤害我,利兰。"

令我诧异的是,他的眼神变得柔和起来。

"我只是想让你陪我坐一会儿,"他说,"我们只是不了解对方而已。"

他坐了回去,双臂交叉放在膝盖上。他的双手轻轻地晃动着,就好像他不过是一个在寒冷的早晨没有穿袜子的邋遢汉。尽管他已经堕入地狱,但他仍然看起来像是那个帮我搅拌燕麦粥里的肉桂的好兄长。他没有教唆苍蝇去糟蹋蜂蜜,也没有破坏摇篮上的天花板,他的灵魂并没有跌入满是号叫的黑暗之中。然而,就在前一天,我还看着他生生撕开了我的姐姐。

我坐在他身旁。河岸粗糙的沙砾嵌在我湿漉漉的衣服上,衣服贴在我的身上,让我感觉自己是赤裸的。我注意到利兰似乎在打量我身体的每一寸,我把胳膊抱在胸前。我能听见自己的心跳声,我在想他是否也能听到。

他转过身去,看一只蜜蜂在加拿大飞蓬之间飞来飞去。

"菲拉对蜜蜂过敏。"他说,"我救过她的命,那时一只蜜蜂落在她的后颈上。她以为是某种可以打的东西,像苍蝇或者蚊子。我及时阻止了她。

如果她打中了蜜蜂,它的刺会扎进她的手掌。你记住了,贝蒂,我救过一个对蜜蜂过敏的女孩的命。"

他几乎是孩子气地说出了这句话,他盯着我的眼睛,我也盯着他的眼睛。我知道我对利兰的记忆将永远会是他做过的坏事。但看着他坐在这里,我想,为了自己,我需要留存一点点善良,像记住太阳照耀在他湿漉漉的金发上的样子,或者是记住他眯眼时眼睑遮住左眼的样子。可对于我已经开始憎恨的哥哥,我还能留存些什么呢?

"答应我,利兰。"我说,"答应我,你永远不会救我。"

我站起来,尽可能快地逃走了。有那么一会儿,我以为我在身后听见了他的脚步声,但我不敢回头。

当我推开纱门时,我的每一丝冲动都想喊出利兰做的事,但我发现菲雅和父亲坐在桌子旁。他们在装剩下的李子罐头。

"你来了,小贝蒂,"菲雅说,"你湿透了。"她看着我身上的水滴在地板上。

"菲雅?你剪头了?"我慢慢向她走去。

"我看上去很糟吗?"她抚摸她的头发,她的头发都只有拇指长了。

"不,"父亲马上说,"只是习惯了你留长发的样子,只是惊讶而已。你看上去真的很好。"

"你为什么要剪头,菲雅?"我问。

"我想改变一下,"她的眼睛从父亲瞥向我,"而且我觉得自己在夏天也会凉快一些。"

"我讨厌这样。"我拿起一罐李子,砸到墙上。玻璃碎片散落在地板上。

"贝蒂,"父亲说,"住手。"

我扔了一罐又一罐,李子和它们甜甜的汁水洒了一地。

"求你了,贝蒂,"菲雅盯着那些李子尖叫,"住手。"

听到她说"住手",我想起了她对利兰说这句话的样子。我不想像他那样继续下去。我放下了最后一罐李子,泪流满面,推开菲雅。我飞快地冲上台阶,跑进了楼上的浴室。

我倒光了垃圾桶,只找到了用过的纸巾和棉签。我跑过走廊,来到菲雅的卧室,迅速把她的垃圾桶倒在地上。在包起来的纸巾里,我找到了她美丽的长发。我跪下来,把浅棕色的头发拢在胸前。

"贝蒂?"菲雅出现在门口,"你还好吗?"她在我身边跪了下来,"我又没有剪你的头发。"她用手指爱抚我的头发,"你为什么这么关心我的头发?"

"因为你的头发就是你,"我擦了擦眼睛,"而你就这么把它们剪下来扔了。"

"你说得对,"她说,"我不应该扔掉它们。我们可以把它们放到外面的树林里,这样鸟儿就能捡它们来筑巢了。好了嘛。这主意不错吧?别哭了。"

她把我拉到她身边。以前,我会感受到她的长发贴着我的脸颊。现在,只剩她冰冷的棉布衣服。我开始唱一首我们在菜园里唱过的歌。

"啦,啦,啦,啦,我的花生,啦,啦,你难道长得不好吗?啦,啦,啦,啦。"

"你在干什么,贝蒂?"她问。

"像我们对植物那样唱歌,"我说,"这样你的头发就会长回来了。"

"我不想让它长回来。"她僵住了,"它总是缠在东西上。"

她的头发缠在卡车窗户把手上的画面闪现在我的脑海。我立刻丢掉了那一堆头发,抱住了她。

"这才是我的好姑娘。"她说,"我还是我,我没有舍弃自己。我就在这里。"

"对不起,菲雅。"

"对不起什么?我的头发?不用对此感到抱歉。"她看着我头发上的水滴下形成的积水,"贝蒂,你去河里游泳了吗?"

我点点头,靠在她的胸口抽鼻子。

"这么热的天气,在水里游泳很舒服吧,不是吗?"她把手放在我的头上。

我又点了点头,玩弄她裙子上的纽扣。

"我总以为你还像小婴儿那么小。"她试图把我抱到她的大腿上,但我坐不上去,"我不得不提醒自己,你已经长大了。"

"我不是故意的,"我说道,然后决定告诉她我在河边见过利兰,"他说他救了你,"我抬头看着她的脸,"从一只蜜蜂手中。"

她眯起眼睛,好像在试图适应远处的某样东西。

"那只是他喜欢讲的一个故事。"她说,"男孩就是这样,总是假装他们在拯救女孩。他们似乎永远都意识不到,我们可以拯救自己。"

第二十二章

"无论贵贱贫富,你们都当侧耳聆听。"
——《诗篇》49:2

治疗失声的方法:采摘小橡子、山茱萸树皮,以及一些药西瓜。别忘了樱桃树皮,贝蒂。煮了它们,喝下去。抹一些在喉咙上,就像父亲对我做的那样。他的手按在我的脖子上,说:"我们会找回你的声音,贝蒂。"

但我并没有失声,它就在我的脑海里,绕着火焰旋转,准备挖出利兰的灵魂。

"感觉好点儿了吗?"父亲问,用他的手摩挲着我的喉咙,我只是点了点头。那是那年八月底,利兰已经远在加利福尼亚州。他从河边回来的那天就离开了。

我通过观察菲雅重新长出的头发,计算着那件事过去的时间。她的头发永远不会比她的小指更长了。这是她测试过的长度,确保头发永远不会长到足以压倒她。等到开学的时候,我已经习惯了她短发的模样,仿佛长发的菲雅像是某个走出前门,再也没有回来的人。

我憎恨在这样的夏天结束后必须去上学,憎恨我必须面对露西丝和她所有的朋友。我升到三年级了,一个新的学期同时也意味着一个新的老师——胡克夫人。午餐前,她把我叫到她的讲桌前,把我的耻辱丢在我的手里——两枚绿色代币,一枚用来买一盒牛奶,另一枚用来买一碟食物。这些代币是为低收入家庭服务的学校项目之一,也是学校义务提供免费午餐的一部分。

胡克夫人在名单上写下我的名字时,我迅速把代币丢进口袋。我垂着头回到座位上,经过露西丝时,她嘲笑说我真可怜。我看着她桌子上闪闪发亮的硬币。露西丝·赖伍德永远不会有代币,我好奇成为她会是什么感觉。

我们在食堂排队的时候,我等着让每个人都排在我的前面,这样我就能排在最后了。我从口袋里掏出代币,闻着土豆泥和肉汁的味道,它们都是我最喜欢的食物之一。

"贝蒂,为什么你爸爸不工作?"我前面的男孩转过头问我,"如果他工作,你就不需要这些代币了。他一定很懒吧。"

"她的爸爸是个巫医。"露西丝无意中听到了这句话,她没有错过这个机会,"他只收珠子。贝蒂,也许午餐只需要一颗珠子的话,你就能买得起了。"

我攥紧代币,把它们藏回口袋里。

"贝蒂,怎么了?"露西丝咂咂嘴,"忘了怎么说话了?"

"也许她现在只会发出噪声了,"她旁边的女孩附和说,"哦,哦,啊,啊。"她咕哝着,像是有只猴子挠她的腋下。

午餐老师站在附近。他上下打量了我一番,然后转过身去,和另一个老师说悄悄话。

我溜出队伍,走进了厕所,我待在隔间里,闻着我一直想吃的土豆泥的味道。

"请多加一勺肉汁。"我假装拿出一个托盘,"一个面包卷,一盒巧克力牛奶,一块巧克力曲奇。不如再给我来点儿美味的沙拉吧。"我开始点菜单上没有的东西。

我把想象中的托盘放在大腿上,装作在吃东西。上课铃响,我放下双手,回到了教室。这一天终于结束后,我绕了远路回家。

父亲坐在前门廊雕刻一只乌龟。给我父亲一把小刀和一块木头,他就能将木头变成美丽的东西。我们的房子到处都有他的作品,从在架子上休息的牛蛙到架子两侧的书立。他也创造了很多奇妙的作品,从美人鱼到蕴含着龙之怒的小方块。他雕刻的许多东西都是在和我们分享这个世界上的生物,比如他挂在每扇窗户上的麻雀雕塑。

"麻雀是妈妈的眼睛。"他把它们挂起来的时候说,"它们会守护我们的家园,一旦有危险的迹象,一旦有霜冻的迹象,它们就会拍打翅膀。"

还有一些更宏伟的雕塑,比如那棵手帕树,它几乎有林特那么高,弯曲的树枝上挂着一块破旧的佩斯利花纹手帕的碎片。还有他诠释的渡过洪水的挪亚方舟,方舟里有父亲能想到的所有成对的动物。

他所有的作品之中,我最喜欢的是他挂在墙上的浮雕。他会从树桩上切下一层有厚度的木头片。在这片薄片上,他雕刻着画面——一幅是林荫巷,还有一幅是一座远处的山丘。它们是如此逼真,你甚至可以听见蟋蟀在高高的草丛里鸣叫,乌鸦在高高的头顶上唱歌。

挂在我的卧室墙上的是一幅三个女孩乘着独木舟在呼吸河上顺流而下玩耍的浮雕。每个女孩的大腿上都放着一个篮子。

"她们是三姐妹。"父亲曾说,"在不同的土著部落中,三姐妹代表三种最重要的作物——玉米、豆子和南瓜。这些庄稼像姐妹一样生长在一起。长姐是玉米,她长得最高,支撑着妹妹们的藤蔓。二姐是豆子,她给土壤提供氮和营养,让她的姐妹长得既坚韧又强壮。小妹是南瓜,她是姐姐们的保护者。她伸展她的叶子遮蔽大地,驱除杂草。正是南瓜的藤蔓让三姐妹缠绕在一起,这种纽带是最牢固的。这就是为什么即使在瓦康达死后,我就知道我会有三个女儿。菲雅是玉米,弗洛茜是豆子,而你,贝蒂,是南瓜。你必须保护你的姐姐们,就像南瓜保护玉米和豆子一样。"

父亲给菲雅雕刻了一根小玉米穗,给弗洛茜雕刻了一颗小豆荚,而我得到了一个憩在自己叶子上的南瓜。他给每一件雕刻都上了色,菲雅的玉米穗是亮黄色,弗洛茜的豆子是浅绿色,我的橙色南瓜依偎在深绿色的叶子上。他把每个雕塑都穿在了他从菜园收获的切罗基玉米珠子做的项链上。

父亲用更多的珠子给他和母亲各做了一条项链。他们的吊坠是他雕刻的一颗苹果，比他的掌心还要小。他把苹果涂成红色，切成两半，连茎也切成了两半。在每瓣苹果里，他都画上了白色的果肉和黑色的籽。

"这是你在我们初遇的时候吃的苹果。"这是父亲第一次给母亲看项链的时候，对她说的话。他已经戴上了自己的，也想要为她戴上。

母亲刚感受到雕塑触碰到自己的肌肤，便把苹果拿在手上，然后说道："先是半根巧克力棒，现在又是半个苹果。一个女人要怎么才能在这个该死的世界上感受到完整呢？"

"半根巧克力棒？"父亲问。

母亲没有回答，只是盯着苹果，引用了《圣经》的诗句："以苹果畅快我的心，因我为爱而生病。"

她每天都戴着那条项链。如果半个苹果落进了她的衣领里，她会把它拿出来放在胸前，让所有人都能看到。

父亲非常擅长雕刻木头，我能花上好几个小时看他雕刻。自从我打碎那些李子罐头后，父亲又拾起了他的雕刻。我想这对他来说是一种安慰——能够握住木头，如此清晰地雕刻，让它成为你想让它成为的东西。也许这就是为什么我在看他雕刻时也找到了喘息的机会，我知道他永远不会雕刻出像利兰做出的事那样可怕的东西。

我坐在父亲旁边的摇椅上，看他雕刻一只几乎和他大腿一样大的海龟。海龟的背上是纵横交错的线条，来回于丘陵、山峦和树木之间。当他凿刻出一个峡谷时，我把脚抬起来，搁在了前面的柱子上。我的脚曾经和柱子底座一样长，但是现在，我的脚趾已经长到超出了底座的边缘。我把脚放低，甚至想藏在摇椅下面。

"看到这些了吗？"父亲举起海龟，指着龟壳上的地形，"这是天堂的地图，它存在于一只海龟的背上。"

相比起海龟和地图，我更希望父亲能给我们足够的钱，让我们给自己买一段没有暴行的过去：一个女儿不需要在卧室害怕她的父亲的世界，一个姐妹不需要担心她的兄弟逼近的世界。要是我们可以把自己从拉克外公和利兰的世界买走就好了。

"能给我点儿钱吗？"我的声音沙哑。

"几个星期以来你第一次说话，你就想说这个？"

"爸爸，你难道从来没有希望过自己很有钱吗？那样的话，你的名字就永远不会出现在代币名单上，你可以买到世界上的任何东西。"

"任何东西？"父亲放慢了雕刻的速度，"我不知道我是否需要。"

"每个人都需要，爸爸。"

他吹落刀上的木屑，然后说："你知道吗，这只海龟就像一座岛屿，矗立在广阔而神奇的大海上。"

"爸爸，我在跟你讲一件重要的事，真实的事。"

他在海龟背上刻了一条河，然后说道："今晚会下雨，小印第安人。雨会下得很大，大地也会湿透。到那时，我希望和你在垂柳下相见。"

我知道父亲不会再说什么了，我撕下他的天堂地图，前往"遥远之地"写作。

很久很久以前，有个女孩非常富有，可以买到世界上所有的幸福。

没过多久，我就被打在身上的雨唤醒。天很黑，我的故事已经被冲走了。我把它留在水坑里，跳下了舞台。

我艰难跋涉到林荫巷路牌旁的垂柳前，感觉像是遇上了洪水。我拨开柳条，走到它的枝条下。

突然，一只手抓住了我的肩膀。我的整个身子都被锁住了。我的第一个念头是利兰回来了，尾随着我，现在要一点一点地把我和雨一起埋葬。

我慢慢地转过身，遮挡射到眼睛里的强光。

"对不起。"父亲说。

他戴着他那顶旧矿工帽。他挪开光,让光照在垂柳的树干上。

"小印第安人,当你看着这棵垂柳的时候,你看到了什么?"

"树皮和雨。"我盯着发光的树干说。

"你没看见那些钻石吗?"他问。

"没有钻石,爸爸。"

"再看一遍。你没看见那些闪耀的光点吗?你没看见那些光芒吗?"

我看到雨水滴落在树皮的沟槽和树脊上,我看到垂柳反射着父亲帽子上的光。

"世界曾经非常潮湿,"他说,"雨没日没夜地下着。水坑变成了湖泊,湖泊变成了河流,河流变成了海洋,海洋变成了洪水。雨水是一个女人的眼泪,她不停地为她死去的孩子哭泣。她的眼泪从她身上涌出,直到整个大地都被吞没。唯一的出行方式是乘船,但到了晚上就很难看清了。那时还没有手电筒和灯笼,火把只能照亮面前的路。所以船只失事,人们溺亡。

"人们责怪树木,说它们是女巫变的,故意用树枝网勒住月亮的光辉。于是,这些人怒不可遏,重重地挥舞着斧头和锯子。水花四溅,桃花心木、山胡桃木、松树和无花果树纷纷倒下。任何有树皮或者树枝的东西都会被送进坟墓。那些人说他们这么做是为了让水路在晚上更安全,但那是一场大屠杀。年迈的树、年幼的树,都被砍倒,在水中腐烂,仿佛它们的生命一文不值。当人类砍伐树木,用木材建造房屋,或者把芯材变成纸张,供讲故事的人和诗人写作时,树木理解了人类。在这样做的过程中,树木为了一个目的献出自己的生命。而现在已经没有目的了,人类只是在赶走它们。所以,为了保护自己,树木决定唤醒它们的守护神。每棵树都有一位守护神、一个精灵,它藏在树木里,直到被需要时醒来。"

父亲把手伸进口袋,掏出一个小小的有翅膀的女孩雕像。我知道他一定是在下午等雨的时候雕刻的,那个女孩的脸是我的模样。我朝父亲微笑,因为他为我雕刻了翅膀,告诉我树木守护神是如何飞向那些拿着锯子和斧头的人的。

"守护神们恳求那些人不要再砍树了,"他说,"但是那些人声称树木必须被砍倒。然后,守护神们看到钻石在船上的桶里闪闪发光。守护神们对那些人说:'如果你们把钻石给我们,我们就可以做些什么,以防止你们的船撞上树。'

"'但是我们的钻石使我们富有,'那些人回答说,'没有钻石,我们会变得贫穷。'

"守护神们告诉他们,他们是愚蠢的。

"'是你的生活使你富有,'守护神们坚持说,'是你爱的人和那些也爱你的人使你富有。'

"人们知晓了守护神的智慧,把钻石给了她们。守护神飞到每棵树上,把钻石放进树皮里。钻石闪闪发光,像明亮的灯,人们可以用它们在黑暗中找到路。"

我看着雨水在垂柳根部汇成一个大水坑。

"洪水怎么样了?"我问。

"给予光明之后,"父亲说,"守护神们飞到那个哭泣的女人身边。她们要求她停下来。

"'我会永远哭泣,'女人说,'这样世界会永远记住我为谁而哭。'

"守护神们告诉她,她们可以让世界永远不会忘记这一点。

"'我们会把你变成一棵树,'她们向她提议,'你的树枝会低低地垂着,拖曳在大地上。你会结出白色的种子,这些种子会被风吹到所有的土地,播种更多的你和你的哭声。你会永远哀悼你的孩子。'

"这就是她的所愿,所以那个女人允许她们把她变成了树,她就是我们现在都知道的哭泣的垂柳。"

我走近这棵树,发现树皮上刻着我们每个人的名字。

"我们刚搬来的时候,我刻下了这些名字。"父亲用手指抚摸我名字的凹槽，"每当我觉得自己一无所有的时候，我就在雨天来到这里，看看我的钻石。你问我，我是否希望自己是一个有钱人。贝蒂，我并不是一个穷人。我有这么多钻石，怎么会是穷人呢？你也不穷，小印第安人。这和那些船上的人学到的东西是一样的。即使我们的口袋里没有一分钱，我们也拥有整个世界的财富。"

他把雕好的守护神递给我。

"愿她保护你，不让那些威胁要杀死你的人伤害你。"他说。

"她可以保护任何人吗？"我仰望他的脸。

"任何在这个世界上需要保护的人。"

父亲问我那么着急要去哪里，我没有停下来回答，就跑回家去了。

雨水从我身上滴落到地板上。我走进屋子，上了楼。我看到菲雅的卧室里有光。作为三姐妹中最小的，我是南瓜，是那个应该张开叶子保护姐姐的人。现在我有了可以帮助我做到这一点的东西。

我静静地站在菲雅敞开的门口。她倚在窗台上，凝望着夜空。

"菲雅？"

"好冷，贝蒂。"她搓了搓胳膊，"夏天马上就结束了，接着是秋天，然后是冬天。四季来去得那么快，像向日葵花田里的电锯。"

她转过身，指着床，床上放着一张唱片。

"我在木吉玩具店外面的投币亭里录的，"她看着那张唱片说，"我不知道我为什么要这么做。我们甚至都没有唱机，这就是一首愚蠢的歌。"

我走进房间。

"我有东西要给你，菲雅。"我摊开手，露出躺在手心的守护神。

"她会保护你的。"

我甚至没有意识到自己哭了，直到菲雅问我为什么哭。

"因为我爱你，菲雅。"我擦干眼泪。

"好吧，天啊，我知道。没什么好哭的。"

她从我手中接过守护神。她盯着它看了一会儿，然后把它放在了旁边的桌子上。当她用柔软的胳膊搂住我的时候，我用鼻子蹭了蹭她的衬衫，闻到她轻柔的胭脂味。

"菲雅，你爱我吗？"我问。

"永远。"她把我搂得更紧了，"贝蒂，为什么我见到你的时候，你总是湿漉漉的？从河里。从雨里——"

"你爱利兰吗？"

她为我这出乎意料的问题愣了一下。

"有时候他糟糕透了，"她说，"但他仍旧是我的哥哥。"

"即使他伤害你？"

"他没有伤害我。"

"那天我在谷仓……我看见他——"

"你知道什么？"她把我拉到她面前。

"我知道他——"

她的耳光刺痛了我的脸，我能感觉到她的每根手指。

"你知道什么，贝蒂？"她的声音吓到我了。

"我知道他——"

她的手狠狠地扇在我脸上，我从来不知道她的力气这么大。

"你知道什么？"她又问了一遍。菲雅咬紧牙关，扬起的手在等着打醒我的脑袋。

"没什么，"我抚摸脸上的疼痛，"我什么都不知道。"

"你什么都不知道，因为什么都没发生。"她说着，走到房间远远的角落里。在那儿，她把脸埋了起来。"那种事绝不会发生在我身上。你让我恶心，贝蒂。你怎么能认为我会做那种事？他是我的哥哥。"她转向我，"你没跟任何人说，是不是？你当然说了，你什么都说。树皮的事你就出卖了我。"

"我必须这么做,你快死了。"

"那又怎样?"

"我不希望你死。"

"这由不得你来决定,贝蒂。"她绞紧双手,"你告诉任何人你自以为在谷仓看到的事了吗?"

我摇头。

"好吧,"她说,"如果你敢说你在脑子里编造的我和利兰的事,我对天发誓,贝蒂,我永远不会原谅你。"

"但是,菲雅——"

"我会自杀,而这都是你的错,贝蒂。这和你亲手杀了我没有区别,你能怀着这样的心事活下去吗?"

她把手伸进她梳妆台的抽屉,取出那块仍旧裹在手帕里的树皮。

"相信你的姐姐,贝蒂,"她看着树皮说,"我知道鬼魂都是怎么造出来的。"

呼吸镇报

失踪的鸡

昨天晚上,警长办公室被枪击的报告淹没了。今天早上,一家家禽养殖场的鸡被报失踪。到达现场后,警长说在地上发现了散落的羽毛。有些羽毛看起来好像来自不同的物种,比如老鹰和夜鹰。

"奇怪的是,这些羽毛是排列在地上的。"养禽户评论道。当被问及这些羽毛是如何排列的时候,养禽户说:"见鬼,它们看起来就像他们的头饰一样。你知道,印第安人在西部片里戴的那种。"

目前还不清楚失踪的鸡是否与枪击案有关。

到目前为止,还没有其他财产损失的报告,尽管六十七岁的威尔玛·斯威特弗斯太太表示,她房子前的鲜花被踩踏了。她自己的鞋底上有花瓣,但她认为枪手应该对此负责。

三

我也是

1964—1966

第二十三章

"你出也受咒诅，入也受咒诅。"

——《申命记》28:19

我永远都会记得一九六四年，菲雅离开的那一年。她一直等到三月，那时水仙花在井边盛开。她收拾行李准备离开时，我倚在她的门框上。

"如果你走了，菲雅，我和弗洛茜怎么办？我们不能和你说晚安了。"

她拿起她从拉德医生那里回来时我给她的罐子，晚安纸条还在里面。

"装上新的晚安。"她说着，把罐子递给我，"我会留好我对你和弗洛茜说的晚安。然后，当我们再次相见时，我们就分享这些纸条，这样便知道我们一直思念着彼此。"

我抬起头对她笑了。

"我会想……想……想你的，菲雅。"林特跑了进来。

"我不会走远的，"她告诉他，"我会每天都来看你的。你来餐馆的时候，我会给你奶昔。"

他开始扯他的鼻子。

"只要你不再扯你的鼻子、耳朵和头发。"她温柔地握住他的手，"你在扯所有美好的东西，你不知道吗？"

她低头望着他的脚。

"还有，你要穿好鞋子。"她说，"你的脚还是那么柔软，你需要保护它们。就连贝蒂都会偶尔穿鞋，但你永远不愿意穿。"

"我不想……想……想把我的脚关起来，好像它们做了什么坏事。"

他说。

"好了,过来,林特。"母亲站在门口,她手里拿着一块石头。他跑到她跟前,高兴地接过石头。他们一起走过走廊,我可以听见母亲在告诉林特厨房里有一些梨子。

我转向菲雅,看着她收拾剩下的行李。她要搬进去的公寓位于蒲公英一角币的上面,她在那里打工。蒲公英一角币是镇上的一家餐馆。那里的一切都是黄色的,包括菲雅的制服、帽子和鞋。所有的女服务员必须穿餐馆发给她们的黄色袜子,上面缀着透明的褶边,会在她们走路的时候弹起来。褶边让她们的腿看起来像不到六岁的小女孩。

早在餐馆刚落成的时候,创始人承认蒲公英等于一角硬币。创始人家族在她去世后延续了这个规定。你会看到人们把蒲公英放在手提包和钱包里,从顾客手中传递给服务员,或者留在桌子上作为小费。收银机里甚至还有蒲公英,仿佛它们和旁边的钞票一样值钱。

菲雅会把许多蒲公英带回她的公寓,制成蒲公英乳液。我怀念她在家里制作这种乳液的日子,看着她把蒲公英花放在厨房的台子上晾干,其中有一些还会结籽。我和菲雅会偷偷地把籽吹进厨房的缝隙里,然后收集我们所有的宽口瓶,把剩下的花浸在油里。我们把罐子放在窗台上,在阳光下晒暖。阳光照进油中,仿佛地球上的每一个夏天就在此处,就在我们之间。

菲雅走后,我们的窗台上就再也不会有这些罐子了。她开始在自己的公寓里制作乳液。她离开了家,带走了所有的蒲公英。

崔斯汀搬进了菲雅以前的卧室。弗洛茜起初会抱怨,但她知道崔斯汀需要一个独立于林特的空间。

菲雅走了,家里明显空了一些。母亲试图通过收集她在旧货市场上花几枚硬币买来的彩虹玻璃器皿来填补这个空缺。她把玻璃器皿放在房间里,好像这便意味着满屋子都是人。她也开始做其他的事情,比如给我铺床和梳头。

她会坐在后门廊的台阶上，而我坐在她的两腿之间，她赤裸的双脚放在我的两边。尽管她穿着高跟鞋响亮地在地板上走来走去，但我记得母亲光脚走在地上时似乎是最危险的。她是那种穿着高跟鞋走在油毡上，却赤脚走在碎石上的女人。

在给我梳头的时候，母亲要么说话，要么沉默，无论是哪种情况都是绝对的。当她不说话的时候，她沉默得可能会让人崩溃。当她开口说话的时候，她说到的事情会突然给我一击，像是一拳打在我的肚子上。

"有一天我去大巴车站，"她一边说，一边用梳子给我梳头，"那是几年前的事了，我买了一张去新奥尔良的单程票。我不知道为什么是新奥尔良，也许这是那天最便宜的车票，我不记得了。我只记得我拿了一个棕色的袋子，里面装了一枚煮鸡蛋和一个烂苹果。为了坐到我的座位上，我不得不跨过过道上的呕吐物，地板上到处都是木屑。"

"木屑？"我看着一只小苍蝇掠过她涂红的脚指甲。

"耶稣的血啊，他们把木屑撒在呕吐物上，这样呕吐物就不会流到别处了。贝蒂，你已经十岁了，应该知道这些事。"

她放下梳子，开始用手指梳理我的头发。

"我坐在大巴上，"她说，"等待发车。等我抬起头，看见你的爸爸站在过道前面。车里坐满了人，我在最后面，所以他还没有看见我。司机向他要车票，你的爸爸没理他，所以司机开始推他下车。"

"滚出去。"她压低了自己的声音，就像司机那样。

"你的爸爸根本没有听。就在他挥拳的时候，他看到了坐在后窗的我。那一拳把司机打晕了。你的爸爸从他身上跨过去，笨拙地向我走来。他光着脚，只戴着一顶帽子，穿着一条内裤。我记得他流了好多汗，即使那是一月。"

她开始给我编法式辫子，把头发紧紧地扎在头顶上，令我疼得皱起眉头。

"他递给我一美元,"她说,"一张污秽的美元。

"'对不起,我只有这些。'他说,'但是当我看见你来这里时,我能卖的只有自己的衣服。这不会让你走得很远,但至少能离开这里。'

"他下车前,把他的阿帕奇之泪①丢给了我。"

她把手伸进她的胸罩,从里面掏出一个东西,她的拳头紧紧地攥着它。

"很久以前,"她说,"阿帕奇人②被美国骑兵偷袭了,阿帕奇女人的眼泪在她们手中变成了石头。"

母亲张开手指,露出一块光滑的黑石。

"我们经过亚利桑那州时,你的爸爸给我买了这个。"她说,"在你手上,它看上去不过是一块普通的黑色石头,但光线会改变它。"

她把黑石举到太阳底下。

"贝蒂,你看到了吗?"她问,"你是如何看待它的?他们说拥有阿帕奇之泪的人永远不会再哭泣,因为阿帕奇女人会替他们哭泣。"

她把石头丢回胸罩里,在手上吐了口唾沫,然后用手揉搓我的辫子。

"你的爸爸把阿帕奇之泪给我之后,"她继续说,"他站在路边,手是脏的,头发是乱的。

"'他真的爱你,'坐在我旁边的老婆婆说,'大伙儿说有人求你留下的时候是爱你,但有人让你走的时候,你才知道他是真的爱你。'

"贝蒂,你觉得是这样吗?那个老婆婆说的?"

"我觉得如果没有任何意义,她是不会说的。"我迅速回答。

我等着树林里的乌鸦停止啼叫,然后问她为什么没有走。

"你已经在大巴上了,"我说,"为什么你没有留在车上,去新奥尔

---

① 阿帕奇之泪:黑曜石的一种。
② 阿帕奇人是印第安部落中的一支。

良呢？"

她咬了咬自己的嘴唇，然后告诉我想象一张挂在晾衣绳上的床单。

"这张床单是违背自己的意愿被挂上去的，"她说，"不管它多么努力，都无法挣脱束缚它的晾衣夹。床单挂在那儿很多年，经过时间的摧折，床单的布料因季节的更迭而变得破旧不堪。印在床单上的花朵也褪色了。有一天，暴风雨如此猛烈，床单不知道自己能否幸存下来。

"又有一天，床单从晾衣夹里掉了下来。床单认为它可以独自活下去。然后，它在水坑里看到了自己的倒影，布料已经不再可爱，所有的破洞都在邀请寒冷穿过。床单意识到自己不过是另一件被抛弃在路边的东西，一件没有人会在乎的东西。但是，有晾衣夹把它固定在绳子上，床单可以高高地挂在地面上，假装它是特别的。尽管它会被囚禁在绳子上，永远不会获得完整的自由，但至少它的三个角可以按照它选择的姿态飘动。

"这对床单来说足够了，所以它任由自己被吹回到绳子上，被它的夹子挂起来。只有在一切皆有可能的好日子里，床单才会后悔自己的选择。等坏日子一来，床单会对被晾衣夹夹着感到非常欣喜。因为在这个世界上还有谁能像它一样紧紧地抱着自己呢？这张床单，这张，女人——女人——"她的声音低了下去，眼睛也跟着垂了下来，"女人也像是床单一样，这不好笑吗？我想这不过是另一种折磨女人而不受惩罚的办法罢了。"

她抬起眼睛，对着我的目光，然后问："贝蒂，你爱我吗？"

某个地方，一把电锯正在加速。但我沉默了。

"你知道，在某些文化中，沉默表示是。"她说，"但是在大部分文化中，沉默表示不。哦，贝蒂，你不爱我，我一点儿也不惊讶。"她把头贴在我的头上，"我一点儿也不惊讶，因为我的妈妈告诉我，我不会在这个世界上找到爱，这个世界也不会在我身上找到爱。"

第二十四章

"我们若说自己没有罪，就是欺骗自己。"
——《约翰一书》1:8

弗洛茜整个夏天都在演出戏剧。起初，她想在"遥远之地"演出。但后来，她认为自己更偏爱垂柳，因为她可以站在柳条下，假装她从舞台大幕后登场。

筹备新的演出时，她会用纸剪出一个个小长方形，在上面写着"看哪，世界上最好的演出之一"或者"接下来，由弗洛茜·卡彭特主演"。

在我帮她做这些门票时，她会背诵莎士比亚戏剧的台词。

"所有伟大的演员都是从莎士比亚开始的。"她在演出第一部戏剧《哈姆雷特》时说过。她饰演主角，也饰演配角。

那个周末是《罗密欧与朱丽叶》。我坐在卧室的地板上，在临时门票背面写下剧名，弗洛茜躺在床上，完善她垂死的朱丽叶。她把纤薄的围巾盖在灯罩上。

"为了营造气氛。"她说。在昏暗的灯光下，她的影子投射在墙上。

她手里拿着我们的梳子，不停地挥舞着。

"哦，快乐的匕首。"她用双手把梳子的柄刺向自己的胸膛。她倒下去，在床上翻滚，吐出一把酸樱桃，仿佛那是她的血。"哦，可怜我吧。因我就要死了。"她尝试模仿英国口音，痛苦地扭动着，发出咯血的声音。她的眼睛向上翻，梳子从她的手中滑落。

我咯咯笑了起来，然后意识到崔斯汀站在门口。

"弗洛茜犯什么病了？"他问。

"她死了。"我说。

弗洛茜微微睁开一只眼睛。当崔斯汀靠近时，她迅速把眼睛紧闭起来。

"我能看见你在呼吸，弗洛茜。"他说。

"你不能。"她猛地爬起来，跳到床上宣布道，"我演得就像尸体一样死了。"

崔斯汀捡起一颗酸樱桃，扔进了嘴里。弗洛茜还在喋喋不休地说她演死亡演得多么好，崔斯汀突然一手掐住他的喉咙，另一根手指着他张开的嘴巴。

"他噎住了。"我赶紧站起来，门票从我的大腿上滑落。

弗洛茜跳下床，使劲拍他的背。

"吐出来，笨蛋。"她更加用力地拍他。

我也拍他的背，但他栽倒在床上。他发出咯咯的声音，然后就瘫软了。他的口水被酸樱桃染红了，从他的嘴角淌下来。

"他死了，贝蒂。"弗洛茜吸了一口气。

"他没死。"我说，试图把崔斯汀拉起来。

"我们得用床单把他的尸体裹起来，不被人察觉地运到屋子外面去。"她的眼睛睁得特别圆，我以为它们会从她的脑袋里蹦出来，"我们把他埋在树林里，'玉米棒'的旁边。"

"'玉米棒'？"崔斯汀坐起来。

我和弗洛茜尖叫着往后跳。

"你这个浑蛋。"弗洛茜扯他的头发。

"哎哟，"他扇开她的手，"你们对'玉米棒'做了什么？"

"做了我们马上会对你做的事，松果尿。"弗洛茜猛地扑向他，但他迅速爬到了床上。她跟着爬上去追他，直到他们都摔下来，同时发出一声巨响。

241

"这回你不用再装死了，"弗洛茜站起来，准备挥拳，"我一定把你埋了。"

"救我，贝蒂。"崔斯汀爬到床底下。

"放过他，弗洛茜。"我试图挡住她的路。

崔斯汀冲进走廊，滑了一跤，撞到了墙上。弗洛茜差点儿就抓到他了，但我拽住了她的头发，让他有机会逃跑。

"你应该站在我这边的。"她推开我，怒气冲冲地回到我们的卧室。

我走进卧室，她躺在她的床上。她手上拿着梳子，在重新排演死亡场景。我坐在地板上，继续剪门票。我们很擅长继续之前放下的事情。

到了星期六，我和弗洛茜站在柳条后面，她排练着自己的台词。在短裤和背心外面，她穿了自己缝制的外衣。那是一条用母亲穿过的围裙拼成的长裙，上半身是用旧的水果印花桌布做的。

"我看上去很老派，你不觉得吗？"她问。

至于余下的戏服，弗洛茜把两块蕾丝桌巾缝在一起，为她的左手做了一只手套。她还有一个奶油色的灯罩。崔斯汀把剧中主要角色的脸都画在了灯罩的表面。当弗洛茜没有扮演罗密欧或朱丽叶的时候，她会把灯罩套在头上，让他们的脸对准她自己的脸，从而扮演剩下的角色。她会相应地压低或提高嗓音。

她正在练习，这时菲雅走进柳条，加入了我们。

"我这边的脸是朱丽叶。"弗洛茜把右脸转向菲雅和我。

她的右眼涂上了厚厚的睫毛膏，还慷慨地涂了腮红和口红。不仅如此，她还用眼线笔把眉毛涂黑了。

"这边是罗密欧。"她展示着自己朴实无华的眼睛。她的左脸没有腮红，半边嘴唇也没有口红。她还用发夹把头发往后夹了起来。

"希望我今天不会死，"弗洛茜说，"像朱丽叶那样。"

"你为什么这么说？"菲雅问。

"今天早上起床我就不舒服,我的肚子疼。"

"只是紧张。"菲雅告诉她。

我轻轻拨开几缕柳条,看到崔斯汀、林特和父亲端着一桶爆米花来了。即使演出是免费的,弗洛茜也分发了门票,但除了我们这些卡彭特,没有其他人来。这对弗洛茜来说无关紧要,她会像自己面对数百人一样表演。

"我准备好了。"她把双手放在胸前。"拉开大幕,拉幕人。"她用一种贵族的腔调说。

我和菲雅交换了一个眼神,我们把柳条拉开了,让弗洛茜出现在舞台上。父亲立刻鼓起掌来,男孩们则继续吃爆米花。当弗洛茜来到她的位置,我和菲雅让柳条荡回去,这样我们就可以坐在草地上了。

"我们的故事发生在美丽的维罗纳,有两家门第相当的贵族。"

弗洛茜毫无瑕疵地记住了开场,这出戏的中后部分才会给她带来麻烦。父亲把书放在大腿上,在她结巴的时候告诉她台词。即使如此,弗洛茜还是会经常编造台词。

"哦,罗密欧,你长得像詹姆斯·迪恩[①]。"她热情地亲吻自己的手,"哦,你的吻,罗密欧,尝起来像苏打水。"

当她继续和自己的手亲热时,林特和崔斯汀都发出了嘘声。

"可以了,弗洛茜。"父亲清了清嗓子,给了她下一句台词作为提示。

菲雅不能整场戏都待在这里,她必须回去上班。她离开以后,林特越来越难以保持原地不动。然后,他注意到他的短裤上有一些褶皱,所以他在剩下的时间用石头把它们熨平。崔斯汀开始在他随身带的纸上画画,用木炭笔捕捉弗洛茜在舞台上的样子。他用手指在纸上摩擦,给柳条更多动感。然后他靠过来,对我耳语道:"如果她划开自己的喉咙,我就鼓掌。"

"划开自己的喉咙?"我小声说。

---

① 詹姆斯·迪恩:美国著名男演员。

"不是，"他摇头，"我是说如果她不再演这蠢人。"

也许我听错了，但那只是因为弗洛茜开始用手指划自己的手腕。这让我想起了菲雅对我说的话。

"我会自杀，这都是你的错，贝蒂。"

我躺了下去，听着弗洛茜的声音在我的头顶飘浮。过了一小会儿，崔斯汀和林特起身离开。他们已经待够了他们向父亲承诺的那么久的时间。一段独白之后，弗洛茜终于鞠躬谢幕。父亲起身鼓掌，把一堆蒲公英丢在弗洛茜脚下。

"哦，多么美的玫瑰啊。"她把蒲公英收集起来，变成一捧花束。

父亲告诉我们应该去蒲公英一角币，让菲雅请客，但弗洛茜说她不饿。

她走在前面，捧着花束朝房子走去，但她一路上紧紧地捂着她的肚子，花朵纷纷落下。

我和父亲慢悠悠地回家。他收到了一封利兰寄来的信。

"今天早上收到的。"父亲说，然后默读起了信。

"上面说了什么？"我问。

"说他不再开卡车了。他在亚拉巴马州找了个木匠的活，打造教堂的长凳。他说了很多关于教堂的事，"他把信折起来，"听起来他可能会成功的。"

"你什么意思？"

"他听起来像牧师布道，如果我见过的话。"

"牧师？"我不走了，"他不可能当牧师。"

"好吧，肯定不是我想干的工作。"父亲也不走了，"但也许是那孩子想干的。"

"我是说，他不能当牧师。他不够好。"

"他们会教你需要知道的一切。"父亲说着，仿佛在思考所有的教导，"他会做得很好的。"

"我不是这个意思，爸爸。我是说他的灵魂不够好，上帝不会要他的。"

"贝蒂，你是什么意思？"

我想告诉我的父亲，但我害怕如果我说了，菲雅的血会沾满我的双手。

"没什么，"我说，"别在意。"

我往前跑去，比父亲先进了屋子。我上了楼，发现弗洛茜躺在床上。

"你怎么了？"我问。

她翻过身，给我看她的浅黄色短裤，上面有红点。她身下的床单也有红点。

"你坐在什么上面了，弗洛茜？"

"我没坐在任何东西上，粪堆脸。"她把肚子抓得更紧了。

就在那时，我意识到菲雅告诉我们会发生在我们身体上的事情，已经发生在弗洛茜身上了。

"你来月经了，我以为你会开心的。"我说。

"贝蒂，你肚子痛的时候会开心吗？"

"但你想要胸罩和——"

"那些东西是我自己想要的，而这是强加给我们的。"

"菲雅说没有那么疼。"

"她这么说只是为了不让我们害怕，贝蒂。再说了，我不是菲雅。这不是她的身体，是我的。"弗洛茜瞪了我一眼，"不许告诉任何人，我不想让他们觉得他们会用不同的方式看待我。"

"菲雅说这意味着你是一个女人了。"

"为什么要流血才能成为女人？"弗洛茜用拳头砸床，"当我们老了，不再流血了，会怎样？然后呢？我们不再是女人了？又不是血定义了我们，定义我们的是我们的灵魂。"她把手放在鼻梁上，放在父亲说的我们灵魂存在的地方。"灵魂不需要每个月来一次，灵魂只是一直存在。"她蜷起身子，捂住她的肚子。"做点儿什么，贝蒂，我好疼。"

我做了我认为父亲会做的事，我去了车库。我以为车库没有人，但我发现林特站在天花板上悬挂的草药底下。

"你在做什么?"我问他。

"晾干这些植……植……植物的时候,我喜欢待在这里。"

"我得给弗洛茜泡茶。"我开始搜寻架子。

"她怎……怎……怎么了?"

"她疼,要不要帮我给她做点儿什么?"

我们一起拿了几罐甘菊、缬草根和细辛,把它们倒进车库旁的空心树干里。我们用父亲的杵捣碎了花和根,用手把它们挖出来,丢进壶里。我们舀了桶里的河水,烹煮磨碎的植物,直到水变成了黑色的茶。

"这会帮……帮……帮到她的。"林特说着,倒了一些黑茶在木碗里。

我小心地把茶端进屋子。当我递给弗洛茜时,我看见她用黑色的笔在床单的血渍上写了我恨你。

她喝了一口,但全吐出来了。

"尝起来像松鼠尿。"她说,"贝蒂,我还以为你会做点儿什么来帮我呢。"

我走到收音机前,打开它。收音机里正在播一首我知道弗洛茜会喜欢的歌。她捂着肚子,我把床单扯到床角,然后从她身下拉出来。我拿起她用来写我恨你的那支笔,把床单放在地板上,把这些字变成了一条裙子的曲线,当我画出了袖子和裙摆,她的血渍就变成了衣服的花饰。在袖子里,我画出手臂。在裙摆下面,我画出两条腿。从衣领上,我小心地画出一个女孩的脖子和头。她长发飘飘,头发上有五颗星星。

"她是谁?"弗洛茜问。

"我们切罗基的曾曾曾曾曾祖母,那时她还是个女孩。"我说,"她也梦想成为一个明星。"

我举起床单,开始让画中的女孩随着音乐旋转。

"你知道,有一个切罗基传说,如果你停止跳舞,世界就会停止。"我说,"我想我们家族的女人一定一直在跳舞,我想她们从一出生就在跳舞了。当她们第一次看到高飞的鸟儿时,当她们跑过一整条河,而其他人说她们做不到时,以及我知道当她们第一次流血时,她们都在跳舞。这就是为什么茶无法帮助你,弗洛茜。你必须跳舞,因为这就是我们家族的女人一生都在做的事。这就是为什么世界没有停止,因为无论在她们身上发生什么变故、什么苦难,这些女人都会跳舞。她们知道世界必须继续运转下去,这样才能看到从变故和苦难中诞生的所有美丽的东西。弗洛茜,你不希望世界结束,对吗?不然那时你就再也做不了明星了。"

她看着我与床单起舞,用指尖拉着它,像丝带一样在空中旋转。她什么也没说,而是站起来,牵起另一头,直到床单在我们之间展平,让画中的女孩凝视着天花板。我们旋转着,我们欢笑着,我们不停舞着,周围的房间在我们的脑海中消失,直到我们置身于澄明的夜晚之中。天空没有一颗星星。我们把床单举高,再举高,让画中的女孩飞向天空,散落成万亿颗光辉。

第二十五章

"女人要在沉静中受教,事事服从。"
——《提摩太前书》2:11

一个月后,外公去世了,我没有放在心上。但令我惊讶的是,母亲说我们要去参加他的葬礼。那时是拉克外婆打电话告知我们他去世的。母亲接起电话,听着,然后说:"好。"接着,她回到自己的房间,展开一条黑色的裙子。好。她坐在梳妆台前,慢慢地梳着头发。好。

她拿起了唯一的香水——"雪色香肩",迅速脱下上衣,只穿着胸罩,把香水喷在她雪白的肩膀上。她喷了一下又一下,直到香水流遍她的手臂,从她弯曲的手肘滴落到地板上。整个房间闻起来像悠悠夏日的淡淡花香。当香水用完的时候,她盯着空空的瓶子,哭了起来。

"妈妈?"我朝她的房间迈进一步,突然觉得她的房间比能够爬行的空间还要狭小。

"全没了。"她说道。母亲淌下的眼泪和香水混在一起。

我没有再上前一步,而是后退了一步。我不知道如何安慰一个用光了自己所有香水的女人,这样她就不用面对这个痛苦的真相:即使她的父亲已经死了,他对她做下的事依然会永远活着。

外公的葬礼将在第二天举行。利兰正从亚拉巴马州开车赶过来参加葬礼,会在殡仪馆和我们碰面。母亲确保崔斯汀和林特扎了低低的马尾辫。他们的头发都长得很长了,如今已经垂到了后背中间。

"还有,贝蒂,"她从她的卧室喊着待在自己卧室的我,"你一定要穿干净的裙子。没有莓果的污渍，口袋里也没有蚯蚓，或者——"

我穿着我最好的裙子走进她的房间。裙子是上面有褶，领子是扇贝的那件。我穿着它，并不是为了哀悼，而是为了庆祝一个邪恶的男人从这个世界上消失。

"瞧啊，你看上去多漂亮。"她看着我，好像就在那时意识到我不再是五岁了。

她垂下眼睛，看着我的胸部。

"有件东西你会需要的。"她说着，然后把手伸进她的衣柜。

她拿出一个金属衣架，上面挂着一件小背心。它是奶油色的，和弗洛茜的少女胸罩一样，前面有一个小小的蝴蝶结。

"你不是弗洛茜，我知道。"她说，"在你需要之前，你不会得到一个胸罩的，但这会是第一步。"

她把小背心递给我。我垂着头接了过来，迅速地返回我的房间。

我关上门，靠在门上，盯着我母亲给我的东西。小背心是透明的，我可以看见另一侧透过的光。我用手指抚摸上面的蕾丝。

"你真可笑。"我对小背心说，然后把它扔到床上。

我低头看着自己的胸。我的裙子很宽松，但我仍然能看到两个凸起的小圆点。我用双手按住自己的胸，但两个小圆点还在，就像我身体上两座柔软的小山。

我解开裙子的扣子，脱下来，然后穿上小背心。我没有照镜子，直到我再次穿好衣服。这时候我才细细审视自己镜子中的身影，确保小背心的肩带和蕾丝没有露在外面，仿佛内衣是一个有触角的东西，我不得不把它藏起来。

"治疗我眼睛的痛苦，"我对着我的身影说话，"用磨碎的黑桉树树皮。"

我把双手紧紧地压在一起。

"不，不要磨碎，"我纠正自己，"煮成一味煎药。当它还在沸腾的时候，就倒进我的眼睛,将一切都烧成灰烬。"

我仰起头,把双手举在眼睛上,就像在往里面倾倒液体。我眨了几下眼睛,朝镜子望去,我的身影没有任何改变。

下楼时,我在想是否有人注意到我的穿着有所不同。但所有人只是向车子走去,于是我也跟了上去。当我经过天线上的浣熊尾巴时,我想不起从何时开始我不再为了好运而拍打它。

反正很幼稚,我对自己说。我调整了一下小背心,走到车子后座,坐在菲雅和弗洛茜旁边。

一路上,我们三个把手伸进口袋,交换写给彼此的晚安纸条。我们沉默地把它们从一只手传递到另一只手,直到绕了一整圈,又把它们放回自己的口袋。

来到殡仪馆,我们发现利兰靠在他的卡车上等着我们。菲雅只是把手提包挂在手肘上,戴上了她的手套。很难说利兰有没有在看她,毕竟他戴着墨镜。

"等一下。"母亲把每个人都看了一遍,确保我们看上去尽可能体面。"好吧。"她只是觉得差强人意,"我们可以进去了。"

殡仪馆闻上去有股浑浊的烟味。低矮的地毯上布满了污垢,看上去仿佛有一个世纪那么旧。母亲在客人名单上签了我们的名字。然后,我们缓缓地走进长长的房间,看到躺在廉价棺材里那个满脸皱纹的男人。几乎没有其他人出席,只有几个咳嗽的老人,可能是外公在酒吧的老朋友吧。他们曾经互相拍着背,一起唱老歌。那时,他们足够年轻,拥有更好的心,如果他们真的有过的话。这是一个短暂的活动,只是为了让男人们穿上他们最好的牛仔裤和他们最干净的法兰绒衬衫。

外公在乔伊尤格市的墓地下葬后,我们去了他曾经的家。我和兄弟姐妹们站在纱门前,不敢跨过门槛。我们依然可以听见外公在我们脑袋里说话:不许进我家,你们这群小浑蛋。你们和那些邋遢的、无药可救的畜生一起待在外面。

"别光站在外面。"拉克外婆的声音盖住了他的声音,"除非你们打算粉刷门廊。"

我们在房子里每走一步,都期待着外公命令我们出去的声音。当我们检查了每个角落,意识到他真的死了之后,我们才开始探索四周。

我不确定自己期盼的房子是什么样子的。这座房子里家具稀少,颜色最鲜艳的物品是一条挂在椅背上的阿富汗毛毯。三幅有相框的照片被放在一张有台灯的小桌子上,一幅是火车头,最小的一幅是一只大狗,而在这两幅中间的黑色相框里,有一幅年轻男人的照片。父亲将它拿了起来。

"那是我丈夫年轻的时候。"拉克外婆说。

"你简直是你外公的翻版,儿子。"父亲把照片举起来给利兰看。

利兰只是短暂地瞥了一眼照片,他对站在角落奄奄一息的植物前的菲雅更感兴趣。

在去厨房帮助外婆泡咖啡的途中,母亲迅速从父亲手上夺过照片,把它放回桌上。两个女人彼此无话可说。如果不是有同样的灰眼睛,谁也看不出她们是母女。她们努力疏远彼此的模样。我知道,在任何情况下,不论是火灾、洪水还是其他灾难,她们都不可能依靠对方。她们会期待对方被烧死、淹死,以各种可怕的方式死去,这样就不必抓住彼此的手,展现哪怕是一刹那的爱。

当她们把咖啡端到客厅时,下巴都是僵硬的。父亲拿起一只马克杯,吹了吹滚烫的咖啡,他望向窗外清澈的蓝天。

"真是个好日子。"他说。

"我不会说这天是个好日子。"拉克外婆极尽憎恶地看着他。

"我只是说太阳很好。"父亲赶紧喝了一口咖啡。

母亲在屋子里走来走去,仿佛从未在这里住过一样。她的目光落在餐具柜上散落的木炭画上。崔斯汀看看我,又看看那些画。我们都看着母亲,

251

看着她小心翼翼地抓住纸的边缘,以免弄脏炭的笔触或者沾到手指上。她问外婆上面画的是什么,仿佛她自己说不出闪电和雷声的名字。

"暴风雨。"拉克外婆把这个词憋了很久,然后动了动嘴,似乎难以吞咽,"大约一年前,有人开始把它们装在普通的信封里,寄给我和你那已故的亲爱爸爸。闪电、雷,还有大雨。要我说,就是这些暴风雨害死了你爸爸。想到这样一场恐怖的暴风雨来自世界上的某个人,简直让人无法获得安宁。难道你爸爸不该得到一些安宁吗?他是个非常好的人。年轻人,当你把阿尔卡从我们身边夺走时,你没有权利那样攻击他。"她对父亲指指点点,"你差点儿杀了他。我现在居然允许你走进这座房子,真是个奇迹,不过,我想是死亡减少了旧怨。"

"我没有无缘无故地惩罚他。"父亲看着窗外院子里当初他压倒拉克外公的那个地方,"像他这样打女人的男人,应该尝尝地狱的滋味。"

我的兄弟姐妹们满脑子都想着樱桃,然后走向了厨房。崔斯汀看了我一眼,也跟了上去。我听到后门的纱门开合的声音。我决定在客厅多待一会儿,看着母亲盯着那些画里的闪电。她知道这些画是谁画的,她一定在问自己画是谁送来的。她知道崔斯汀不会这么刻意去做,她抬起眼睛看向我。

"那是很久以前的事了,"外婆对父亲说,"瘀伤或疤痕现在都不重要了。我院子里有些金银花藤,"她弯曲的手指指向窗外,"如果你想要,它们就是你的了。阿尔卡告诉我你喜欢植物。"

母亲的目光投向父亲。她看起来很尴尬,因为她终归知道一些她丈夫的事。接下来会知道的就是,她要开始大声说她爱他。对于她这样一个像玫瑰一样聪明展示自己尖刺的女人来说,这是一个多么大的弱点啊。

当母亲把暴风雨放回桌上的时候,我趁机走出去和我的兄弟姐妹们在一起。他们站在后院的老樱桃树下。崔斯汀在离它不远的地方停了下来,我走到他身边。我们都抬头看着树枝,大家都意识到,有些东西不会永远像我们记忆中的那么大。

"崔斯汀,你对暴风雨的归宿很生气吗?"我问。

"你认为是暴风雨害死了他?"他看着树叶在风中翻滚。

"如果是,你会在乎吗?"

"不会。"他抓住我的手,我们一起走到树下。

利兰、菲雅、弗洛茜还有林特都盯着那些拉克外公曾经告诉我们永远不要碰的水果。

"让他见鬼去吧。"菲雅伸手摘了一颗樱桃。

我们看着她把它翻过来放在掌心,欣赏着它成熟的曲线和殷红的颜色。怀揣着稚童般的勇气,她把它放进了嘴里。

"菲雅,尝起来是什么味道?"弗洛茜问。

"就像是美好的东西。"菲雅说着,又抓了一把樱桃塞进嘴里,直到她的脸颊鼓起来。

当果汁顺着她的下巴流下来时,我想到上帝是如何以我们看不到的微小方式存在着,除非我们碰巧看到一个姐妹敢于挑战恶魔的那一刻。正是这提醒了你,并非所有的天堂都已经消失。

几乎在同一时刻,我们每个人都开始采摘樱桃。利兰拿着一颗樱桃,走到树影的边缘。他盯着那颗樱桃,似乎在考虑该拿它怎么办。他决定用手指捏碎它,然后扔到地上。

我们其他人继续吃着我们能够到的樱桃。我们大笑,冲彼此乱吐果核。阳光透过树枝闪闪发光。我把一根樱桃茎挂在唇间,回头望向那座小小的白房子。我似乎看到拉克外公在窗口皱着眉头,但那不是拉克外公,是我们的母亲,她并没有皱眉头。

回家的路上,我们和父亲挖出来的金银花藤坐在一起。藤蔓又细又长,每次轮胎碾过松软的沙砾时便会弹起来。花朵的清香飘满整车。我相信这种小喇叭花是所有音乐的起源,是我们午夜时尽可能接近彼此,能感受到甜蜜的汗珠顺着肌肤滑落时，吞吐彼此呼吸节奏的起源。

利兰开车跟在我们后面，直到他拐上回亚拉巴马州的路。他按响喇叭，挥了挥手，只有我和菲雅没有挥手回应。

我们一到主巷，父亲就把菲雅、崔斯汀和弗洛茜丢在镇上，留给他们足够的零花钱去看电影。林特不想去，因为他不喜欢坐在黑暗中。我对看电影不感兴趣，因为我没有去看电影的心情。弗洛茜常在我耳边重复演员台词，她总是这样。

我们四个人到家的时候，父亲和林特把金银花藤搬到后院种植。

与此同时，母亲去取信。当她把信从邮箱里拿出来的时候，一辆车开了过来。我站在前门廊，看到一个男人从敞开的窗户递给她一张折好的纸。在开车离开前，他和她简短地交谈了几句。

母亲把信夹在胳膊下面走向房子，这样她就可以打开那个男人给她的纸。她从我身边经过，一边读着，一边走进屋里。我跟着她，一直跟到她的卧室，她把钱包和其他信件放在床上。她做这些的时候，眼睛一次也没有离开过她正在读的东西。

"那个人是谁？"我问。

"我们镇上不起眼的报纸《呼吸镇报》的编辑。"她说。

"《呼吸镇报》？我赢得诗歌比赛了吗？"想到这里，我瞪大了眼睛，"这就是他来这儿的原因吗？告诉你我赢了？"

"你写的是什么鬼东西。"她弹了弹写着我潦草字迹的纸，"你以为小镇的报纸会给你什么好处吗？他们想要一首关于蝴蝶和小鸟的甜美小诗。想象一下，如果这首诗在早餐桌上被打开，会有多少漂亮的糖盘掉到地上摔碎。"

她开始大声读我的诗。

紫红色。

洋红色。

粉红色。

这些是她被允许的颜色。

总有一天她会被撕碎。

这些是我们分享的秘密。

从母亲到女儿,

从姐姐到妹妹。

高飞的鹰不是上帝的象征。

这就是为什么我们的母亲和姐妹会哭泣。

以后,也许我们会幸福。

但是今天我们为曾经的自己献上花束。

我们是那些刚刚意识到

我们一直都祈祷错了的女孩。

她一直在我们的体内。

  母亲温柔地念完最后一行诗,把诗放在梳妆台上,打开一瓶乳液。她把乳液抹在赤裸的手肘上。

  "我妈妈以前有一些小雕像。"母亲边说边把下巴尽可能抬高,在脖子和锁骨上又抹了一层乳液,"所有的女性雕像都可以拆开,因为她们都是盒子或者碗。她们都盛放了一些东西。在她们的裙子里,在她们的身体里,她们都盛放一些东西。没有一个男人的雕像上有任何东西,他们是实心的。你什么都放不进去,也拿不出来什么。我想,如果你仔细想想,你就会明白为什么这就和现实生活一样。"

  她把盖子盖回到乳液瓶上。

  "有一个小雕像很特别。"她继续说,"一个女人仰面躺着,她的肚子塌陷下来,这样她就可以为你盛任何东西了。它是一个用奶白色的玻璃做的碗。那么白皙,那么漂亮,我以为我会盯着它看直到死去。"

我看着母亲慢慢地摘下耳环,轻轻地放在梳妆台上。她盯着后窗,看着父亲把金银花种在院子里。

"我妈妈会采摘我们的金银花,"她说,"她把它们放在一个女人形状的碗里。有些家庭的盘子里有薄荷糖或者奶油冰糖,但我妈妈总是把金银花摆在外面,好像它们是糖果一样。在某种程度上,它们确实是。家里从没吃过金银花,所以你不知道怎么吃,贝蒂。"

她转向我,一边说,一边用手演示。

"首先,你摘一朵花,"她说,"你会看到一根小绳子悬在那里,原来是系在灌木丛上的。我们称之为花蜜绳。你拉着这根绳子,"她轻轻地在空中拉动她的手,"末端是一小滴花蜜。我妈妈摘完金银花后,我会坐在花盆旁,把那些花蜜绳拉出来,然后舔着花蜜。"母亲轻柔的笑声变成了一声叹息,她转身向窗户走去,"妈妈把我拉出来的所有黄色的花蜜绳都绑在一条项链上。她说我是她可爱的小女孩,当我为她旋转时,她咯咯地笑起来,项链也随着我旋转。"

母亲把手放在父亲为她做的切罗基玉米珠子项链上,她盯着雕刻的半个苹果。

"我的爸爸对我做了那件事之后,妈妈再也不叫我可爱的小女孩了,她也再没有摘花给我吃。从那以后,那只女人形状的碗一直是空的。我恨那种空荡荡的感觉,所以我把它扔到了墙上。妈妈对我做的事一言不发。她只是叫我到爸爸那儿去,他正在床上等我。"

她把脸颊靠在肩膀上。我以为她不会再说话了,但她又张开了嘴唇:"有时候我觉得宇宙只是一阵火光,是黑暗中一支香烟的火光,是所有的恒星、行星、银河,无限的边缘。这一切都在一个男人手中那小小的、发光的烟头里,他靠在墙上,看着一个女孩走在回家的路上,知道她永远也无法抵达那里。"

第二十六章

"它的幼雏喜食鲜血,被杀的人在哪里,它也在哪里。"

——《约伯记》39∶30

在宁静的薄雾中,早晨似乎是永恒的。雨终于停了。自从我们上周埋葬了拉克外公以来,呼吸镇就一直没有见到太阳。在我尽力躲避雨水,前往杜松老爹超市的路上,那太阳似乎已成为一段遥远的回忆。在超市里,我拿起一个篮子,开始往里面装母亲清单上的东西。我装好以后,来到了杂志跟前。

我拿起一本封面上有一个微笑女人的杂志,翻了翻。

"嘿,水牛猎手。"露西丝的声音从我身后传来。

我不用回头就知道她和她的朋友们在一起,我可以闻到她们的香水混合在一起的味道。

露西丝从我手中夺过杂志,看着杂志的封面。

"这难道不可悲吗?"她对其他女孩说道,然后她们咯咯笑了起来,"贝蒂以为一本杂志能告诉她如何变美。别再浪费你的钱了,"她把杂志扔在我的胸口,"你无药可救。你永远都会是这么丑。"

"露西丝?"她母亲尖细的声音响起。她站在过道的尽头。

露西丝回应了她母亲的召唤,其他女孩也跟着她。

"我告诉过你,"当她们离开过道时,她的母亲责备她,"我不希望你在那个卡彭特女孩身边晃悠。她会让你的脸出疹子的。"

我从杂志上撕下一页,迅速折起来,塞进口袋里。在离开商店前,我没忘记往篮子里装上一罐金枪鱼,给家里的猫吃。起初,它只是在我们的后门廊附近徘徊。它毛茸茸的,身体是灰色的,白色的胡子和它的四只白色的爪子很是相配。我第一次看到它时,它坐在后院的一棵树上。它看起来像只鸟,所以我给它起名叫小鸟。它怀孕了,父亲说它随时都可能生小猫。于是我在卧室地板上铺了毯子,等待它的小猫降生。

为了赶紧回到它身边,我迅速为篮子里的东西付了钱。

回到家,我把嘱咐购买的东西放在厨房的台子上。母亲正在水槽边清洗要煮的南瓜,而炉子上的水已经烧开了。母亲把一片好大的向日葵叶垫在锅底,叶尖一直垂到锅沿外。她洗好南瓜,切成大块,滚入沸腾的水中。她又把垂在锅沿外的向日葵叶叠回来,盖在水面上,好让南瓜在叶子间熟透。

我给母亲打完下手,打开一罐金枪鱼罐头,端着它去了楼上的卧室。小鸟正趴在我的床上睡觉,我一拍它,它就醒了过来,开始吃起罐头。我想起那页杂志,就把它从口袋里取了出来。这是一页印着蓝眼睛女人推销葡萄汁的广告,我剪下了她的眼睛。

我小心翼翼地爬到床底下,避免弄皱它们。地板上是我的杂志女孩。在过去的几个星期里,我一直在挑选各种广告上的女性形象的五官来创造她。我拿来了香烟广告模特的红唇,拿来了推销钟爱早餐糖浆的年轻母亲的下巴,还拿来了玉米热狗包装上女人深黄色的眉毛,而推销"世界上最好吃的冰激凌"的模特构成了她纤巧的鼻子和双颊。我把这些五官粘在了番茄汤女郎那宛如奶油和白瓷一样的脸上。

"你好呀。"我趴在地板上,朝女孩打招呼。

我之所以把女孩贴在床下,是不想让弗洛茜看到后嘲笑我。

"哦,愚蠢的贝蒂。"她肯定会这么说,"像你这样的女孩就别妄想能变美了。"

我用手指抚摸着女孩在地板上飘逸的金色长发,那是我从一个卖盒装蛋糕粉的模特身上剪下来的。

"今天我找到你的眼睛了。"我对女孩说,"现在,你能用眼睛去看了。"

我用胶带把蓝色的眼睛粘在了地板上。现在,她完整了。我翻了个身,将后脑勺枕在她的脸上,仿佛她从地板上活了过来,融入了我,而我又在下沉,与她合二为一。我在地板上摸索着,直到碰到一个冰冷的玻璃罐子。我把它够了过来,放在肚皮上。罐子的盖子上留了一些用来透气的小孔。

"这样你就能呼吸了。"我对罐子里的螳螂说道。它正在用前足轻轻敲打着罐子。

父亲说,螳螂是人类诞生伊始的祈祷神物。人们都相信螳螂身上蕴含着美梦成真的魔力。

于是我把双手紧扣在玻璃罐上,祈祷着螳螂的魔力能让我获得梦寐以求的美丽。

"让我变得和她一样,"我说,"赐给我她的蓝眼睛、她的金发、她白里透红的肌肤。"

我和螳螂一起祈祷着,直到我感觉法力开始发挥作用。我抓起罐子,从床下爬了出来,走到镜子前,期待着变成杂志女孩的模样。但我依然是我。

"这不管用,"我对螳螂说。它似乎在回答我,这当然不管用了,贝蒂。

我轻声叹了口气,盯着镜子中的自己。夏日的阳光晒黑了我的皮肤,像是雨后花园中复杂丰富的颜色。在我看来,雨后花园的色彩美得让人心醉。当然这并不妨碍我想成为一个亮眼睛、白皮肤,那种一看就不是来自这片贫瘠土地的小女孩。似乎所有人都在告诉我这样的幻想无可厚非,除了我的父亲。我渴望寻找另一副白皙的面孔,那种吸收了幽幽月光的面孔。但盯了一会儿自己的脸,我又向自己抛出了一个问题:"我长得哪里不好看?"毕竟,我的祖先几千年来与救世主并肩而行,在这片土地上播撒魔法,从不在意别人关于外貌的指摘。我的黑发源自远古的仪式,我的眼睛承袭传统，如大自然一般光芒四射。父亲总说，我们是伟大战士的后裔。难道我就没有继承这种来自祖先的伟大吗？那是一个年轻的女人，身上流淌着古老的血脉。我想象着她的样子，那凶猛的气势和勇敢的精神感染着每一个人。难道我身上就没有继承半点儿优点？她是如此美丽，为何我要否定自己，要否定我的先祖？

我从镜子前走开，把罐子抱在胸口。

"你自由了。"我拧开盖子对螳螂说。重获自由似乎令它快乐，它从我敞开的窗户爬了出去，跳上了屋顶。

我躺在小鸟身边，用手指拨弄它的胡须。

"如果你拔掉猫的胡须，它要么会说话，要么会失明。"父亲说过。

"我好奇你会说些什么。"我说道，然后用手指抚摸它的毛，直到我沉沉睡去。

当我醒来的时候，天还是亮的。小鸟不在我的床上，也不在我的房间里。我走到走廊，循着父亲的摇椅声，走进了他和母亲的卧室。我发现母亲光着脚坐在椅子上，身子压着左腿，用右腿摇着椅子。她穿着围裙，把一朵黄色的南瓜花别在围裙的腰带上，像一枚勋章。

"它完了。"她指着躺在床上的小鸟。它在被子上生了孩子，正在给它的小猫哺乳和舔毛。

"哦，瞧你们多可爱啊。"我对小猫说。

"必须在脏污凝固之前把被子洗了。"母亲站了起来。

她走到床边，把她的手滑到正在咕噜叫的小鸟身下。

"你要干什么？"母亲把小鸟抱起来时，我问她。小猫毫无办法，只能被迫和猫妈妈的乳头分开。"你要带它去哪儿？"我看着母亲抱着小鸟穿过房间。

"是时候展开你的翅膀了，小小鸟。"她把它扔出了一扇敞开的窗户。

如果你问我，在一个女人把一只猫丢出窗外之后，世界是否会停止，我会说，当然会停止。至少，应该有那么一秒钟来阻止这一切，但那一秒钟并不存在，而我什么也阻止不了。

"小鸟！"我跑向窗户。我第一眼看到的是我们的手推车，地上还有一堆石头，围在菜园外面做篱笆。那个乍一看像是另一块灰色石头的东西，是小鸟的尸体。它侧躺在地上，鲜血从它的耳朵涌出，流到它胸前的白毛上。

小鸟要么是被手推车的金属边缘，要么是被石头边缘撞到了头。它的头骨在撞击中碎裂，一股力量猛地将它的脖子扭到足以折断脊柱的角度。刚生完孩子，它的腿还很虚弱，它没来得及把脚落在地上。弗洛茜会说，是诅咒让这些情况完美地串联了起来。

所有的窗户里，偏偏是那一扇。我想象她会说的话。手推车在那儿的那么多的日子里，偏偏是那一天。当然是诅咒了。

我几乎要把想的话说了出来，但母亲把我一把推开，这样她也能看到窗外的情况。当她的目光落在小鸟的尸体上时，她慢慢地关上了窗户。被风吹动的棉布窗帘突然静止了。她搓了搓手，转身看着小猫。

"我恨你，"我用拳头捶她的肚子，"你杀了小鸟。"

母亲推开我，开始在房间里走来走去，似乎是突然迷路了，不确定周遭是哪里。她困惑地在床边踱步，然后转向小猫。

"我把血弄到床单上，妈妈会很生气的。"她说，"床上乱七八糟的女孩，脑子里也会乱七八糟的。"她慌乱地把枕套剥下来，声音在发颤，"把这些乱七八糟的东西拿走，清理你的床。妈妈总是这么说。"

她笑了，仿佛是我收集的杂志女孩活了过来。她的金发在阳光下闪闪发光，她苍白的皮肤几乎透明到不存在。

"嘘。"她缓缓地将手指放在嘴唇上，向门口望去，"爸爸很快就回家了，他会要他一直想要的。"

她放下枕套，弯腰去看床上哭泣的小猫。她开始卷被子的边缘，直到把小猫围起来。她掀起被子，好像那是一个袋子，里面装着哭泣的小猫。

尽管我知道父亲正在镇上为图书馆打造新书架，我还是大声喊父亲。

"不要把爸爸叫进来，耶稣的血啊。"母亲看起来很害怕，好像她真的以为拉克外公会站在门口伸出他的十根手指，"你不知道他会怎么做吗？"

她把我击倒在地。小猫的叫声在我耳边更响亮了。

"饶了它们，妈妈。"我爬起来，试图把她的手从被子上掰下来，"它们无法呼吸了。"

她抓住我的手，把它钉在她的手和被子之间。

"你想知道那是什么感觉吗？"她问。

她开始带我转圈，我们手牵着手，袋子在我们手中摇荡。我尖叫起来，但她只是带着我转得更快。当她终于停下来的时候，房间里一片模糊。她紧紧抓住我的手，直到我别无选择。她做什么，我就做什么。并不是我想做的那样，我们一起把袋子举了起来。

"妈妈，住手。请不要，不、不、不——"

她强迫我和她一起把袋子往前摔，我们的胳膊在空中像连体人一样摆动，把小猫摔在地板上。它们的身体发出的声音吓得我一怵。

"爸爸，救救我。"我希望他能听到我的声音。

只有一只小猫在微弱地哭泣，而其他小猫都沉默了。母亲一直攥着我的手，但我努力把身子往下沉，想要把手从她的手中挣脱出来。

"你会害死它们的，妈妈。求你住手。"

"求你住手，"她重复道，"我就是这么说的。你知道我爸爸做了什么吗？我来告诉你他做了什么，他一直在伤害我。"

尽管我反抗了，我还是无力阻止她迫使我再把小猫摔在地板上。第一次撞击中幸存的微弱哭声现在被完全扼杀了。我们都盯着渗出布料的血。直到母亲的手开始出汗，我才得以挣脱。我试图抱住小猫，但母亲抓住我的头发，把我扔到了地板上。

"你是个怪物。"我说。

"怪物？我就是这么叫他的。"她把袋子甩到地板上，一遍又一遍，"我又哭又叫，叫他怪物，叫他魔鬼，货真价实的恶魔。但他没有放弃，他只是不停地伤害我，伤害我，伤害我。"

小猫的尸体早就被摔得粉碎了，听起来就像她在把一袋水摔在地板上一样。我用手捂住耳朵。直到上气不接下气，她才松开被子，让它掉在地上。

母亲左右摇晃，似乎要摔倒似的。她说："就是这种感觉。我爸爸在我身上，我就像被困在袋子里的新生小猫一样无辜。"

"它们只是小猫，"我说，"你怎么能这样伤害它们？"我挣扎着在抽噎中发出声音，"它们还是孩子。"

她粗暴地抓住了我的脸。

"你胆敢为它们哭，"她说，"可没有人为我哭。"

她走出房间后，我爬到被子旁边。当我把被子的边缘往外拉的时候，我看到的只有血。我必须不停地擦眼泪，才能看清小猫的脚或者尾巴上哪怕是最轻微的动静。我仍旧希望它们会没事。

"血要凝固了，我们最好快点儿。"母亲带着扫帚和铁簸箕回来了。

她把簸箕推到我面前。

"把簸箕搁在它们下面，这样我就能把它们扫进去。"她说。

"不要。"我把簸箕推了回去。

她把手放在血里，然后扇了我一巴掌。

"如果你不照着我说的做，"她说，"我就把剩下的血抹在你的手上。等你爸爸回来，他就会知道你做了什么。"

我的手在颤抖。我抓起簸箕，把它的边压下去，这样她就可以把小猫的尸体扫进来了。在她这么做的时候，我挪开了目光。

"把它们弄出去。"她接着说。

她把扫帚立好，然后开始清理床铺。

"把这个放到洗衣机里。"她把被子揉成一团，塞到我胸前。

我小心翼翼地提着簸箕下楼时，差点儿被它塌下去的边缘绊倒。我拐进走廊，看到父亲放在桌子上的方舟。

我迅速打开方舟的盖子，然后轻轻地把小猫的尸体从簸箕里倒在里面成对雕刻的动物上。我盖好盖子，在半路上把簸箕扔进水槽，然后把被子塞进洗衣机。我知道要用冷水洗鲜血，但我还是把它放在了沸水里。

就在母亲下楼的时候，我跑回去抓起了方舟，经过她的身边，飞快地冲出纱门。我吃力地平衡着怀中巨大的方舟，带着它穿过树林，来到河边。我跪在被洪水淹没的泥地边缘，把方舟放在水面上。我轻轻推了一下方舟，看着它漂走了。

雷声响彻天空，雨水再次重重倾泻在我身上。我在雨中坐了那么久，我以为我会沉入泥淖。

当我回到家时，母亲正坐在后门的台阶上。门廊旁边有一堆泥泞，土堆上躺着一把铲子。

"我埋葬了这个母亲。"母亲看着手上和赤脚上的泥土说。

我坐在她身边，我们在冷雨中瑟瑟发抖。

她看着一道闪电划过天空，问道："贝蒂，你为什么把暴风雨寄给我的家人？"

我看着乌云，意识到我寄出去的暴风雨就是我会得到的暴风雨。

"因为他们把你装进袋子，然后把你摔在地板上。"我说。

她站了起来，冒雨走向金银花丛。她摘下两朵花，把它们带了回来，给了我一朵，而把另一朵留给了自己。

"用你的两根手指。"她一边说，一边教我如何拉那根花蜜绳。

我们一起品尝着甜甜的花蜜，一滴雨水把甜味冲淡了，越来越多的雨水袭来，直到我们只能尝到暴风雨的味道。

呼吸镇报

婴儿被枪声惊吓，母亲感到难过

昨夜晚些时候，一位母亲反映说她的孩子被枪声惊醒。这位母亲说孩子后来哭个不停。"那是另一种哭声，"这位母亲说，"听起来一点儿也不像我的孩子的哭声。"

孩子哭得特别厉害，母亲反映道。她扒光了孩子的衣服，检查是否有枪伤。

"从她哭泣的样子看，我以为我的孩子中枪了。"这位母亲说。但她又反映，她的孩子身上没有可见的伤口。然而，这位母亲还是认为子弹确实射中了她的孩子的灵魂。

"我真的相信我的孩子已经被枪杀了。"这位母亲说的同时，看起来神志正常，"如今我们面前的这个孩子变成了一个入侵者。"这位母亲接着说，"它是一个换生灵。我知道，因为当我要求这个换生灵看着我的脸时，它做不到。"

这位母亲觉得如今她的房子里有子弹幽灵在闹鬼。

"我能感觉到子弹的存在，它整夜穿过我的墙壁。我能感觉到它在我的脸上呼啸，这颗幽灵子弹将永远在发射。"

当被问及既然她认为孩子是一个换生灵，那么她打算怎么处理她的孩子时，这位母亲回答说："我有一个姐姐，她一直想要个孩子。"

这名女子的丈夫说，他的妻子没有姐姐，他很担心孩子的安全。

"都是枪手的错。"他说。

第二十七章

"妓女是深坑，外邦女子是窄井。"

——《箴言》23:27

母亲对小猫做的事，我从未告诉任何人。当父亲看到院子里的坟墓时，我告诉他小鸟被车撞了，我埋葬了它。我以为事情会这样结束，但因为我用热水洗的被子，所以血液渗进了布里。

"被子怎么了？"父亲问。

母亲说她在被子上睡着了，那时候她正来月经。

"女人能流多少血总是个谜。"她说。

即便如此，还有方舟需要解释。

"它去哪儿了？"他问道。他用手敲了敲桌上空空如也的地方。

"嗯，"我一直垂着双眼，"暴风雨来的时候，我必须献祭点儿什么。"

在那之后的几个月里，我所有的噩梦都像是听到小猫的哭声，我甚至开始相信我看见了它们的鬼魂，它们在夜晚的房子里奔跑。它们从猫妈妈那里继承了白色的爪子，飞奔上楼梯，跑进我的房间。

你为什么不救我们，贝蒂？我想象它们跳上我的床质问我。我们也想活下去，喵。你为什么不保护我们？

它们对我来说是如此真实，我能感觉到它们柔软的爪子游走在我的脸上，直到我哭了起来。我不想再跟一九六四年和它所有的鬼魂有任何瓜葛。我希望新年来到时，可以至少忘记它们的身体撞击地板发出的声音。

贝蒂，喵，喵。救救我们，别让我们死。

我努力开始了自己的一九六五年,相信自己可以摆脱过去。但是我已经明白,时间的流逝并不意味着可怕的事情会变得更容易承受。我艰难地度过了那年冬天寒冷的岁月。我十一岁了,但我没有庆祝。只有在春夏交替,太阳的暖意照在我身上时,我才开始感觉小猫的叫声没有之前那么响了。

那个时候,我正处于生命中的一个阶段。在我的脑海里,有一个非常特别的上帝形象。我想象上帝是一个女人,穿着一件破旧的缎子睡衣,凌乱的头发上垂落着卷发棒。她坐在一张肮脏的床单上,被上面粘着蜘蛛的薄纱包围着。她吃着盒子里的巧克力,一直吃到她的牙齿腐烂了。当盒子空了,会和已经在地板上砸碎的其他盒子堆在一起。腮红划过她的脸颊,像是有什么东西想要逃走。口红从她的嘴唇外流出来,像是嘴唇正在融化。她是一个被人性利用和抛弃的女人,只有我们知道她的结局会是燃烧殆尽与悄然离去。

我俯卧在"遥远之地",写下了这些话。我甚至没有注意到弗洛茜,直到她在我的面前挥手。

"又沉浸在你的小小世界里了,让我知道了吧。"她说道。

菜园闷热的空气中夹杂着薰衣草的味道。她在舞台上转了一圈,说那些花像外婆一样臭。我立刻注意到她的脖子上有吻痕,它们让我想起坚硬的岩石溅落在河面上。

"我很忙,弗洛茜。"我告诉她。

"好吧,忙,忙,忙。"她嘟囔着,望向绿树成荫的山丘,"我一直觉得那些山丘看上去像妻子们在弯腰吃下自己的孩子。贝蒂,你觉得那些山丘看上去像什么?"

没等我说什么,她就说:"算了吧。"

我继续写作,然后她一把夺去我笔下的纸。

"还给我,弗洛茜。"我站起来,猛地去抢我的纸。

"我会的,只要你先猜猜我失去了什么,贝蒂。"

我看着她松弛的上衣。衣服的扣子完全解开，可以看到她没有乳沟可露。她最近一直在烫头发。她会站在熨衣板前，低下头，把波浪一样的长发铺展在熨衣板上，这样她就可以用熨斗烫头发，直到她的头发变得足够直。直发让她觉得自己足够漂亮，让她显得更高了。

"直接告诉我，弗洛茜，我好继续写我的故事。"

"你和你愚蠢的故事，贝蒂。"

她把纸扔掉了。我把它捡回来，试着写完，但是她一直盯着我，眼珠子都快瞪出来了。我把钢笔摔在舞台上，然后盯着她看。

"你究竟失去了什么重要的东西？"我问。

"我想让你猜。"她噘着嘴，一屁股坐在我旁边。她把她的胳膊搭在我的胳膊上。"天啊，贝蒂，你真黑。"她说得好像那是一种疾病，"妈妈会因为你没有遮起来而骂你的。"弗洛茜用手指抚摸自己的胳膊，"我的肤色刚刚好，你觉得呢？"

弗洛茜可以想晒多久就晒多久。她的皮肤和母亲一样，一开始就是苍白的。

"你知道我的朋友叫你什么吗？"她看着我的皮肤，看得我试图扯下自己的短袖，遮住我的胳膊。

"我已经知道他们叫我什么了。"我说，"我不需要听你说，弗洛茜。"

"这难道不糟糕吗？"弗洛茜装作被冒犯到了，"我是说，你甚至不是有色人种。"

"他们不应该叫任何人那种名字。"我继续写故事，而她依然望着我。

"你生气了吗？"她用脚趾轻轻戳着我，但我没有理会她。

她向远处望去，睁大了眼睛。

"我有个主意。"她跳下舞台，跑进屋里，然后拿着父亲的骨针和一块冰回来了。

"我还拿了这个。"她从口袋掏出一块洗碗布，"用来擦血。"

"擦血？"

"是时候轮到你了，贝蒂。"她拿起骨针，"该你打耳洞了。"

"不要。"我摇摇头，站起身。

"贝蒂，没有那么疼，只是轻轻戳一下。好吧，是两下，但我真的很擅长这个。你不是一直觉得我的耳朵很漂亮嘛。"她别过头去，垂下来的星星耳环跟着晃动起来。它们是菲雅的礼物。

"你的耳洞打歪了，弗洛茜。"

"你以前从没这么说过。"

"那是因为我向菲雅保证过不会取笑它们。"

弗洛茜抓住我的耳垂，捏住了它。

"收回你的话。"她说。

我也抓住她的星星耳环，扯住了它。

"放开我，我就放开你。"我说。

她立刻举起双手。

"我投降，陛下。"她假装鞠了个躬，然后柔和地说，"想想打耳洞后能做的事，贝蒂。"

"我能飞吗？"

"呃，不能，但是——"

"我能让艾米莉·狄金森起死回生吗？"

她上下打量我。"不能。"

"那我为什么要打耳洞？"

"别孩子气了。"她跺了跺脚，"冰块可以让耳垂变得麻木。"

"那你打耳洞的时候为什么要尖叫？"

"我只是在演戏，一点都不疼。我用生命起誓。"

"最好不疼。"我转过头，把耳朵托付给她。

她把冰块按在我的皮肤上。她举起骨针的时候，融化的冰块滴到了我的肩膀上。

"这跟我和菲雅用的是同一根针,"她说,"上面有我们的血。现在它也会拥有你的血。你猜到了吗?"她问。

"猜什么?"

"天啊,贝蒂,快猜我失去了什么?"

"一枚纽扣?这就是你不能扣上衬衫的原因吗?"

"告诉你吧,我失去了我身体里的那个女孩。"她松开冰块,"她死了,我失去她了。你看不出来吗?我不再是处女了。"她迅速把针刺进了我的耳垂。

"哎哟。"我皱紧眉头。

"不知道我还能不能穿白色的衣服。"她一边说,一边从口袋里掏出一只浮雕耳环。她迅速把针拔出来,再把耳环的金属丝穿进去。

"不算太糟,不是吗?"她问道。

她把冰块贴在我的另一只耳朵上,她又问:"你现在要叫我荡妇吗?"

这么多年来,我一直听别人这么叫我的姐姐。

"你不知道弗洛茜·卡彭特吗?"他们说,"她会和任何人上床。"

然而谣言四起时,弗洛茜还是个处女。当然,她穿着短裙跳舞,调情,亲吻男孩,裸泳,涂着口红上床,露出胸罩肩带。但是她做过的有意义的事情远比所有这些事情加起来要多得多。尽管如此,她还是被他们评头论足,因为她敢于冲撞纯洁的形象。

我的姐姐只是又一个被社会和教条毁掉的女孩。那些条条框框说,女孩的一辈子应该遵从女德,逆来顺受,保持文静而妩媚,在女孩需要保护的时候,它们却遁于无形。一个女孩被钉在自己性别的十字架上,她发现自己被夹在母亲和史前肋骨[①]之间。在那里,除了做一个与男孩们一起生

[①]《圣经》中记载,上帝用亚当的一根肋骨创造了世界上第一个女人夏娃。

活却不平等的女孩,几乎别无选择。这些男孩可以像发情的公猫一样嚎叫,在饕餮盛宴摸索前进,却永远不会像我姐姐那样被称为荡妇或者妓女。

"我不会叫你荡妇的,弗洛茜。"我说道。冰融化了,就像她的指尖在下雨。

"我和那个经常带我去看电影的男孩做了。"她拉住我的耳垂,用手指找到了中心,"他给我买了那么多爆米花。他告诉我是时候报答他了,耶稣的血啊。"她模仿母亲的声音说道,然后用针刺穿我的耳垂,这次动作慢了一些。

"哎哟,"我战栗了一下,"这次真的很疼。"

她迅速把耳环的金属丝穿了过去,我感觉浮雕耳环挂在我的耳朵上很重。那里的麻木感渐渐消失了,而疼痛又开始鬼鬼祟祟地袭来。

"我不知道为什么他们总是在说你丢三落四。"她说着走到舞台中央,"失去了什么东西,就好像是你的错一样。你的老师说:'你把作业弄丢了吗?'妈妈说:'你把鞋弄丢了吗?弗洛茜,你为什么老是把鞋子弄丢?该死,弗洛茜,为什么你总是丢掉你拥有的一切?'"她玩弄着自己的头发,"他们不应该说那事儿就像剥一颗樱桃,更像是砸碎它。"

她皱起眉头,低下头说:"我拒绝了他,但他还是做了。"

我花了几秒钟才明白她在说什么。弗洛茜很强大,在我心中,她可以击碎石头,可以睁大眼睛面对暴风雨。然而,在那一刻,她是我见过的最安静的弗洛茜。那种沉默把我吓坏了。可怕的不是沉默本身,而是我找不到合适的话对她说。她在等我,至少,我应该靠近她,告诉她她什么都没做错。

"好吧。"她把头发向后一甩,跳下了舞台。

我很庆幸她要走了。如果她再逗留下去,我害怕我会哭的。我知道她不会喜欢这样。弗洛茜可以哭,但她不喜欢别人的眼泪,因为她不知道该拿眼泪怎么办。

她停下来转过身说:"女孩的第一个错误就是给了他们一个吻的机会,他们认为在那之后就能夺走你的一切。我告诉你是为了警告你,妹妹。哦,还有,别把耳环摘下来,你不能在伤口定型之前让洞合上。"

她走了以后,我回过头想把故事写完,但是我做不到。最后,我写下了弗洛茜的真相,把字写得和她的头发一样长。没等到最后一句话的墨水变干,我就把纸叠好。字迹一下子脏了,但我觉得没关系。离开舞台时,我把书页塞进了口袋里。

我走到后门廊,发现崔斯汀在用父亲从五金店给他买的一小罐水彩画画。

我站在他身边,透过厨房的纱门,看到林特站在熨衣板前熨他的衣服。这是他八岁时养成的习惯。

"我告诉过他,他那件衬衫已经没有皱纹了。"崔斯汀说着,朝林特点点头,"可是他就是听不进去。"

"这些是关于我的故事的插画吗?"我拿起崔斯汀身边的那沓画纸。

"对。"他看着我,"嘿,你耳朵里有东西。"

我想伸手去摸耳环,但我的皮肤实在是太疼了,最好还是不要去碰它。于是我翻看了一下那些插画。

"你喜欢我的插画吗?"崔斯汀问,"我在跟着你的故事走,就像你写的那样。如果你愿意,我还可以给你画其他的故事。"

"我非常愿意。"我说道,然后把插画拿进房子里。

"嘿,林特。"我在熨衣板前停了下来,"那件衬衫没有皱纹了。"

"我必须确定这一点,贝蒂。今天早上我听见妈……妈……妈妈和爸爸吵架了。我得确保所有的皱纹都消失了。魔……魔……魔鬼利用皱纹作为进入我们世界的通道。我们留给他的通……通……通道越多,他就越有可能进入我们的家……家……家庭。"

"林特,你总是在保护我们的家人,是不是?"我对着他笑了。

"我和石……石……石头一起，贝蒂。"他回以微笑。

我能听到前门廊外有人说话。我打开纱门，父亲和煤渣砖约翰都转过头来看向我。他们坐在摇椅上。从他们中间桌子上的锤子和一堆胡桃壳来看，我知道他们已经在那儿坐了一段时间了。

"嘿，小兰登。"煤渣砖约翰总是管我们每个孩子都叫"小兰登"，好像除了父亲的名字，我们就没有自己的名字似的。

至于他自己的名字，约翰是他父母给他起的。"煤渣砖"是呼吸镇的人给他的绰号，因为他到哪儿都拖着一块煤渣砖。它被绑在一根绳子上，松散的一端垂在他的肩头。他会紧紧抓住肩头上的绳子，向前弓着腰，仿佛他在努力拖动油罐车那么重的东西。我想如果你抓着一样东西太久，它会在很多方面带给你负担。自从和他共同生活了三十年的女人死于肺炎之后，他就开始背着这块煤渣砖。失去一个女人，得到一块煤渣砖。也许到最后，他需要承受比悲伤更沉重的东西。

几年后，煤渣砖约翰带着那块煤渣砖跳进了河里。我想他已经把它背得够久了，也够远了。当他们把他的尸体捞出来时，他们说他已经顺流漂离那块煤渣砖一英里远，终于摆脱了它。我希望那是真的，因为老约翰是个好人，至少他对我们这些卡彭特很好。父亲和约翰一起长大，他们成为朋友的原因很简单，父亲从不嘲笑约翰。这对一个总是被嘲笑的人来说意味着很多。

使约翰成为笑柄的不仅仅是他的煤渣砖，还有他靴子里的脚趾蜷曲的样子。那蜷曲的模样总是让我感到害怕，尽管我知道那没什么好怕的。那是某天晚上，他醉醺醺地躺在田野里，冻伤了脚趾。但是如果你问他发生了什么，他会告诉你是薄荷响尾蛇把他的脚趾当作薯片一样吃掉了。

我从来没有见过呼吸镇的薄荷响尾蛇，我也不知道除了煤渣砖约翰和父亲，还有谁见过。

"人们叫它们'薄荷响尾蛇'，"父亲会说，"因为它们有红白相间的条纹,就像薄荷糖一样。它们闻起来也像。"

薄荷响尾蛇在世界上任何其他地方都不存在,它们根本不存在于呼吸镇,除了我父亲和煤渣砖约翰口中的传说。老约翰会随身携带一小罐压碎的薄荷糖,发誓那不是在杜松老爹超市买来的糖果,而是薄荷响尾蛇脱落的皮。我想这就是为什么煤渣砖约翰和我父亲相处得这么好,当其他人谈论现实的时候,他们只谈论他们相信的事情。

我俯下身去抚摸煤渣砖约翰的猎犬,老约翰给它取名为"两只耳"。当人们问他为什么取这个名字时,煤渣砖约翰总是回答说:"嗯,它有两只耳朵,不是吗?"

我好好地抚摸了一番"两只耳"的下巴。父亲告诉我,我刚刚错过了一只试图抓住科顿气球的老鹰。

"老鹰的爪子把它抓破了。"父亲说,"信掉在那边某个地方了。"他指着远处的一座山丘。

煤渣砖约翰的腿上放着一盒狗饼干。他拿了两块出来,喂了一块给"两只耳",而自己吃了另一块。

"小兰登,你拿的是什么?"煤渣砖约翰冲我手中的纸点了点头。

"我的一个故事的插画。"我回答。

"我想听听你的故事。"煤渣砖约翰说。

"故事叫《罪的继承》。讲的是一个身为小偷的男人有一天成了一个谋杀犯,因为他想抢劫的女人没有交出她的钱包。他拿刀只是为了吓唬她,但是在扭打中,他不小心把刀子插进她的肚子里。就在她倒下之前,她把他拉近,吻了一下他的脖子,留下了她的口红印。"

我把插画递给煤渣砖约翰和父亲,让他们看看每个场景。

"小偷丝毫不关心那个垂死女人的举动。"我继续说,"他抢走了她的钱包,跨过她的尸体。数钱的时候,他感到一股奇怪的热力在他的颈侧跳动。他照镜子时,看到了那个女人的口红印。他试图把她的唇印洗掉,但它纹丝不动。这名男子绝望了，甚至用漂白剂和钢丝刷不停地擦洗，刮掉自己的皮肤。他把伤口包扎起来，花掉了那个死去女人的钱。但是一旦伤口愈合，结痂脱落，那个女人的唇印就会像她第一次吻他时那样鲜活。

"男人疯了，买了各种各样的肥皂。唇印仍旧像文身一样存在，每当看到它，他都会想起那个女人。他受不了了，每天都穿着高领毛衣，但即使唇印被掩藏了起来，他也能感觉到它在灼烧着他的肉体。后来，他期待已久的孩子出生了。那是一个健康的男婴，但是在他的脖子上，也有一块口红印，和他父亲的一样。这个儿子继承了他父亲的罪孽。父亲无法面对自己将罪孽传承下去的事实，于是在割开唇印之前坦白了自己的罪行。割伤自己后，他没来得及获救，就失血而亡了。"

我凝视着崔斯汀为这个场景画的插画，它只是一个浓艳的血红方块。

"知晓自己父亲的罪行后，"我说，"儿子逐渐长大了，唇印却一直印在脖子上。然后有一天，这个儿子目睹了一个女人被抢劫，小偷拿刀指着她。"

我停顿了一下，看着崔斯汀画的那个女人的尖叫场面。

"就在刀刃快要刺穿她的肚子时，儿子走过来，替她挡下了刀。小偷逃走，儿子也倒下了。他救下的女人跪在他身边。

"'你看到我脖子上的唇印了吗？'他问她。

"'什么唇印？'她说，'什么都没有。'

"她感谢他在刚才救了她的命。然后，儿子死了，他所承受的罪孽不再是他的负担。"

煤渣砖约翰和父亲都靠在椅子上，插画摊在他们中间的桌子上。

"如果我的孩子继承了我的罪孽，我不知道我该怎么办。"父亲说。他的眉毛紧紧地锁在一起。

"哦，你没什么罪过可担心的。"煤渣砖约翰告诉他。"嘿，小兰登，"煤渣砖约翰兴奋地坐起来，转向我，"你知道《呼吸镇报》一年一度的诗歌比赛吗？"

"我已经参加了，"我垂下头，"我没有得奖。"

"哦，那只是因为他们认不出一名真正的诗人。"煤渣砖约翰说，"你知道，如果你想要外星人的故事来拓展经历，我有很多东西可以和你分享。"

"啊，约翰，别再提那些外星人了。"父亲叹了口气。

"怎么，如果我不提他们，谁来提呢？"他问，"有那个家伙领导着他们。"

"别说'家伙'，好像他是个无名小卒似的。"父亲皱起眉头，"他是总统。"

"他是个外星人。"

"煤渣砖约翰，你怎么知道的？"我问。

"因为当他们来抓我的时候，"他说，"他们看起来都像肯尼迪[①]。"

"这个人已经死了快两年了。"父亲提醒他，"人被埋葬的时候，他的罪孽就该结束了。你不这么觉得吗？"

当父亲拿起插画时，煤渣砖约翰谈到了更多外星人的事。我撇下他们，走下门廊的台阶。

我在林荫巷的路上踢着小石子。露西丝在她的院子里为啦啦队选拔赛做准备。她朝我摇了摇啦啦球，说她能看见我的尾巴从短裤里伸出来。然后我走到了小巷的另一侧。

最后我来到城外一条通往农田的土路上。虽然看不见车，但我还是伸出拇指等待。

一辆驶向我的汽车的引擎盖在阳光下闪闪发光。汽车打了个急转弯，然后摆正，停在我旁边。一个男孩从里面打开了车门。我滑到汽车的真皮座椅上，那个座椅已经裂开了，夹住了我的腿，像是一些想要吃掉我皮肤

[①] 约翰·肯尼迪：美国第三十五任总统，一九六三年遇刺身亡。

的小东西。

那个男孩双手握着方向盘开车。他的背上有一张浅蓝色的棉布床单,床单用一根绳子系在他的脖子上。

"你到开车的年龄了吗?"我问。

"我十三岁了。"他说。

"你妈妈让你开车?"

"她总是让我去买甜玉米。"

他在阳光下宛如火焰,我从没有见过他那头亮铜色的头发。

"你为什么披着一张床单?"我问。

"这是一件披风,"他说,"我在救人,就像超人一样。如果你愿意,我也可以救你。"

我想起了菲雅说过的话,男孩总以为他们在拯救世界。

我望向后座,发现他有一副足球护膝和一套换洗衣服。

我还没来得及问,他就说:"我踢足球。"

"我不喜欢足球。"我转过身。

"我也是。"

他用余光打量我。

"你多大了?"他问。

"十一岁。"我把腿搭在仪表盘上。

他把胳膊伸过来,搭在我的腿上。

"你确实使我看起来很白。"他说。

我放下双腿,向窗外望去。

我们默默地开了几分钟,他问:"你们找到那个在呼吸镇开枪的人了吗?"

"可能是你们镇上的人。"我斜靠在座位上,给他看我的耳朵,"我今天打了耳洞,这对耳环以前是我妈妈的。你看到了吗?"

277

他放慢车速,把车停在农场摊位旁。

"呼吸镇的甜玉米是最好的。"他掏出钱包,"足球队都是垃圾,但玉米真的很棒。"

"因为这是古老的甜玉米。"我说"甜"的方式和我幻想弗洛茜会说的方式一样。

"你要点儿什么吗?"他数着钱问。

"给我一个桃子,好吗?"

他下了车,向摊子走去,把头发往后捋。当老农把玉米收进篮子里时,男孩回头看着我,好像在看我是否还在车里。他提着篮子走过来,而我一直盯着他。玉米脏兮兮的穗粘在一起,还有成群的黑色小甲虫在叶子上搭便车。我的桃子在最上面,左右摇晃,马上就要滚下来。在他把篮子放到后座之前,我抓住了它。

他滑到方向盘后面,用手指轻轻敲击方向盘。

"你要去哪儿来着?"他问。

我咬了一口桃子,他看着果汁顺着我的下巴滴下来。

"我们可以走一条从来没有车经过的小巷,"我说,"然后躺在小巷中间。"

"如果从来没有车经过,它怎么会存在在那里?"

"呃……"我衔着桃子犹豫了一下,"我不知道。"

我们都笑了。

我给他指了小巷的方向。一路上,我吃完了桃子。我把桃核放在我们中间的地方。

无车经过的小巷尘土飞扬,狭窄而又杂草丛生,周围是野花和铁丝网。这条路向着没有犁过的荒野敞开怀抱,那里的太阳更加炙热,几乎像沙漠一样,仿佛野花和野草有一天会变成仙人掌。我下了他的车,仰面躺在小巷中央。他环顾四周,然后躺在我身边。他把披风掀到头上。

"如果你不喜欢足球，为什么还要踢呢？"我摸着耳垂问。那里零星的血已经结痂了。

"我以前打棒球。"他双臂交叉放在脑后，"然后，爸爸和他的女友私奔的那个夏天，妈妈把他所有的白袜子都挂在晾衣绳上。她把我的球棒递给我，让我——砰——"他站起身，做了挥动球棒的动作，"把爸爸的袜子打到平流层那么高，甚至更高的地方。从那以后，我就不怎么喜欢棒球了。我觉得踢足球只是另一种消遣。"

他会认为参军也是另一种消遣。这个为母亲买甜玉米，把父亲的袜子打到平流层上面的男孩，最后参了军，死在了越南，他甚至连自己都拯救不了。

"你是说，没人开车经过这条小巷？"他用胳膊肘撑起身子。

"你经常来呼吸镇吗？"我问。

"我来山里打过一次猎，后来再也没有来过。"

"发生了什么事？"

"有一年冬天，我在雪地里。在白雪中，我看到了那些鹿角和最美丽的鹿。我以为打猎会有所不同。我可以毫不犹豫地扣动扳机，但我只能站在那里，拿着枪，目瞪口呆。上帝从来没有离我这么近，我真的相信了。"

我俯身在他的脸颊上吻了一下。他先是尴尬地看了我一眼，然后吻了我的脸颊。

"我们可以接吻，"我说，"如果你愿意的话。"

"好吧。"

我们靠向对方，尴尬地挪着脸，试图避开对方的鼻子。我们的嘴唇碰在一起。我能感觉到他的嘴唇有多么干裂，于是别开了脸。

"你不喜欢吗？"他问。

"我以为会像书里写的那样。我们可以再试一次，看看会不会好一点儿。"

靠近，闭上眼睛，我感觉到有湿热的尖头试图钻进我的嘴里。

"呃。"我缩了回去，"那是什么？"

"我的舌头。"他说。

"恶心。"

"接吻就是这样的。"

"你怎么知道？"

"我在学校认识一个家伙。"

"你吻他了？"我问。

"才不是。他亲吻了女孩，然后告诉我所有的事情。"

"比如什么？"

"比如你们女孩子喜欢的所有东西。"

"我们喜欢什么？"我问。

"你们喜欢收到鲜花和糖果，还喜欢被摸胸。诸如此类。"

我回头看着他。

"哦，天哪，"我说，"你太了解我们女孩了。我们想要的只是鲜花和糖果，还有摸胸。生命中还有什么比这更重要的呢？不要管我们是否可以为自己摘花，或者想吃糖果就吃。天哪，我真高兴你知道我们女孩想要什么，因为我们自己可能都搞不清楚。"

他又开始吻我，直到他的胸紧紧压上我的胸，把我压在没有人开车经过的小巷上。他的手开始在我的衬衫上移动。虽然费了些力气，我还是把嘴唇从他嘴唇下面抽了出来。

"不。"我说。

我准备把他推开，但我不需要这么做。

"好吧。"他退后了。

我们又在那里躺了几分钟，仰望着天空。

"我得回家了。"他说。

在把我送到接我的地方之前,他从手套箱里拿出一支永久性记号笔。

"在我的披风上签名,"他把马克笔递给我,"我想要我吻过的第一个女孩的签名。"

我等待着,直到他决定让我在披风上的哪个位置签名。

"就在这儿。"他指着布料的中间说。

我签了自己的名字,花了些时间在书写上,这样记号笔就不会在棉花上留下太多水迹。

"贝蒂·卡彭特。"他在披风上读到我的名字时,大声念了出来。

我一关上车门,他就从座位上探出身子,从敞开的车窗向外问道:"贝蒂·卡彭特,你刚才到底想要干什么?在那条没车经过的小巷?"

我把手伸进口袋,翻出弗洛茜的故事。

"我想知道'不'是否还有意义。"

我转身慢慢地走回了家。当我回到家后,我去了"遥远之地",爬进了舞台底下。在菲雅和母亲的故事旁边,我又挖了一个坟墓。我从口袋里取出弗洛茜的故事,放进洞里。我身上没带罐子,所以当我把它活埋的时候,泥土碰到了纸面。

呼吸镇报

近期枪击现场听到哭声

有人反映,在一条叫作"血河"的小溪附近发生了枪击案。

一名当地的徒步旅行者说,他躲在一棵树后面,直到枪击结束。这名徒步旅行者相信,他在枪击后听到了哭声。

他去调查的时候,只发现了一堆石头。徒步旅行者说他觉得这些排列整齐的石头看起来像是墓碑。他用镐头挖掘时,在岩石下面的一个浅墓穴中发现了鸟骨。

"头骨旁边排列着白色的羽毛,"他说,"躯体骨骼周围还有深褐色的羽毛。这些羽毛看起来像是老鹰的。这几乎像是有人很爱这只鸟,想为它举行葬礼。"

徒步旅行者提到一阵无休无止的寒风使他的骨头发冷。警长还未查明鸟的骨头是否与枪击案有关联。

第二十八章

"使我憔悴，以指证我。"
——《约伯记》16:8

我们叫她蒲包草老婆婆，就好像她一辈子都是个驼背的老妇人，住在一间满是蚂蚁的猎枪棚屋里。猎枪棚屋是一种狭窄的房子，每个房间都有内门相连。如果你从前门开枪，子弹会穿透后门，以及中间所有的门。蒲包草老婆婆的猎枪棚屋很老了，但是她更老。她孑然一身地生活着，但有时候会雇用女孩来帮助她。

那年夏天，她付钱让我在她家里工作和留宿。在那儿的第一个晚上，我从一场暴风雨中醒来。我想上厕所，但是厕所在房子后面，我得穿过蒲包草老婆婆的卧室。

她的房门开着，灯是熄灭的。但是她坐在床沿，月光照在她赤裸的身体上。我以前只见过她的白头发盘成发髻的样子，现在已经散开。她的头发垂落下来，一直垂到她的腰间。发丝很细，我可以透过头发看到她的身体。

我从来没有见过这么苍老的裸体。她皮肤起皱和下垂的样子让我感到害怕。我担心它会完全脱落，露出下面的骨架。我想象着她头骨上的黑色凹槽，想象着她弯曲的肋骨把她跳动的心脏关在笼子中。静静地，我向后退，一路退回到了卧室里。外面的雨下得更大了。我本想再出去，但感到惴惴不安，不是因为迷失了方向，而是因为看到了蒲包草的模样。我走到房间的角落，蹲了下来，尿液浸湿了我脚下的绿色地毯。

第二天早上，我起得很早，确保尿渍已经干了。我把附近放台灯的桌子拖过来，这样就能盖住这个地方。在我开始吃早餐之前，蒲包草老婆婆递给我一本西格蒙德·弗洛伊德的《梦的解析》。

"把这个还给'傻凳子'先生。"她告诉我，"我告诉过他，我一直梦见地上有根棍子，他就把它借给了我。这本书一点儿忙都帮不上。小切罗基，你觉得我为什么老是梦见一根棍子？"

"也许你不擅长做梦。"我说。

她低下眼睛，皱起眉头："见鬼，我以前肯定擅长。"

我把书夹在腋下，朝镇上走去。

当到达"傻凳子"先生的理发店时，我发现阿梅里克斯·戴蒙贝克正坐在外面的长椅上。他折起他的《纽约时报》，把褪色的报纸拍在长椅上，套着他的西装三件套转向我。

"你那卑鄙的姐姐弗洛茜，"他对我说，"我知道她对我的狗做了什么。"

他抚摸着用来取代"玉米棒"的那头名叫"华尔街"的猪。

"我不知道你在胡说些什么。"我说着，然后推开了理发店的门。

理发店内，"傻凳子"先生正在教崔斯汀如何磨刀。崔斯汀给"傻凳子"先生当了几个星期的学徒。快看看他穿着的那件白色的小夹克和那条宽松的黑裤子，显得那么体面，是多么陌生呀。他很喜欢在理发店工作，这能让他赚零花钱去购买绘画用具。

我把书交还给"傻凳子"先生，他把书从敞开的门口扔到房间后面。他微笑着转过身来，露出门牙的豁口，淡红色的金色胡子像羽毛一样垂在嘴的两边。他留着我想象中他母亲曾经告诉他最适合他的那种发型，长到足以遮住他的耳朵和助听器，但也短到足以令人尊敬。

"崔斯汀正准备在我身上练习刮胡子，""傻凳子"先生说，"但既然你来了，贝蒂，他就可以在你身上练习了。"

"我没有胡子。"我皱起眉头，摸了摸自己的脸。

"哦，你弟弟甚至不会用真的剃刀。这是为了训练他的手腕和注意力。"

"傻凳子"先生轻轻地敲了敲他身后架子上的火球糖罐子。

"完事儿后你可以吃糖。"他吟唱着说。

我坐在一张通常呼吸镇男人们常坐的椅子上，我能闻到皮革上古龙水和汗水的味道。

"崔斯汀？""傻凳子"先生双手抱臂，严肃地看着我的兄弟。他问道："在每位顾客落座之前，你应该对他们说什么？"

崔斯汀叹了口气："她不是真正的顾客，甚至不会付钱。"

"这不是给能付钱的人刮胡子，""傻凳子"先生说，"这是给需要的人刮胡子。你完全搞错了，孩子。好了，贝蒂，你站起来。然后，崔斯汀，你对待她就像对待世界上最富有的人那样。"

我微笑着站在那里，看着崔斯汀耸了耸肩膀。

"坐在椅子上，傻瓜，你离开的时候会看起来很酷。"他说。

"再来，崔斯汀。""傻凳子"先生说，"你得大声说出来，让顾客听见。"

"坐在椅子上，傻瓜，你离开的时候会看起来很酷。"崔斯汀说得很大声，他的声音似乎在主巷里回荡。

"这回很好，孩子。""傻凳子"先生笑了。

我又坐了下来，咯咯地笑着，崔斯汀则铺开了理发师的围布。他把它盖在我身上，围着我的脖子，然后他用刷子在我脸上和脖子上涂抹剃须膏。

"好痒。"我笑了。

接着，崔斯汀拿起一把黑色的小梳子。"傻凳子"先生清了清嗓子，朝椅背上挂着的皮革点了点头。

崔斯汀用梳子平整的边缘摩擦皮革，就像在磨一把锋利的剃刀。

几秒钟后，他的拇指沿着梳子边缘移动，检查它是否锋利。他满意地把它的边缘贴在我的皮肤上。他刮得很仔细，每刮一下，就把我脸上的剃须膏擦掉一次。

"别割伤我。"我说。

"傻凳子"先生咯咯地笑了起来,但是崔斯汀只是把我的脸转向一边,好找准我下颌线的角度。他迅速而优雅地移动着梳子。我觉得自己就像是他的画布,这儿一笔,那儿一笔。也许在他的眼里,他不过是在给我画肖像。

结束后,他拿起毛巾,擦去我耳朵周围和鼻子下面残留的剃须膏。他拍了拍我的脸颊和脖子。

"不错。""傻凳子"先生在我弟弟的背上也拍了一下,"贝蒂,你觉得怎么样?"

"我觉得不错。"我揉了揉脸,冲弟弟微笑,他也冲我微笑。

"傻凳子"先生把火球糖罐子递给我,我拿了三颗。

我离开的时候把一颗扔进嘴里,把第二颗递给外面的阿梅里克斯,他立刻就吃掉了。

"顺便说一句,我很遗憾你的狗不见了。"我对他说。

"嗯。"他把火球糖塞进嘴里,只是把它含在脸颊内侧,"我敢说你一定很抱歉,"他说,"就像我敢说猎枪也有道德一样。"

我冲他吐了一下舌头,然后跑回了蒲包草老婆婆的住处。我把第三颗火球糖递给她。她取出假牙,开始像小孩子一样快乐地吮吸糖果。

"晚上想吃什么?"我问她。

"秋葵,还有一些甜菜根。得吃点儿有血色的东西,让人保持健康。"她鼓胀的脸颊充满空气,直到火球糖从她的嘴里喷射出来。"嘿嘿嘿。"她咧嘴大笑着。

我做完下午的家务,给她的橱柜通完风之后,就开始做晚饭。当我把秋葵片扔进玉米粉中,倒进热油里时,蒲包草老婆婆坐在桌子旁,谈起她的青春。她说,她仍然记得自己曾经是多么美丽。

"我的头发曾经是火的颜色。"她说,"男人们会在里面欣然赴死,只为吻我一次。现在它成了灰烬的颜色。"

我一边搅拌秋葵,一边问她是否一直生活在呼吸镇。

"哦,没错。"她回答,"我永远不能离开山丘。我不介意离开人,但是介意离开自然本身。当我还是个小女孩的时候,曾经以为我是大自然母亲的女儿。我会在头发上戴花,我的生母会把花摘下来,因为她对花过敏。阿嚏——"她假装打了个喷嚏,我们都笑了。她的鼻子抽搐了一下,然后真的打了一个喷嚏。

"上帝保佑你。"我说。

"打了那样一个喷嚏,我很需要祝福,亲爱的姑娘。"她揩了揩鼻子,然后说起她对树木的喜爱。

"我也喜欢大自然。"我一边说,一边远离煎锅和爆裂的热油。

"哦,我知道你喜欢,小切罗基。当你离开呼吸镇,你就是那种会从一座山走到另一座山,从一座小丘走到另一座小丘,从一个乡村走到另一个乡村的女孩。"

"我不会离开呼吸镇。"我说,"有时候我会去'遥远之地',但我不会真的离开。"

"你离开的不是大自然母亲,亲爱的,别这么害怕,你想要摆脱的是人类的天性。呼吸镇是这样的,你咬下一口,会同时尝到果实的成熟和腐烂。你是那种总有一天会把腐烂的东西吐出来的女孩,你会去找一颗不会变质的水果。你的屁股越宽,离开的念头就会越强烈。"

"我的屁股不会再变宽了。"

"哦,它当然会。你已经有了迹象。"

"什么迹象?"

"成为一个女人,但你还没到那个程度。"

我把秋葵放在盘子里,切了一些甜菜根,她谈起了更多关于她年轻时的美丽。当我和她一起坐在餐桌旁后,她提醒我在碟子上放一块新鲜的蜂蜜。这是给路过的蚂蚁准备的。

"你为什么让蚂蚁住在你的房子里,和你过这样的生活?"我一边问她,一边解救了一只被困在蜂蜜里的蚂蚁。

"因为当你回家的时候,"她说,"我就只剩下蚂蚁了。"

一只蚂蚁爬上她的胳膊,她笑了。

吃过晚饭,蒲包草老婆婆上床睡觉。我看着电视,在爬行的蚂蚁和静电噪声之间睡着了。几个小时后,我从睡梦中醒来,想去上厕所。我静静地走向她的卧室,希望这回能穿过卧室到厕所去。

就像前一个晚上一样,我发现她光着身子坐在床沿。她没有意识到我在那里,继续按摩她的双腿,蓝绿色的血管在她的皮肤下蜿蜒。在第二个晚上看到她的身体时,我就不那么害怕了。在皱纹和褶子中,我看到了她的过去。她的皮肤是她灵魂的日记。在无数的春天里,她望着花儿盛开。在无数的夏天里,她站在月亮面前,亲吻它的脸。在无数的秋天里,她的智慧更加深邃。在无数的冬天里,她名字的首字母被冻结。每一条皱纹都记录着她活过的每一小时、每一分钟、每一秒。她所有的秘密都写在她的皮肤上,无论是她祈求上帝的东西,还是她诅咒魔鬼的东西。面对这样的年纪,我只看到了美丽。

"你的腿很疼,是吗?"我对着寂静的房间说,"我可以用桤木树皮给你泡茶。"

她转过身看着我,但并没有因为我的出现而惊诧。

"不用忙活给我泡茶,"她说,"我没事。"

她没有戴假牙,所以她每说完一句话就伴随着轻微的口哨声。

"我没事。"她站起来又说了一遍,然后走到长镜前。她凝视着自己的身体,左右转动,看着自己的腰部和身体的曲线。

"女人变老就像是一种侵蚀。永远不要变老,小切罗基。不过这也不是你能主宰的,除非你早早地死去。我希望我死的时候,我的屁股还是那么迷人。"

她竭尽全力地扭动屁股。

"我脏了几十岁，老了几十岁。"她的声音嘶哑了，"我曾经是男人们梦寐以求的伴侣，但现在只是个蒲包草老婆婆。这就是我现在的名字——老婆婆。世上没有人记得我曾经是多么美丽，除了我，没有人记得。珍惜你的美丽吧，小切罗基。你一不留神，它就消失了。"

"我并不漂亮。"

她吃惊地盯着我。"傻姑娘，你怎么能这么说？"

"我长得像我爸爸。"

"我们的父亲都给了我们一些东西，我们的母亲也是如此。你有你父亲的皮肤，但你有你母亲的身材。你有你父亲的下巴，但你有你母亲的嘴唇。这些都是我们被赋予的东西。你怎么能对自己的美丽一无所知？过来。"

她抓住我的手，把我拉向镜子。

"说你很漂亮，贝蒂。"她把我转过来，面对镜中的自己。

"但我不漂亮。"

"谁告诉你的？"

"我的妈妈。"

"当然了，亲爱的。"蒲包草老婆婆轻声笑起来，"你让她想起了她失去的一切。所有的母亲都在某种程度上嫉妒自己的女儿，因为女儿刚刚步入青春，母亲却失去了自己的青春。嫉妒是她的天职，那就是你妈妈所做的一切。她抬起她嫉妒的头颅，就是因为你越漂亮，她就越害怕失去自己的美丽。如果你知道你自己的光彩，那么她的力量就消失了。她跟你说你不漂亮，是她在作为母亲之前，作为女人对你说的话。"

她从镜子前走开，坐在床沿，就好像刚从镇子的一头走到另一头那样感到非常疲惫。

"把口红递给我，好吗？"她指了指梳妆台上的化妆篮。

"我仍然会为每一个吻涂上口红,"她说,"但那些吻不会再有了。"

我把红色的口红递给她,坐在她旁边,看着她把口红涂在薄薄的嘴唇上。

"蒲包草夫人,你喜欢性感吗?"我鼓起勇气问。

她想了想,然后说:"我曾经是一个非常性感的人,身边也总有非常性感的人。"

"他们说的关于你的事是真的吗?"

"孩子,他们说什么?"

"他们说你曾经是男人有足够的钱就可以去'拜访'的女人。"

"孩子,你是在说我是妓女吗?"她笑了,她的嘴里只有牙床。

"不,夫人,但其他人是这么说的。他们说唯一能阻止你张开双腿的就是变老。"

她笑了,"他们还说了什么?"

"差不多都是这样,反复地说。"

"他们有没有提到拉凡纳?"

"提到什么?"

"不是什么,亲爱的,是谁。"

她用手轻轻地托住我的下巴,开始在我的嘴唇上涂口红。

"所有知道她的人早就死了,除了我。"她叹了口气,"她是一个出生在乔治亚州萨凡纳市的女孩。她的妈妈希望她的名字来自她来到这个世界的地方。但她是一个晚产的婴儿,所以他们把'迟到'这个单词里的'L'代替了萨凡纳的'S'。当我最后一次见到她时,我们还只是一对笑着咬指甲的十七岁女孩。小切罗基,你多大了?"

"十一岁。"

"那你还有很长的路要走呢。"她轻轻地把我的头发掖在耳后。

"拉凡纳现在在哪儿?"我问,"她也是个老婆婆吗?"

蒲包草老婆婆看向别处，目光呆滞。

"你知道流沙巷上的那片流沙吗？"她问，"拉凡纳就在那里。有一天，她踏进了那片沙地，把自己也沉入了那一片混乱之中。如果那片流沙有一个底，她就在那里。我记得在她沉没之后，所有的蚂蚁都从沙子里跑出来，好像那里是它们的家，而她惊扰了它们。"

"蚂蚁？"我问，看着那些爬过她墙壁的小蚂蚁。

"我想这就是为什么我喜欢和它们在一起，"她说，"它们是她最后留下的东西。"

"她为什么要自杀？"

"哦，这不是她的错。"蒲包草老婆婆说，"自从她从父母送她去的精神病院回来以后，她的脑子就一直不太正常。他们就是这么解释我想和她在一起的原因的——精神疾病。他们说有些东西违背天理，需要纠正。但说真的，这一切，只不过是爱而已。我想你不会明白的，你才十一岁。"

她在打量我，好像在思考是否要继续讲下去。

"这一切都是从我爸爸在阁楼里奶奶的旧床上逮到我和拉凡纳开始的，"她说，"我和拉凡纳都没有听见他走上台阶。我们都赤身裸体，亲吻着彼此，仿佛我们是地球上仅存的两个人。"

蒲包草老婆婆眉毛弯起看着我，等待着我开口。

"你不打算说些什么吗？"她问，"你不打算告诉我：我因为你和一个女孩裸体躺在一起而感到不舒服吗？"

"不，蒲包草夫人，"我摇了摇头，"我不会那么说的。难道这就是他们把她送进精神病院的原因？就是因为你爸爸看到了这些？"

她点点头，说："爸爸也想把我送到精神病院，但妈妈说服他最好在家里把我体内的魔鬼赶出来。我被爸爸用皮带鞭打，同时拉凡纳的家人把她和那些穿白大褂的人一起送走了。当他们允许她回家时，她的头发被剃光了，全身都是新月形的伤疤。她太瘦了，仿佛她被送走之后一顿饭都没吃。

"我试着跟她说话，但她一个字也不肯说。她似乎唯一想做的事情就是慢慢地走来走去。我仍然记得她嘴角流出的那串口水。我发誓，她能够直视你，却看不到你。他们带走了一个女孩，还回来一个鬼魂。人们说她是走到那片流沙上自杀的，但她已经死了，你不能杀死已经死了的人。"

蒲包草夫人开始用口红在她的皮肤上画出鲜红的新月。

"这就是为什么我变成了一个妓女。"她边说边画了更多的新月，"我太害怕被送走了，所以我尽可能地和每个男人睡觉。他们不会去试图治好一个和男人上床的女人，他们付钱给她。有趣的是，我的父母并不介意我和一百个男人在一起。比起和一个女孩在一起，这样做没什么丢人的。"

她把口红掉在地上。反正都用完了。

"回想起来，"她继续说，"我意识到我一直以来都很害怕像拉凡纳那样，以至于最后我把自己送走。我把自己关在我体内的精神病院里，因为我害怕知道自己到底是谁。"

她站起来，盯着镜子，越来越靠近，直到她的手和镜子里的手指尖相触。

"小切罗基，做一个女人不容易，"她说，"做一个一辈子都在担心自己是谁的女人，尤其不容易。他们都叫我蒲包草老婆婆。老婆婆，这就是我，一个穿着平底橡胶鞋去商店买土豆、牛奶和面包的女人。我独自吃早餐时衣服上沾着污渍。我弯腰驼背，长筒袜挂在青紫色的腿上。我有一头白发，一张没有人会看的脸。我在这个世界上活了九十七年。我所能展示的就是我自己，孤身一人在卧室里，凝视着镜子里一个女人的镜像，她太害怕做自己了。"

她从自己的镜像望向我的镜像。

"别让这种事发生在你身上，贝蒂，永远不要害怕做自己。你不会想活了这么久，却发现自己根本没有活过。"

第二十九章

"你为自己图谋大事吗？不要图谋！"

——《耶利米书》45:5

一辆棕色的汽车驶过，车轮把尘土抛向空中，我和弗洛茜停下脚步，站在齐腿高的草丛里。我们刚在河里游完泳，一缕缕棕褐色的烟落在我们湿漉漉的头发上。

"总有一天，我要买一辆黄色的科尔维特跑车。"弗洛茜说着，走回小巷，"嗡，嗡。"她假装在急转弯，"也许我也会让你开的，贝蒂。"

那是那年八月底，温暖的阳光吞食了我们周围的阴影。我们的头发干了，汗珠顺着我们的额头落下。夏末的南俄亥俄州有一个美丽的挑战。挑战从太阳传递给孩子：你能在我的高温下存活，并且仍然爱我吗？

大腹便便的甲虫突然蹦了出来，眼睛一转，略施一个小小的把戏，把所有的东西都掀起了涟漪。

"我们去铁轨那儿吧。"弗洛茜说着转身倒着走在我面前，"中午的火车马上就要开过来了。"

她穿着短裤，但是被垂在身上的棒球衫遮住了。那件棒球衫是她现任男朋友的，一个叫明福德的家伙。我忘记他姓什么了，那些姓氏一开始就不值得记住。

"嘿，贝蒂？"她仰望天空，"你想住在哪里？"

我们陷入了和往常一样的对话。

"我要住在世界上最好的街道上。"在我回答之前，她自己回答了这个问题,"两旁栽满了棕榈树,走几步路就能到玛丽莲·梦露①买染发剂的药店。你懂的,在她染发和离世之前。"

弗洛茜从口袋里掏出一些干玉米穗、卷纸和一只打火机。我们把玉米穗揉成一团,用纸卷起来。点燃后,我们快速轮流地吸着烟,让烟头持续发光。

"我会比伊丽莎白·泰勒更出名,"弗洛茜吐出一口烟说,"他们会把我的名字写在所有剧院的海报上。当然,他们可能会给我起个艺名,让我更像好莱坞明星。我也得改掉我的口音。"

我们分享着香烟,她又说:"我绝对不会像乡巴佬那样抽玉米穗。"

她从我手中夺过香烟,一口一口地吸,直到烟变得很短,不得不把它扔掉。

"你会住在一幢农舍里,贝蒂,"她说着,仿佛有一颗水晶球出现在她的面前,"你会有一只狗、一只猫和一只老鼠。狗不会吃猫,猫也不会吃老鼠,每样东西都会死于衰老和无聊。你会不得不嫁给孤独的月亮,只为了让自己有事可做。"

她跑在前面,仿佛在冲向终点线。她长长的头发向后飘荡。

来到铁轨后,我们在铁轨的枕木上跳房子。远方,火车的汽笛鸣响了。

"用不了多久了。"弗洛茜说着把棒球衫脱了下来。她没有穿胸罩。她的乳头让我回想起我们年少时所说的奇迹蘑菇,那时我们还年轻到相信奇迹是存在的。

"来吧,贝蒂,把你的衬衫也脱了。"她把棒球衫扔进灌木丛。

"我不想脱。"我说。

火车头出现在大约一英里外的铁轨上,黑烟缭绕在白云上。

"你在害怕什么,贝蒂?"她问。

---

① 玛丽莲·梦露:美国著名女演员。

我看着她旋转，张开双臂仰望天空，面带微笑。我想起了夜晚中的蒲包草老婆婆站在她的房间里，哀悼她所有因为害怕而不敢做出的选择。我不想变成她那样，把自己锁起来，直到我什么都不是，只是一声没有人能听见的遥远呐喊。我想笑得和弗洛茜一样灿烂，想和她一样自由。

"我不害怕。"我脱掉了我的衬衫。

我把它丢在草地上，但仍旧把手臂环在胸前。母亲说我应该开始考虑穿小背心了，仿佛我生长的乳房需要被规束，就像父亲规束黄瓜和豆子的藤蔓长成一条线那样。

"这样它们就不会失控了。"父亲会这样说藤蔓。

我想象着我的乳房被固定在一个棚架上，仿佛我的性别里有着意料之中的软弱和不负责任，而这个世界已经创造了一件胸罩来纠正我。

"把你的胳膊拿开。"弗洛茜说，"你有胸，这就是你的惊天秘密吗？"她笑了。

她把我的手臂从胸前挪开，我们一起转圈。

"我想这就是出名的感觉。"她像汽笛一样鸣叫，直到她高亢的叫声不断回荡。

"该离开铁轨了。"我说。火车的引擎声越来越响亮。

她还在咯咯笑和转圈，我不得不将她拽到草地上。

"谢了，妈妈。"她对我发出亲吻的声音，然后将脸转向迎面驶来的火车，"哦，你好呀，火车。"

火车鸣响着驶过，弗洛茜跳起来，双臂高举向天空，仿佛她正坐在独立日集会画着旗帜的过山车上。

"来嘛，贝蒂。"她抓住了我的手。

我们一起尖叫，一起大笑，直到火车完全驶过。在火车不见很久后，我们还在跳。

"你看到那些流浪汉了吗？"弗洛茜像男人那样顶着胯部。

"那个戴着粗麻帽子的还挺可爱的。"我一本正经地说。

我们一起倒在铁轨上,迸发出更多大笑,无意中滚烫的铁轨烫伤了我们的肌肤。

"该死。"弗洛茜滚到枕木上,把背对着我,"留下痕迹了吗?"

"只是有点儿红。"我轻轻用指尖抚摸她身上那些扁平的黑痣,那些痣仿佛在她的皮肤上组成了一个星群。

"好烫。"说完后她安静了下来。她的下一个问题是问我是否记得我们烧毁了教堂。

"记得,弗洛茜,那可不是容易忘记的事。"

"你觉得上帝会因此惩罚我们吗?"

"我不觉得上帝会想这件事。"

"我觉得他无时无刻不在想。"她躺下来,眯眼看着太阳。

"如果他打算惩罚我们,弗洛茜,那他早就做了。"

"不,"她摇了摇头,"他是那种会等待的人。在你最意想不到的时候逮到你,在你真正感到痛苦的时候逮到你。"

她似乎在用眼睛啜饮天空,所有的云和光都倾倒在她的眼里。她说太阳是那么温暖,然后开始轻拍自己的脸,她的手柔柔地滚过她的脸颊。

"我很漂亮,你觉得呢?"她问,"我会登上世界上每一本杂志的封面,我绝对不可能登不上。"

现在当我想起弗洛茜时,我记得她总是在太阳底下,坐在绿茵茵的草地上,在她的头顶上挤柠檬,让汁水渗入她的头发。到了夏天,她几乎每天都这样做。当八月结束时,她浅棕色的头发会在光线下犹如镀金。有时候,这是我唯一想要记住她的样子——太阳、草地以及黄色的柠檬。我的姐姐永远将头朝向阳光。

"你觉得现在几点了?"她问,"明福德有棒球训练。我得走了,不然就要迟到了。"

她站起身，拍掉在她晒黑的大腿上的碎石。

"如果一个男孩希望你看他打球，那他是真的喜欢你。"她说。

"天哪，听上去真有趣。"我摇着头说，"你知道，弗洛茜，你不用总是演戏。"

"谁说我是在演戏？"

她重新穿好棒球衫，没有和我告别，就跳下了铁轨。

我穿上自己的衬衫，站在原地，看着她跑向远方，直到她的背影变成了一个微小的斑点，像热气一样闪闪发光。

一回到家，我就跨过菜园里的藤蔓，摘了一颗番茄。我把它一口吞下，汁水顺着我的胳膊淌下来。我转过身，看到父亲坐在后门廊的秋千上。我踮起脚尖，小心翼翼地绕过生菜头和绿花椰菜，经过爬满棚架的黄瓜。我擦去下巴上的番茄汁。

"嘿，爸爸。"我走上门廊的台阶。

他脚边的地板上有一堆补过的裤子，一条将要补好的裤子搭在他的大腿上。

我靠着栏杆，看着他在身旁的雪茄盒里翻找纽扣。他的右腿伸在他从客厅里拿出来的凳子上。从腿晃动的样子，我能看出他的膝痛正在发作。

"为什么你从来不为自己的疼痛调制一些汤药呢？"我问。

"我想我从来没想过自己值得摆脱它们的折磨。"他说道，但仍旧在研究那些纽扣，"有些痛苦你知道自己是摆脱不掉的。也许如果我更年轻些，更有指望些，我会有不同的看法。"

我试图将父亲想象成一个站在星星下的男孩，想象他的生活不会比前门廊的地板更艰苦。我知道父亲在年轻的时候，肯定被传奇和传说所鼓舞过，期待自己也能成为一个传奇人物。在他必须长大成人，成为一个像朝露一样透明的人后，他不得不把这种幻想留在了泥泞的大地上。

我凝视着他的皱纹。它们让我想起砂岩的山脊——两边高耸，中间凿刻着五官，就像一块柔软的石头。他的脸正在变得和大地一样古老。总有一天，我想，当我醒来，他的眼皮上会长出苔藓。他的颧骨会穿透他的肉，就像岩石穿透山坡。腐蚀会把他变成我几乎认不出来的东西，直到我不得不把他安放在山丘上，安放在最像他的石头中间。

"爸爸，你想过成为什么吗？"

"我想过成为什么？你是问我想成为什么吗？"

"你像我这么大的时候，"我与他并肩坐在秋千上，"你以为你这辈子会做什么？"

"哦，你是说我年轻的时候。嗯，当我还是个孩子的时候，我一直以为我会永远是个孩子。做一个男孩比做一个男人容易得多，这是我唯一擅长的事，所以我想我会永远十一岁。"

然而，他比他以为会永远停驻的那个男孩老了几十岁。我父亲生命中的很大一部分，已经变成了他想要喘口气的样子。他在艰苦的工作中度过了艰苦的岁月，难怪他的身体会屈服。他的手杖就是最好的证明。

父亲亲手制作了这根手杖，把我们的面孔按照出生顺序雕刻在上面。在利兰的头像周围，父亲雕刻了半个太阳和月亮，以及星星构成的王冠。菲雅被蒲公英包围着，鲜黄色的花朵几乎盖住了她的脸。

尽管亚罗死了，但他没有被遗忘，夺走他生命的七叶树坚果也没有被遗忘。父亲花了很多时间在雕刻瓦康达精致的婴儿脸庞上。雕像中的弗洛茜得到了一个小小的奥斯卡小金人，她看到小金人时高兴得尖叫起来。一道彩虹环绕着崔斯汀的脸，而林特四周雕刻着足够的植物来治愈任何疾病。

在弗洛茜和崔斯汀之间，我和一根乌鸦羽毛被雕刻在一起。当我问父亲为什么要雕乌鸦的羽毛时，他说很多年前，当树木和山脉还处于幼年时期的时候，巨大的野兽在大地上游荡，人们围坐在火堆旁讲故事。

"乌鸦，"父亲说，"它听到了这些美丽的故事，知道它们需要被记录，留存下来。所以所有乌鸦都决定从自己身上拔下一根羽毛，它们把这些羽毛献给讲故事的人。但是光有羽毛做笔还不行，还需要墨水。乌鸦的血像夜空一样漆黑，所以这些聪明的鸟儿咬下自己的舌头，它们的黑血流到诗人和讲故事的人的笔下。凭借乌鸦的牺牲，故事得以流传。"

有些人把孩子的照片装在钱包里。而父亲有他的手杖。也许他认为用木头雕刻我们，可以迫使时间停止。这样我们的脸永远不会变老，永远不会老过他用刀雕刻出来的青春。

"这个就可以了。"他决定从雪茄盒里取出一枚褐色的大理石纽扣。我看着他用颤抖的手穿针引线。

几十年在菜园里的劳作弄脏了他的双手。你可以从他的手上看到他剥黑胡桃壳的所有季节，看到他拔除杂草的所有日子。绿色、棕色、黑色，污渍的颜色沉淀在他手指深深的裂纹里。绿色、棕色、黑色、紫色，他做的浆果罐头的颜色混合在了一起，溅到他的皮肤上。绿色、棕色、黑色、紫色、红色，我继续数着他身上的颜色。

污渍将他的皮肤染成了大地的颜色。我确信如果我把一粒种子放在他的手里，那粒种子就会在他的手掌上生根发芽，就像被埋在泥土中一样。他短短的指甲周围也有同样的泥土。在这片土地上劳作的美丽和艰辛，在他手持锄头时间最长的地方形成了老茧。人们会用各种各样的词来形容我父亲的手——坚硬的、粗糙的，像树皮一样有裂缝和凹槽。人们会说他的手比其他任何东西都粗糙，但我知道他的抚摸无比温柔。

每个人只要看一眼我父亲的手，就以为他们知道他在这个世界上的价值。

"我总是被告知，我不重要。"他开始把纽扣缝在裤子的里襟上，"等你被告知得足够多了，你就会开始相信。"

他将线打上结，然后用牙齿咬断。

"有些人不值一提，"他把裤子举起来，打量自己的成果，"他们只是充数的人。我也一样，一个充数的人，一个被别人踩着，用来攀登到顶端的台阶，一幅伟人肖像上的一滴油漆。这曾使我痛苦。但现在，我已经老得不在乎了。"

他从秋千上站起来，把裤子放在一旁，抓起靠在墙上的扫帚。接下来的几分钟，我看着一个老人清扫门廊上的灰尘。如果还有其他可讲的，那就是他扫走的灰尘又被风吹回到他苍老美丽的脸庞上。

第三十章

"生有时，死有时；栽种有时，拔出有时。"
——《传道书》3:2

豆子脱粒是在初秋进行的。我们拔起藤蔓，铺在地上，直到藤蔓和豆荚都晾干，然后用手把它们耙在一起，堆起来有几英尺高。接着有趣的部分来了，我们会跳上谷堆，光着脚在干燥的豆荚上踩来踩去，直到它们迸裂。脱粒的声音像是稳定的鼓点，我们的脚在敲击，而豆荚在发出响声，接着豆子迸裂开来。

"贝蒂，你脱粒的样子像个老太婆。"弗洛茜一边用胳膊肘推我，一边对我说。

"我踩破的豆荚比你多。"我说。

"我不是说你像个老太婆一样慢，"弗洛茜双手抱臂，"我是说你看上去就像一个冬天靠储存豆子为生的老太婆一样，不能去杜松老爹超市想买什么就买什么的那种。你认真过头了。"

"那是因为她的血脉还记得，"父亲边说边用脚的一侧滚动一颗豆荚，"它记得我们祖先漫长寒冷的冬天。他们的肚子确实依赖于豆子的储存，因为没有豆子，他们就会挨饿。"

我们从地里收割庄稼的时候，打谷之后就是筛谷。那些小豆荚足够轻，我们可以用气息吹动它们，让空气中充满小谷粒。为了分离出较大的谷粒，我们使用浅底篮子。在有风的日子里，我们能把豆子筛得最好。当我们把豆子扔进篮子里时，它们透过编织网坠落下去，而风把轻薄的外壳带走了。

"如今可以用机器脱粒和筛谷了。"父亲说着,把豆子高高抛向空中,"但是我们在这里用脚、用手、用呼吸和风所做的事情,就像第一颗豆子种子一样古老。我们决不能忘记古老的方式,我们必须尽可能地留住它们。"

在菜园所有的工作中,崔斯汀最喜欢画脱粒和筛谷时的场面。九岁的时候,他开始展露他的艺术技巧,这些技巧大胆而抽象。他的许多作品都有一种原始的感觉,仿佛它们是他的洞穴壁画。冰冷的洞穴墙壁上原始的动物图像,注入了我们现在住在这里的现实。他能够把野性和驯顺这两种心理状态,像偏离中心的线条一样重叠起来。

崔斯汀用各种各样的东西做画布,从旧水果箱到空面粉袋,甚至还有妈妈的金属拖把桶。父亲最终从五金店给崔斯汀买了纸板,纸板成为崔斯汀最喜欢的水彩画布。

"你知道吗,儿子,"当看到这些画时,父亲对崔斯汀说,"你可以把这些卖掉。这是开创事业的第一步。"

"你觉得我的画足够好吗?"崔斯汀问。

"孩子,它们是世界上最好的。能够告诉别人我是这样一位艺术家的父亲,我真是太幸运了。"

几天后,崔斯汀从谷仓里拖出一辆手推车。他给它刷了一层新的绿漆,画了一些蓝色和紫色的小花,把锈斑作为花朵的中心。他在手推车的一侧写道:"崔斯汀的梦。"

第一次,他带着满满一车的画出去了。他卖出了不少画,这让他相信他有能力创造出人们想要的东西。

他挨家挨户走动的时候,我常常跟着他。有一天,当我们准备出发的时候,父亲叫住了我们。

"你们出去时,我要你们两个给我送些订单。"他递给我一个盒子,里面装着三罐茶叶、一瓶药膏、两瓶酊剂和一瓶油,满满当当。崔斯汀拿起那瓶油,黑色的沉积物在玻璃底部滑动。

"那些油要送到普莱森特女士那里。"父亲说着,递给我们一张纸条,上面有其他人的姓名和地址,"这些物品要送给不同的人,我已经写了物品属于谁,所以不要搞混了。你觉得你们两个能搞定吗?"

当我把箱子放进手推车时,我和崔斯汀都点了点头。崔斯汀把车停到林荫巷,我拿起给普莱森特女士的那瓶油。我把盖子打开,将将闻到一股树根的气味。

"你认为她用这些东西做什么?"崔斯汀问。

"当然是用在她的脸上。"我把盖子拧回去。

崔斯汀带着他的画挨家挨户走动,同时我负责送货。普莱森特女士住在镇子的另一边,所以我们最后一个去那儿。

"看,贝蒂。"当我们来到普莱森特女士居住的流沙巷时,崔斯汀对着飘浮在空中的科顿的气球点了点头。这条巷子的名字正是出自蒲包草老婆婆告诉过我的拉凡纳曾经沉入的那些沙子。

"你知道吗,这里面有个女人。"我指着沙子对崔斯汀说道。

"才没有。"他说。

"就是有,她的名字叫拉凡纳。"我走到沙子边缘。

"嘿,拉凡纳?"我把手罩在嘴上,"你在下面能听到我说话吗?"

我转向崔斯汀,怂恿他把手伸进沙子里。

"当然了,如果你不害怕的话。"我像鸡一样咯咯叫着。

"我才不怕。"他踩着脚从我身边走过。

他把高高的草推到一边,跪在沙子旁。当他慢慢把手指放低时,他的整只手都在颤抖。

"你不必这样做,"我说,"如果你太胆小的话。"

"我告诉过你我不害怕。"他把整条胳膊插进沙子里。

我跪在他身边,"你感觉到什么了吗?"

"只有沙子,"他用胳膊搅动沙子,"什么都没有——等等——我感觉

303

到——"他张开嘴,但是没有发出声音。

"是什么?"我问,"崔斯汀?"

"我感觉到了什么。"他瞪大了眼睛。

"什么?"我做好了最坏的打算,"告诉我。"

"她的手。你说的那个女人在里面,她抓着我的手。我能感觉到她的手指,我能感觉到——"他的手臂猛地向前一伸,"她在拉我,贝蒂。她在把我拉下去。"

他被猛地拉到沙子上,直到沙子吞没他的肩膀。

"别让她抓走我,贝蒂。"

沙子在他的挣扎中飞出来。我用手臂搂住他的腰,使劲拉,直到我感觉到他放松下来。他又一次突然向前猛冲,再次被沙子吞没。

"救救我,贝蒂。"

我竭尽全力,紧紧地抱住他,一直拉他,直到把他解救出来。他翻过身来,把胳膊藏在身下。

"噢,我的手,贝蒂。我的手好痛。"我想把他翻过来,这样我就能看看他的伤势到底有多严重。

"让我看看。"我说。他颤抖着,好像还有什么东西抓着他似的。

"崔斯汀?"

他发出了一声尖叫,胳膊猛地伸到我眼前。我叫着往后退,有那么一瞬间,我以为自己也会成为拉凡纳的鬼魂和流沙传说的受害者。

"骗到你了。"崔斯汀站起来,笑道。

"你这个癞蛤蟆屁。"我站起来推了他一把。

"真不敢相信你上当了。这只是沙子,贝蒂。"他还在笑,"里面没有女人。"

在我们回到手推车那儿之前,我最后看了沙子一眼。

普莱森特女士住在一栋灰泥房子里,每隔几年这里就粉刷成同样的海蓝色，以此来保持房子的明亮。她住得离她退休前教书的小学很近。退休以后，她就开始种植多肉植物。当看到我们时，她摘下园艺手套，朝我们挥舞。

"啊，卡彭特，你们来了。立正，卡彭特。"

她用每个人的姓称呼他们。当我和我的兄弟姐妹在一起的时候，很难知道她在和我们中的哪个孩子说话。

几十年来没人见过普莱森特女士的脸，有传言说她的鼻子、右脸颊和大部分的额头都不见了，还有人说这些五官还在，只是被酸或者火烧伤了。她戴着面具，所以没人能确定她的伤势。她的面具是用混凝纸做的，都是同一个女人的脸。那些记得普莱森特女士过去长相的人说，每张面具上的美丽面孔都是她毁容前的样子。

当她停在手推车旁时，我试图去观察她的脸。她拿起一幅崔斯汀画的我们家筛谷场景的画。在画上，他画了妈妈鲜艳的红色裙子在风中飘荡。

"红色？无聊。"普莱森特女士把手伸了出来，"我从来不太在乎色彩。卡彭特，你喜欢吗？"她把手指伸到面具后面去挠额头，"你喜欢红色吗？卡彭特，我在和你说话。看在上帝的分儿上，站直了。"

我和崔斯汀都挺得更直了。他看着我，指望我回答。

"我不介意红色，一点儿也不。"我说，"但我不希望它成为我见过的最后一种颜色。"

"嗯，没错，卡彭特，答得好。好吧，我想我要这个。"她把画夹在胳膊下面，从围裙口袋里掏出钱包。

"我这里还有很多别的画，里面没有红色。"崔斯汀一边说，一边给她看其他描绘我们家筛谷时的画。

"我已经决定要这幅画了，卡彭特。"

"但是你说你不喜欢红色，"他说，"那幅画全是红色。"

"男孩子不会懂这个的，卡彭特，对吧？"她转向我，对着罐子点了点头,"和你父亲以前收费一样?"

"一样。"我说。

她付了足够的钱买下了油和画。

"如果你们愿意,欢迎你们两个留下来吃一盘奶酪。"她说,"我只有切达干酪,没有饼干。不过,我有一批春天做的紫罗兰果冻。你们可以把奶酪块蘸进果冻里,那味道相当不错。来吧,卡彭特。"

她转了个身向家里走去。

"我们不一定要留下来,对吧?"崔斯汀问。

"你为什么不去这条小巷上其他的房子瞧瞧能不能卖出更多的画?"我说,"我会留下来,等你完事。"

"你想和她待在一起?"

"也许她会摘下面具。"

"如果她摘了,告诉我她的脸是什么样子,这样我就可以画出来。"他说完,然后拉走了手推车。

"卡彭特,你到底来不来?"普莱森特女士在门口喊我。

她家里和我想象的一样井然有序。软垫沙发和椅子上覆盖着透明的塑料,木制装饰品像杂志页一样闪闪发光。

"这些是干什么用的?"我询问钉在墙上某些地方的棉床单。

"它们用来遮挡镜子。"普莱森特女士说,"我不需要镜子,但是把它们完全摘掉又太可惜了,所以我只是把它们盖起来。别踩到地毯,卡彭特。"

她领我回到厨房,绕过了那些精心保存的地毯。那些地毯五光十色,精致得就像铺在地板上的彩色玻璃窗。橱柜是白色的钢板,搭配白色的科德角窗帘。窗帘有层层褶皱,挂在每个橱柜窗口上。红白格子的墙纸与它们相映成趣。

"这可有不少红色。"我说。

"有时候我们周围会有我们不喜欢的东西。"她回答。

她把她的油罐放下来,然后把崔斯汀的画靠在食品箱顶部标着"母亲食谱"的罐子上。她打开食品箱,拿出一罐装着紫色果冻的玻璃瓶。

"我花了好几天才采集到足够的野生紫罗兰。"她说,"这就是为什么人们不再制作这种果冻了,因为它需要律己和辛劳。"

她把罐子放在厨房的桌子上,又从冰箱里拿出一大块切达干酪和一壶冰茶。她给我们每人倒了一杯,又从窗台上的一个小罐子里取了一些薄荷叶撒在表面。她取来两个白色碟子的时候,我切开了奶酪。

"打开果冻,卡彭特。"

她用石蜡封住了罐子,我用奶酪刀的刀刃把封蜡铲开。几小块石蜡掉在果冻上,我在把罐子交给她之前把石蜡剥了下来。

"谢谢你,卡彭特。"她把勺子舀进罐子里,在每个碟子上放了一团果冻。我立刻就把奶酪蘸了进去。

"嗯,好吃。"我告诉她。这些果冻尝起来又甜又爽口。

普莱森特女士为了也咬上一口,不得不把面具从嘴边拿开。我试图看清她的脸,但她小心翼翼,不想显露太多。

"你的脸怎么了?"我问。

"哦,我特别讨厌没有礼貌的孩子。"她把肩膀往后缩,"我可不会问你的脸怎么了,是不是?"

"我的脸没有问题。"

"那取决于个人的看法。"

沉默片刻之后,她问道:"你觉得我的脸怎么了?"

"我听说是某种酸,把你烧伤得很严重。有人说是你自己干的,也有人说是一个男人干的。"

"我从来没有遇到过我对付不了的男人。"

"所以是你自己干的?"

"当然不是,傻孩子,是上帝对我做的。"

她掸去手上的灰尘，给我们倒了更多的茶。

"当我还是个小女孩的时候，"她继续说，"我看到了一些事情，可怕的事情。我从没对任何人提起过，所以那个做了可怕事情的人逃走了，而遭遇可怕事情的人，一直到死都生活在痛苦中。嗯，我想，这就是结局，但是你很难在知道这么可怕的事情后对它三缄其口，还能让你自己置身事外。当我们看到不好的事情时，我们有很大的责任去做些什么。因为我什么都没做，所以上帝就剥夺了我的脸来惩罚我。就这么简单。"

"普莱森特女士，你看到了什么可怕的事情？"

"可怕的事情已经不重要了，重要的是我没有告诉任何人。"

她站了起来，开始收拾我们的盘子，把它放进水槽里。她待在那里，凝视着小窗外面。我决定出去等崔斯汀，没过多久他就出现了。

"我卖掉了所有的画。"他朝普莱森特女士的房子点了点头，"你看到她的脸了吗？"

"没有，来吧。"我跳下她的门廊，"我们回家吧。"

当我们到达林荫巷时，一辆卡车鸣着喇叭，停在我们身旁。

"利兰？"崔斯汀跑到驾驶座门前，"你回来了？"

"也许吧。"利兰从敞开的窗户里说。

"是吗，你最好从哪儿来回哪儿去，"我告诉他，"镇上有一种可怕的疾病。每个人都得了疖子，性命不保。你最好趁还能走的时候离开这里。"

"那不是真的。"崔斯汀冲我做了个鬼脸。

我叫他闭嘴。

"我想我还是碰碰运气吧。"利兰开始朝房子方向开去。

我跟在他后面，他从窗户里对我傻笑。

"我会让你知道这好笑在哪儿。"我抓起一把碎石扔向他的卡车。

碎石砸在他的门上。

他猛地停下来，刹车发出刺耳的声音。

"现在你做到了，贝蒂。"崔斯汀说。他上气不接下气地把手推车拉到我身后。

利兰猛地把门打开，他是那么用力，以至于门又弹了回来。他出来的时候用靴子踢了一下门，然后双脚着地。那时他二十六岁，身体的每一寸都是二十六岁。

"你觉得有意思吗，小姑娘？"他问，"那我们就来玩玩吧。"

我迅速跑进了田野。按照父亲说的，如果被熊追赶，就跑之字形，但利兰喜欢这样的追逐。我知道他能跑多快，他甚至没有使出全力。他想让我以为我能逃脱。

当我们到达树林的时候，我试图利用这些树，在树木之间跑来跑去，这样他就不会那么容易发现我了。但是他只是不停地笑。当我再观察的时候，他已经不见了踪影。

我停下来，试图听到他脚下树枝折断的声音，但只有鸟鸣声。

"利兰你在哪里？"

我们已经跑了这么远，再也看不到他的卡车和小巷。感觉到他的目光锁定了我，我慢慢后退。

"这一点儿也不好玩，"我说，"我要告诉……"

"抓住你了。"他的手臂抱住我的腰，把我拉倒在地。

我们在泥地里摔跤。我手推脚踹，但他比我大多了。

"我以为我离开的这段时间也许能驯服你，"他说，"看来不是这样的。"

他把我翻过来，抓住我正在挥打他的胳膊，把它们压在我头上。

"你真的长大了，贝蒂宝贝。"他一边说，一边用空着的手抚摸我的裙子，把我的裙子往上拽。当他抓住我的大腿内侧时，我尖叫着用胳膊猛击地面，直到他不得不用双手控制住它们。

我现在是菲雅，正躺在他身下。我现在是我的母亲，正躺在外公的身下。我现在是弗洛茜，正躺在那个满嘴爆米花的男孩身下。我在反抗，像

309

她们一定会反抗那样。

"继续啊,"他笑了,然后松开了我的胳膊,"让我下地狱吧。"

我推了他一把,又捆了他一巴掌。他只是把嘴咧得更大了,然后他把自己固定在了我的两腿之间。

"不要。"我抠着地面想逃跑,试图从他身下爬出来。但母亲是对的,世界上最沉重的东西,就是一个男人在你不愿意的时候压在你身上。尽管如此,我还是竭尽全力地反抗。

"你是个野性子,不是吗?"他一只手压在我的胸口,弓起背,把头仰起来号叫。他舔了舔嘴唇,垂下眼睛看着我。"小女孩不应该独自穿过树林,你会被狼吃掉的。你现在还不知道吗?"

"我恨你,"我朝他脸上吐口水,"我要把一切都说出去。你对菲雅做了什么,还有——"

"我做了什么?"

"你强奸了她。"

"强奸?这个词太重了。你确定你知道那是什么意思吗,贝蒂?"

"我看到你了。我在谷仓里,我看到你在卡车里强奸了她。"

他抓住我的嘴,捏得我都能感觉到他的手指在啃我的牙齿。

"现在说什么都太晚了,"他说,"父亲会问你为什么没有在事情发生的时候告诉他。你看到你的姐姐遭受这么可怕的事情,你看到她被强奸,却什么都没说?你一大早就继续大笑,玩耍,梳头发?如果我看到那样的事情,我会马上说出去的。"他停下来想了想,"但是等等,你说你亲眼看着了?"他的手紧紧地抓着我的脸,上下摇晃着我的头,就像我在点头一样,"而你却没有阻止?"他摇着我的头,迫使我这样作答,"你为什么不阻止我?你的姐姐在你面前被强奸,你却什么都没做?"

"闭嘴。"滚烫的泪滑过我的脸。

"是你任由这件事发生的,贝蒂。"他说,"你本可以阻止的,你可以

310

用谷仓里的任何东西砸我的头。你大喊一声就能阻止我了。你什么都没做,你算什么妹妹?"

我扭过脸,躺在地上大声呜咽。

"如果他们相信你,"他补充说,"他们会因为你没有做任何一件事去救她而把你看成一个混账。你还不如自己强奸了她。"

我狠狠地扇了他一巴掌。他抓住我的衣领,把我拉近他。我离他很近,近到能闻到他呼出的烟草味。

"而菲雅会怎样?"他问,"你想羞辱她吗?这么多年来,她从没说过一句话。人们会觉得这不合情理。如果这些可怕的事情发生在她身上,她一定会说些什么,任何人都会。没有,没人会相信你的。他们会认为你是个病态的女孩,总是撒谎可怕的事情,还让你的姐姐难堪,想把她的名字拖进泥沼。这么多年来,菲雅一直在我身边,像蓝色一样平静。如果我强奸了她,她怎么还会跟我说话?人们会问这些问题,你都能答得上来吗?"

"利兰?"父亲的声音远远地回响着,"贝蒂?你在哪里?"

利兰死死地盯着我的眼睛。

"你和我一样有罪。"他说,"你告发我,就是在告发你自己。"

我任由他把我拽起来。他开始拖着我穿过树林,当他发现我的裙子没扣好时,他停了下来。他一边扫视树林,一边迅速扣好我的扣子,以防父亲在半路上遇到我们。

"你是个肮脏的女孩。"利兰边说边寻找我身上弄乱的痕迹。他拂去我裙子后面的叶子。"你跑到树林里去。"他用手指梳理着我的头发,"你想让我来追你。你给我看了你的身体,要我抚摸你。"

"我没有。"

"如果父亲相信你这样做了呢?"他朝着父亲声音的方向点了点头,"他再也不会用同样的眼光看你,你对他来说是肮脏的。你会带来耻辱。现在,别哭了。"他摇晃我,"我说了,不许哭。"

311

他把拇指按进我的眼睛里,擦干眼泪。

"你就是个愚蠢的荡妇。"他抓住我的手,一路拽着我回到小巷,父亲和崔斯汀站在卡车旁。

"你们俩在这儿啊,"父亲看到我们时说,"你们去哪儿了?"

"她朝我的卡车扔石头。"利兰把我向前推。

"贝蒂?"父亲转向我,"你为什么朝他的卡车扔石头?"他的目光落在我磨破的膝盖上,"你摔倒了?这就是为什么你哭了,还全身脏兮兮的?"

"我不得不去追她,"利兰替我回答了,"我们都狠狠地在地上滚了一圈。看看你留下了划痕。"利兰指着驾驶座侧门上的痕迹。

"贝蒂,"父亲说,"为向他的卡车扔石头的行为说对不起。"

"对不起?"我摇摇头,"我不会向他道歉的。"

我又从小巷上抓了一把碎石,朝利兰扔去。他及时转身,石头被他的背弹了回来。

"贝蒂,住手。"父亲用手指着我,把我当小孩一样,"够了,听懂了吗?"

利兰站在父亲身后,冲我咧嘴大笑。我握紧拳头,直到我的指甲深深地刺入我的掌心。当父亲转过身去看卡车上的划痕时,我抓住机会,迅速把手伸进他的口袋,掏出折叠刀。我拿着刀跑向利兰,跳到他的背上,打开刀,用刀刃抵住他的鼻梁,切进他的肉里。鲜血从我的手指上流过,温暖无比。

"贝蒂,该死的。"父亲用胳膊拽住我的腰。在父亲成功把我拉开之前,我设法切得更深。

利兰痛苦地大吼,血从他的脸上流下来。

"你到底在想什么,贝蒂?"父亲从我手中夺走了小刀。

他把刀收进口袋,抓住我的胳膊,开始打我的屁股。于是我尖叫起来。

"爸爸,别打了。"崔斯汀的声音在我们身后某处响起。

"她必须得长点儿教训,"父亲在我的哭声中说,"她差点儿杀了他。"

"我倒是希望我杀了他。"我挣脱了束缚,"我恨他,我也恨你。"

我推开父亲,一直跑,直到我跑回普莱森特女士家。

"普莱森特女士?"我推开了她的门,"你在家吗?"

她从厨房出来。

"你忘了什么东西吗,卡彭特?"她问。

我扑向她,扯下了面具。她尖叫起来,把脸藏在双手后面。

"别看我,"她说,"求你了,不要看,我是个怪物。"

我能透过她的指缝看到她的脸。我以为会看到疖子或者疤痕,看到一些怪异而痛苦的东西,但是她的脸上连一个痘印都没有。

"你什么问题都没有。"我把她的手扯开,露出一张六十八岁女人的美丽脸庞,"你一直在说谎,躲在这个东西后面。"我在她面前晃了晃面具。

"我很可怕。"她号叫着,用指甲抓自己的脸,"你看不出来吗?"

"你脸上什么都没有。"

"你摸。"她抓住我的手,贴在她的脸上,"摸到脓液没?摸到疤痕的纹路没?你没看到我的红眼睛吗?我的鼻子不见了,我的嘴唇没有皮,我哪儿都不对劲儿。"

她把整个身子抛到旁边的桌子上,抓起瓷花瓶,扔到了墙上。她又撕掉家具上的塑料膜,打翻书架,把书都摔到地上。

普莱森特女士把墙上的床单了扯下来,露出镜子。当她看到自己的映像时,惊恐地睁大了眼睛。

"我是个怪物。"她用拳头砸玻璃。

尽管流着血,她依然继续摧毁她的家。我抓住面具然后跑出门。当我来到巷子的尽头时,普莱森特女士的尖叫声还在我耳边回响。我赶紧跑到那片流沙地前,把面具扔了进去。

刚开始,那面具看起来并不会沉下去,然后,它慢慢被沙子吞噬,直到我看见的不再是面具,而是一张慢慢消失的女人的脸。

呼 吸 镇 报

枪手据说是幽灵

一名叫崇风的女士站了出来，说她认为是她死去的母亲开的枪。

"一位母亲的仇恨活在灰尘之中，"崇风女士说，"这就是为什么总是有那么多的灰尘。"

崇风女士指出，她家中的证据支持了她的理论，比如门会自动关闭，浴缸一直不断注水。

"是我妈妈干的，绝对是。她从不认为我洗够了澡，"崇风女士反映，"我希望我妈妈在我们埋葬她之后会被困在地下，但是她已经复活了。不过，她一直是个糟糕的枪手，所以我并不太担心。但我不会让任何总统来镇子上。他们有可能会被暗杀，因为我妈妈非常喜欢悲剧。女人不都是这样吗？"

第三十一章

"其实世上没有行善而不犯罪的义人。"

——《传道书》7:20

桑兹警长探过身来。他穿着一件白色汗衫，外面罩着一件奶油色的背心，棕色裤子有一部分塞在靴子里。他闻起来有烟草的味道。

"贝蒂，她说你闯进她的家，并且袭击了她，还把她的面具从脸上扯了下来。你为什么要这样做？"

桑兹警长来自阿肯色州，有浓重的南方口音，和南俄亥俄州慢吞吞的口音同源，但又不完全相似。他之后又担任了很多年的警长。后来在一九八四年，他成为一群暴徒中的一员，将一名黑人男孩活活烧死。但是在此时，一九六五年，他只是又一个询问我为什么要这样做的男人。

我们当时站在前门廊，母亲和父亲站在我身后。

"贝蒂？"父亲问，"你做了警长说的事吗？"

我点头。

"好吧，普莱森特不会起诉你的。"警长朝门廊的栏杆啐了一口。"但是她要你们让你们的姑娘离她远点儿。"他对父母说，"这意味着，如果贝蒂被发现非法入侵，普莱森特可以依法处置她。"

"我没打算伤害她，"我说，"我只是想看看她的脸。"

警长抿起嘴唇，然后又松开嘴唇，露出他又小又歪的牙齿。

"她在面具底下是什么样子？"他问。

就连母亲和父亲都屏住呼吸，等待我的回答。

"她——我是说她的脸——"

"对。"警长在我面前晃了晃手,"说快点儿,她的脸长什么样?"

"她的脸太可怕了。"我终于说,"她的脸有两种不同的颜色,红色和粉色。她额头上的皮肤剥落了,"我抓挠自己的额头,"看起来都是生肉,仿佛永远不会结痂。它会永远是一个渗血的伤口。她没有鼻子,所以她总是张着嘴呼吸。"我模仿她的呼吸,"她不能笑。她的嘴唇垂着,仿佛她的脸正在融化。"我拉扯自己的脸颊,"她没有睫毛,也没有眉毛。她头顶的头发已经没了,上面的小疖子不断渗出脓水。"

警长往后一靠。

"听起来像你这辈子见过的最可怕的东西。"他说。

"不,"我看着谷仓,"不是。"

我再也没有给普莱森特女士送过油。每当她看到我,她就会快速穿过街道,确保她面具上的绳子是牢牢系好的。

"老天,贝蒂,你为什么要那么做?"一天晚上,弗洛茜躺在床上对我说。

"你是说我为什么要扯掉她的面具吗?"

"不是,我不是在说普莱森特女士。我在问你为什么要袭击利兰?"

"我想挖出他的灵魂。"我说道,然后闭上了眼睛。

利兰决定留在镇子上。他在拉尔夫斯帕奇油气公司找到了一份工作,并住在加油站的后面。那里闻起来有一股霉味,水泥地板和墙壁的凹槽里长着蜈蚣。

我通过观察利兰伤口愈合的状况来计算时间。几个月后,也就是一九六六年的冬天,我十二岁了,而我哥哥的伤口长成了一道横亘在他双眼之间的伤疤。

当我凝视那道疤时,冰柱挂满了光秃秃的树枝,我的父亲在车库建造了一个蒸柜。人们,大多是女人,会光临这里,脱掉衣服,换上长袍,坐在蒸柜里，只露出头来。父亲还在做他的补药、药汤和茶，但他拓展了自己的业务。他在车库放了一张桌子，供人们躺下。他会拍打他们的腿或者按摩他们的胳膊和手。林特协助父亲制作桌子，父子俩甚至一起创造了一种可以接上电源的止痛手套。我不熟悉手套的原理，但是当父亲将手套戴在某个人的手上时，指尖会迸发出火花。我永远记得火花是紫色或者蓝色。

在这期间，父亲和林特在车库门外挂了一个小招牌——兰登。

越来越多的人被我的父亲吸引，而我离他越来越远。那个把种子放在我的手心，告诉我我很有力量的男人去哪儿了？他和那个扬起手打我，让我感到无助的男人是同一个人吗？要是我能告诉他我为什么要袭击利兰就好了。

亲爱的父亲，我有件事要告诉你。

我把这些写在从未递给他的信里。我会坐在他用房子后面的弯木做成的椅子上，在强烈的回想中，把所有我无法对他大声倾诉的东西都写下来。我每写完一封信，就会立刻撕碎它，然后再写新的。我害怕如果我说出去，菲雅会真的自杀。我害怕大家会像利兰说的那样，认为我和他一样有罪。他是对的。那天在谷仓，我没做任何事来阻止他。

气流的变化席卷了整座房子。崔斯汀将这种变化反映在画中，那些画似乎藏匿在一个黑色旋涡之后。而弗洛茜面对这种变化的反应恰恰相反，她似乎很高兴。

"看来你不再是爸爸的小宝贝了，贝蒂，"她笑了，"林特现在是他的最爱了。你可千万别伤心，父亲总是最喜欢他们的儿子。"

春天来临时，我不确定我们今年是否会去廊桥节[①]。我们一家每年都会同去，也许那种习惯已经结束了。但是当父亲在节日前一天的晚上做了通心粉沙拉和椰子奶油馅饼时，我知道我们这次还会去。

---

① 廊桥节是美国一种在廊桥上举办的传统集市活动。

距离镇中心几英里的地方,有一条长长的木质隧道,这便是廊桥。廊桥上有一个菱形的开口,可以俯瞰河流下游中突起的瀑布。在这个节日里,女人可以炫耀她们的被子和馅饼,男人则可以参加一场发酵面包比赛。

我们开着父亲买来的二手紫色旅行车,代替已经坏了的"漫步者"去参加廊桥节。他没有把"漫步者"当零部件或废旧金属卖掉,而是把它停在了我们家后面的树林里。父亲把"漫步者"天线上的浣熊尾巴取下来,系在了新买的旅行车上。

这辆旅行车最好的地方就是可伸缩的后车顶。我和弗洛茜总是坐在后面,因为当车顶打开时,可以清楚地看到天空。

父亲开车送我们去参加廊桥节时,我和弗洛茜仰面躺在车里,大声喊出我们在蓬松的云彩中看到的形状。

"我真心希望没有人抢了我们在桥边的位置。"父亲说。一想到这个,他就加快了速度。

林特和崔斯汀坐在第二排,林特正给崔斯汀看他那天早上捡到的一块石头。

"你能……能……能帮我在石头上画眼睛吗,崔斯汀?"林特问他,"它们需要眼睛才能看到魔鬼。"

当我们接近一座旧农舍时,父亲开始放慢车速。在前院,一匹黑色小马被一根短绳拴在一棵大橡树上。一块硬纸板支在橡树上,上面写着"小马免费"。

"你想都别想,"母亲对父亲说,好像她想要自己把脚踩在油门上似的,"我们已经有够多糟心玩意儿了。我们不需要再加一匹马了。"

我们到达廊桥节时,利兰和菲雅已经在那里了。

菲雅走到我身边,拉开我的衬衫领子,这样她就可以往我背上丢一大堆晚安纸条。她笑了,然后对弗洛茜做了同样的事。弗洛茜也把她的晚安纸条像撒五彩纸屑一样抛给了菲雅。

纸条飘落时，我和利兰目光交汇。我盯着他鼻梁上的伤疤，希望它永远不会消失。

我帮弗洛茜把毯子铺在草地的老地方。父亲总是喜欢离桥近一点儿，这样他就能听到风铃的声音，它们悬挂在拱顶的外缘。

我坐在菲雅和弗洛茜中间，父母开始分发食物。他们带了一篮子三明治，一碗盖好盖子的通心粉沙拉，还有一罐自制泡菜。至于甜点，父亲把椰子馅饼切成了块，多到吃不完。

"音乐来了。"菲雅指着弹班卓琴的肖霍恩老头说。

肖霍恩老头穿着我常看见他穿的那条亮紫色背带裤，他是廊桥节的常客。他灰白的胡子一直垂到肚皮上，长长的黄色指甲用来拨动琴弦。

"呀——吼。"他跺了跺脚。

许多野餐的人站起来开始跳舞。那些像我父母一样年长的夫妻，在年轻时常跳的华尔兹中相拥。我们看着父亲让母亲向后倾斜身体，逗得她仰头大笑。一个男孩走近弗洛茜，问她想不想跳舞。弗洛茜接受了。她的裙子飘动着，如同盛开的花朵。林特站了起来，要去逛摊位。崔斯汀则爬上了附近的一座山丘，在那里他可以找到上佳的视野来写生。

我看着利兰躺在毯子上，菲雅在吃着她的馅饼。她靠在我身上，微笑着。我想用玫瑰和文字来填满这一刻，但是利兰在看着我。

如果我挡不住狼怎么办？我的灵魂在问自己这些话。

"贝蒂，想跳舞吗？"菲雅问。

我盯着廊桥节上的那些笑脸。空气中充满了笑声，那些笑声围绕着我翩翩起舞。

"是啊，贝蒂，你为什么不跳舞呢？"利兰的笑声盖过了一切。

笑脸在我周围转得越来越快，他们都融合成了利兰的笑脸。我站了起来，声嘶力竭地呐喊了一声，至少我在心中这样做了。

"我要出去走走。"我站起身对菲雅说。

"别走啊,"她说,"我们很快就能看到被子评比了。"

"啊,让她走吧。"利兰从口袋里掏出一副太阳镜戴上,"她已经不是小女孩了。如果她想走,她就会走的。"

我跨过他的腿,踢了一脚他的膝盖。我父母还在跳舞。我抱着手臂,一直走到了大路上。廊桥节的嘈杂被我甩在了身后。我享受着这份宁静,但是天渐渐黑了下来,大路上开始出现一列列车队。廊桥节结束了,人们都回家了。我伸出拇指,但是没有一辆车停下来,除了那辆紫色旅行车。

我回到车里,和弗洛茜坐在后面,没有人说话。我很高兴能听到引擎的巨大声响,它们让我觉得这里再也没有其他东西的容身之处。

当感觉车子慢下来的时候,我看到我们正在接近早先经过的那座旧农舍,那匹小马还拴在树上。父亲把车停在草地上,然后下了车。

"喜欢它,是吗?"坐在门廊摇椅上的男人朝父亲喊道。

那个男人只能看到一个大肚子。他纤细的胳膊和更细的腿从他的肚子上伸出来,就像是扎在一坨面团里的牙签。

"到时候了,看来有人想要这个瞎婊子了。"那个男人从摇椅上站起身,摇摇晃晃地走向父亲。

"你说它瞎了?"父亲看着小马弹珠般的眼睛。

"对。"那人点点头。

他手里拿着一大块西瓜。他咬了一口,果汁滴在他已经湿透的白色T恤上。

"像死了的女人一样瞎。"男人补充道,"它曾经是匹拉煤的马。"他把西瓜籽吐在小马的后腿上。

"什么是拉煤的马?"崔斯汀探出窗外。

"它们在矿井工作,"父亲拍了拍小马坚硬的鬃毛,"在地下铁路运煤,是煤炭熏瞎了它的眼睛。"

"没错。"那人赞同地点头,"你是煤矿工人?"

"我曾经是。"父亲轻轻抚摸着小马伤痕累累的鼻子。

"是啊,我也曾经是。"那人又咬了一口西瓜,"如今退休啰。"

"多少岁?"父亲问。

"我退休的时候吗?"他仔细想了想,"哦,我会说我——"

"这匹小马多少岁?"父亲把小马眼睛上的蚊子扇开。

"哦。"那人清了清喉咙,"我猜,它差不多九岁了。"

父亲往后站好,双手叉腰,打量着小马。

"我们要了。"他说。

当他解开橡树上的绳子时,母亲在前座叹了口气。

"你要不要开拖车过来接它?"那人问。

"不用,它坐我们的车没问题。但如果你有结实的东西能让它踏上车,我会感激不尽。"

那人扔掉西瓜,走进他的谷仓。过了一会儿,他带着一块平板回来了。他和父亲把平板搭在后车上,让小马踩上去。我和弗洛茜尽可能往后靠向座位。

临走时,父亲握了握那个男人的手,这似乎令他感到惊讶。我们开车离开,他在那里笑了。

小马的头从敞开的车顶昂起,它的鬃毛在风中飞扬。我知道它一定在想象着自己正在高高的草地上自由飞驰。野雏菊拍打着它的小腿,没有人可以制服它。

我的手在它的腿上滑动,感受着它腿上凹凸不平的鞭痕。它的耳尖被割掉了,鼻子上布满了细小的伤痕,曾经有把刀割过这里,也许只是为了提醒它自己属于谁。它生活在男人的指使和命令之下。在世上存在的所有时刻,它从来没有得到过一次自由。它被囚禁、被拥有,似乎它全部的价值都包裹在它能背负的重量之中。

它的一生已经到了被抛弃的地步。它的腿太虚弱,再也跑不动了,它的眼睛瞎了,再也不能看到除了它被迫劳作的煤窑以外的世界。然而,现在它能感受到鬃毛上的风,它还没有迫近死亡到无法领受这小小的善意。这份善意把它从往日的地狱里带到了一个可以相信自己自由自在,可以如自己所愿飞驰的时刻。

这是爱吗?它一定在问自己。我终于被爱了吗?

我用衬衫蒙住了脸。我在哭泣,可不想让任何人听见。但一定是有人听见了,因为有人打开了电台。

我们一到家,母亲和男孩们就进了屋,而我和弗洛茜必须先等小马才能下车。父亲用车库里的一块胶合板供小马踩着下来。

弗洛茜看了我一眼,然后迅速离开后座,消失在屋子里。

父亲牵着小马进了后院,我也下了车。我四处走着,站在后门廊,看见父亲用春天菜园里收获的萝卜喂小马。

"过来,贝蒂。"他在叫我。

我没有到他身边去,转而坐在门廊的顶层台阶上。父亲看了我一会儿,然后仰望天空,牵着小马走向田野。

"老天啊。"母亲走到门廊,厨房的门在她的身后猛地关上。

她走到院子里,三叶草从她赤裸的脚趾间冒出来。

"当你回想起这个节日,你会发现这样过廊桥节实在太糟糕了。"她看着父亲和小马说,"人们乐于相信这是一个用来享受班卓琴的美妙春日,但再也没有人提到风铃。每个人都在跳舞,也在慢慢遗忘真相。"她转向我,"贝蒂,你知道风铃为什么会挂在桥底吗?"

"为了让鸟儿远离廊桥。"

"大家都这么说,只是因为没人想谈论真相。这么说吧,呼吸镇的母亲们挂起了这些风铃,为的是怀念她们被杀害的女儿。这是早在你出生前的事儿了。在十九世纪末,一个男人在镇子上到处杀害女孩。当他被抓住时,他说他割掉了她们的舌头,因为他不想听到女孩们拒绝他。为了归还她们女儿的声音,母亲们在桥上悬挂风铃。这些母亲把风铃叫作'灵魂呐喊'。她们相信,每当铃声响起,就是她们孩子的灵魂在触碰它们。自从最后一位母亲离世之后,就再也没有人在桥上挂过风铃了。没有人,除了你的爸爸,他为自己死去的每个孩子都挂了一个风铃。我想这就是为什么他每年都想去参加廊桥节。坐在离桥那么近的地方,他只是为了听亚罗和瓦康达的灵魂跟他说话。

"不管你对兰登·卡彭特有什么不满,你都不能说他不爱自己的孩子。为什么?在你出生的那天晚上,你爸爸数完了天上的每一颗星星。他花了整整一个晚上,但他做到了,就像他在你的兄弟姐妹出生的那些晚上也数星星一样。如果你问他,在利兰出生的那天晚上天空中有多少颗星星,他会告诉你确切的数字,并会补充说比菲雅出生的那天晚上要少五颗星星。崔斯汀的出生之夜流星最多,而林特的月亮比其他任何东西都要圆。弗洛茜,那个梦想成为明星的女孩,她的星星是最少的。你知道谁的星星最多吗?"

她站在我面前,一直等到我抬起眼睛看她。

"是你,贝蒂。"

我越过她,看着我们头顶上的星星。

"有些男人知道他们银行账户里的确切金额,"她继续说,"有些男人知道他们的车跑了多少里程,还能跑多少公里;有些男人知道他们最喜欢的棒球运动员的击球率;还有更多的男人知道政府榨取了他们多少财富。但你的爸爸并不知道这些数字。兰登·卡彭特脑子里仅有的数字就是他孩子出生那天夜空中星星的数目。我不知道你会怎么想,但我想说的是,一个脑子里满是孩子们的星星的男人,是一个值得他孩子去爱的男人,尤其是值得得到来自拥有最多星星的孩子的爱。"

第三十二章

"他必如梦飞去,不再寻见。"
——《约伯记》20:8

每当父亲往金属方形托盘里装满水的时候,他总是要在盘子的凹槽里放上小小的红醋栗。水开始结冰后,红醋栗也会结冰,那是我们的夏日甜食。何必在意那个冰激凌小贩摇着他的小铃铛在街上晃来晃去,我们有冰棍。我们会一直吮吸,直至吃到里面鲜红的浆果。不知怎的,这比顶着烈日到醋栗丛里抓一把悬垂的浆果感觉要好多了。虽然我们也会去摘果子吃,直到小小的籽卡在我们的牙缝里,害得我们不得不花费整个下午的时间用舌头把它们剔出来。

我把冰棍丢进嘴里,在田野里遛着小马。我向它描述那些它再也无法看见的事物。

"这里有一朵花,"我告诉它,"它是淡粉色的,花心是黄色的。这里还有一只蚂蚱,它在看着你的蹄子。"

我在阳光下仔细观察着小马的伤疤,追寻它们,如同追寻着漫漫长路。

"你知道吗,"我对它说,"在传统的切罗基社会,父亲的血脉对孩子的身份来说没有任何意义,只有切罗基母亲的孩子才会是切罗基人。"我搂住它的脖子,拥抱着它,"我来做你的妈妈,这样你就可以成为切罗基人了。你就再也不用害怕了,因为我再也不会让任何人把你送回矿井。"

我牵着小马走到翠绿的菜园边上。

"很快,"我对它说,"我们会设法把这里生长的一切都保存在罐子里。"

"没错。"父亲微笑着从菜园里站起来说。

我也对他笑了。母亲讲述的星星故事影响了我,让我想起我的父亲是谁。他是一个让我不会忘记自己是如此强大的男人。那天在卡车旁,他站在利兰那边,因为他不知道这里面的隐情。

这是我写给自己的信:

亲爱的贝蒂,你的父亲就是你的父亲,是传说故事里所说的第一个女人,是太阳,是光明,是所有善良的事物。

父亲曾经给我讲过一个切罗基传说,是关于两头狼的。一头狼叫恶琐[①],它既邪恶又狡诈,甚至灵魂都扭曲了;而另一头狼叫渡雨[②],它既诚实又友爱,心地十分善良。

"我们每个人体内都住着这两头狼,"父亲说,"它们一直在相互搏斗,直至其中一头被另一头杀死。"

当我问他哪头狼活下来时,他说:"你一直呵护和培养的那一头。"

我不希望我体内的狼是以愤怒和仇恨为食的那头,所以我在菜园劳作。这个地方给了我和父亲走到一起的机会,在这里,我们肩并肩劳作。我们谈论茎和叶的力量,同时也是在谈论自己的力量。

菜园仿佛也有所报答,因为那一年大丰收。从浆果收获的日子开始后更是如此。我们厨房的台子上堆满了果实,随时准备把它们做成果冻和果酱。树莓被洗净晾干,而明亮的蓝莓放在黄色的碗里。黑莓堆积在绿色的搪瓷滤锅中,在所有的白色毛巾上都留下了小小的紫色污渍。一些醋栗从台子上滚落下来,被我们用脚后跟压扁。好几个罐子在炉子上的锅里煮着。

[①] 原文为切罗基语。
[②] 原文为切罗基语。

我的手不再那么小了,不能再伸进小口罐子里。所以我转而去洗稍大点儿的罐子,也就是我们用来做泡菜和番茄酱的罐子。

崔斯汀的手仍然很小,不用刷子就可以够到小罐子的底部。他还通过为邻家老人清洗罐子赚取零花钱,用来购买画具。他会去他们的房子,那里似乎总有一只狂吠的狗和一个患有关节炎的小老太太。崔斯汀把小手伸进他们的罐子里,这些邻居会说,他是一个多么好的男孩啊,肯来帮助他们。他喜欢洗罐子,这丝毫伤害不了他的自尊心。他会举起罐子,透过玻璃凝视自己正在清洗的手,凝视边缘上薄薄一层的皂沫和水,仿佛那在他眼中也是一幅画。

在浆果和罐子之间,那个夏天比往常更热。几乎每天晚上,我和弗洛茜都会在呼吸镇的水塔与菲雅碰面,在冰冷的水里游泳。林特从来不和我们一起去,因为他不喜欢水塔里的黑暗。崔斯汀会跟着,但他选择留在地面上。如同很久以前从树上掉下来一样,他对坠落的恐惧仍旧耿耿于怀。

"我只是喜欢去水塔,这样我就能想象和你一起游泳了。"他说,"我可以想象从梯子跳入水中的感觉,没有任何恐惧。"

但想象的热情总会退去。于是有一天晚上,当我和弗洛茜再去游泳时,崔斯汀落在了后面。

"你不来吗,崔斯汀?"我问他。但弗洛茜没有停下脚步,直接消失在黑暗中。

"去了有什么意义?"他耸了耸肩。

头顶上正在觅食的棕色蝙蝠夺去了他的注意力。他抬头望着它们,说蝙蝠有翅膀是不公平的。

"甚至他们与天使分享的都比我们多。"他说,"想象一下你拥有翅膀,贝蒂。任何东西都不算高了,没有什么是你飞不上去的。有了翅膀,你就不会坠落。上帝为什么要把翅膀浪费在鸟和蝙蝠身上,他应该把翅膀给我们。"

我转向那棵古老的银色枫树,回想起那年万圣节,我也需要靠它来飞翔。在崔斯汀的注视下,我手脚并用蹿上枫树的树干,抓住最低的树杈,把自己荡到树枝上。

"你爬上去做什么?"他问。

我没有回答,而是摘下了两片叶子,跳到地上。我走进黑暗的车库,翻找了好几个箱子,直到找到一卷胶带。

"你要做什么?"崔斯汀问。

"我要给你一些翅膀。"

我用胶带把叶柄粘在了他赤裸的后背上。

"我还以为感觉会不一样。"他伸长他的脖子,想看看叶子,"我还以为拥有翅膀会很惊人,会让我的膝盖发抖。"

他跑向附近的一截树桩,跳了上去。然后落了下来,摔在地上。

"它们不管用。"他站起身说。

"它们还不是翅膀呢,傻瓜。"我说,"只有当你从高处坠落时,它们才会变成翅膀。它们是用来保护你的翅膀。所以,你来不来水塔游泳?"

他又看了一会儿蝙蝠,然后说:"我打赌我肯定比你先到。"

他立马跑了起来。于是我丢下胶带,努力追赶他。我们同时到达了水塔。

"水里可舒服了。"我一边说,一边走向梯子。

"我觉得我做不到。"崔斯汀在我身后停了下来。

"但你现在有翅膀了。"

"我开始觉得我不应该比现在离地更高,贝蒂。"

我仰望夜空,感受当头浩瀚的太空。我渴望奇迹降临,一个来自天堂的奇迹,让我们从恐惧中解脱出来。

"你应该听过,他们说蜜蜂不应该会飞。"我说,"它违背了所有飞行的法则。蜜蜂的翅膀比它们的身体小,所以它们会飞简直不可思议,至少在

327

科学的层面是这样的。但蜜蜂不在乎它们的翅膀是否太小,它们相信自己能飞。正是它们的信念让它们飞了起来。没有了对自己的信念,它们就永远无法离开地面。你应该懂得相信自己。该死的,相信,相信,明明就在你的名字里。"

"你听起来像爸爸。"他笑了。

"我想没错。那么你来游泳吗?"

"你先上去吧,也许我一会儿就跟上去。"

我开始爬梯子,但崔斯汀呼唤我的名字,这让我停了下来。

"嗯?"我低头看着他。

"贝蒂,你是个好姐姐,谢谢你给了我翅膀。"

"这是姐姐应该做的。"我继续沿着梯子爬到储水桶的顶端。储水桶周围是一个露台,露台上有一些摇摇欲坠的木板,还有一段更加摇摇欲坠的铁栏杆。我越过栏杆看着崔斯汀,他正抬头看向我。

"你从上面看像个天使。"他说。

"这里的每个人都是天使。"我告诉他,"你不知道水塔里面就是天堂吗?"

"所以这就是为什么它会离地面这么高?"

"这就是原因。"

"好吧,"他微笑着说,"我想今晚是去天堂的好日子。"

"对于炎热的夜晚来说当然。"

我转过身,踩到了一张纸条,更多的纸条铺成一条通往塔门的小径。我踮起脚,绕过它们走了进去,跳进凉爽的水里,同时落在了弗洛茜身上。她咒骂了我一句,还泼了我一身水。

"你看到我的晚安了吗?"菲雅问,"我为你铺了一条道。"

"我看到它们了。"我说着,将手伸进湿漉漉的短裤里,把晚安交给她。纸条湿透了,所以我只好把她手里纸条上的水先挤出来。

"这是我的晚安。"我说。

她笑了。我们三个游了好长时间,以至于我们的手指都变成了深紫红色。

"今晚我已经筋疲力尽了。"菲雅说着朝梯子走去,"如果我现在不出来,我可能会沉到水底。"

我们三个人一个接一个地从储水桶里爬出来。我是最后一个,所以只听到菲雅那边的声音,她说崔斯汀躺在地上的样子很奇怪。我把弗洛茜往前推,这样我就能站出去看得更清楚些。崔斯汀正仰面平躺在地上,他的胳膊和腿都伸了出来。我尽可能地探出栏杆。

"嘿,崔斯汀,"我说,"别闹了。"

他的眼睛一动不动。

"我不觉得他在胡闹。"菲雅开始迅速走下梯子,"他躺着的样子太奇怪了。"

当菲雅双脚着地,跪在崔斯汀身旁时,我才下到梯子的一半。她摸了摸他的嘴角,她的手指沾满了血。

"上帝啊,"她的声音颤抖,"我想他从梯子上跌下来了。"

我跳下最后几级台阶。

"来吧,崔斯汀,起来。"我跑向他,同时弗洛茜用脚趾轻碰了他一下,但他没有反应。

"还记得他从树上跌下来那次吗?"我问我的姐姐们,"他就像这样躺在那里,一点事也没有,只是被风吹倒了而已。"

菲雅转向弗洛茜说:"去餐馆,门边的石头蒲公英下面是进去的钥匙。打电话给父亲,然后再打给拉德医生。明白吗?"

弗洛茜跑进了夜色中,湿漉漉的双脚拍打着地面。

"贝蒂,一切都会好起来的,"菲雅看着我的脸说,"一切都会——"

崔斯汀喘了一口气。我跪在他的头旁边,菲雅则跪倒在他的另一边。

"瞧,"我笑得很开心,"我告诉过你他没事的。"

菲雅紧紧握着他的手,告诉他:"弗洛茜去找人帮忙了。你能感觉伤到哪里了吗?"

他一动不动地躺着。

"崔斯汀,你能动吗?"她问。

他连一根小指头都不动,但她说没关系。

"在父亲或者拉德医生来之前,你不应该起来。"她对他说。

我可以看出崔斯汀想说些什么,但很难开口。我把耳朵贴近他的嘴唇。

"你说什么?"我问。

"我做到了,贝蒂。我触摸到了天堂。我飞起来了。我像鸟儿一样飞起来了,我飞起来了……"他的声音消失了。

我看着他的皮肤在鼻梁上皱起。

"他的鼻子为什么会这样?"菲雅问。

"他的灵魂要离开了。"我说。

当他最后一次呼气时,我知道他已经死了。菲雅开始摇晃他,我后退了一步。

"崔斯汀?"她大声让他回应自己,可他在她手中软绵绵的。

"他死了,菲雅。"我说道。她继续摇晃着他。我大声说:"他死了!"

"不,他不会死的。"

"他死了,"我又说了一遍,"他死了!死了!死了!"

我开始尖叫。菲雅用双臂抱着我,我们一起哭了起来。

我想用长歌来形容我的弟弟,但是对于一个只活了十年的男孩来说,没有长歌可言,只有简洁的短诗,只有他还活着的简短证据。失去一个人,得到一丝隐约的回忆。我的回忆是一个小男孩,坐在门廊的秋千上吮吸着冰块,用弗洛茜的口红在我们卧室的墙上画着美丽的洞穴。他还太小,不能做别的事。他太年轻,不能结婚,不能当父亲。他还太年轻,不能长大。

这个男孩走进一片野花丛,带着足够的花朵出来,为我做一条项链。

我凝视着他,我觉得我有必要把他的名字写在每一样东西上,写在每一片草叶上,写在水塔的每一级梯子上,写在我们身旁的每一片树叶上。我想把他的名字印在所有这些东西上,甚至印在更多的地方。我好害怕没有人知道他存在过。

"我给父亲和医生打了电话。"弗洛茜从黑暗中跑了出来。当她看到崔斯汀时,她问:"他是不是……"

菲雅点头:"他走了。"

菲雅说这句话的时候,听起来是那么决绝。那时我意识到,当我的弟弟在我的衣服上留下他木炭的黑色指纹时,我就再也不能对他大喊大叫,就再也不能与他分享望远镜,一起眺望河对岸了。这个描绘家人的男孩已经不在了。我确信这一点,在我回到家后,家里的屋顶荡然无存,房间暴露在外面的世界里。这就是失去兄弟的感觉,就像是房子缺失了曾经在暴风雨中庇护你的那一部分。

汽车前灯照亮了我们,车门突然打开,父亲从车上跑了下来。

"哦,我的孩子。"他跌倒在崔斯汀身旁,"孩子,你怎么会这样?"

父亲拍了拍崔斯汀的脸颊,像是在早上将他从睡梦中唤醒。

"醒醒,起来吧。"父亲对他说,"你还是个孩子,还是一个婴儿。你还不能走。你还没画完所有的山,你还没有画出所有的河。醒醒,我的孩子,快醒醒。"

"父亲,他不会再醒来了。"菲雅轻声说。

父亲抬起眼睛,看着她,好像要从女儿心灵深处的悲伤中确认自己儿子真实的死讯。

"哦,我的孩子。"他哭着说,"我的小孩。"

崔斯汀第一次跌落的时候没有尖叫。他第二次也没有尖叫。唯一的动静就是我们三个在水里嬉戏的声音。我想这就是为什么我的姐姐们在游泳

331

时仰望夜空,觉得好像我们让某样东西轻易地从指间溜走了。

"我接住你了。"父亲把崔斯汀抱起来,将他抬上车。

崔斯汀躺过的地方,留下了我送给他的两片叶子。我跪倒在地上,挖出足够多的泥土来掩埋这些树叶,我希望我能把它们埋在几英里深以下,那和我的愧疚一样深。

第三十三章

"忧愁强如喜笑,因为面带愁容,终必使心喜乐。"
——《传道书》7:3

我听到的第一首音乐就是父亲敲击摇篮边缘的声音:砰,砰,砰砰,砰,砰。是的,那是一首音乐。是的,那是一首歌。和父亲在崔斯汀棺材上演奏的一样。砰,砰,砰砰,砰,砰——父亲望着儿子的尸体,手指在打着节奏。

我们在后门廊举行了崔斯汀的葬礼,这里很适合。这里的柱子上爬满了牵牛花的藤蔓。这里的阳光似乎变得缓慢,好像被冲淡了一样,赋予万物淡黄色的肉身。在后门廊举行葬礼是个好主意,坐在这里,可以望见无边的树林和缓慢生长的草地。生命在那里筑巢,栖身于野花的螺旋中。如果你站得足够远,只要将你的目光放在这些生命的潜力上,你就能看见这些事物。这是个好地方,一个午时在白色秋千旁摇摇晃晃的桌子上摆好一圈冰茶的好地方。

那天清早,我和姐姐们采了勿忘我花,它们是崔斯汀的最爱。据说,当上帝在行走时,他听到一个微弱的声音说,上帝啊,请勿要忘记我。上帝低头看看那声音来自何方,他看到了一朵蓝色的小花。

"我会永远记得你。"上帝告诉那朵花。

葬礼只有家里人参加。在崔斯汀的一生中,我从来没见过他和朋友或者可能会接吻的女孩在一起。或许他知道他在世上是待不久的,这样便让人免于心碎。然而这种心碎还是让母亲早早起床,打碎了厨房里的所有小罐子。

父亲清理碎片的时候,母亲走到了外面。她光着脚,穿着一件浅粉色的居家便服。汗水浸湿了棉布，在她的腋下和背部留下了痕迹，直到她看起来像是背着一片汪洋。她似乎喜欢汗水从脸上滑落的感觉。母亲走到树边的秋千上，坐了下来。秋千荡得越来越高，她把头往后一仰，紧紧地抓住绳子。

弗洛茜走了过去，坐在门廊最高的那节台阶上，皱着眉头看向母亲。弗洛茜一整晚都在跟我悄念叨着那个诅咒，尽管我叫她安静。

"但是你不明白，贝蒂，"她说，"诅咒安排了我们每一个人。"

我站在棺材旁。棺材是父亲自己用松木做的，他把它涂成了黄色，第一株水仙花的颜色。他将棺内涂成了明亮的蓝色，点缀着小小的白色云朵。

"这样就永远有一小片天空陪着崔斯汀了。"父亲说。

菲雅来到我身边。

"贝蒂，你希望自己有一大袋子好日子吗？"她问，"每当你经历了糟糕的一天，你都可以把手伸进袋子里，让一切变好。如果我有一袋子好日子，我现在就会把手伸进去，这样崔斯汀就会站起来跳舞，即使他从来没跳过舞。但我知道如果有了好日子，他就会站起来。"

她转过脸去。当她经过利兰时，利兰看着她。他用鞋跟抵着身后的门廊柱子，低下头，双手插进口袋。我以为他也许会说上一句《圣经》的韵文，但他已经开始在礼拜仪式中布道了。弗洛茜发现利兰在布道，说道："上帝啊。利兰？布道？我敢打赌他会在车里放个募捐盘，然后开车到处跑。"

"他不需要，"我告诉她，"他已经有一个募捐盘了，那就是他的手。"

她笑了，但接下来她说话的时候眼睛蒙上一层阴霾："贝蒂，为什么有这么多上帝的子民却根本不属于上帝？"

我在葬礼上观察着利兰，而这句话一直在我的心中回响。那时他二十七岁，他的眉毛在眼睛上布下的阴影更深了。

"我从菜园里摘了这些。"父亲出现在我身后。他手里拿着几束新鲜的百里香和艾蒿，上面系着长长的白色丝带。

"百里香是所有旅人的良药。"他一边说,一边把花束挂在钉在棺材盖子背面的小钩子上,正好悬于崔斯汀的头顶。"它会保护你一路平安。"他坦诚地对崔斯汀说,"而艾蒿能让你做个好梦。"

父亲将白色的丝带剪得足够长,长到可以够到崔斯汀的手掌。

"为了能让你紧紧抓住。"父亲对自己死去的儿子说。

我父亲的眼泪让人看得心疼。它们像野兽一样把你扑倒,用全部的重量压着你,直到你的信念耗尽,不再相信奇迹,不再相信上帝会拯救你,也不再相信痛苦不过是你所依赖的家庭阴影的一部分。

我必须逃离这里,于是决定去前门廊,那里的阳光更加明亮。我从礼服口袋里拿出一支铅笔和一沓纸,坐在门廊角落小小的金属桌子旁,试着写点儿什么。

"对,就是这样。不,不对。再试一次。呼吸。把这些词写快一些。这些写慢一些。看看门廊栏杆上晾干的抹布。故事就藏在平常的地方。写出这个俄亥俄州小镇的伟大。在乡村的土地上,光明为王,我是如此年轻、青春、有趣、美好。在为委屈写下美丽之名的时候。记得要微笑。"

最后我写下了四个字,我杀了他。在我十二岁的时候,我就相信这一点。这是我的秘密,也是我的忏悔。我选择撕碎它。我把碎片扔进了桌子上喝了一半的私酿威士忌玻璃瓶里,我看着酒精吞噬了墨水。我就坐在那里,直至阴影在落日下徘徊。

当我回到后门廊时,弗洛茜正靠在一根柱子上站着,而林特倚着栏杆瞧着母亲荡秋千,利兰和菲雅注视父亲从悬挂的牵牛花篮子里摘下凋零的花朵。

"爸爸?"我碰了碰他的小臂,"天就要黑了,我们应该去⋯⋯"

他开始摘还在盛开的花朵。

"这些牵牛花还在开呢,爸爸。"

他看了看手中的牵牛花,把它们放在门廊的栏杆上,然后将手伸进口袋,掏出一根崔斯汀的木炭棒。父亲拿着它走向棺材。他开始合上棺材盖,

335

但没全合上。

"帮我合上盖子,好吗?"他问我,"我不能在他身上合上盖子,我不能给他黑暗。"

我慢慢地合上盖子,阴影落在崔斯汀的脸上,只剩下蜂鸟在我们头顶上飞来飞去。

父亲轻轻地把左手搭在棺材上,然后用木炭棒描着它的边缘。他给描好的手印涂上颜色,直到手印漆黑一片。父亲把木炭棒递给我们,菲雅第一个接了过去。她也把手放在棺材上。

"我心中的暴风雨永远不会消失。"她一边唱,一边用木炭棒描着自己纤细的手指,"泪水涟涟的日子将永远存在于此。"

一个接一个地,我们余下的人分享着木炭棒。当林特在画自己手的时候,他对崔斯汀说:"谢谢你帮我在石……石……石头上画眼睛。"

我是最后一个。我慢慢地描着,感受着木炭贴在我皮肤边缘的感觉。我勾勒出我的右手,把它画在父亲手的旁边。两只手形成一个角度,看起来像是一颗心。

我一画完,父亲便从我手里接过木炭棒,走到院子里,试着叫来正在荡秋千的母亲。

"帮崔斯汀画下你的手吧。"他朝她挥了挥木炭棒。

但母亲还在不停地荡秋千。我以为她会荡得很高,再也不会下来。

父亲放弃了,把木炭棒放在门廊的栏杆上。他看了看棺材外面的手印,然后说:"亲爱的儿子,我们用更多的手送你踏上伟大的旅程。愿你在天空中作画时,它们能派上用场。"

在棺材的两侧,他钉上了皮革把手。我们每人一个。我、林特和父亲站在一边,利兰、菲雅和弗洛茜站在另一边,我们把棺材抬了起来,父亲说我们抵达墓地之前不能放下。

"但是,爸爸,我们不把棺材放……放……放进车里吗?"我们把棺材抬下门廊的台阶,林特努力把他的皮革把手抓得更紧了。

"不,孩子,"父亲说,"我们将一路抬着我们逝去的亲人。"

我们穿过院子时,我盯着谷仓上的手印。我想起了父亲多年前说过的话,那些不肯放手的人会留下手印。

"我好奇他们放不下什么?"我记得崔斯汀问过父亲,"我打赌一定是宝藏,或者是只属于他们的秘密世界。"

本来把崔斯汀抬到林荫巷就已经很困难了,当抬到主巷时,我们感到寸步难行。利兰一直对弗洛茜大吼大叫,因为她没有用力抬。

"我在用力了,"她说,"他很重。"

主巷上的人纷纷停下来看着我们,低声议论着奇怪的卡彭特一家。我们抬着崔斯汀的遗体穿过巷子中间,那阵势就好像要埋葬镇长。

"棺材上那些黑色的东西是什么?"我听到有人问。

"手,"另一个人说,"死亡的黑手。"

然后奇怪的事情发生了。男人们开始脱下帽子,把帽子按在胸前,女人们则告诉她们的孩子要站得更直。

"看在上帝的分儿上,这里有一口棺材。"她们拍打着孩子们的后背。

有人扔了一朵花,接着一朵又一朵。人们从小路两旁的花盆里摘花,扔在我们行进的道路上。我们站得更挺拔了,似乎手上也没有那么重了。

我看到露西丝的时候,她手里拿着一株红色的天竺葵。这让我想起了我第一次见到她时,她拿着的红色皮球。而一群女孩正在她身后笑,于是她让她们闭嘴。接着,就像当初曾经毫不犹豫地把红色皮球扔给我一样,她也毫不犹豫地把花扔给了我。

一切都变得生机勃勃,仿佛整个瞬间都沉浸在崔斯汀的画中。呼吸镇像是万花筒一样泛着光芒。

"如果有一天我走了,"崔斯汀的声音在我耳边回响,"你要知道我跑到了那个男人的衣服后面。"

337

我想相信他就在那里，依然存在着。他去了自己想去的地方，即使不是和我们在一起。当我们离墓地越来越近时，天竺葵不再为我们开道，我们开始感到手上的棺材前所未有的沉重。我们带着我们死去的儿子和兄弟，独自走进墓地。那里没有色彩的流动，也没有万花筒的绚烂，只剩下冰冷坚硬的石头和翻过的土地。

崔斯汀不会被葬在沉思山，那是为呼吸镇的那些有钱人家庭准备的，他们可以负担得起为自己所爱的人制作肖像。崔斯汀会被葬在一处位于三家地的墓地中。在十八世纪，三家地曾经被三个不同的男人所拥有，这些人为土地边界的划分而争吵。在那个年代，土地边界是由男人香烟燃烧的时间长短决定的。争吵不断升级，直到他们拔剑相向。这似乎就是他们的命运，三个男人都受了致命的伤。他们的坟墓是三家地中最早的坟墓，而这片土地也最终成了主人家的墓地。这里也被称为石天使之地，因为那是墓碑们唯一的模样。直到一年后，崔斯汀的石碑才被安置好。那时父亲攒够了钱，为他买了一个拥有大翅膀的小石天使雕塑。

我们经过一个老拖拉机生锈的方向盘和一个多年前就被丢弃的收银台，崔斯汀的坟就在墓地后方，那里长着一排橡树，树枝挨着树枝。我们放下了棺材。我的手已经没有了知觉，抬棺材的皮带在我手掌上留下了红印子。

"只有你看到了那个坑，你才会觉得这是真的。"弗洛茜说。

那个坑是当天早上挖的，铲子还扔在地上。有时，这个坑看起来很深，有时，它又看起来很浅。

"我希望你们每个人都永远不要忘记说出他的名字。"父亲告诉我们，"当有人问你有几个兄弟时，你不能因为崔斯汀走了，就不再提到他。你也别说他死了，就说他去田里画画了，晚饭前就会回来。"

"但他……他……他不会的，爸爸。"林特说。

"该死。"父亲站在墓边，把一块鹅卵石丢进坑里，"我当然知道。"他眯起眼睛看向太阳，"如果你们有什么要说的，就是现在。"

我们面面相觑，等着谁第一个开口。

"快点，别一起说。"父亲突然低声笑了起来，这似乎是他眼下唯一能做的事，"贝蒂？你是个诗人，说些让我们难忘的话。"

我艰难地咽了口唾沫，在炎热的天气中更加口干舌燥。

"好的，父亲。"我的声音颤抖起来，"崔斯汀是——崔斯汀是个艺术鬼才，还有——还有——你们感觉到大地在动吗？还是只有我一个人——"

后来，我从床上清醒，一块冰凉的湿抹布敷在我的前额上。床头柜上放着一桶正在融化的冰。我看到一张笑脸彷徨在我的面前。

"是上帝吗？"我问。

"不，是你的爸爸。你晕倒了，"他说，"掉进了坑里。"

"什么坑？"

"给崔斯汀准备的坑。你的下巴被狠狠截了一下，但除此之外，一切都好，至少我们知道你从六尺高的地方摔下来后还能活着。我们把你抬回家的时候，大家以为我们又失去了一个孩子，好些人送来了炖锅菜。我不知道他们竟然这么友善。"

他皱起眉头，想了一会儿。

"棺材太重了，那么远抬不动的。"他说，"我让你受了不少苦，是不是？小印第安人，你现在感觉怎么样？"

"嗯，我的头不再晕了。"

我坐了起来，看见裙子上沾着泥土，腿上还有一些小石子。有人脱掉了我的鞋子，它们被放在了门边。

"我们要回墓园继续埋葬崔斯汀吗？"我问。

父亲让我躺回去，再次把抹布横在我的额头上。

"他已经下葬了。"他说。

他给我喂了一块冰。我闭上眼睛，听着窗外的树枝在母亲的重量下嘎吱呻吟。她荡得那么高，风足以吹走她的眼泪。

呼吸镇报

被枪声吓坏的青年

周六深夜,一对青年情侣在当地墓地里度过了一个远离父母的夜晚,他们被附近的枪声吓坏了。

两个人站起来准备逃跑,结果走散了。男孩声称自己被一路追到了铁轨上。

"我能听到身后沉重的呼吸声和脚步声。"他说,"一个幽灵般的声音告诉我,我今晚必死无疑。"

而女孩最后在树林里迷路了。几个小时后,人们发现了头发上全是树叶的她。女孩声称当枪在她附近鸣响时,她躲在了一根横倒的木头后面。

她还提到在枪击发生的时候,她在附近闻到了百里香和艾蒿的味道。

男孩说他不会再见那个女孩了。

"我相信枪声是一个警告,我不应该和她在一起。"他说。

男孩不愿透露自己的身份,而女孩则坚持表明。

"我是弗洛茜·卡彭特。"她说,"我的弟弟从水塔上摔下来了,但他并没有真的死去。他只是在田野里画画,他会在晚饭前回来的。"

四

她们的萌芽

1967—1969

第三十四章

"他们在无光的黑暗中摸索;他使他们摇晃像醉酒的人一样。"

——《约伯记》12:25

崔斯汀走后,我父亲的一些细微习惯也随之消失。他不再吃放在床头柜抽屉小罐子里的香草奶油糖,他也不再看报纸。而他为他和崔斯汀做的弹弓被放进了厨房的抽屉中,再也没有拿出来过。

"这是一个父子弓。"几年前,当父亲把它作为生日礼物送给崔斯汀时,他这样说道。

父亲做的弹弓有三个尖头。中间作为握柄,而向外伸出的几个尖头绑着橡皮筋。这样两个人就可以同时发射弹弓。但是为了做到这一点,每个人都必须抓住那个单独的握把。父亲总是先把他的大手握在握把上。然后,崔斯汀会把他的小手包在外面。

"这个弹弓很准。"父亲对弹弓的准度感到惊讶。

他们会一起朝树林里发射石头。他们每天早上还会从我们的门廊里收集飞蛾的尸体,把它们带到河边,射到水面上。

"喂喂鱼。"父亲会这么说。

事实上,我想这样他们就可以赐予这些死在我们门廊灯光下的长着翅膀的小生物最后一次飞行了。

崔斯汀去世几个月了。那年秋天来了又去,像一个星期那么快,仿佛南瓜在星期一成熟,灰蒙蒙的天空在星期三变得明亮,而所有的树叶随着星期天的最后时光翩翩下落。冬天来了,漫长而寒冷,持续几个月都是光秃秃的树枝和冰冻的土地。那年来了一场冰雹,导致电力中断了好几天。

一九六七年的二月,我已经十三岁了。我坐在一张小方桌旁,弗洛茜在上面放了一面镜子,把它变成了梳妆台。她的化妆品散落在桌子各处。我拿起她的口红给自己涂上,看着镜中的自己,抿了抿嘴唇。我用了她的紫色眼影,也用眼线笔画了画我浓密的眉毛。最后,我一直涂着睫毛膏,直到我的睫毛变硬。

"啊,贝蒂,你看起来像个小丑。"弗洛茜走进房间时窃笑起来。

我试图从她身边冲到洗手间去。

"等等,"她不再笑了,"我来帮你化妆。"

她让我坐回到梳妆台前,用葡萄籽油浸湿的面巾纸卸掉了我的妆,同时为我换上棕色眼影、黑色眼线以及薄薄的一层睫毛膏。她把我的辫子拆开,让长发从两侧垂到我的肩膀上。

"从没见……见……见过你化妆的样子,贝蒂。"林特在门口笑着说。

"你觉得谁更漂亮?"弗洛茜转过身来面对他,"我还是贝蒂?"

"你们都很漂……漂……漂亮。"他挪动着自己的小脚。

"为什么?"弗洛茜双手叉腰。

"你看起来更像妈……妈……妈妈,贝……贝……贝蒂看起来更像父亲。"

"贝蒂,听到了吗?"弗洛茜问,"他说你看起来像个男人。"

"我不是那个意……意……意思。"林特说。

弗洛茜嘲笑着他的口吃,然后把他赶出房间。

当她回来的时候,她把我从镜子前推开。

"这个颜色很适合你。"她拿起口红。我感觉她没有把它涂在嘴上,而是在我的脸颊两侧画了两条线。

当我转过身去照镜子的时候,她开始大笑。

"你的战斗彩绘①,"她说,"我想这就是为什么我永远是最漂亮的。"

她朝外走去,顺手抓起了外套。离开前,我最后一次看向镜中的自己。

到了楼下,我发现父亲正在前门廊的摇椅上抽烟,手里拿着一罐私酿酒。

"你还记得都是谁买了崔斯汀的画吗?"他垂着眼睛问,"我想把它们都买回来,挂在我们的墙上。"

他喝了一口酒,然后看清了我的脸。

"你做了什么啊?"他皱起眉头,"为什么你的脸上画了些乱七八糟的东西?"

"弗洛茜给我画的。"

"女孩子化妆后就变了,"他说,"她看待世界的方式和世界看待她的方式都会改变。"

他灌下更多的私酿酒,同时用手遮住了画在罐子外面的星星。

"为什么?"我问。

他擦了擦嘴,反问道:"什么为什么?"

"为什么女孩子化妆后就会变?"我靠在门廊的栏杆上,用指甲抠着木头,"为什么我涂完口红不能和我没涂的时候一样?难道从我嘴里说出来的话,不比涂在嘴上的东西更重要吗?"

"我不是这个意思。"

"喝了那么多酒,你根本不知道自己在说什么。"

"我在说——"

"你想说什么,爸爸?"

"化妆是女孩走出家门的第一步。眼影也好,口红也罢,都会让你离开我。为什么你就不能还是那个小女孩呢?"

---

① 战斗彩绘:印第安人在打仗前会在身上涂抹的颜料。

"你不是也一样不再是个小男孩了,爸爸。"

"不是了。"他的目光越过了我,"我的确不是了,不过崔斯汀一直都是。"

我回到屋子里的时候,他正深情地搂着酒罐子。

那天晚些时分,我第一次看到我的父亲无助地迷失了方向。

原来他喝醉的时候是个大吼大叫的人。那不是刻薄的吼叫,而是悲伤的呐喊。他从房子里走出来,大喊了一声。真的,那声音能在群山间回荡。我穿上外套和靴子去找他。如果他昏睡过去了,他会冻死在二月的夜晚里。我找到他的时候,他正在用手杖抽打那块林荫巷的牌子。

"爸爸,别这样。"

他看我的眼神就像是一个被逮住的孩子。突然,他朝最近的山丘跑去。一路上,他把罐子和手杖都丢了。

我看着父亲疯狂地向山上爬去,他抓着砂岩的边缘。在我看来,裸露的岩石就像是一个女人从裙子里跳了出来。每个山脊和悬崖就像是女人裸露的锁骨或者肩胛骨。这使得群山看上去如此生动,仿佛她们曾经用两条腿行走,穿过炽热的蓝色天堂与燃烧的赤色地狱。

上帝存在,魔鬼也存在,群山似乎在诉说我们已经知道的事情。

我跟在父亲后面也爬上了山,沿途拾起他的手杖,同时也感受到了冰封大地的坚硬。群山不得不忍受冬天的一切,我们何尝不是如此。

"爸爸,我们回家吧。"我说,"你会摔伤的。"

他仍旧在爬,而我仍旧跟随在他身后,谁也不知道我们的尽头会在哪儿。

曾经,我会认为父亲永远比我跑得快,但现在,我明白我的步子能够迈得更大,我的胳膊和腿都变得更长。在某些方面,我觉得自己不再是一个追随父亲的孩子,而更像是一个正在成长的年轻女性。也许,只是我的手腕看起来无比可靠,就像结实的肌肉。我能感觉到自己的力量每一年都在增长。我想象着我的力量可以用来做任何事情，去拥有农田，去磨利刀刃，去肩负起每一次收获的重任。而现在我的力量就是追赶一个上山的老人。

当到达山顶时，父亲高举双臂，放声呐喊。

"把我的孩子还给我。"他一边号叫，一边向上天挥舞着拳头。

我想象着人们停下手头的事，向外张望，寻找是什么动物在发出声音。

他倒在地上。有那么一会儿，我以为他昏了过去，但是他还醒着，眼睛盯着天空。他醉得满头大汗，同时又冻得浑身发抖。我坐在他身旁，听着他悲伤的哭泣声。我把他的手杖放在我们之间的大地上。

"贝蒂，我的儿子在哪儿？"他紧紧抓住我，好像我是他唯一必须要抓住的东西一样。

"爸爸，别这样。"我把他的手指从我的外套上拿下来。

他看着自己的手说："你知道吗，我一直在想，以后谁来洗那些小罐子？"

"妈妈把所有的小罐子都打碎了。"我提醒他。

"不是所有的。"

"我可以洗剩下的，爸爸。"

"不，你不能。"

"不，我能。"

"不能。"他用拳头猛捶地面。

接下来的几分钟，我们听着周围的寂静。接着，他开口了，声音从未有过的低沉，就好像他为了回到他生命久远的时光中，不得不这么低沉。"我的爸爸过去常常带我到这些山上去，我们会从地上挖出箭镞。而我的爸爸会举着一枚箭镞说：'想想有多少动物因此而死。每一次狩猎，每一次战争，都有它的身影。这燧石几乎就是个活物，看看它做了什么，看看它身上拥有的能量。'

"我想感受那种能量，所以我雕了一支箭和一张弓。我爬到山上，通过拉弓放箭的方式，仿佛看到了我们的祖先。我对着那些树练习，想象着它们是在广袤的原野上奔跑的鹿群。当我瞄准一棵老黑胡桃木时，那支箭射中了一头真正的鹿，我没觉察到它一直站在那里。那血看起来实在是太可怕了。有时候我会想起那些血，就好像红色床单都是用那些鲜血染成的。我猜我妈妈会把那些床单挂到树上。"

他捡起手杖，举着他雕刻的崔斯汀的脸。

"我的孩子，我的孩子。"他一遍又一遍地重复。

我再也无法忍受父亲的难过，于是我也哀恸地哭了出来。

"是我杀了他，"我说，"是我杀了崔斯汀。"

父亲放下了手杖。他眨了眨眼睛，想要弄清楚自己是否听清了我说的话，还是只是酒精麻痹了他的耳朵。

"你说你杀了他？"他问。

"我给了他树叶，告诉他那是翅膀。如果他掉下来，他会没事的，因为树叶会变成翅膀，他就能飞了。"我尝到流进嘴里眼泪的咸味，"如果不是我带着他爬上去，他永远也不会爬上那个梯子。爸爸，他的死都是我的错。"

"哦，不，不，不是这样的。过来。"他用手擦拭我的脸颊，就好像在用我的眼泪在洗脸。"不，不，不是你杀了他。也许你是这样想的，但你没有。"

他把我的头靠在他的胸口，看着我们周围的土地。

"小印第安人，你知道山为什么被创造出来吗？是为了让人们可以站在山顶上，把他们的罪孽顺着山峦滚下去。造物主很聪明，贝蒂。这就是为什么他没有把这个该死的世界变成平坦一片。"

他站了起来，用靴尖剐蹭着地面，设法从冰冷的土地上松动两块石头。

"我们周围的这些山丘，"他说，"上帝一定知道我们卡彭特一家会把这里称作家。"

他递给我一块石头，留给自己另一块，然后咕哝了一声，把石头扔下山丘。

"来吧，小印第安人，"他伸出双臂，"把它交给山丘。"

我站起来，用力扔出石头。像祖先那样号叫的同时，我的身体向前倾斜。石头击中了树枝，把上面的冰碴都撞掉了，然后坠落地面，从山坡上滚了下去。

"爸爸，现在该怎么办？"我问。

"我们相信，"他站得更挺拔了，"我们相信我们已经从罪恶中解脱出来了。也许有一天，大地会变得平坦，而我们也会成为足够好的人，不再需要这些山丘。"

第三十五章

"能力和威仪是她的服饰。"
——《箴言》31:25

一九六七年的春天,全世界正在准备迎接一个将在人类文化史上具有持久意义的夏天①。然而,在呼吸镇,我们更关心鸟类的情况。这些鸟先是在空中盘旋,然后快速地飞行,最后宛如惊惧地俯冲下来。它们撞上了挡风玻璃和房子,甚至还会袭击人。比如科顿,他每天早上六点半准时给自己的草坪浇水。但是他走进镇子的时候,鼻子流着血,手里还抓着一只垂死的麻雀。

父亲说那些鸟得了草河病。

"这种事情有时候会发生。"他说,"树木变得像从水面升起的云雾,直到鸟儿相信那些草就是河面。鸟儿们低飞着,俯瞰自己的倒影,想看看它们是一团漂泊不定的羽毛,还是只是在风中惴惴不安的人。"

然而,母亲的信仰与天气预报紧密相连。

"只有在恶劣天气逼近时,天上的生物才会飞得很低。"她说。

为了不被鸟儿牵扯进去,母亲会蹲在我们房子旁边的大灌木丛中间,在那里她可以观察到鸟儿在她面前盘旋。

一天吃晚饭时,她说她明白了整件事情的意义。

---

① 一九六七年七月二十三日,美国密歇根州底特律市爆发了种族骚乱,事件持续五日,造成四十三人死亡,四百六十七人受伤,超过七千二百人被捕,以及超过两千座建筑物受损,是美国历史上死亡人数最多的暴动事件之一。

"是什么?"父亲问她。

"让我们知道一场地狱般的暴风雨就要来了。"她说的同时,一只鹩鹧撞到了房子的一侧,那响声吓了她一大跳。

有些人,比如父亲,选择埋葬了这些赴死的鸟儿。还有一些人因为害怕疾病而烧掉了它们,煤渣砖约翰就是这样的人。

"这一切都是因为外星人。"煤渣砖约翰说,"火星人、金星人,随便你们怎么称呼他们,他们弄死了我们所有的鸽子、燕子和画眉鸟,把死亡像寒气一样灌入它们体内。外星人希望我们也被感染,让我们变得越走越慢,开始自掘坟墓。只有火焰才能阻断这种寒气的传播。"

我以为鸟儿焚烧之后升起的烟气和它们的羽毛颜色一样,红衣凤头鸟是红色,松鸦是蓝色,而所有可爱的林莺是黄色。但是,当烟雾升至白云之上时,不是黑色,便是和通常一样的灰色。

企业家们承担起了收集死鸟的责任。桑兹警长警告车辆在鸟的尸体被收集之前不要轧过去。

"绕过它们,"他说,"如果你碾碎它们,它们就会流血。那样会把局面弄得更糟糕,甚至最终可能会成为传播病毒的帮凶。"

我总是喜欢步行去学校,但即使是穿过树林,用树木来做掩护,也变得举步维艰。然而,不管外面的鸟儿有多坏,都远远不如学校里的鸟儿。

走在走廊上,我躲避着鸟儿们的喙,它们似乎想啄掉我的乳房。它们扇动翅膀,像刮起一阵强风一样准备把我击倒。我努力地保护自己的脸,不被它们的利爪伤害。我也捂住自己的耳朵,远离它们粗俗的尖叫。

"来嘛,让我们看看你的奶子。"它们尖叫着,围着我转。我用我的书把它们打回去,然后跑进了教室。

鸟儿们也追了上来,抢占我们的座位,其中一只转过头来看着我,我觉得它像只啄木鸟,它有着细长的鼻子、豆子般的圆眼睛。我在座位上坐立不安,因为它一直盯着我,就好像我是它的猎物。它俯下身,看着我的腿,我尽可能地把它们紧紧并拢。

"我想我看到了一张带血的卫生巾。"它说,"贝蒂,你垫了一张带血的卫生巾吗?我闻到了。"

真是可笑,十几岁的男孩表现得就像是那些飞得很低的鸟。

每一天,我都努力不理那些男孩越来越多的关注。我学会了在课堂上不要写那么多字,因为我写得越多,铅笔的铅芯就会用得越快,这意味着我得去用墙上的卷笔刀。每到这时候,我的裙子都会被拉起来。我把手放在裙子上,试图阻止他们。可无论是哪个男孩掀起我的裙子,他都会大笑,然后把他这次的行动得分和其他男孩进行比较。

女生上课不允许穿长裤或者短裤。作为女孩,我们被认为不能替自己做决定,就好像我们不够聪明或者没有能力决定如何穿衣服一样。我不反对穿裙子,但我也知道短裤最适合让自己倒挂在树枝上,也最适合路过那些管不住手的男孩。

那年春天,我看着衣橱里的裙子,把它们推到一边,决定穿别的——短裤。我在老师克罗斯夫人或者任何同学注意到之前就坐到了座位上。我们大声朗读历史书上的段落,开始了早晨的学习。我继续观察外面的鸟儿,因为我从来没有在课堂上被点过名。不管我有没有认真听讲,都没有什么区别。老师们有他们最喜欢的学生,但我从来都不是。我只要上交我的作业就行,这似乎就是我被要求做的全部任务。老师们已经认可了我这辈子什么事都不会做,为什么还会在乎我呢?我还不如不存在。但那天,克罗斯夫人做了一件意想不到的事——她点了我的名字。

"贝蒂,为我们朗读下一段课文。"

哦,天啊。我以前从来没有被点名过。朗读?我?一想到我的声音会在教室里响起,我就肚子疼。我立刻浑身直冒冷汗,拿起书的时候手都在颤抖。当我努力专注于那一段时,书页上的文字变得模糊不清。

"最底下那段,贝蒂。"老师不耐烦地在桌子上敲了敲铅笔,"快点儿,快点儿。"

"林肯……"我的声音颤抖着,双腿紧紧地绞在脚踝处。我想我差点儿要尿出来。"阿比盖尔……我是说亚伯——亚伯拉罕·林肯是屁——"孩子们哄堂大笑。

"天啊,她有什么毛病?"他们窃窃私语,"真是个怪人。"

我感到口干舌燥,我想我把整条河喝光都不够。如果是在家,我会流畅地大声朗读出来。但是在学校,我已经成为一个害怕被听到和看到的人。

为了读完一句话,我不得不与每个字战斗,就好像有双手掐住了我的喉咙。我感到无法呼吸,觉得自己快要死了。

他们会把我的尸体从桌子上收走,然后继续读剩下的书,仿佛我无关紧要。

"林肯……被暗杀……一八六五年四月十五日……"

"贝蒂,"克罗斯夫人说,"你读起来好像嘴里有口香糖。你知道上课不许嚼口香糖,马上给我吐出来。"

我嘴里什么都没有,但是我假装把口香糖吐了出来,这样我就有借口暂时不用去读了。可一想到还要回到未读完的那一页,我就觉得自己快要昏过去。然后,一只捕蝇鸟撞在了窗户上,每个人都站起来看着它从玻璃上滑了下去。

"它们可能是想飞到里面来,因为它们认为贝蒂是一条又大又丑的虫子。"露西丝笑着说道,"我打赌她和她爸爸会用掉落的羽毛做头饰。别把贝蒂一个人留在树林里,她可能会变得非常野蛮。"

我慢慢地站起来。房间终于停止了旋转。

"贝蒂?"

老师的声音在我身后响起。

"你身上穿的是短裤吗?"她问。

露西丝窃笑起来。

353

"我……我……"我还在想那一段,"我在家穿的。"我终于能说出一个完整的句子。

"我们这里可不是什么野外的帐篷,小姑娘。"克罗斯夫人说,"这是一所正规的教育机构,有规定要遵守。"

我被送到校长办公室,我花了很长时间才到那里。途中,我渐渐冷静下来,当我走进办公室的时候,我找回了更多的自我。

校长是男性,他的西装外套总是灰色的,上面打着领结,左胸口袋上别着一枚小小的国旗别针。他有着宽阔的肩膀和又短又粗的腿。

"贝蒂·卡彭特,我们该拿你怎么办?"当我盯着墙上挂着的剑鱼标本时,他问道,"贝蒂?当我跟你说话的时候,我希望能看到你的眼睛。"

我转向他。他的口气闻起来总是有泡菜的味道,我能闻到它飘向我。

"你违反了我们学校的规定,你知道的,对吧?"他指着我的短裤。

"我不明白为什么会有这样的规定。"我说。

"我们必须要区分男生和女生。"

"区分?"我问。

"男孩有男孩的衣服,女孩有女孩的衣服。贝蒂,你不赞同这一点吗?"

"为什么我不能穿我想穿的衣服?"

"你知道当女孩穿她们想穿的衣服,比如短裤或者裤子,会发生什么吗?"他问。

我摇了摇头。

"每个人都会盯着你的屁股看。"他瞥了一眼我的裤裆。

"我的屁股?"我也低头看了看。

"没错,裤子界定了你的范围。当一个女人穿裤子的时候,没有人会看到她,他们只会关注她的屁股。穿裤子的女人总是渴望得到那种关注,她们渴望万众瞩目。你知道在这个世界上,女人穿裤子的地方犯罪率更高吗？穿裤子的女人根本不在乎家人和家庭。她们不在乎灌输良好的道德，树立良好的榜样。"

"只是因为她们穿裤子？"我问，"但男人也穿裤子。"

"女人的举止不能和男人一样，因为男人和女人本就不同。假如我现在穿上裙子，没准就会像你妈妈一样在办公室搔首弄姿。"

"我妈妈才不会搔首弄姿。"

"亲爱的，一个女人走路的任何时候，都会搔首弄姿。这是情不自禁的事情，女人双腿摆动的姿势——"

他站起来，开始踮起脚尖走路，双手在胸前摆动。

"哦，瞧瞧我，"他学着女人的声音说话，"瞧瞧我。"

"女人不是这样走路的。"我告诉他。

"就是这样的。"他从角落里的软垫椅背上扯下一条毯子，他把毯子裹在屁股上，装作是一条裙子。当在房间里转圈时，他继续踮起脚尖走路，并且还快速地扭动屁股。

"贝蒂，看看我，你还会尊重我吗？"他问，"当然不会了。"他抢在我之前回答，"我穿裙子的样子可比男人糟糕透了。"

那时我意识到，裤子和裙子就像性别本身，在我们的社会中不存在平等。穿裤子是为了统治，而穿裙子只是为了洗碗。

"贝蒂，如果你穿着短裤，鸟儿们才会这样做，我并不会为此感到惊讶。"他扔下毯子，坐在办公桌前，告诉我穿裙子就可以继续纯真下去。

"如果你穿着《圣经》上说的女人和女孩应该穿的衣服，那么那些基督徒就会尊敬你。"他说。

"但是男孩们一直撩我的裙子，"我回答，"他们已经看过我的内裤无数次了。"

"我懂了。"他向后靠在他的皮椅上，"你和男孩们调情了？"

"没有。"

"那你有没有穿让你的同学们有其他想法的衣服？"

"我只是穿着该穿的衣服，和其他人一样。"我咬紧牙关说道。

"因为女孩穿的衣服会吸引人，你明白吗？你的穿着可以反映出你的品德。我认识我们学校的那些男孩，我和他们的家人都是朋友。他们都是好孩子，他们努力把上帝放在心里。你也希望他们是好孩子，不是吗？"

"他们好坏与否取决于他们自己。"

"不，取决于你。作为女性，你肩负着巨大的责任，贝蒂。特别是现在你已经发育了。如果你们这些漂亮的小东西不能穿得体面点来让我们保持清醒，我们男人怎么还会把上帝放在心里呢？贝蒂，你知道体面是什么意思吗？"

"我穿的只是棉布裙子。上面有小花，而且——而且——而且你从没看到我也到处扒男孩的裤子。这和衣服没关系。如果我穿着土豆袋，男孩们也会掀我的裙子的。你应该惩罚那些男孩，而不是我。"

"你去教堂吗，贝蒂？"他又向后靠了靠，直到椅子嘎吱作响，"我从没在教堂见过你和你的家人。"

"大自然就是我们的教堂。"

"只有真正的教堂才是你的教堂，小姑娘，其他的一切都是对神明的亵渎。你们是基督徒吗，你的族人？"

"我的族人是切罗基人，"我站得更挺拔了，"如果我们今天还像我的祖先一样，生活在一切被夺走之前，那么掌权的会是女人，而你就得听我的。"

"哦，是吗？"

"没错。我可以想穿什么就穿什么，因为——"

"因为什么？"

"因为对我们来说，女人穿什么并不重要。重要的是她们做什么，说什么，想什么。"

"然后你瞧瞧发生了什么。"他笑了,"你的族人被征服了,因为女人是软弱的领袖。我敢保证,如果你们这些切罗基人是男人说了算,这里如今就是印第安人的国家了。穿裤子的女人弄丢了你族人的土地。"

"收回你的话。"我的双手攥在身体两侧。

"一个女孩子的眉头不应该皱得这么紧,贝蒂。"

我想把他打倒在地,把他打进地底下,这样我们就可以永远踩着他。还有一个好主意,那就是我想把他塞在一块空心的木头里,然后让他滚过世界的各个角落。实在不行,我想拉住他的领结,用它把他勒死,除非他收回之前说过的所有话。但想起来很简单,做起来又是另一回事儿,我什么都做不了,只是抬头盯着剑鱼。

"你一定很喜欢剑鱼,"他说,"一直盯着它看。"

"爸爸说,把动物尸体挂在墙上的人,都是自以为是的人。他还说,只有废物男人才会为了得到战利品而杀死动物。"

"那么,你爸爸一定有一整墙的动物尸体。"他得意地笑着说。

他让我回到教室,但在那之前,他在一张纸上画了一根指针,然后用别针把指针别在我短裤的下摆上。

"你为什么要在镜子上画一道裂缝?"我问。

"因为你的道德指针情况很糟糕,小姑娘。"他说。

我一离开他的办公室,就攥起了那张纸,想要把它从短裤上扯下来。接着我看向了他画的箭头,它没有指向我的教室,它指向走廊尽头的学校大门。

我循着箭头,跑向灯火通明的门口。门外,清洁工正在推一个带轮子的金属垃圾桶,从人行道上捡起死麻雀。我从他身边跑过,一直跑到蒲公英一角币。

我尽可能轻轻地推开门。然而,小铃铛还是响了,客人们都转过头来看我。

在通往柜台的路上,我拉了拉菲雅的围裙。在看到我之前,她已经记完了菜单。

"贝蒂,你不是应该在学校吗?"她问。

"找不到去教室的路了。"我对着指针点了点头。

她看着我的短裤。

"好吧,"她说,"今天我允许你逃课。这是我们之间的小秘密。"

她给我做了一份芝士番茄三明治。我边吃边在凳子上转来转去,看着她从厨房拿着盘子来回走动。

吃完后,我上楼去了菲雅的房间。和楼下的餐厅一样,她的房间也贴满了蒲公英插画,四周镶着深绿色的藤蔓和花哨的旋涡纹饰,就连天花板也一样。家具是房间自带的,与木质装饰和地板一起被漆成了黄色,包括小浴室里的马桶、浴缸和水槽也都是黄色的陶瓷。有这么多相差无几的颜色,菲雅的东西便分外显眼。我能看到她搭在椅子上的淡紫色毛毯,书上的棕色书脊,以及衣橱里从蓝到红五颜六色的衣服。我把薄荷绿的裙子从衣架上拿下来,把它套在衣服外面。我旋转着,直到裙子飞了起来,露出短裤。

"女孩应该穿裙子。"我嘲笑着校长,"嘿,校长,你喜欢这个吗?"我在房间里踱步,踢着双腿,"这个怎么样?"我甩动头发,跳来跳去,"这适合女孩子吗?"

我还在转圈时,发现了梳妆台上菲雅的日记。我把它拿到她的床上,躺在那里,把脚支在她漂亮的黄色铁床头板上。

我打开她的日记,除了歌词以外,似乎所有东西都是用外语写的。我试着辨认出她使用的密码,但她有着自己的字母拼写模式。

我把指针从短裤上拿下来,用别在菲雅日记书脊上的笔,在指针上抄下了她的歌词,沿着圆形的边缘写着,直到她的歌词旋转到圆心,然后我把指针夹在她的日记里。

楼下餐馆的声音越来越大,我不用看时间就知道学校已经放学了。于是我把裙子脱下来,挂回到衣柜里。

下楼的时候,我看到成年人都离开了,而青少年接管了留下的空间。透过他们的脸庞,我看见了弗洛茜,她正在柜台和菲雅说话。

"我正跟菲雅讲我们在学校里玩的最有趣的游戏。"当我走近时,弗洛茜对我说,"你站在窗前,如果一只鸟撞到你面前的玻璃,你就会下地狱。"

"这听起来很蠢。"我说。

"一点也不蠢。"弗洛茜抓住我的手,把我拉到大玻璃窗前。

"记住,"她说,"如果一只鸟撞到你面前的玻璃,你就注定永远和魔鬼在一起。"

"你们两个真的不应该惹火上身。"菲雅说。她端着一块馅饼走向一个座位。

"看,"弗洛茜指着一只麻雀,"它朝我们这边来了。"

就在那只鸟看起来要撞上玻璃时,我们尖叫着弯下身子。在最后一刻,麻雀转了个弯,也救了自己一命。

"我不玩了。"我离开了窗户。

"胆小猫。"弗洛茜跟着我出了餐馆,"喵,喵,喵。"

几秒钟后,一只乌鸦撞上了弗洛茜的背,把她撞倒在地。这只鸟被撞晕了,但是在几次失败的起飞之后,它又飞了起来。

"该死的畜生,"弗洛茜一边坐起来一边咒骂,"我气得都能吐出钉子了。"

"小姐,你没事吧?"我和弗洛茜都望向一个叫卡特拉斯·西尔克沃姆的人。

"希望你没有受伤。"他说着伸出了手。

西尔克沃姆一家在镇子边上拥有一座葡萄园。卡特拉斯才二十出头,但已经有了他父亲那样的发际线。而且他体重超重了70磅[1]，口齿又不清，弗洛茜绝不会想到自己会和他在一起，但她喜欢他的金表在阳光下闪闪发光的样子。我能从她握住他伸出的手的样子看出来。

"谢谢。"她说道，同时确保她的头发以合适的角度垂到眼睛里。

到了夏天，卡特拉斯和我姐姐在一起了。没过多久，母亲把弗洛茜叫进房间，让她坐下。我在门口看着母亲在梳妆台前给弗洛茜梳头。

"是时候考虑你的未来了，"母亲说，"你不再是个小女孩了。葡萄园给卡特拉斯和他的家人带来了丰厚的收入，如果你是他的妻子，你就不会缺钱了。"

"他的妻子？"弗洛茜露出嫌恶的表情，"我不想做他的妻子，我只是喜欢他有一辆真正能开的车。再说了，我不能待在呼吸镇，不然好莱坞怎么办？"

"你想成为明星吗？"母亲开始给弗洛茜编辫子。

"胜过一切。"弗洛茜在座位上舞动。

"那么让我告诉你我早就该告诉你的事，你是那种只有在周围没其他星星的时候才会闪耀的星星。"

弗洛茜透过镜子看着母亲。

"我可以变得更闪亮。"她说，"我可以努力的，我才十六岁。"

"如果你去好莱坞，"母亲说，"你会被最大最亮的明星包围，这会让你看起来平平无奇。好莱坞不会让普通人出现在大银幕上的，但是在这里，在呼吸镇，做西尔克沃姆的妻子，你会成为一个有钱人那样最耀眼的星星。你知道我有多煎熬吗，几乎买不起口红和袜子。你想过这种生活吗？"

弗洛茜迅速摇了摇头。

"姑娘，这种机会可不是每天都有的。"母亲告诉她，"你年纪越大，

---

[1] 70磅约为31.75千克。

就越难。你是弗洛茜·卡彭特,对吧?不管怎样你都会和一个男人在一起的。"

弗洛茜透过镜子看了母亲一眼。

"还不如找个有钱的,"母亲接着说,"让自己过上轻松的生活。卡特拉斯是个好孩子,他的家人都是好人。"

"可是我不爱他。"

"即使你现在不爱他,过一段时间,你会发现爱上他比你想象的要容易得多,尤其是在你怀了他的种之后。"

"他的种?你是说怀上他的孩子?不可能,"弗洛茜摇头,"我不想要孩子。"

"你必须得要一个,弗洛茜。卡特拉斯现在只是跟你玩玩而已,一旦他玩完了,他就会把你抛弃。这种事一次又一次地发生在你这样的女孩身上。"

"我这样的女孩?"弗洛茜问。

"如果你有了他的孩子,"母亲继续说,"你就有权利要求。这是确保你成为明星的唯一办法。"

弗洛茜闭上嘴,下巴开始颤抖。她飞快地从我身边跑过。我在我们的房间里追上了她,她站在我们的衣柜前,翻找她的衣服,想找一件她和卡特拉斯约会那晚能穿的衣服。

"嘿,"我抓住她的胳膊,"别听妈妈的。"

"女人犯错,男人就会追着她们不放。"弗洛茜猛地甩开了我的手,从衣架上取下一件海军蓝的连衣裙。她把它贴在身体上,想看看它在镜子里是什么样子。"梅·韦斯特在《依本多情》里说了这句话。我做错了一点,贝蒂,刚好让他有时间来追我。如果发生最坏的情况,我可以随时拿着他的钱包去好莱坞。"

"你不需要他,弗洛茜,你自己能做到。"

361

"傻贝蒂，难道你到现在还什么都不知道吗？"

我看着我的姐姐。她脸上的骨头慢慢拉长，变成一种坚忍的表情，并随着她每次的笑容起伏。她瞪大了眼睛，瞳孔中的绿色比她小时候更明亮，仿佛所有的能量和愤怒都贮藏在她的虹膜里，直到它们变成绿色的火焰。

"你觉得这条裙子怎么样？"她问，"我觉得不错。"

那一晚，弗洛茜让卡特拉斯走进了她的身体，我想她当时一定很害怕。第二天早上，我把她穿过的裙子埋在了院子中。

一旦她知道自己怀孕了，她就告诉了卡特拉斯，后者做了一件时髦的事情：单膝下跪。作为结婚礼物，菲雅给弗洛茜做了一条裙子，粉红色的蕾丝盖过了她的膝盖。弗洛茜喜欢它，因为它让她看起来是那么甜美，可以像糖果一样溶化在男人的嘴里。

"贝蒂，难道你不这么觉得吗？"她问我。

婚礼之后，弗洛茜说她明年不会再回学校了。

"现在婚姻是我的未来。"她说道。弗洛茜向现实低头了，搬进了卡特拉斯的父母给他们买的殖民时期风格的柱式房子里。

"我会给你写晚安纸条的，就像我们对菲雅那样。"我告诉弗洛茜。

"不，"她摇了摇头，"我再也没有时间玩幼稚的游戏了。我现在是一名妻子了。"

春天开始时，鸟儿低矮地飞翔着，到夏天结束，鸟儿又高飞起来。他们永远也没有找到鸟类这种行为的原因。父亲说有时候我们都会做傻事。

"也许吧。"弗洛茜说。

我一个人留在我们原来的卧室里。没有她，房间空荡荡的。我从未意识到我们在一起的时光占据了那么多空间，那些一起在深夜里吮吸火球糖，翻看杂志，聊着角落里蜘蛛织网的模样，梳理着彼此发丝的时光。

"我觉得蜘蛛会唱歌，"弗洛茜会说，"那些网就是她的歌。"

弗洛茜走后，蜘蛛网就破了。我再也没有见过蜘蛛。

呼吸镇报

一名男子因正在进行的枪击事件接受讯问

一名叫兰登·卡彭特的男子接受了讯问,因一名目击者反映称在附近看到卡彭特的时候听到了枪声。卡彭特说他只是在阳光下小憩。

卡彭特受到讯问时,另一名住户打来电话说,昨天深夜有一个拿着猎枪的人站在她的院子里。

这位不愿透露姓名的居民说,她和这个人说过话,甚至还给了这个人一杯牛奶。当她转身去拿牛奶的时候,这个身影靠近了她的家。这个女人说她自己觉得很奇怪,于是她又绕了个弯,发现那个身影逼得更近了,就在她的前门廊上。

"我知道我的门没有锁,"那个女人说,"我这辈子从来没锁过门。就在我开始尖叫的时候,那个身影慢慢后退,在地上拖着枪管离开了。"

当被问及她认为对方是男人还是女人时,她说光线太暗了。

"但是他闻起来有点像男人,"她很快补充道,"除非是一个早些时候和男人睡过觉的女人。"

# 第三十六章

"我好像破碎的器皿。"
——《诗篇》31∶12

我最喜欢的裙子是母亲传给菲雅,菲雅又传给弗洛茜,弗洛茜再传给我的。刚开始的时候,这条裙子是鲜红色的,到我穿上它的时候,岁月已经把它洗刷成粉红色。有时候我在想,所有的红色都会因为穿过它的女人而褪色。

我在菜园里穿着这条裙子,和菲雅、林特还有父亲在一起。我们正在采摘蔬菜想要油炸它们,这时,利兰开车过来了。

"谁邀请你的?"他一踏入菜园,我就问他。

"为什么我见我的家人还需要被邀请?"他问。

我看向菲雅,她正把西葫芦放进篮子里。我看着利兰从她身边走过,来到一排排玉米前。他打量了一下玉米秆,然后挑了一个玉米穗,剥掉它的外壳。

"你会毁了玉米的。"我告诉他。

"哦,我忘了。"他挥舞着手臂,"你是南瓜,是玉米的保护者,是伟大的贝蒂。"

"好了,你们两个够了。"父亲开始把秋葵切下来放到篮子里。

他把最长的秋葵顶在头的两边,假装它们是角。林特笑了,又从篮子里拿出两个,也给自己戴上一对角,然后假装和父亲顶犄角。菲雅笑着他们,同时利兰又剥开了一个玉米穗。

"住手。"我把他从玉米秆边推开。

"我们得试着好好共处。"父亲把秋葵扔进篮子里。

"对啊,贝蒂。"菲雅补充说。

我转向她,皱起了眉头。

"为什么是我的错?"我问,"是他糟蹋了玉米,可没人在乎。"

"算了,我要走了。"利兰踩着葡萄藤离开了菜园。

"你把植物都弄死了,你这个浑蛋。"我弯下腰去察看藤蔓。

利兰转身对我竖了中指,然后上了他的车。他加速离开小巷,瞬间尘土飞扬。

"贝蒂,你得学会别理他。"菲雅说。

她正在用一把锋利的小刀把熟透的黄瓜切下来。

"别理他?"我问,"我已经厌倦了无视他如何毁掉这一切,我不能再不理他了。"

菲雅慢慢地站起来。

"贝蒂,"她说,"别说了。"

"爸爸,"我转身面对他,"我有事要告诉你。"

"闭嘴,贝蒂。"菲雅走出黄瓜藤,她在一排卷心菜前停了下来。

"爸爸,"我深吸一口气,"利兰他——"

菲雅踢折了她面前的卷心菜。

"菲雅?"父亲转向她,"你在做什么?"

她看着我,然后用力踢掉剩下的卷心菜。它们在地上滚来滚去,像披发女人的头。

她一脚踩进甜瓜地里,用小刀捅着地里的蜜瓜和西瓜。接着,她又把整个身体扔进了扁豆秧中,将长豆荚扯下来,一直扯着,看起来就像是她手里攥着一把被她勒死的蛇。

"住手,菲雅,"父亲说,"你在糟蹋这些植物。"

365

她把自己缠在深绿色的藤蔓中，然后用手中的小刀割开，仿佛在撕开墙纸一样。她又用黄瓜藤缠住自己的胳膊，用尽全身之力把它们提起来。当菲雅像母亲拽着孩子们的头发那样拽起胡萝卜时，父亲不得不把挡在菲雅前面的林特拉开。她把每根胡萝卜都咬上一口，然后把嘴里的胡萝卜吐出来，嘴边沾满了泥巴。

菲雅接着开始捏西红柿，西红柿瓤从她的指间溢了出来。她又对浆果做了同样的事，五颜六色的果汁弄脏了她的手。然后她把注意力转移到玉米上，便跑进了玉米地里，掰弯那些玉米秆。它们的穗子摇晃着，直到根部折断。

"你们在嚷嚷什么？"母亲走到门廊上。

当她目睹发生的一切时，只能和我们一起站在后面，看着菲雅破坏菜园。

在菜园的后面，父亲建造的木栅栏旁边长着葡萄。菲雅打破了栅栏，砍断了葡萄藤，把葡萄都踩烂了。它们甜美的香味弥漫在空气中。

菲雅停了下来，她只是盯着我，手里还拿着刀。她攥得那么紧，我以为她会把刀柄给捏碎。

"菲雅？"父亲慢慢地走过破坏现场，"你怎么能这么做？"

"我知道她为什么这么做，"我比菲雅还愤怒，"她这么做是因为利兰——"

菲雅倏地一划，割开了她的左腕。

"耶稣的血啊。"母亲把林特搂进怀里，遮住他的眼睛。

"你得给她止血，兰登。"她告诉父亲，而他正跑向菲雅。

菲雅低头看着她的手腕，扔下了刀子，似乎对自己的举动感到意外。父亲用他的手帕包住了伤口。

"没那么糟糕，我能缝上。"他说着，把菲雅领进了车库。

"贝蒂，"他唤我过去，"我需要你的帮助。"

林特和母亲只能呆呆地望着菜园的另一边。我能听到母亲想要从林特那里知道发生了什么事。

　　我一进车库，父亲就让我按住伤口。我把手放在手帕上，能感觉到她温暖的血。

　　父亲在车库里找线时，菲雅低声对我说："我告诉过你我会自杀，你现在相信我了吗？"

　　我缓缓地点了点头。

　　"这个应该能行。"父亲说着，从一个锡罐里拿出一卷黑线。

　　他递给她一块树皮让她咬着，然后把私酿酒倒在伤口上。

　　"我会把你完全治好的。"他一边说，一边用更多的酒精给骨针消毒。

　　菲雅吐掉树皮，喝了一口烈酒。就在她喝的时候，她的余光看见父亲正在把皮肤捏起来准备把针穿过去。随着她开始尖叫，我跑出车库，跑进了树林。

　　我寻找着最高的树，把脸埋在它的树皮中。

　　直到天完全黑下来，我才回家。我到家时，菲雅的卧室还亮着灯。母亲在楼下客厅看电视，而林特在她身边睡着了，他枕在她的膝盖上。

　　我走上楼，台阶在我脚下嘎吱作响。然后我踮起脚尖穿过走廊，坐在菲雅房间外的墙边。

　　"你知道吗，上帝曾经也这样缠过绷带。"是父亲在说话。

　　我从门口偷看，看见他站在菲雅的床边，手里拿着一个装满沙子的罐子。菲雅靠坐在床头板上，她的膝盖缩在下巴底下，而她的手腕该换绷带了。

　　"上帝也割腕了？"她问。

　　"不是那样的。"

　　"那他为什么要缠绷带？"菲雅低头看着她自己的绷带。

　　"那是在他创造了太阳之后。"他说。

菲雅沉默了一会儿，然后她问上帝是如何创造太阳的。

"有点儿像做馅饼，"父亲说，"有糖、面粉、黄油，我不知道确切的配方。如果我知道，我会自己做一轮太阳。但是我知道，上帝把他的食材搅拌好之后，把它们都放在了一口大锅里，然后把它们放进烤箱烘烤，直到它们变成了金黄色，热腾腾的，准备升上天空。有些人认为上帝的手是在太阳烤熟之后烫伤的。让上帝难堪的是，他的手被该死的烤盘烫伤了。他把烤盘从烤箱里拿出来之前，忘记戴隔热手套了。"

说到这里，父亲咯咯笑了起来，但是菲雅没有，所以他又同她一起沉默，直到她开口道："爸爸，这是个蠢故事。"

当她温柔地唤了他一声"爸爸"时，父亲又重新振作起来。

"你为什么要拿那个罐子？"她问。

"这是从天堂来的。"他说，"昨晚我散步的时候，一根绳子从天而降。我等着看看会不会有人下来，可没有人下来，于是我拉了拉绳子，想知道它是否结实。我估计有人想让我爬上去。"

"但你不知道是谁扔下来的，"菲雅说，"如果上面是个魔鬼呢？"

"它是从天上来的，"父亲告诉她，"我唯一能想到的就是天堂。我觉得绳子没那么糟糕，所以我放下手杖，往手上吐了口唾沫，抓紧绳子，开始往上爬。于是乎，我这个无名之辈，爬上了天空。星星离得如此近，它们看起来像是呼吸镇的灯光，而小镇如此遥远，所有的灯光看起来都像是星星。当我爬到绳子的顶端时，我发现绳子是从一扇窗户里伸下来的。这扇窗户敞开着，悬在半空中，一道明亮的光线从里面射出。我爬了进去，跌落在时间沙滩上。"

"时间沙滩是什么？"

"拜托，菲雅，每个人都知道时间沙滩是什么。我们的生命罐子就放在那里。每个罐子里都装满了沙子，用来衡量我们在地球上的时间。"

他给她看了看粘在玻璃外面的纸条，上面用他的字迹写着她的名字。

"我翻遍了所有的罐子,终于找到了你的。"他说,"瞧瞧它,"他把罐子举到她面前,"满满都是沙子。再增加的话,就会从罐子里面漫出来。上帝给了你比大多数人更多的时间,菲雅。我知道的,我看到那些罐子了。我看到有的只装了一勺沙子,有的只装了一粒沙子。上帝对你有伟大的安排,我的女儿。"

他把罐子递给她。她看了看,然后说:"爸爸,这只是河岸上的沙子。只是这样罢了。"

父亲抓住她缠着绷带的手腕,像一头老熊一样咕哝着。

"你难道不知道自杀会怎么样吗?"他问,"你的罐子会破,沙子会撒出来,永生永世。你的惩罚就是收集起每一块玻璃碎片和每一粒沙子。等你收集完成的时候,别以为你可以安息了,因为魔鬼会踢倒你那堆积如山的东西,让它们再次撒得满地都是。永远都会是这样。你试图找到你破碎的东西——试图重新拼好它们——而魔鬼,永远不会让你得逞。

"上帝为我打开了一窗户,放下了绳子,这样我就可以找到你的罐子,让你知道你还有多少年要活。菲雅,你注定会寿终正寝的。"父亲用手抚摸她的头发,"你的头发注定会花白,你的皮肤注定会长皱纹,你注定会成为一个老奶奶,一个非常快乐的老奶奶。不要做一个朝伟大神明吐唾沫的傻瓜。"

她点了点头。

"你好好休息吧。"他给她掖好被子。她把罐子放在胸前,就好像那是一只泰迪熊。

"晚安,菲雅。"他说道,然后走出房间,关上身后的门。

父亲发现我在偷听,但一点儿也不惊讶。他只是等我站起来,然后我们一起走过走廊。我想我们应该已经上路了,也许是去看看菜园曾经繁茂的地方。但我们没有到达那里,因为玻璃碎裂的声音让我们都转过身去。我们跑到菲雅的门前。父亲打开门的时候,我们看到菲雅下了床,站在破罐子旁边。她看着沙子,看着沙子一点点渗入周围地板的缝隙里。

第三十七章

"它粗暴待雏,似乎不是自己生的,虽徒受劳苦,也不关心。"
——《约伯记》39:16

"这个世界上还会有我的光明吗?"菲雅的低语充满了整个房间。

打破罐子后,她穿过走廊,爬上了我的床。当我躺在她身边时,她用双臂环抱着我。她的呼吸温暖了我缩在她胸口的脑袋。

直到她睡着了,我才轻轻地滑下床,回到她的卧室,父亲正拿着一个放大镜,寻找每一粒沙子。对他来说,菲雅就像他用镊子从地板缝隙中取出的最小的玻璃碎片一样,还可以得救。

第二天早上,菲雅从床上爬起来,伸直了腰,让父亲相信她还有救。

"我饿了。"她说。

父亲给她做了一大堆煎饼,她面带微笑地吃着。对于父亲来说,这意味着他的女儿没事了。母亲和我都比他更清楚,所以当菲雅在饱餐之后去客厅看电视的时候,我拿着刀去了"遥远之地"。我在舞台上刻了一道深深的伤口,然后把手放在伤口上,想让自己相信有足够的力量治愈菲雅。

我开始唱母亲当初割伤自己后,我、菲雅和弗洛茜为她唱的那首歌,只不过我把"妈妈"改成了"姐姐"。

"姐姐,回家吧,我们如此爱你。没有你,家是冷的,花儿不再生长。我们深深地想念你,我们送你一个吻。姐姐,回家吧,我们如此爱你。"

但这些歌词很快就变成了一首圣歌。

"切——罗——基。夸——努——纳——斯——迪。苏——维——

斯——阿——尼——格——宇①。乌——拉——尼——吉——夫②。"

这是我听父亲说过的切罗基语,但有了这几个词,我的灵魂与它们的节奏紧密相连。

"切——罗——基。夸——努——纳——斯——迪。苏——维——斯——阿——尼——格——宇。乌——拉——尼——吉——夫。"

我被我父亲的故事所吸引,想要在大地上创造一个祖先,一个在我认识自己之前就认识我的祖先。我有一种感觉,往日拥有着魔力,如果我能召唤出那股力量,也许我就能帮助我的姐姐。这就是为什么我每天都在唱圣歌,直到菲雅不再需要缠绷带。

"我估计会留下一道难看的疤。"她盯着她慢慢愈合的皮肤说。

她最想做的事就是回去工作。当人们听说了那件事后,总是会多看她一眼,然后议论起来。菲雅假装没有注意到,并且,她会专注于每一份菜单,比如再切一块馅饼,省下足够的力气在关门时把门牌翻过来。这就是她重新开始的例行公事。

"我很好,"父亲问她感觉怎么样时,她说,"我只想忘记发生过的一切。"

一九六七年的秋天向清新与褐色的一切事物敞开大门,关注点从菲雅变成了弗洛茜。她像个背负着不想要的重担的女孩,挺着越来越大的肚子。她抱怨自己的背、肿胀的脚踝,还有增加的体重。弗洛茜会在早上的时候吃芹菜,但到了晚上就会屈服于她的食欲——薯片、汽水,或者几碗巧克力冰激凌。她会扑通一声倒在她和卡特拉斯的双人床上,一边听着他的鼾声,一边把指甲抠进丝绸床单里。

自从弗洛茜变成了西尔克沃姆夫人,她就只能偶尔出现在我们眼前。

---

① 切罗基语,意为女儿们。
② 切罗基语,意为强大的。

比如她突然间站在我们家的前门廊前,用她的肚子在栏杆上蹭来蹭去。或者在其他时候,当我走进我的房间时,会发现她躺在她的旧单人床上,侧着身子睡觉。我会把手放在她紧绷的肚子上,而她会继续睡觉,嘴巴张得足够大,让一小串口水滴落在棉被上。当她醒来时,弗洛茜会忘记自己怀孕了,甚至会被自己的肚子吓一大跳。她试着像打蜘蛛一样想把肚子打掉,却想起来肚子已经是她的一部分。

"贝蒂,怀孕就像在你的两腿之间出现一个让你流血而死的伤口。"她有一次说道,同时掀起她的衬衫,给我看妊娠纹,"看看它留下的疤痕。"

她的肚子越大,就越来越不在意自己,有时她会连续几天穿同样的衬衫和裤子;有时她不再梳头,也不再涂指甲油。到了一九六八年初,她看起来一点儿也不像我曾经认识的那个姐姐了。怀孕使她黯然失色。从她身上散发出来的明亮光芒,被她身上的大肚子遮蔽得暗淡无光。在这种低落的状态下,她显得更加暴躁,仿佛沉浸在狠毒之中。一九六八年的二月更是如此。当刺骨的寒风吹过时,我十四岁了。我的生日礼物之一是菲雅送的白色长筒靴。这长筒靴几乎学校里每个人都有,包括露西丝。最开始,我不好意思说我想要它。

"世界上这么多好东西,而你就想要一双华而不实的靴子?"父亲听说后问道,"你过去可是会用手去抓龟壳和夜鹰翅膀的那种孩子。"

"我现在仍然是,"我说,"但这并不妨碍我也喜欢靴子。"

菲雅一送给我,我就把它穿上了。我走到外面,一直走到树林里,枯枝在脚下清脆地折断。当抵达一片空地时,我躺在冰冷坚硬的大地上,抬起双腿放在面前,移动着它们,就像在冬天灰暗的天空里漫步。我想,我之所以喜欢这双靴子,是因为它们在学校很受欢迎,而我自己不受欢迎。当把脚放在靴子里时,我感觉好像有人告诉了我一个秘密。

那一夜,我穿着这双靴子上床睡觉,把它们塞进我的毯子里,想象着第二天露西丝在学校看到我穿着这双靴子,没准会想成为我的朋友。

"贝蒂,"露西丝在梦里对我说,"你是学校里最时髦的女孩。"

第二天早上,我被弗洛茜打醒。

"你觉得你现在特别漂亮是吧,而我又胖又丑。"她的脸涨得通红,"那双靴子应该是我的。"

她把靴子从我脚上扯下来,并试图把脚伸进去。可她的肚子挡住了一切,于是弗洛茜放弃穿靴子,只好踢着两只靴子穿过房间,同时用手指抠着大肚子。

"如果他不快点儿出来,"她说,"我怕我会把他挖出来。"

几个星期后,我和她坐在前门廊上。她一只手插进一袋薯片里,另一只手夹着一根烟。她刚刚抱怨完她浅蓝色孕妇装的袖子太紧。

"还有这愚蠢的领子。"她试着扯开橙色褶边领口。

这条裙子是她的婆婆买的,她说这条裙子穿在弗洛茜身上会很可爱。也许穿上一条满是累赘的裙子,会让她看起来更舒服。

"我发誓,如果再让我穿这件衣服一秒钟——"她丢下薯片和香烟,抓住自己的肚子,"哎哟,天哪,好痛。"

我在屋里大喊母亲,她从厨房里冲了出来。当看到弗洛茜沉重地喘息时,她说:"孩子快出来了。"

"不……不行,"弗洛茜摇了摇头,"我做不到。我就把他留在里面吧。哎哟。"她弯下腰,捂着肚子,"这么疼是正常的吗?"

"别那么胆小,弗洛茜。"母亲用手里的毛巾拍打我的胳膊。"去找你爸爸。"她告诉我,"我们得送她去拉德医生那儿。"

"不要。"弗洛茜从我身边挤过去,挣扎着走下台阶,哭喊着向"遥远之地"走去。

"弗洛茜,快回来,该死的。"妈妈在她身后喊道。

"我听不见你说什么,"弗洛茜一边说,一边试图爬上舞台,但她做不到,"我离得太远了,什么也听不见。"

373

医院离呼吸镇很远，所以在呼吸镇我们只能依靠拉德医生。他在自家后院给病人看病，那里会有一只浅黄色的公猫迎接你。弗洛茜分娩的时候，这只猫、父母还有我一起在后门廊等候，父亲让林特和菲雅在餐馆等着。卡特拉斯是亲家唯一到场的人，他双手深深插在口袋里踱来踱去。

我不得不捂住耳朵，来堵住弗洛茜的哭喊声。当她的哭喊停止时，就听到了孩子的哭声，微弱的哭声听起来像银器的碰撞声。我走到一扇敞开的窗户前，看到拉德医生剪断了脐带。他把孩子抱到一张桌子旁，当他擦拭着孩子扭动的胳膊和双腿时，我看着我的姐姐。她浑身是汗，湿漉漉的头发散落在通红的前额上，很难想象一年前她还是那个吧唧嘴嚼口香糖，把脚指甲涂成紫色的女孩。

医生把孩子抱给她，但她撇过头去。

"你不想看看你的孩子吗？"医生问她。

"她当然想看孩子。"父亲站在纱门前，纱门对外展示了房间里的情况，"弗洛茜，是不是？"

父亲进了门，母亲和卡特拉斯跟在他身后。我待在外面，从敞着的窗户往里看。似乎离院子近一点儿更安全，我害怕房子在我姐姐的怒火下倒塌。

"我不想要他。"弗洛茜双手抱臂说。

"你说你不想要他是什么意思？"医生轻轻地把孩子抱在怀里，在双光眼镜后睁大了眼睛。

弗洛茜盯着她的儿子。或许是因为这个孩子，也许是因为那天发生的种种事情，她顺着床沿爬了起来，吐在了她丈夫锃亮的鞋子上。卡特拉斯盯着呕吐物，然后退了几步，好像这样就能把呕吐物从他的鞋子上甩下来一样。弗洛茜对他大笑了几声，然后吸了吸鼻子，把手伸向孩子。

"把他给我。"她说。

"你给他起名字了吗？"父亲问。

"诺瓦。"弗洛茜说道。她低头看着,但并没有看着孩子。"诺瓦。"

"这是什么鬼名字?"母亲问。

"意思是瞬间明亮的星星。"弗洛茜回答,然后把孩子交还给医生。"我的胳膊抱累了。"她说。

离开拉德医生那里后,弗洛茜和诺瓦保持距离,就好像她不是他的妈妈,他也不是她的孩子一样。注意到这一点后,西尔克沃姆一家雇用了一个妇人来照顾诺瓦。她的名字叫安克尔夫人,是一位上了年纪的女士,一周前还在肉店工作。当时她在柜台后面切着上等腰肉牛排,那是卡特拉斯的母亲买的。等牛排装袋的时候,卡特拉斯的母亲和另一位顾客攀谈起来,她表示需要雇人帮忙。

"我自己养了八个孩子,"安克尔夫人把牛排递给卡特拉斯的妈妈,"对我来说,帮别人干这件事算不上什么。我早就不想接着用我的切肉刀了,如果你给我和这里一样的薪水,我会为你做这份工作,而且会做得很好。"

安克尔夫人很高兴摆脱了屠夫的工作。

"我不用再担心辫子会沾上血。"她说道。她已经把两条长长的辫子盘成的发髻解下来,披在肩上。安克尔夫人的头发只有发梢还是赤褐色的,而发根已经变得灰白粗糙,像螺丝一样扎在她的头顶周围。

安克尔夫人像是个毫无感情的机器人一样高效地照顾着诺瓦,而诺瓦相信这个女人就是他的母亲。弗洛茜选择不给她的儿子喂奶,所以安克尔夫人会用奶瓶喂他。她会用粗糙的大手紧紧抓着他。无论是早上、下午,还是晚上,当她给他讲睡前故事时,诺瓦总能看到她长着红鼻头的脸,而弗洛茜躺在一个她并不爱着的男人身边。

"现在孩子出生了,"弗洛茜告诉我,"卡特拉斯想做的就是找乐子。"她停顿了一下,转动着她手指上的婚戒,"贝蒂,你知道人们为什么要叫他们丈夫吗?因为他们就像一丈绫,缠绕在你的身体上,你要么被活活勒死,要么割断它。"

生完孩子后，弗洛茜很快就减掉了体重。她发现她自己沉迷于让西尔克沃姆花钱给她买新衣服上。尽管母亲曾想过弗洛茜会给她很多钱，但是弗洛茜只给了她一点点。这样做也许只是为了让我们难堪，就像弗洛茜会开着她那辆亮闪闪的奔驰来看我们，她总是在提醒我们，那辆奔驰不是普通的绿色，而是森林绿。

"这是限量版的颜色。"她说着，把头发甩到肩膀后面。

她开始到斯薇坦波的美发厅里洗头，所以她身上总是有股金银花的味道。

"是不是很棒？"她会问。

妈妈打扫了整整一个星期，弗洛茜才说她会过来。这就是弗洛茜看待家里一切的方式，好像一切都是那么令人失望。

弗洛茜每次来都是走个过场。安克尔夫人坐着，让诺瓦在腿上蹦来蹦去，直到他笑出声来。而此时弗洛茜会盯着沙发垫。本来挺干净的垫子在她眼里太脏了，以至于不能直接坐在上面，于是她就从桌子旁边拿起报纸展开。在母亲的注视下，她会把报纸垫在沙发垫上。

"没关系，"父亲会伸出手，拍拍母亲的膝盖，"我们的小女孩现在讲究了。"

他笑了，因为这是他认为唯一能做的事情。弗洛茜看了他一眼，然后慢慢坐在报纸上。她坐着的时候，报纸总是在她身下变得皱皱巴巴。

"我想，西尔克沃姆一家的葡萄园生意不错吧？"母亲看到弗洛茜那个昂贵的钱包，随口问道。

弗洛茜会故意摆弄起她的指甲，让我们看看她的指甲修剪得有多整齐。

"我们日子过得很拮据。"母亲从弗洛茜看向父亲，然后又看向弗洛茜，"你爸爸病痛缠身，我们真的需要帮助。"

"哦，妈妈，我希望我能帮上忙，但我只是卡特拉斯的妻子。"弗洛茜一边说，一边把她夺目的头发塞到耳朵后面，炫耀起她的钻石耳环来。

"没关系。"父亲又拍了拍母亲的膝盖,"我们能理解,不是吗?"

而这时候,母亲会对弗洛茜紧锁眉头,直到弗洛茜咔嗒一声打开钱包,掏出几美元递给她。

"老天,我的女儿真慷慨。"母亲会说。

通常在这之后,父亲会站起来,从安克尔夫人的膝盖上抱起诺瓦。

"让我孙子看看彩虹怎么样?"父亲一边问,一边微笑着把诺瓦背在后面。

我总是跟着父亲,留下母亲和姐姐怒目相视。我不像母亲那样生弗洛茜的气,也许只是因为弗洛茜在她昂贵的衬衫下面,一直戴着当初的那条豆荚项链。

"准备好看魔法了吗?"我们三个一出去,父亲就会问诺瓦。

我接过诺瓦,这样父亲就可以拿出花园的水管,把它打开。然后,我们背对太阳站着,父亲端着水管,把拇指压在喷出的水上,这样就会喷出一团薄雾。当阳光照射到水滴上时,彩色的棱镜会在我们的后院拱出一道彩虹。

诺瓦总是那么兴奋,以至于我不得不紧紧抓住他,这样他就不会在笑着拍打他的小手时从我的怀里跳出来。

诺瓦当时还太小,只会发出声音,但父亲还是会问:"他在说什么?"

我不知道诺瓦在说什么,也不知道他在想什么,但我知道我在那个年纪,父亲在后院给我们做水管彩虹时,我在想什么。

"他觉得你是上帝。"我对父亲说。

377

呼吸镇报

男子下体中枪

今天早上发生了一件可怕的事情,一名男子因为下体中枪被紧急送往拉德医生的诊所。这名男子目前情况良好。这一消息震惊了整个社区,人们都在怀疑这起枪击事件是否与神秘的呼吸镇枪手有关。经过进一步调查发现,这名男子是在一次家庭争吵后被妻子用手枪射中的。"一开始我不想告发她,"这名男子说,"但后来我想,如果她朝着我的脑袋开枪,我就没法告发她了。"

第三十八章

"若是女的,就让她活。"
——《出埃及记》1:16

这种糖被所有人称作著名的菲雅软糖。我永远不会忘记糖袋上的蓝色方格图案,也不会忘记她把糖倒出来盛量的时候,糖纸皱起的样子。晚上,她会在餐馆的厨房里做软糖。台子的每块黄色瓷砖上都放着巧克力,她让我往里面加入香草精。她有时会把香草精涂在手指上,然后擦在我的脖子上。

"香水。"她会说。

那是一九六九年的春天,理查德·尼克松[①]当政,第一批美军最终开始从越南撤退。男人们,除了我父亲,都登上了月球,当然那是以后的事了。当时是春天,我对一九六九年的真正了解是,那时我十五岁,我姐姐菲雅总是在地板上撒很多糖,她的喇叭裤下面也都沾满了糖。

簌簌,簌簌。

她会关上灯,打开收音机。然后,当她准备好第二天上架的软糖时,我们会跳起舞来。她跳舞的样子就像一匹藏着秘密的狼,也许这就是所有姐姐在月光下跳舞的样子。

她不穿黄色餐厅制服的时候总是穿棕色的衣服。她总是穿着棕色、橙色和褐色的衣服,沉稳的颜色会让人觉得她是一个干练的女人。有时我

---

① 理查德·尼克松:美国第三十七任总统。

梦见菲雅,我会梦见她穿着棕色西装,脖子上系着一条橙色围巾。她坐在办公桌前,地位显赫,已经成为一家类似金属加工制造公司的老板。

而在其他时候,我梦见她成为一个穿着普通棉布裙的母亲,一个梳着马尾辫的女人。两个蹒跚学步的孩子紧紧抓着她的两条腿。她用臂弯夹着搅拌碗,而面糊粘在她的鼻尖上。她笑着,仿佛她已经描绘出天堂,而天堂就在脏尿布和还剩一半的果汁之间。

但我最常梦到的是她变成一只暴风雪中的白猫,我总是因为下雪而寻不到她。我只希望她能看到这些年来我对她的感情。

菲雅永远不会迎来一九七〇年、一九七一年,或者之后的任何一年。她永远是一九六九年的菲雅,因为那一年她走了。在来生,她的头发还会和我最后一次见到她时一样吗,短得刚好够留卷发的那种?她还会穿着棕色上衣和喇叭裤吗,就好像一九六九年从未结束一样?她的眼线会不会太黑,她的嘴唇会不会太苍白,她的两个耳垂会不会也无法长到二十五岁,而且它们都戴着金黄色的耳环?

她的尸体是在星期四早上被蒲公英一角币的厨师发现的。他告诉警长,菲雅没有像往常一样在早上五点半起床给汉克煎培根。汉克是一只大眼睛、咖啡色的猫,身上有褐色的旋涡条纹,而尾巴是断的。菲雅发现它的时候,它还只是一只裹在汗巾里的小猫,睡在主巷旁一棵榆树的树洞里。因为那块汗巾,她给它取名为汉克。它和菲雅一样还很小,她喜欢有它在身边。于是它也成了餐馆的宠物,在门口迎接顾客。菲雅死后,它又活了很久很久。到后来,我看到了一张一九八四年那家餐馆的照片。在慢慢变淡的黄色中,有一只褪色的老猫。它仍然那么小,还是睁着大大的眼睛,看起来好像在等候菲雅回家。

厨师准备好厨房。他以为菲雅睡过头了,很快就会下来。但是当第一个顾客进来时,菲雅还是没有出现。于是,厨师去她的房间,发现她躺在床上,手放在一个奇妙蛋黄酱的空罐子里。她的手攥成拳头,肿得很厉害,不打破玻璃根本就拿不出来。当他们展开她的手指后,发现了一只被捏碎的蜜蜂。它的翅膀已经断了,而且毒刺刺进了她的手掌。

当警长来我们家告知这个消息时,我想起了前一天晚上我和菲雅在一起的时光。

那天从上学开始,我就感到恶心、头晕,还有我的肚子深处一阵阵的钻心痛。我还以为只是因为春天天气变暖的缘故。

那天在学校走廊里,我紧紧抓着储物柜,感受着金属的冰冷,而露西丝和其他人说道:"瞧瞧贝蒂,她又涂上了战斗彩绘。"

仍旧是那句说了好几遍的话,但我还是用袖子擦掉了我的口红。

"我打赌她跟她姐姐弗洛茜一样是个荡妇。"他们说,"好春光弗洛茜,好春光贝蒂。"

我逃课去了蒲公英一角币,那里有很多顾客在排队。菲雅让我打烊后再来。

"我们可以一起做软糖。"她说。

最后,我去了泰迪家的电器店,泰迪让我在电扇前凉快凉快,我看着其中一台电视上播放着《黑暗阴影》。我又走过去研究打字机,假装在打字。而这时候泰迪正在帮一个叫格雷森·耶洛因的人挑选冷藏柜。

"我想要一个大冰箱,"耶洛因说,"储存我屠宰的肉。"

泰迪给耶洛因看了他最大的冰箱。耶洛因爬了进去,看看它是否足够宽敞。

"我要了。"他说。

我离开商店,去了河边。脱掉衣服后,我在野葡萄藤垂落的水面打转。然后我仰面游泳,想起我父亲告诉过我的一个故事:有个动物园破产了,他们把动物放生到了山里。我想象着狮子和老虎在河边徘徊,想象着一个充满了外国生物和本土鹿的丛林。

透过弯曲的树枝,我看到那只献给维克托里的紫色气球。太阳下山时,我坐在河边晒干身体，下巴搁在膝盖上。等我穿好衣服，回到了蒲公英一角币，菲雅正在和最后一位顾客道别。她让我把"打烊"的牌子挂在门上。

她想在我们做软糖之前休息一下，所以我们去了她的房间。窗户是开着的，汉克已经跑在屋顶上了。

"傻猫。"菲雅说道。这时我们也爬到屋顶，坐在它身边。我们三个抬头仰望夜空。当菲雅开始用手指戳星星的时候，我问她在做什么。

"上面的那些光，"菲雅又用手指戳、戳、戳，"我们被告知它们都是核反应和能量。"她像个科学家一样说着，"星星，浪漫主义者是这样称呼它们的。但它们不是星星。星星对我们来说不存在。在天上的某个地方，有一个人类如蝼蚁的世界。在那个世界里，有人抓住了我们。而这个我们称之为家的星球，实际上只是一个他们把我们关在里面的罐子。对我们来说是一个很大的罐子，对他们来说却很小。那些光就是我们的气孔，让那个世界的光透入我们渺小的世界。我正在戳更多的气孔，让我们得以畅快呼吸。有时候我觉得我们都快窒息了。帮助我，贝蒂，帮我戳一个足够大的洞，让我们飞出去。"

我也轻轻地戳了戳天空，然后开始刺破它。

"放松些，贝蒂。"菲雅抓住我的手，放在她的肚子上。她摆弄着我的手指，同时我看着她手腕上的伤疤。我问她割伤自己的时候疼不疼。

"没有我想象的那么疼。"她说，"贝蒂，你知道什么才是最可怕的吗？其实割腕是件很容易的事情，但我不会再这么做了，因为我要走了。"

"走？"我站起来。

"我想我会住在海边的某个地方。我可以捡贝壳，在海浪中嬉戏。"

"你不要走。"

"你也可以来，我们一起去。我们把我们的晚安做成项链，扔到水里去。"

我们又在那儿坐了一会儿，然后她抱着自己说："贝蒂，我们去看电影吧。今晚的空气有些让人不自在,你不觉得吗?我们可以去露天电影院,电影院正在放映谢利·温特斯和杰拉丹·佩姬演的那部电影《三姐妹》。我想是根据戏剧改编的,但听起来有点儿像是爸爸的那个雕刻。你还记得他为我们所有人做的那个吗?"她用手指抚摸着项链上的玉米雕刻,"对,我们去看看这部电影是不是和爸爸雕刻里的内容一样。"

我们爬回房间,她告诉我她给我留了一块醋馅饼。

"快去吃吧,"她说,"我换好衣服就下来。"

"我觉得我不是很饿。我肚子疼,疼了一整天了。"

我转过身去摸汉克。它爬到了我身后的床上。我挠着它的下巴,感觉到菲雅的手放在我的肩膀上。

"你的肚子疼了一整天?"她问。

我点了点头。

"贝蒂,你知道为什么吗?"

"不知道。"

她把我带进浴室,让我背对着落地镜。

我盯着裙子上红色污渍的映像。

"不要。"我想把污渍擦掉,"我不想要,我不想要血。"

"你知道,在一些文化中,女孩子第一次流血的时候会被打一巴掌。"菲雅轻轻地把手放在我的脸颊上,"狠狠地打一巴掌,直接打在脸上。但在另一些文化中,比如切罗基文化,鲜血被视为力量的象征。事实上,切罗基人相信,一个女人在流血时拥有强大的力量,她会待在一个为她在生理期提供庇护而建造的小屋里。在那里,她与其他人隔绝开来。"

"作为惩罚而被隔离?"

"不是,"菲雅摇了摇头,"小屋不是强加给女人的。她们可以选择进去或者不进去,那是我们的权利。"她用双手捧着我的脸。

"菲雅,你怎么知道的?"

"我在图书馆的一本书里读到的,里面有一个切罗基的传说,讲的是一个石头做的人。当石头人来恐吓部落的时候,一队来了月经的女人站在道路上。每经过一个女人,石头人就变得虚弱,直至倒在地上碎成粉末。女人用她血液的力量毁灭了他,她们拯救了她们的村庄和那里所有的生命。"她歪着头,"如果我们回到那个年代,我会为你编织一条腰带,来表达对你的敬意。我会用鹿皮给你做裙子,用骨头给你做胸针。但现在,我只有这些。"

她伸手从橱柜里拿出一盒卫生巾。她教我怎么用卫生巾,还教我怎么用月经带。

"你可以穿我的干净裙子,"她递给我一片,"把你沾血的裙子放在水槽的冷水里。"

她走出浴室后,我关上了门。我打开卫生巾时,听到电话响了。菲雅肯定接了电话,因为我能听到她在门的另一边的声音,但声音闷闷的,什么也听不清。然后她提高了嗓门,好像在和什么人争吵。

她挂断电话,隔着门说:"贝蒂,你知道吗?我也感觉不太舒服。"她的声音听起来很奇怪。

"你不舒服?"我打开浴室的门。

"我们明晚去看电影怎么样?"她从我身边走开了,"可以吗?"

"当然,如果你不舒服的话。是谁打来的电话?"我问。

"电话没响。"

"我听到了,我听到你和别人说话——"

"明天见,贝蒂。"

她背对着我站着,抚摸着利兰送她的日本音乐盒。她小心翼翼地打开盒子,看着小小的女人雕像随着音乐旋转。

我在走之前跟汉克道了别。就在餐馆外面,一辆车在主干道上转弯。我羞于让别人看到我裙子后面的血迹,所以我飞快地跑了起来,在车灯照到我之前跑到了拐角处。我回头看了看，但不知道是什么车，也不知道是谁在开车。

我没有回家，而是向镇子外面走去，远离万家灯火。我最后来到了一条黑暗的土路上，那里大片的农场被农田和牛群分隔开来。当我走过农场时，带刺的铁丝网成了我唯一的伴侣。我紧紧捂着肚子，似乎冰冷扭曲的铁丝将我团团围住。

我听到沙沙声，以为是地上有什么东西在高高的草丛中移动。但我循着声音走着，我发现声音来自带刺的铁丝网，在铁丝网上，我看到一只长着美丽白色脸庞的谷仓猫头鹰。从它皱眉的样子，我可以看出它是一只母猫头鹰，但它被钉成了十字架的样子。它的翅膀张开着，被钉在了栅栏的顶端，而胸膛被钉在栅栏的中间。它看着我，不确定我是会更严重地伤害它，还是会救它。

我靠近它的时候，它往后缩着，我仍然在靠近。

"你闯进私人领地了，"一个女人伴随着猎枪上膛的声音从我身后传来，"听见了吗？"她说，"说话。"

我感觉到枪管顶在我的后脑勺上。

"猫头鹰，"我说，"它被困在铁丝网上了。"

"猫头鹰？"女人放下枪，从我身边走过，"这种鸟被认为是不祥的预兆，你知道吗？"她问，"它和女巫一起在夜空中飞翔。"

她是一个留着一头银色长发的女人，头发也许曾经是黑色，因为发梢还保持着炭黑色的模样。她有着年轻时的浓密眉毛，似乎她的眼睛一辈子都注视着四周的山丘，它们像树枝间的光亮一样清晰。

"你听说过伯劳鸟吗？"她一边细细观察着猫头鹰，一边问我。

我看见她的双手因耕种劳作而衰老，她的指甲因无数春去秋来而变黑，她的指关节要么是患上了关节炎，要么只是因为土地带来的负担和幸福而膨起。她和我想象中她的父亲一样高，她穿裤子的样子和我想象中她的兄弟一样。她的衬衫如丝绸般柔软，缀满花朵，也许是她母亲留给她的，或者那根本不是一件衬衫，而是她塞进裤子里的连衣裙的上衣，就像姐姐们教她的那样。

"伯劳鸟是一种小鸟，"她自问自答道，"它们没有爪子，所以它们把猎物刺在尖锐的东西上，比如荆棘和铁丝网。我每天晚上都来这里，发现蛾子、蜥蜴，甚至是蛇。伯劳鸟把猎物挂起来，就像屠夫把肉挂在钩子上。这就是为什么大多数人把伯劳鸟叫作屠夫鸟。姑娘，你听说过屠夫鸟吗？"

"我爸爸跟我提过一次。"

"我爸爸也是，"她说，"我想这只是对所有小家伙的又一个警告。"

她指着栅栏上猫头鹰下面被刺穿的老鼠。

"猫头鹰飞去抓那只啮齿动物，犯了它一生最大的错误。"她说，"它该被猎枪了结了。"

"不要，"我的呼喊传到了山间，"我们可以剪断铁丝。"

"铁丝很贵的，"女人说，"如果我剪断了铁丝，我就得换新的。"

她退后一步，举起枪，准备开火。

"求你了，"我走到猫头鹰前面，"别杀它。"

慢慢地，女人放下枪，看着我的眼睛。

"永远别丢弃它。"她说。

"丢弃什么？"我问。

"让你想要拯救生命的东西。"

她把枪放在地上，这样她就能从口袋里拿出那把钢丝钳。

"抓住那只鸟的胸口，"她说，"让它保持稳定。如果我不小心剪断了它的翼腱，它就再也飞不起来了。它就只能用枪了结。"

我尽可能稳住猫头鹰的胸口。在我看猫头鹰的眼睛时，它也盯着我看。

"一切都会好起来的，"我告诉猫头鹰，"你很快就自由了。任何东西都不会再伤害你了，我发誓。"

"不要对不能发誓的东西发誓。"女人剪断了铁丝。

我以为这只猫头鹰一旦自由就会飞走,但它只是掉到了地上。女人脱下外套,把猫头鹰裹在里面。

"它会没事吗?"我问。

"如果它能活过今晚,它就能再次飞起来。"女人说,"我会把它带回我的谷仓。"

女人指了指小路的另一边,那里有一座黄色的大农舍。房子旁边有一间谷仓,与林荫巷的谷仓没什么不同。

"谷仓上面有一间阁楼,又暖和又舒适。"她说,"我会陪着它。"

"我也能陪着它吗?"我问。

"回到你的家人身边吧。你可以明天早上过来,看看它活下来没有。"

我最后看了猫头鹰一眼。在很多时候,我都见过它的脸;而在任何时候,我还是能看见这张脸。

"照顾好它。"我对女人说道。她不再看那只鸟,而是更多地看向我。

她点点头,转过身,抱着鸟穿过小路,朝谷仓走去。我一路跑回餐馆。我检查了下门,发现菲雅还没锁上门,我觉得很奇怪,于是走了进去,轻轻地走到后面,在楼梯底下等着。我能听到日本首饰盒传来的音乐声。

"菲雅?"我唤她,"你醒着吗?"

我踮着脚走上台阶,发现她的门微微开着。我把门全部推开了。等到我的眼睛适应了房间的黑暗,才看清她躺在床上。汉克在她身边蜷成一团。

"菲雅,醒醒,"我说,"我必须告诉你猫头鹰的事。它太漂亮了。它被带刺的铁丝网缠住了,但我救了它,我和那个年迈的女人一起救的。那个女人认为猫头鹰会再次飞起来。菲雅?"

我爬上床,用手肘推了推她。她一动不动,月光袭在她湿冷而赤裸的肌肤上。

"你不用起来,"我告诉她,"我也困了。"我躺在她身边,抚摸着汉克的毛,直到它发出咕噜声。"猫头鹰很美。它让我想起了你,菲雅。它会再次飞起来的,我敢肯定。"

我又跟她说了一些猫头鹰的事,然后我跟她道晚安。我看着那个女孩在首饰盒里旋转,直到我睡着。

我梦见了一团火,我、菲雅,还有弗洛茜围着它跳舞。我们穿着动物的皮毛和羽毛。父亲就在那里,他走了过来,在我脖子上挂了一条项链。当鲜血从项链上滴落下来的时候,我和姐妹们围着火摇摆。我们的祖先对着月亮倾诉,为我滴下的鲜血而神圣地祈祷。

第二天一大早,我就被厨师在楼梯上叫菲雅的声音吵醒。汉克已经离开了床。我看着我的姐姐,在晨光中,我意识到她是多么安静。直到那时我才注意到那个蛋黄酱罐子。

"没关系,菲雅,"我说,然后吻了吻她冰冷的脸颊,"你可以睡懒觉。"

我从床上站起来,看到我躺过的毯子上的血迹。我很快翻找菲雅的抽屉,看看有没有剪刀。我找到一把,然后把毯子上的污迹剪掉,将剩下的毯子卷起来,放到洗衣篮里。这时,厨子又叫了菲雅一次。

"你只是累了。"我对她说。我把她最长的卷发塞到她耳朵后面。"我去看看猫头鹰,然后我会回来告诉你更多关于我如何解救那只鸟的事。今晚我们要唱歌、跳舞、做软糖。我会在天上戳出足够多的洞,让我们飞出去,好吗?"

我把那块染血的毯子放进裙子口袋,然后爬出窗户,爬上屋顶。我跳了下来,落在下面的蒲公英上,蜜蜂在它们周围嗡嗡作响。我没有停下来,直接跑向那个老女人的农舍,但是农舍不在那里,谷仓也不在那里。那里只有一大片奶牛场和它们的老农场主。

"那座黄色的农舍在哪里?"我问他,"那个老女人在哪里?"

"谁?"

"那个女人,那个谷仓。"

有那么一瞬间，我以为我走错路了。但是当我看到另一边的带刺铁丝网时，我知道我来对了地方。

"你还好吗？"老农场主问我。而我走向那只仍旧被钉在铁丝网上的猫头鹰。

它闭着眼睛，头垂落下来。苍蝇落在它美丽的白色脸庞上。

我用手捂住自己的脸，我手上还有菲雅蒲公英乳液的味道。

"别哭了，亲爱的孩子，"老农场主说，"只是一只鸟而已。"

第三十九章

"我如鹰将你们背在翅膀上。"

——《出埃及记》19:4

在我想象他们收拾我姐姐尸体的同时,我和那个老农场主把猫头鹰和我盖在它身上那块血淋淋的毯子一起埋在地下。

"你不能为每一个死去的上帝创造的生灵而哭泣,"农场主对我说,"否则你会哭一辈子的。"

我认为我所有的姐妹都像这只小鸟一样即将离开这个世界。

他们以为菲雅的日记里会有答案。她把它们藏在她房间里所有熟悉的地方——床垫下面、梳妆台抽屉的后面,甚至是松动的地板下面。

她的文字表达了一系列的情绪,但是完全没有提到利兰的名字,也没有提到有关虐待的事情。很多文字根本读不明白,因为它们是用只有菲雅自己知道的密语写成的。我想,在这些扑朔迷离的秘密中,菲雅会详细地写到利兰。但没有密语的钥匙,它们就变成了女孩用来埋葬语言的象形文字。唯一可读的部分就是她的歌词。其他答案就藏在眼皮底下,但只有我们这些知道她秘密的人才能理解。

父亲把这些日记收集起来,放在他的床头柜上。他会定期阅读日记,旁边就放着一张纸和一支铅笔,没准他能弄明白菲雅的秘密。也许他认为如果他弄明白了一切,菲雅就能起死回生。

对于菲雅的死讯,母亲的反应是拿出一把剪刀,把厨房窗户黄色窗帘上的每一朵白花剪了下来。阳光透过这些洞,在厨房地板上投下一团团光点。妈妈拿起剪下来的布花,在上面写下日期。我认出上面有菲雅出生的那天,还有菲雅五岁时第一次被蜜蜂蜇伤的那天。

"她肿得那么厉害,"父亲提到,"我以为我们肯定会失去她了。"

总共有四十朵花,意味着四十个重要的时间点。妈妈把它们放在一个罐子里,然后在盖子上戳了几个孔,仿佛这些日子是活的,需要呼吸空气。

他们判定菲雅的死因是自杀。

"她试过自杀,"人们窃窃私语,"她终于得到了她想要的。反正她这辈子也没什么意义,她可能永远都会是个服务生。"

我告诉警长我在菲雅死前和她说过话。

"她打算离开。"我告诉他。

"离开?"警长和父亲都竖起了耳朵,"你是说,自杀的那种离开?"

"她要去海边。"我说。

他们都看着我,好像我证实了她的心理状态。

"她指的是真正的大海。"我试图澄清,但似乎没有人在听。

我们没有为她举行葬礼,也没有埋葬她。父亲把她火化了。他们火化她的时候,她穿着一件亮黄色的裙子,父亲为她雕刻的玉米穗子依偎在她的双乳之间,直到大火把她身上所有的黄色和肉身化为灰烬。

我问父亲为什么让别人火化她,他说:"自杀是一种罪过。上帝惩罚所有犯罪的人,但他只能惩罚完整的人。如果我们把她散落在大地上,上帝就不能把她送进地狱了,直到他找到所有的灰烬。也许等他找到的时候,他的心已经软了。也许他会原谅她,带她回天堂。贝蒂,你还不明白吗?菲雅必须被火化才能得救。"

我们拿到她骨灰的那天早上,父亲开始清洗旅行车。

"送菲雅最后一程,它必须一尘不染。"他说。

我捡起那块多余的海绵,帮他干活。我们大部分时间都在谈论那些粘在挡风玻璃上的昆虫尸体有多么难以清除。

父亲冲洗肥皂沫的时候,我在裙子上擦干了手,然后拿起他做的骨灰瓮。瓮上雕刻着菲雅的脸,父亲把菲雅的头发雕成了长发。看到它的时候,我只想到谷仓里的卡车和它的车窗把手。

只有我和父亲去撒她的骨灰。母亲躺在床上,紧紧地抱着那罐时光。至于利兰,他听闻菲雅的死讯后就离开了小镇。

"亚拉巴马州的教堂正在寻找一个新的神职人员,"利兰告诉父亲,"我想现在是离开的最佳时机。"

弗洛茜不来送别,因为她说她必须和卡特拉斯去葡萄园。

"我们必须去查看葡萄藤。"她说。

"你从来不去葡萄园。"我告诉她。

她停顿了一下,然后说:"是的。但我不能撒菲雅的骨灰,这就像是在说再见,而这次是真的。如果我能假装在跟她说晚安,那就证明她好像还活着,只是睡着了。但是如果我看到她的骨灰,咒语就会解除了。"

林特说他最好待在车库附近,以免有人需要草药或者茶。他在用纸巾擦着他在石头上画的眼睛。当我问他为什么这么做的时候,他说:"就算是石头也会哭……哭……哭的,贝蒂。它们会为失去菲雅而悲……悲……悲伤。"

父亲关掉了水管,把它扔在地上。是时候走了。我打开后门,抱着骨灰瓮爬了进去。父亲发动引擎后,我打开了旅行车的车顶。

当他沿着林荫巷开车时,我决定站起来,像小马一样从敞开的车顶探出身子。我把骨灰瓮放在车顶,长长的头发飘在身后。我感觉很累,像是自己在风中背负着无数重担。接着,我父亲按响了喇叭。我知道我该做什么。我打开骨灰瓮的盖子。我有义务这么做。父亲说过,把菲雅的骨灰撒得远远的,这样上帝就不会在我们这辈子或者下辈子找到它们了。

我把手伸进口袋,掏出之前写给菲雅的晚安纸条。我把它们扔进骨灰瓮,和她的骨灰混合在一起。我一次舀一点儿,让姐姐从我手中溜走。纸条在骨灰中分离,随着风儿飞翔。每当父亲按响喇叭,我就撒出更多。我一次次感受着失去的痛苦,张开手,再合上手,这样简单的动作让我筋疲力尽。我只是一动不动地站着,却如同在攀登一座陡峭的山峰。

生命的尘埃,会有人在乎吗?我想我会。菲雅,我会在乎你的离去。

伸进骨灰瓮变得越来越艰难,我感觉像是把手伸进了浇湿的水泥里。每次我对她放手的时候,我都努力把她追回,把她的每一部分珍藏在我的灵魂里。

我们开到主巷。街上的行人听到喇叭声,纷纷转过头来。

"那个卡彭特女孩在撒什么东西?"他们问,"她为什么哭得那么厉害?"

我们经过蒲公英一角币时,我看到汉克待在窗户上。它看着外面,好像一直在等我们。我再也不会踏进餐馆一步。对我来说,它已经变成了一个黑暗的地方,即使每张桌子上都摆着黄色的蒲公英花。但我会想念汉克,想念它的毛,那闻起来多么像菲雅。

我们似乎穿过了呼吸镇所有的小巷,我在每条小巷上都留下一点儿菲雅的痕迹。当我们到达呼吸镇的欢迎牌子时,骨灰瓮已经空了。父亲放慢车速,把车停在路牌旁边。

他下了车,走过来坐在后座上。我抱着骨灰瓮,坐在他身边。

"你有利兰的消息吗?"我问。

"他在去亚拉巴马州的路上打了个电话。"父亲说,"他听说菲雅的事情后就离开了镇子,我一点儿也不惊讶。你要记住,小印第安人,在你们这些孩子出生之前的时候,只有他们两个。他们一起长大,也许这就是为什么他这么难受,为什么他会离开。"

我们沉默地坐着,两个人都望着小巷,好像我们能在那里找到答案似的。我想要喊出我知道的所有关于利兰的一切,但是父亲紧紧抓住车尾的样子改变了我的想法。

"利兰还是个孩子的时候,"他说,"他喜欢摘黑莓。我还记得他脏手的

393

样子。他跑过来用他的小手抓我的脸。他会说：'父亲，我嗳你。'当时他还不太会发'l'的音，总是把它们和'v'混淆。'父亲，我嗳你。'"父亲又重复了一遍。他等了几秒钟，然后接着说："当利兰跑向菲雅的时候，他会抓住她的脸说：'菲雅，我嗳你。'"父亲的声音颤抖着，我挪开了目光。

"我曾经看到上帝被带刺的铁丝网缠住。"我说。

父亲吸了吸鼻子，又在衬衫上擦了擦，像个小男孩一样。然后他问："小印第安人，那你做了什么？"

"什么都没做，我什么都没做。"

呼吸镇报

一名女子担心自己中枪了

昨天凌晨四点左右,警长被叫到凯蒂·贝尔小姐的住处。她着急地打了一通电话,说在她家附近响了几分钟的枪声后,她就被不明身份的枪手击中了。

当警长到达她家时,他们注意到零星的血迹从凯蒂·贝尔小姐的卧室一直延伸到她的前门。

拉德医生对凯蒂·贝尔小姐进行了检查,确定她不是枪击受害者。

出于对凯蒂·贝尔小姐的尊重,拉德医生不愿就此事发表任何评论。但贝尔小姐真诚地公布了当晚事件的详细情况。

"枪声把我惊醒了。"她说,"枪声听起来很近,我以为枪手就在我家里。当声音终于停止时,我下了床,来到房子前面检查。当我回到床上时,我注意到地板上有几滴血。一开始,我以为自己中枪了,但在医生检查之后,我才意识到那只是我的经血。我爸爸总是说女人不过是个漏水的水龙头,他一直都是个浑蛋。"

第四十章

"她的家是通往阴间的路，是引入死境的斜坡。"

——《箴言》7:27

我父亲曾经说过，人们称那些蘑菇为"死亡号角"。

"所以它们在墓地长得如此茂盛，是因为见证了那么多的死亡。也许有一天我可以为你炸一些。"在我母亲成为我的母亲之前，他告诉过她。

他们之间已经失去得太多了。我坐在厨房的桌子旁，看着父亲把一片黄油放进锅里熔化。一朵蘑菇，再加一朵蘑菇，锅里只能装这么多，两朵蘑菇和一片黄油。这样的闲暇日子已经持续一段时间了。

我的父母笑着望向彼此，也许他们正在走向和睦。如果他们在生命的最后阶段能回到年轻的时光，我相信一定能为他们写下一首诗歌。往日的恩恩怨怨现在大多已经消退，但内疚依然存在。这种感觉会一直延续到永恒。我想在永恒中，也能看到我的父亲在母亲的注视下吹奏蘑菇号角，而冰箱门一直敞着，直到牛奶变酸。也许在某个地方，我的父亲还在吹号角，而我的母亲还在看着他。我想着他们之间如胶似漆，只可惜悲伤让一切都化为泡影。

我离开了父母，让他们继续去切他们的蘑菇与悲伤。我来到后门廊，林特正坐在秋千上。在他身旁排列着他的石头，它们上面画着的眼睛正望向后院。

"它们喜欢看……看……看美好的东西。"他说。

我看见一只蜥蜴爬上了柱子，这些爬行动物是一些会趴在门窗上的小东西。我记得有一次,一只蜥蜴的尾巴被后门夹住了。没有任何考虑,蜥蜴甩掉尾巴就跑掉了。那尾巴扭动了几下,然后便不动了,这才意识到身体已经离开它。蜥蜴最终会重新长出尾巴,仿佛失去自己的一部分根本不是什么大事。要是我们能像蜥蜴一样就好了。

"想坐公交车吗?"我问林特,"去兜兜风?"

"我们要去……去……去哪里?"他抬头看着我。

"乔伊尤格怎么样?"我一边问,一边听着屋里传来的叉子碰撞盘子的叮当声,"我们可以去看看拉克外婆,自从外公的葬礼后就没见过她。"

"为……为……为什么现在去看她?"

"菲雅死了。"我说道,就好像林特能理解为什么我们姐姐的死亡又绕回到了乔伊尤格的白色小屋中。

到了公交车站后,我用从妈妈钱包里偷出来的钱买了两张票。公交车上只有几名乘客。林特和我都想坐靠窗的座位,于是我坐在了他的后面那排。

我们离小镇越来越远,呼吸镇的山丘被其他地方的山丘所取代。那时是秋天,世界上所有的角落似乎都染上深沉的红色。清凉的空气透过敞开的窗户吹了进来。这种感觉真好,但是与我无关。我太清楚一束消逝的光芒是如何一闪而过的了。在大多数日子里,我只能想到菲雅。我试着和弗洛茜谈论她,但是弗洛茜说的关于菲雅最多的一句话是"我钱包的最底层有她最喜欢的发夹",就好像她只是在保管着它,有一天菲雅会把它要回去。

"我们到……到……到了。"林特指着窗外"欢迎来到乔伊尤格"的标志。那只不过是一个翻倒的水果箱,上面漆着红色的字。

我们步行去拉克外婆的家。我们到那儿之后,在外面的巷子停了下来。她的院子里不仅长满了杂草,还长满了小树。这些小树已经开始向房子倾斜,而白色的油漆都从树下灰色的木板上剥落下来。楼上的一扇百叶窗掉到了门廊的屋顶上。最终,它不过是一座依然存在的房子,和那个坐在门廊摇椅上的女人一样。

"你敢相信她还……还……还活着吗？"林特问，"她什么都不……不……不是了，只剩下一只破旧的鞋子。"

我们看着她在织东西。她的眼睛和我上次见到时不一样，变得呆滞，虹膜和瞳孔已经无法分辨。

我注视着她的皱纹。那些皱纹似乎都是垂直的，就好像她一生都在顺流而下，流向那些糟糕的事情。

"她瞎了，林特。"我说。

"就像……像……像我们的小马？"他转向我。

"对，就像我们的小马。"

我踏入了这个我从未爱过的女人长满杂草的院子。我走向她的门廊，看着束带蛇在低矮的松树丛中爬行。我不得不绕过和我屁股一样高的蓟丛。穿过乳草后，我走上门廊的台阶。

我以为她可能会感觉到我的存在，但她继续织着。我看到一个她用链式针法编织的东西，似乎有一条河那么长。

我悄悄地拾起地上的扫帚。当她继续编织时，我用扫帚头敲了一下门廊的墙，她把钩针放在膝盖上。我又敲了一下墙，这一下离她的头很近，把她耳朵上的一缕细细的发丝都给扇掉了。她坐在那里，用瞎了的眼睛望着前方。在我敲击门廊的地板时，扫帚头扫到了她的腿上，她张开了嘴。当她发问时，你甚至可以听到她嘴唇干涩的声音："阿尔卡，是你吗？"

我丢下扫帚，跑出门廊。

"快点儿，"我抓住林特的胳膊，"我们走。"

我们在公交车站等车，他什么都没说，坐车的时候也什么都没说。只有当我们回到呼吸镇，走在回家的路上时，他才问："你……你……你为什么用扫帚打外婆？"

"我只是帮她扫扫门廊。"我说。

他从口袋里拿出一块石头，开始在双手间传递。

"林特，你为什么这么喜欢石头？"

"它们是对抗恶魔的子……子……子弹。"他抬头看着我，"我知道每个人都觉……觉……觉得我很傻。有……有……有时候，我觉得如果我没出生会更好，那样也许大家都会更开……开……开心。我从来都没有朋……朋……朋友，你和弗洛茜还有菲……菲……菲雅拥有彼此。我想和崔斯汀做朋……朋……朋友，但他有他的画。我觉得自己就像我的名……名……名字——肚脐上的绒毛①，就是某……某……某种你要清理干净，然后扔掉的东西。"

"嘿，"我阻止他继续往前走，"你是这么想的吗？你不是以肚脐上的绒毛命名的。你的名字是因为很久以前，裤子从天而降。爸爸妈妈收集了所有掉在大地上的裤子，检查了所有的口袋。"

我轻轻拍了一下林特的口袋，挠他的痒痒，直到他笑了。

"父母在口袋里找到了和线头缠在一起的东西。"我说，"那是一些小纸片，纸片做的两条腿、两只手和两只耳朵。他们找到了足够的纸片来拼凑出一个完整的人。他们用胶带把纸片粘在一起，创造了一个小男孩。那就是你。"我揉乱了他的头发，"他们爱着你，养育你，拥抱你，直到你成为血肉之躯。他们本可以把那张纸扔了，但他们选择你做他们的儿子，做我的弟弟。他们知道如果没有你，我们都不会过得更幸福。你知道房子为什么要有地基吗？你是家里最小的孩子，所以你是我们家的基石。你是最重要的部分。"

他笑得那么开心，我不得不问他在笑什么。

"我只是觉得我很幸……幸……幸运，"他说，"我可以做贝蒂·卡……卡……卡彭特的弟弟。她是世界上最坚强的女……女……女孩。"

---

① 林特（Lint）与绒毛（lint）英文拼写一致。

五

救赎的号角

1971—1973

第四十一章

"离弃自己掌中的残暴。"
——《约拿书》3:8

饥饿,我写道。我开始讨厌我的床和睡眠,它们使我不能把自己倾注在纸上。痛苦是我的主题,但爱也是。我的对话演变为一种疯狂,然后成为灵魂的蜕变。我奋起反抗,哪怕只是为了反抗和藐视苦难。我续写着故事,命令自己活下去。

我把这些故事和诗歌寄给文学杂志和期刊,大部分都被礼貌地拒稿,但也有被接受的。那时,我觉得我真正成了一名作家。这是一种身份,即使不是一种新的价值感,但它也点燃了我内心新的灵感,改变了我对自己的看法。

在我成长的大部分时间里,我一直渴望能看到一个不同的倒影。我要么舍弃我所看到的质疑,获得自由;要么沉浸在偏见的目光中,被缚在那里。生命中有太多的敌人,你自己不能是其中之一。所以,在我十七岁时,这个年龄让我点燃新的激情,于是我拒绝了对仇恨的渴望。

我推倒我的床,这样我就可以撕碎我曾经祈祷成为的杂志女孩。我几乎被一个美丽的形象所征服,但这个形象并不属于我的命运。我让自己看到了自己过去的美丽,以及自己将会成为的美丽女性。

我越想下去,就越情不自禁地为那些失去了崔斯汀和菲雅的岁月而悲伤。他们的忌日是最难熬的,菲雅在春天去世,而崔斯汀在夏天。我发现自己一打开书,就看到干枯的蒲公英花和崔斯汀画的纸条。它们是我的书签，但更重要的是，它们是一对姐弟，藏在只有我知道的地方。我还留下了瓦康达和亚罗的纪念品。我把棉花球压平在书页之间，就像一朵压扁的花朵。我还把七叶树的果实做成了一枚手镯。

"你知道七叶树是由美洲原住民命名的吗？因为他们觉得它看起来像鹿的眼睛，"父亲看到我的手镯时说，"这毕竟是一颗美丽的坚果。"

我也给弗洛茜做了一枚七叶树手镯。她来接我的那天就戴着，好让我和她一起去参加诺瓦的万圣节"不给糖就捣蛋"活动。我穿上喇叭裤，把齐腰的头发夹住一半。在离开镜子前，我涂了一点儿深紫红色的口红，调整了一下我的山羊皮背心，使边缘平整下来。虽然我的抽屉里有胸罩，但我没有穿。妈妈说这是一种立场，但对我来说这只是一种选择。

这是诺瓦的第一次"不给糖就捣蛋"活动，弗洛茜用纸板箱和亮闪闪的银片为他做了万圣节衣服。

"他扮的是什么？"我问她。

"一颗星星，"她说，"你看不出来吗？我应该多加点亮片的。"

诺瓦把他的脸从头上的洞里挤了出来，连耳朵也露了出来。

那时，卡特拉斯和弗洛茜已经离婚一年了。弗洛茜请不起律师，但卡特拉斯请了两个。他们认为，弗洛茜停止与他发生性关系，这就相当于抛弃他。他的律师引用了迪默诉迪默一案[①]作为他们的论据，因为他们指控弗洛茜放弃婚姻，所以她对他们婚后的房子没有所有权，而卡特拉斯有权换锁。卡特拉斯不想要诺瓦的监护权，而弗洛茜觉得有孩子在身边是件好事，因为卡特拉斯提供的经济支持虽然不多，却能帮上她一把。

离婚后，弗洛茜拒绝搬回家。她认为这是母亲对她颐指气使的机会，

[①] 迪默诉迪默一案是美国离婚诉讼的一个案例。在一九六〇年，因为夫妻间宗教分歧愈演愈烈，甚至上升为妻子拒绝任何性行为，纽约法院以夫妻一方遗弃另一方为由判处迪默夫妇分居。在美国法律中，判处分居意味着分居达到一定期限后就会判处夫妻离婚。

404

因为弗洛茜一直都只给她很少的钱。弗洛茜认为搬走是她最好的机会。她在呼吸镇以南几英里的一个小镇上找到了一间小小的出租屋,屋子的地板是水泥的。她又在一家叫"母亲厨房"的餐馆找了份工作。一切似乎正在重回正轨。她甚至开始陪伴诺瓦,比如带他进城,牵着他的手。好像只有他们两个的时候,她才会更加爱他。

那个万圣节对诺瓦相当友好。在他的枕套里,他收集了喜爱甜食的人所有想要的东西。当天色暗下来的时候,我们沿着铁轨行走。

"很久以前,我和你的贝蒂阿姨在这附近埋了一条狗。"弗洛茜在接诺瓦的时候告诉他。

她把他抱到铁轨上,让他坐在枕木上,然后把装着糖果的枕套放在他的大腿上。我看着她用她衬衫破烂的下面给他擦鼻子,她对他噘起嘴唇。而诺瓦用小手捧着她的脸,亲吻她。

当她开始系他的网球鞋带时,我转过身,看着风吹过头顶的树枝。

"妈妈?"

我转向诺瓦的声音,弗洛茜把他留在了铁轨上。他试图站起来跟着她,但摇摇晃晃地倒了下去。

弗洛茜用眼睛扫视地面,假装没有注意到。

"我怎么也想不起来,"她说,"我们埋'玉米棒'的确切地点。"

诺瓦再次试图站起来,但是没有成功。他开始拽右脚的鞋带,我意识到它被绑在了铁轨上。

"你为什么把他绑起来?"我问弗洛茜。

她看起来比我见过的任何时候都要疲惫。她的头发不再有斯薇坦波美发厅那种金银花洗发水的香味,她的衣服也不再崭新发亮。她又穿回了短裤和破旧T恤。她曾经穿着这些衣服,幻想着有一天她能飞黄腾达,穿更好的衣服。但现在,她又变回了贫穷的弗洛茜。

"妈妈。"诺瓦又叫了她一声,然后把注意力转向头上飞过正在尖啸的老鹰。他伸出双臂，朝那只鸟吐出一颗树莓。

"我要给他松绑。"我推开她说。

我没走多远，膝盖就被踹了一脚，面朝下倒在地上。

"为了成为明星，我愿意做任何事。"弗洛茜把我朝上翻了过来。

她迅速跨坐在我身上，从口袋里掏出一个打火机。她打开打火机，火焰在我们之间灼灼燃烧。

"放开我，弗洛茜。"我一拳打在她鼻子上。鲜血顺着她的嘴唇滴下来，她也狠狠地还了我一拳。

从头到尾，她一直紧紧攥着打火机，然后重新点燃。她说："如果你想救他，贝蒂，我别无选择，我只能把你的头发烧了。"她把打火机举到我的头上，"我烧了一座教堂，记得吗？我也可以烧死你。贝蒂，你见过火烧头发吗？它是那么炙热，嗞嗞作响，熔化你的头皮。"

她抓住我的头发，使劲把它拽向火焰。

"弗洛茜，你为什么要这么做？"

"妈妈答应过我，如果我留下来，我会成为明星。她说呼吸镇是一片没有星星的天空。她——"一声巨大的火车汽笛声打断了她的话。

"如果你现在不放开我，"我冲她大喊，"让我把诺瓦从铁轨上弄下来，我就告诉全世界，你是怎么杀死你儿子的。"

她并不在乎我的话。她说："我要去好莱坞了。"她把目光投向诺瓦，"我是个好妈妈。我告诉他，他今天会成为星星，我就要让他成为星星。最好的就是，他会像星星一样死去，永远不会知道什么是比星星更低贱的滋味。"

"你疯了。"我抓起一把松散的泥土，扔到她脸上。

"你这个婊子。"她把打火机扔在地上，用指甲揉她的眼睛。

我总算把她推开了。我转过身，看到火车离我更近了。我迅速爬起来，朝诺瓦跑去，但弗洛茜跳上我的背，把我撞倒在地。

我们扭打了几秒钟,然后她把我的脸朝下按在地上。

"你知道吗,贝蒂,"她说,"我曾经认为是那座房子诅咒了我们。如果不是,那就是因为我们的名字。但事实上,我们作为女孩从出生的那一刻就被诅咒了,被我们自己的性别和性别本身诅咒了。"

火车越来越近了,我能看到火车头的前面了。

"啾啾。"诺瓦兴奋地指着火车大声唱道,"啾啾。火车来了,妈妈。啾啾来了。"诺瓦笑得那么开心,他圆圆的小脸都鼓起来了。

火车汽笛开始不停地发出刺耳的鸣笛。我希望司机能看到诺瓦衣服上火车头前灯的反光。当火车因刹车发出尖锐的响声时,我拼尽全力和我姐姐搏斗。

诺瓦意识到火车正朝他驶来,他转过身,向弗洛茜伸出双臂。

"妈妈,"他哭着,伸手去抓她,"救救我。"

她看着火车,又看着正在乞求她去救自己的宝宝。

"小星星会成为大星星的。"我迅速告诉她,"他是你的小星星,拯救他就是拯救你自己。"

"妈妈来了。"她纵身一跃,向他奔去。在火车鸣笛的同时,她也伸出了自己的双臂。

我能听到我的姐姐去找儿子时沉重的呼吸声。

"我抓住你了。"弗洛茜紧紧搂住诺瓦,但她无法把他抱起来。他的鞋带还绑在铁轨上。弗洛茜徒劳地挣扎着,想把他的脚从鞋里弄出来。诺瓦越过她看向我,眼泪从他的脸上滑落。

"贝蒂,救我。"他对我伸出手。

我对他微笑,因为这是我最后唯一能为他做的事情。

当火车向他们疾驰而来时,弗洛茜尖叫起来。

不忍目睹我姐姐和外甥赴死,我闭上眼睛,捂住耳朵,这样就听不到刹车发出的刺耳声音。

"不，不，求你了，上帝，不要。"我紧紧地闭着眼睛，然后看到小星星。

"贝蒂？"

我睁开眼睛，看到弗洛茜站在那里，浑身发抖。她的头发被火车减速卷起的气流吹得乱飞。她怀里抱着诺瓦，而诺瓦正把脸埋在她的怀里。

"贝蒂，你不会真以为我会让火车从他身上碾过去吧？"弗洛茜的声音发抖，她把诺瓦背在后面，"我们最好在列车长发现我们之前离开这里。贝蒂，快点儿。"她一把拉住我的胳膊，把我拉了起来。

当火车停下来时，我们三个消失在树林里，而那个孩子一路上都在哭。

第四十二章

"在星宿之间搭窝。"
——《俄巴底亚书》1:4

弗洛茜让诺瓦整个星期都穿着星星衣服。他喜欢星星般闪耀,这点他与他的母亲没有什么太大的不同。

他从床上摔下来的那天也穿着星星衣服。弗洛茜在套她的服务员制服时,他在床垫上跳上跳下。她在梳头时,诺瓦依然跳上跳下。弗洛茜在涂口红时,他还是在跳上跳下。诺瓦跳上跳下,跳上跳下,直到一头栽下去。他的头撞到水泥地板上。弗洛茜后来描述,那声音听起来像是一个西瓜裂开了。

"起来,"她对诺瓦说,"我上班要迟到了。"

她看到星星衣服上的装饰因为他落在上面而被压弯。

"你把你的星星弄坏了。"她说道。就在这时,前门响起敲门声,是弗洛茜的婆婆,她负责在弗洛茜上班的时候来照顾诺瓦。

"在西尔克沃姆一家中,"弗洛茜曾经告诉我,"卡特拉斯的妈妈是最好的。"

西尔克沃姆夫人走过凌乱的房间,绕过成堆的脏衣服。弗洛茜试图为自己不擅长洗衣服道歉。

"诺瓦在哪儿?"西尔克沃姆夫人问。

"他在装死。"弗洛茜说。

当西尔克沃姆夫人看到诺瓦时,她倒吸了一口凉气,立刻把孩子抱在怀里。

"你什么都不懂。"她推开了弗洛茜。

西尔克沃姆夫人开车送诺瓦去了斯薇坦波的医院。他在医院的第一个晚上,我梦见他的星星衣服闪闪发光,划过夜空。

他还在医院的时候,弗洛茜就走了。我最后一次见到她时,她躺在诺瓦摔下来的那块水泥地上。她正把白粉从一条条直线推到一起,因为她说这些线让她想起了父亲的香烟。

后来我才知道,她第一次吸食白粉是和卡特拉斯。

"我试着看穿这一堆旋涡。"她说,"它们就像一条诅咒的河流,静谧却又暗流汹涌。去他的,下地狱吧。"

她又吸了一点白粉。对于她来说,一切都完了。

"就像所有美好的事物在天摇地动中爆炸,"她说得很快,"我觉得我被压在水底,和微微发光的海星还有畅游的情人们在一起。上帝在这里,贝蒂。魔鬼也在。我告诉过你,我们烧了上帝的房子,上帝会伺机惩罚我们。"

她看向我,但过了好一会儿,她飘忽的眼神才找到我。

"爸爸跟你说过星星捕手吗?"她问,"星星不应该掉到地上。这就是为什么在诺瓦坠落后,我救不了他。这就是为什么我再也不能碰他。他是一颗陨落的星星,现在只有一名永不停歇的星星捕手才能碰他。西尔克沃姆夫人就是一名永不停歇的星星捕手。贝蒂,你知道吗?直到看到她把诺瓦抱起来,我才知道,我的儿子现在是西尔克沃姆夫人的了。一颗陨落的星星不能属于任何人,除了那名永不停歇的星星捕手。"

没过多久,弗洛茜收拾好了行李。几个月后,我们收到一张来自加利福尼亚州的明信片,上面有她花里胡哨的签名。

一切都是那么阳光明媚、那么有趣,她写道,真希望你们也在这里。

她从没提过诺瓦,也没问过他怎么样。如果她提了,我会告诉她,在他出院后，西尔克沃姆夫人把他带回了她的家。诺瓦脑水肿，这会让智力发育迟缓。医生说他的余生要么在椅子上度过，要么在床上度过。从人生的一开始，他就一直这样了。

但是西尔克沃姆夫人不知疲倦地为他操劳，她雇了私人护士来帮忙。诺瓦走路姿势颤颤巍巍的，但这对于他来说是进步。随着时间的推移，他尽其所能地更进一步，并且不断地挑战人们对他的期望。他开始叫西尔克沃姆夫人"妈妈"。对诺瓦来说，她是他需要的养育者，教他那些在别人眼里毫无意义的东西。诺瓦证明了星星的陨落并不意味着它永远不会再升起。

父母也会去看诺瓦，西尔克沃姆夫人说随时欢迎他们。父亲和母亲都明白，他们没有钱像西尔克沃姆一家那样照顾诺瓦，但父亲还是不想让诺瓦忘记弗洛茜。

"记住她的光芒。"父亲会对诺瓦说道。这孩子总是环顾四周，好像在寻找他的母亲。"你们都像星星一样闪耀。这是你从她那里继承来的。永远不要忘记。"

弗洛茜走后，我是三姐妹中唯一还在家的。我在"遥远之地"刻下了我姐姐们的名字，但愿舞台不会忘记她们。然后，我继续我的写作。在我的作品中，出现了纠缠与追逐，当然也有爪子和柔软的东西。我写着水从墙上倾泻而下，我写着随风飘扬的轻烟。这些虚无缥缈而又真实存在的事物，给我们每个人都打上了死结，哪怕开局如何美妙也都无法解开。我的诗歌远比我的双臂要宽阔，它们的声音也永远比我的沉默要响亮。它们总是热情地低声私语着，有时爱也是一种惩罚。

弗洛茜离开后的几个月，我在乡村生活的闲暇中劳作。我耕过田，捆过干草，也熟练地开过拖拉机。我和男孩们一起劳作，他们看着我，仿佛我并不属于他们中的一员，尽管我看起来与众不同，但是辛苦劳作的感觉真好。

有一天，我从农场走回家，露西丝开着一辆闪亮的红色敞篷车经过。她停下来说我头发上有草。但我继续往前走着。然后她下了车，尾随在我后面。

"你闻起来像屎。"她捏着鼻子,"你是在铲粪吗?"她倒着走,这样她就能面对我了,"你肯定不会被晒伤,对吧?"她笑了,"但苍蝇真的很爱你。"

我停下来面对她。

我内心充满了善意,然后说道:"你真漂亮,露西丝。"

"可你真丑。"

"你的头发真漂亮。"

"而你的稀疏干枯。"她双手抱臂。

"你有着迷人的笑容和眼睛。"我说的每个字都很认真。

"我已经知道我很漂亮了,"她说,"就像你知道你一点儿都不漂亮一样。"

我紧紧抱住她。她用双臂挡在胸口,惊讶得动弹不得。

"我原谅你,露西丝。"我说,"我原谅你把学校变成了我的地狱,原谅你说我是丑八怪、窝囊废。我原谅你。因为总有一天,你会为此感到内疚,你会希望我在你身边,这样你就能道歉了。但那时我会离你很远,你得坐上火箭才能找到我。他们不会随便让人去星星上的。我现在就原谅你,这样以后当你意识到你的生活很糟糕,而我们本来可以一直做朋友的时候,你就会知道,至少你没有打败我。"

我不再抱着她,而是把她的头发拨到耳后。我把她一人留在那里,她张着嘴,一个字也说不出来。

回家的路上,我一直对自己微笑。

我脱下靴子,放在前门。上楼后,我在母亲卧室门口停了下来,看着她化妆。她准备要去杜松老爹超市买东西。

她一边画着黑色眼线一边咒骂着。

"我的眼睛不如从前了。"她说。

"你看东西看得很清楚,妈妈。"

"我不是说看东西,我是说我的眼睛现在皱纹太多了。"她拉起眼皮,"你觉得我需要拉皮吗?"

"不需要。"

"你骗不了我,贝蒂。我五十一岁,已经是个老太婆了,不过没有你父亲那么老。嫁给一个老男人的好处就是,你永远显得年轻。真奇怪,我从没想过你父亲会变老。我以为他会一直留着黑头发,还有他那该死的滑稽发型,可现在就连在他老的皱纹上都长有新的皱纹了。贝蒂,你害怕皱纹吗?我知道它们会长在你的哪里。"

她站起来朝我走来,用还在手里的眼线笔开始在我脸上画线。

"在你的眉心会长皱纹,因为你皱眉的次数太多了。"她说,"在你的额头上也会有一些皱纹,因为我们家族所有的女人都这样。在你的眼角,你还会长和你爸爸一样的皱纹。尽管我们不常笑,但你笑的时候也会长笑纹。"她在我嘴的两边也画了线。

在她画完后,我走到镜子前,想看看自己是什么样子。她粗糙地画出了一些黑色的线条,好像她有意让它们显得粗俗。

"你现在害怕皱纹了吗?"她问。

"既然我已经见过它们,我就不怕了。"我说,"现在我知道该期待什么。"

"那你是一个比我想象中更勇敢的女孩。"

她回到梳妆台接着化妆,我坐在了她的床沿。

"我想知道弗洛茜在加利福尼亚州过得开不开心。"我望着窗户外说,想起我的姐姐在车道上转圈跳舞的样子。

"哈。"母亲笑了,"我敢肯定她很开心。"

"是啊,她终于去好莱坞了。"我皱起眉头,因为母亲的笑声让我觉得自己很傻。

"你知道我为什么让她嫁给卡特拉斯,结婚生子吗?"她转过身来面对我,"你认为这是因为我缺德,但我这么做是为了她好。等她去了好莱坞,就会意识到自己根本成不了贝蒂·戴维斯,但要等到他们夺走她一切的那一刻她才会醒悟。你已经看过弗洛茜乏善可陈的表演了。她缺乏一个好演员必备的东西,那就是天赋。就算她有天赋,好运也不会永远眷顾她。弗洛茜遗弃了她的孩子,她在这个世界上已经死了。"

我的母亲对弗洛茜影视事业的看法是对的。她只能得到一个片场的小角色,演一名服务员。她的台词是"要冰吗",听了这句话后,男人们会拍拍她的屁股,在她离开他们的桌子时哄堂大笑。离开银幕之前,她在最后时刻回眸,直面镜头,好像是在找什么人,也许是在找她自己。

那部电影是我最后一次看到姐姐活着的样子。时不时地,我们会通电话。她的声音每年都在变老,漫无目的地谈这谈那,还夹杂着一些难以理解的对话。

"我教了一只老鼠怎么嚼口香糖。"这是在我最后一次和她通话时,她说的话,"它坐在我的工作台上,嚼着口香糖……我的腋下肿痛……怎么也好不了。贝……贝蒂?我该怎么办?我问老鼠……老鼠……但它只是嚼口香糖。我觉得我已经颠……怎么说来着,贝蒂,当你……颠……颠什么?颠倒,对。我觉得我好像颠……倒……我的腿在天上……就像一只四脚朝天的甲虫。"

"弗洛茜,"我念着她的名字,提醒她自己是谁,"有人和你在一起吗?"

"我孤身一人。不永……永远是这样吗……一个女人在……最后?"她的口齿更含糊不清了,"我曾经……参加一些派对……我最喜欢的事情。穿渔网袜真酷。海洛因……在面包上。没事的,贝蒂。父亲永远不会……知道。我所有的衬衫……长袖的。你可以借一件,我们可以做姐妹……再一次。"每当晃晃悠悠地远离话筒或犯困的时候,她的声音就会忽高忽低,"贝蒂?你还记得吗……我跑去救他……我的儿子。那应该算……不是吗？贝……？因为我们烧了……教堂。上帝……在报复我们。你不能烧……一个男人的房……然后期望……逃之夭夭。贝蒂？你为什么一句话都不说？诅咒……不是吗？"

我的姐姐吸食了所有能想到的毒品。二十世纪八十年代结束时，她死在肮脏的床垫上，胳膊上插着针头，体内的海洛因多到足以让她忘记一切。当他们发现她的尸体时，她一丝不挂，除了父亲给她做的项链。项链还挂在脖子上，紧紧抓在她手里。我从警方的照片中得知，链子上的豆荚被扯长，躺在她的呕吐物上。豆荚上的油漆剥落了，这让我意识到，这么多年来她一直在咬它，也许只是为了剥开漆面，找到下面那种父亲曾对她发誓过的、她的灵魂真正的颜色。

我不知道，在生命的最后几年里，我的姐姐是否想起过呼吸镇草地上盛开的黄花和蓝花。我们经常一起跑过这些花丛，那时都还很美好，并且我们傻傻地相信一切皆有可能。

我母亲说弗洛茜没有天赋，我觉得她错了。现在回想起来，我觉得弗洛茜的一生都在演戏。我真的了解我的姐姐吗？还是我只看到了她假扮的那个女孩？情种也好，荡妇也好，妻子也好，妈妈也好，也许都是弗洛茜·卡彭特的精彩表演。她演得太好了，我们都以为那个人就是她自己。

呼吸镇报

本地男子联合起来寻找枪手

五名身强力壮的男子决定组成一个小组去寻找枪手。

"这么多年过去了,我们仍然感到威胁。"该小组中的一位年长者评论道,"有人拿着枪到处跑,整夜随时开枪。只要一发流弹就可能会杀死一个人。"

他们最近在树林里的营地遇到一个女孩,他们问这个女孩在做什么。她的回答是,她在为她的弟弟寻找石头。他们得到了她的名字和地址,已确认女孩是林荫巷的贝蒂·卡彭特,在卡彭特身上发现了一本推理小说,以及一篇关于皮科克一家失踪的手写故事。警长拿走了这本书和这个手写故事作为证据,后来又把它们交还给了卡彭特的父亲兰登·卡彭特。

第四十三章

"谁能开它的腮颊？"
——《约伯记》41∶14

一把冻黑莓正在厨房台子上解冻。客厅里盆栽植物的叶子都变黄了。母亲不小心把杯子摔了，咖啡洒了一地。她双手伏地，跪下来，用毛巾把咖啡吸干。一条苍白的绳子盘绕在前院，像是一条沉睡的蛇。我十八岁了，这些是我和父亲一起走出房子、走向树林时，我所记得的事情。

一九七二年的十一月是一个庄严的月份，让我们确切地知道了一切会如何结束。外面，厚厚的灰色云层把太阳遮在身后。尽管如此，树上的金色叶子似乎依然在发光，就像拧在树枝上的小灯泡一样。我和父亲坐在他停在树林里的那辆"漫步者"的引擎盖上。"漫步者"不能再承载一个人的远行，它的引擎不见了，轮胎也瘪了。属于它的时代已经落下帷幕。这辆记录了我们东奔西跑的汽车，现在成为供我和父亲在树林里休憩的地方。

我一直听着他带来的晶体管收音机，而父亲在读当天的《呼吸镇报》。报纸把头版的年份错印成了"1932年"，而不是"1972年"。他们用修正液涂掉了"3"，换成了手写的"7"。父亲正读到一篇关于塔斯基吉梅毒实验和其中受害者都是黑人佃农的文章。父亲叹了口气，目光从文章上抬起，看着红头兀鹰在我们头顶盘旋。

他把报纸折好，放在一边，然后从大衣口袋里掏出一个闪亮的红苹果。他用小刀把它切成两半，而我正在听着路易斯·阿姆斯特朗的《多么美好的世界》。父亲哼着歌，而我放下收音机，从父亲手里接过半个苹果。我盯着他手掌上的烧伤疤痕。

"我一直好奇这个伤疤。"我说。

"哦,是吗?"他问,"是我小时候弄的。那时有一个男人向我走过来,他有一本最神奇的书。一旦打开书,火焰就会从书页中跃起,然后在火焰中讲述故事。但是打开书要付出代价的,因为每读完一本书,书就会烧完,只留下一地灰烬。他知道我被他的魔法书迷住了,所以他好心地给了我一本。我打开它,看到整个故事在火焰中展开,有奔驰的马儿,有半身女人半身马的王后在争夺王位。

"在最后一页有一只蜂鸟,一只在书燃烧殆尽前想要逃走的小东西。它很漂亮,是扭曲的火焰幻化成的,但我知道,如果燃烧的鸟儿落在一片叶子上,可能会引发整个森林的大火。我必须抓住它。不过,要抓住一团火化作的东西可不容易,我试着抓住它的翅膀,结果把我的手掌烧伤了。

"就在我照看自己的伤口时,鸟儿从我手边飞走。我思考着世界上所有能抓住火焰的东西。然后,开始下雨了。水火向来不容,鸟儿竭尽全力地躲避每一滴雨。我能看到它脸上的恐惧,它不想死。当大雨淋湿它左边的翅膀时,它仍然试图用右边的翅膀飞行。它是多么想活下去啊,但是大雨在浇灭它。当小鸟消失在一团烟雾中时,我哭了出来。"

父亲垂下眼睛看着那道伤疤。

"我刚才告诉你的只是一个美丽的谎言。"他说,"你想听丑陋的真相吗?"

"我想。"我说。他把他的半个苹果扔到了地上。

"我十四岁的时候,"他说,"一个比我白得多的男人,开着一辆崭新的福特T型车进城。在我还是个孩子的时候,汽车是很罕见的东西。我被它震撼到了,那是我见过的第一辆汽车。我记得他停好车后,大家都围在车旁。他走进超市的时候,汽车没有熄火。我们都注意到它那个听起来很陌生的引擎声,在我们的耳朵里听上去是多么响亮。我离车子很近,甚至碰到了它的车门。我被这个非凡的发明迷住了,但就在那一刻,那个人走出超市。

"'别碰我的车,黑鬼[①]。'他冲我大吼。

"我以前认识像他这样的人。我知道我应该离开,但我内心深处想要面对这个男人。

"'有一天,'我告诉他,'上帝会关掉所有的灯,提醒像你这样的人,在黑暗中,你无法分辨谁是和你一样的白人,谁不是。我们必须平等对待彼此。我们会明白,决定我们是好是坏的不是肤色。只有当我们明白了这一点,上帝才会重新打开灯。'

"就在这时,那个男人抓住我的胳膊。他一句话也没说,就把我的手掌按在汽车滚烫的引擎上。我又哭又叫,但是没有人帮我。当他放开我的时候,他说:'如果灯灭了,我会去摸世界上每个人的右手。当我摸到你手上的伤疤,我就知道我找到了黑鬼。因为你就是这样的人,小子。你永远都是这样。'"

我把我的半个苹果扔到父亲旁边的地上。我把膝盖埋在胸前,告诉他我更喜欢那个美丽的谎言。

"是啊,我——"他紧紧抓住自己的胸口,高声呻吟起来。

"爸爸,你怎么了?"我看着血从他鼻子里滴出来。

"没什么,只是——"他疼得抽搐了一下。

"我去找拉德医生。"我想从引擎盖上滑下来,但他抢在我滑下来之前抓住了我的胳膊。

"留下来,听着,"他说,"我想告诉你一些事情。"

"我要去找医生。"

[①] 黑鬼(nigger)不只是对于黑人的蔑称,也是对有色人种和社会地位低下的人的蔑称。

"听着，拜托。我必须要说。求你了，小印第安人。"

"爸爸，你想告诉我什么？"

"我要你离开呼吸镇。"

"爸爸，我永远不会离开你。我会永远和你在一起。"

"你注定要飞出这本熊熊燃烧的书。"他把我拉入他的怀中。我把脸贴在他的胸前。我能感觉到温暖的血从他的鼻子流到我的头上。

"你只是累了，"我告诉他，"只是累了。你永远不会死。"

"你觉得我有可能上天堂吗？"他问。

"你当然会上天堂，爸爸，但不是今天。今天你会和我一起待在天堂的南方，因为……因为……我不知道没有你我该怎么办。"

他亲吻了我的额头。

"我不知道我有没有对你说过我爱你，小印第安人。我不知道我有没有说过这些话。"

"你每次给我讲故事的时候都这么说。"我抬头看着他的眼睛。

他笑了，我知道这会是最后一次了。

"我对你说过我爱你吗？"我问道。因为我真的不知道。

"每次你听我讲故事的时候。"他点点头，"小印第安人，帮我个忙好吗？脱掉我的靴子。"

"我帮你。"我盯着地上的苹果说。两半苹果完美地结合在一起，结出了一颗完整的果实，仿佛它只是一颗成熟的红苹果，就在那时，从树枝上掉了下来。

第四十四章

"我们的骨头散在墓旁。"

——《诗篇》141:7

故事永远是改写真相的一种方式。但有时候,对真相负责,就是准备好自己说出真相。我父亲并没有死在树林里,他死在了医院。我的白裙上全是他的血。

那个下午始于后门廊上。我、林特和父母坐在那里,一边喝着冰茶,一边谈论着秋叶的变化。

就在那时,父亲站了起来,双臂僵直地垂在身体两侧。

"老头子醒了。"母亲一边嚼着杯子里的冰块,一边咯咯笑了起来,"你还是要死了吗?"她这样问,是因为在过去的几周里,他每个早晨都告诉我们他要死了。每个人都认为谈论自己的死亡是一件只有老人会做的事。

"我要去洗手间。"他以前所未有的方式宣布了这个消息。

"行,"母亲抬头看着他,"我们不会牵着你的手。继续,走吧。"

他慢慢地走进屋里,我从没见过他如此依赖他的手杖。

"这个男人走起路来像个老古董。"母亲说。她在喝剩下的茶,杯子里的冰块叮当作响。她把柠檬片舀了出来。当她吃它的果肉时,我们听到屋子里传来一声巨响。我们从座位上站了起来,放下玻璃杯,排成一列赶往纱门。

我们走进厨房,门铰链发出的嘎吱声在这座安静的房子里回荡,桌子旁边搁着一条沾满血迹的抹布。走进走廊后,我们发现父亲躺在浴室门外的地板上，鲜血顺着他的嘴角流下来，在他的头下形成了一摊血泊。

母亲用她的余生想办法洗掉地板上的污渍，但她失败了。每当有人问起这些斑点，她都会说："地板的木头是从一棵流血的树上砍下来的，没什么可说的。"

我跑向父亲，同时母亲赶紧跑向电话。当时镇上没有救护车服务，所以负责应答紧急电话的是当地殡仪馆的格宁兄弟。他们的灵车充当了呼吸镇的救护车，就像当时许多小镇的情况一样。

母亲匆忙打开电话簿，舔了舔手指，开始翻找。然后她摘下了耳环，把手指伸进电话拨号盘的孔里。

"快点儿，快点儿。"拨号盘转动时，她用脚敲打着地板。

母亲颤抖着把听筒放在耳边，等待对方接电话。而我跪在父亲的脑袋旁边，把他的头挪到我的膝盖上，同时听着母亲告诉殡仪馆，我们需要把父亲送到医院。

"是林荫巷，就在拐弯处。对，对，请快点儿。"她放下听筒，重新戴好耳环，"他们在路上了，耶稣的血啊。"

她不知道该用手做什么，便开始抚平自己衣服的边角。

"我应该为晚餐做些面团。你知道会吃什么，兰登。"她朝他点了点头。父亲把头靠在我的腿上，呻吟着。"做你爱吃的那种。"

她没有理会他的呻吟，而是像平常那样继续跟他说话。

"我们在医院的时候，面团就有时间发酵了。"她说，"等我们今晚都回来了，我们可以吃上刚出锅的面包卷和土豆面条。我去杜松老爹超市买点烤肉，那种很贵的烤肉。然后，我们今晚一起吃饭。那不是很好吗？"

当她说完我们永远不会吃到的面条和晚餐时，母亲使劲地搓着自己的手，她的结婚戒指都掉了下来。她没能抓住它，戒指掉到了地上。它撞在地板上叮当作响，又滚了一小段，然后在原地转了几圈，直到静止不动。她盯着那枚戒指，那枚小小的金色戒指。她迅速把它捡起来，重新戴上。

"我去做面团。"她说。

她没看父亲一眼就跑进了厨房。我们可以听到她把大碗放在台子上，在抽屉里翻箱倒柜，大叫着找不到擀面杖了。

"它在哪里？"她问。

几秒钟后，她如释重负地找到了。

"我找到了。"她说。

"贝蒂，你觉……觉……觉得他会……会……会没事吗？"林特一边低头看着父亲一边问。

在这段时间里，林特除了靠墙站着，什么也做不了。

"为什么不……不……不……不……不……不……"

"会没事的，林特。"

"你觉……觉……觉得，如果我给他做一副他自己的煎……煎……煎药，就像他以前给我做……做……做的那样，能帮……帮……帮到他吗？"

"待会儿吧，现在，你为什么不出去呢？"我说，"一定要让格宁兄弟找到我们。"

他看着我。那是我第一次真正意识到，我弟弟的眼睛和我父亲眼睛的颜色是一样的。同样的黑眸子，边缘在阳光下会变成金色。

"贝蒂，你浑身是血……血……血。"他说。

"没事的，出去吧，林特。"

我听到他打开前纱门的声音，妈妈也听到了。

"是他们吗？"她在厨房里问，"我还没做完面团。"

"不是，妈妈，"我回答，"是林特。"

"很好，很好，"她说，"我快做完了。"

在那之后，她喋喋不休地谈论着面粉和黄油，把每一种配料都量好，好像面包卷真的很重要，我们每个人也都会按时回家吃掉它们。

423

我看着父亲，他的头好沉。他每次把头转到我手里，鼻子中的鲜血依然不止，并且沾满我的手腕。他开始因为喉咙里的血而发出咯咯的声音，然后才把血咳出来。我注意到血溅满了我的整条小臂，就好像有什么东西在他体内爆炸了似的。我想到了玻璃心脏。

它是不是碎成小碎片了？我想，正从里到外地割伤他？

我把他的头抬到大腿上，这似乎对他有所缓解。有时他的手指会抽搐，但他的眼睛仍然睁着，四处张望。但他似乎是迷失了方向，不确定他周围的墙壁是不是还是他自己家。

"一切都会好起来的，爸爸，"我告诉他，"我与你同在。妈妈在做面条，今晚要开烤肉会。弗洛茜会来，还有菲雅和崔斯汀。我们一起吃晚饭，你可以在我们吃面条的时候讲故事。"

他突然抓住我的手腕，紧紧地握着，我以为我的整条胳膊都会被他抢走。

"脱掉我的靴子，"他说，"脱掉我的靴子。"

"但是你要站起来走路。你需要穿靴子，爸爸。"

"我的靴子，脱掉我的靴子。"鲜血染红了他的牙齿。

"他们来了。"林特从前门廊喊道，他的声音在墙壁间回荡。

"他们来了？"母亲焦急的声音从厨房传来，"耶稣的血啊。"

我能听到几个车门打开的声音，接着是陌生的说话声。

"我爸爸在这后……后……后面。"

我从父亲身上抬起头，看到两个黑发男人推着一个担架。他们都有长长的耳朵和小胡子。他们在咧嘴笑[1]，但这似乎是必不可少的。

"好多血啊。"耳朵最长的那个人说。

"那些血会毁了我们的床单的。"另一个补充道，他的嘴咧得更大。

---

[1] 格宁（Grinning）与咧嘴笑（grinning）在英文中拼写一致。

"毁了你们的床……床……床单？"林特抓住他的衣领。我从没见过林特这么有攻击性。他当时十五岁。我终于看到他成为青年的模样，而不再是一个小男孩。"我给你买新……新……新床单的，去你的。"

他们再没说一句话，把父亲抬到担架的白色床单上。他们沿着走廊把他抬到门口。当我站起来时，我意识到我的裙子上沾了多少我父亲的血。

母亲站在那里，轻拍自己两侧的头发，手指上还沾着黏糊糊的面团。

"好了，贝蒂。"她说，"我们回来的时候，我需要你帮我做面条。你爸爸通常会帮我做的，但他要在摇椅上休息。我们做晚饭的时候不能打扰他。"

她的目光落在我身上的血迹上。

"我想我以前从没见过那条红裙子。"她说话时好像心思已经在别处。

"好，妈妈。"我跟着她走过走廊。

她从父亲放在门边桌子上的小木碗里取出车钥匙。我是最后一个离开房子的，前门在我身后砰地关上，把我们都吓了一跳。

兄弟俩没有理会我那呜咽的父亲，他们关上灵车的门，坐到前面。我钻进妈妈和弟弟中间，坐在旅行车的前座上。我们坐得好近，胳膊互相摩擦着，让我们感到既亲近又有些奇怪。母亲迅速发动引擎，等着兄弟俩开出小巷，这样我们就能跟上他们了。

"快点儿，快点儿，开车。"母亲摇下车窗冲他们大喊大叫。

每当她觉得他们开得太慢的时候，她就会继续冲他们大喊大叫、按喇叭。虽然我们以在平时能吃到罚单的速度行驶，但我们仍然感觉自己比爬上河岸的乌龟还慢。

我不知道其他人看到我们的车飞驰而过时会怎么想。

为什么他们都那样坐在前面？我想象我们经过时，老农问他的牛，后面有那么多地方可以坐，为什么他们三个靠得那么近？

也许答案就在他的问题里。

我唯一能确定的就是母亲握着方向盘的手在颤抖。每次灵车减速转弯,她都会皱起眉头,咬住自己的脸颊。

"走啊。"她咒骂着兄弟俩。

我们都在赶往最近的位于斯薇坦波的医院。我们离那里越来越近。妈妈看起来就像是一条在黑暗中蜿蜒的蓝色河流,涣散、无措,又不知道该如何让事情好起来。她伸手打开收音机,但很快又关掉了,好像不知道自己的手该干什么。

"回来的时候记得提醒我去杜松老爹超市买烤肉。"她说。

寒冷的空气从妈妈敞着的窗户吹进来,我和林特都点了点头。就在我们以为永远到不了目的地的时候,医院映入眼帘。那是一栋巧克力色的砖石屋,只有两层楼高。这座建筑永远不会比标着"回忆"的盒子里的泛黄照片看上去更新。

母亲停好车后,我们迅速下了车,在灵车旁等着他们把父亲抬下来。他一动不动,但他的眼睛是睁开的,盯着明亮的太阳。

母亲跟着担架穿过医院的小门。林特停下来盯着我裙子上的血。

"这些都是……是……是他的血吗?"他问。

"他会没事的。"我环顾四周,看着人行道上的人们,他们也在盯着我看。"看上去好像有很多血,其实是因为我的裙子是白色的。"我告诉他们,"但实际上只是一两滴而已,没有更多。他会没事的。"

林特很快把目光挪开了。我们进了医院,一名护士指着走廊尽头的一个小房间,他们把父亲送进了那里。病床四周围着一圈白色的窗帘,上面挂着环,他们在他周围盘旋时拉上了窗帘。其中一名护士把我们赶回走廊,就像她在晚上赶走自家门廊上的负鼠一样。

"走吧,走。"她向我们挥动双手。我注意到她的白色袜子上有一个洞。

走廊两边都有窗户。我走进明亮的地方,闭上眼睛,感受着阳光照在脸上的温暖。当我再次睁开眼睛时,我已经出现在我们的院子里。当我穿过高高的草丛朝谷仓走去时，草叶挠着我的小腿。我的父亲微笑着站在敞开的门口，这一天在他身后闪烁的粉光和蓝光中宣告结束。

"你们现在可以进去告别了。"一个年迈的声音说道。

草地、谷仓和我的父亲都不见了，我转过身，取而代之的是站在母亲身边的老护士。

"告别？"母亲问护士。

"他还有意识，但恐怕他熬不过去了。"护士说话的语气在告诉我，她已经习惯如何解释这种事情了。

"可是……"母亲茫然地望向四周，"这不可能。我们今晚吃烤肉和面条，面团在发酵呢。"

护士看了我母亲一眼，我敢肯定这眼神她是为所有即将成为寡妇的人准备的。然后她转身走进房间，母亲和林特跟在后面。在阳光中，我低下了头，也跟上了他们。

"脱掉我的靴子。"父亲的声音比我听过的都要微弱。

他把头转向我们。我猜他是想笑，但我不敢肯定那是不是他嘴角留下的血迹。那时我突然想到，作为一个孩子，我知道摇篮会把我摇向父母，也会让我远离父母。那就是生命的潮起潮落，忽来忽去，也许这样我们才能为我们被远远地抛在身后的那一刻积蓄力量。当我们归来之时，我们最爱的人已经离我们而去。

"你好呀，爸爸。"我说道，因为说这个好过于再见告别。

林特看了我一眼，然后转向父亲。

"你好呀，爸爸。"林特也说道。他已经泪流满面。

母亲抹了一下眼睛，走到他的靴子跟前。那双靴子的鞋底已经磨穿了，而且鞋带破破烂烂的，就像是他把什么东西的碎片绑了起来，因为他只有这些东西。此时此刻，我想给我的父亲换上一双崭新的靴子，但已经太迟了。当母亲开始解他的鞋带时，父亲抽搐了一下。母亲赶紧冲到他的面前，

427

把她的半个苹果靠在他项链的半个苹果上。

"你不应该看这个。"一名护士推了我一下,把林特也推了出去。

她拉上我们面前的窗帘,留下了足够的缝隙。我们看着母亲把两半苹果合在一起,在她和父亲之间创造出一个完整的东西。他已经死了,浑然不知他的靴子还在脚上。

第四十五章

"主啊，我要跟从你，但容许我先去辞别我家里的人。"

——《路加福音》9:61

没有人提醒母亲到杜松老爹超市买烤肉的事情。我们开车经过它，回到面团发酵的房子里。妈妈把面团拿出来，放在碗里，看起来像一个小山丘。她一拳捶扁了它，然后她开始唠叨，说起了泛黄的室内植物，说起了院子，说起了我们快要喝完的咖啡。

"趁我还没忘，贝蒂，"她一边清理厨房地板上的面粉，一边对我说，"你爸爸给你买了一台打字机，它藏在'漫步者'的引擎盖下面。"

我猛地打开纱门，跑出了房子。在进入树林之前，我脱掉了鞋子，赤着脚继续在坚实的大地上行走着。当到达"漫步者"边上时，我尽可能快地打开引擎盖，取代引擎的是一个黑色的箱子。我打开它，看到了一台打字机，躺在键盘上的餐巾是我多年以前写的故事——《微笑的火星人》。

"你一直都拥有它。"我把餐巾贴在胸前，对父亲的灵魂说。

我仔细看了看打字机卷筒里的纸，有些字已经打好了。

《呐喊无声》

第一章

我的父亲给我留下了一个开头，剩下的就由我来写。我关上箱子，把它从"漫步者"里提了出来。他把打字机放在引擎的位置，就好比把它放在了我的精神里。父亲信念里的临别赠言,成了我内心深处的动力源泉。

我向前跑着,每当一阵狂风刮起就会停下来,焦急地等待着风儿拂过我的脸颊。

两天后,我们为他举行了葬礼。那天晚上我睡在母亲的床边。在我醒来时感觉到有什么东西在摩擦我的身体。我睁开眼睛,看到一张模糊不清的脸。

"利兰?"我眨了眨眼,直到他的脸变得清晰。

"该起床了。"他低声说着,热气钻进我的耳朵中。

他的手放在我的毯子下面,试图伸进我的衬衫摸索。

"别碰我。"我严厉地低声说道,然后扇了他一巴掌。

我看着妈妈。她还在睡觉,但是她紧闭的双眸迅速地睁开瞥了一眼。我下了床,没有吵醒她。

我悄悄地把利兰推出房间。

"接着走。"他想要在走廊里停下来时,我对他说道。

我们下楼后,他转过身来面对我。

"我们要去什么地方吗?"他问。

我把他从前门拽了出去。

"我们去谷仓吗?"我们在院子里的时候,他问道,"在大家来之前,我们要找点儿乐子是吧?你愿意做我的新菲雅吗?"

"你该走了。"我告诉他。

"我不能走。"他把胳膊从我手里抽了出来,"我们今天要举行葬礼。"

"只欢迎朋友和家人。"

"你以为我是谁?"他问。

"不受欢迎的人。"

"他是我的爸爸,"他开始提高嗓门,"我要去参加他的葬礼。我负责布道。"

"爸爸不想听布道。"

"我是他的儿子,贝蒂。"

"不,你不是。"

我走到"遥远之地",爬到下面去。我开始意识到,被掩埋的秘密只是滋生更多罪恶的种子。

"你到底在干什么?"利兰在舞台上捶打着拳头,然后弯下腰去看,"你为什么要把这么多石头堆在下面?"

"我是一个种石头的人。"我把一块石头推到一边。

我开始挖,直到摸到两个罐子的盖子。当我把它们拉出来的时候,狂风凛冽,像是大地进行的一次浩大的呼气。我把两个罐子抱在胸前,站起来面对利兰。

"贝蒂,罐子里是什么?"他问。

"你爸爸的故事。"

我把第一个罐子递给他,他拧开盖子,拿出折起来的纸。

"你正在读妈妈很久以前告诉我的故事。"我说。他的眼睛一目十行地看着这些话。他开始紧紧地抓住那张纸,我觉得那张纸会在他的手中燃烧起来。

"你真恶心,贝蒂。"他咬紧牙关,脖子上的青筋都鼓了出来,"捏造这样的谎言。"

"这是真相,拉克外公撕开了妈妈。多年来,他一直在强奸她。她在遇到兰登·卡彭特之前就怀了你。这就是为什么她那天在墓地里选择了爸爸,让他在不知不觉中把你当成自己的孩子来抚养。她认为这对于你来说是个最好的机会,她不希望你生来就像你爸爸一样残暴。"

利兰一拳打碎了那些纸。他围着我转,我能感觉到他的愤怒。他是如此愤怒,我觉得他的怒火可以把我们周围的任何一座山送入土中,把它们夷平,仿佛它们从未存在。他张开嘴,我等待着一声所有事物都能听到的呐喊,但他只是咬牙切齿地说道:"骗子。"

431

"你简直就是拉克外公的翻版。"

"就因为我和你不一样,没有皮肤上沾满泥巴?"他厌恶地看着我,"是,我更像妈妈。"

"弗洛茜和菲雅,她们一样像妈妈。"我说,"但她们也像父亲。看看你,却没有一点儿爸爸的影子。"

"闭嘴。"他用拳头把纸举过我的头顶,好像要打我似的,但我没有退缩。

"我不怕你。"我说。

他朝我脸上啐了一口,然后把另一个罐子从我手中夺走。他没有拧开盖子,而是在舞台上砸碎了玻璃。他抖掉纸上锋利的碎片,把它捡了起来。我看到他读的时候脸上抽搐了一下。

"这是我在谷仓里看到你强奸她之后写的。"我说,"你做了拉克外公对妈妈做的一样的事,只是你瞄准的是你的妹妹。你在菲雅五岁的时候就开始强奸她了。一开始我并不知道,但后来我意识到她的歌词一直在唱着这件事。五岁的时候,小女孩哭了,狼来了,把她生吞活剥了。利兰,狼就是你。"

他掐住我的喉咙,但我用目光压倒他。

"你知道一个五岁的孩子会做什么吗?"我把指甲抠进他的手里,"她和她的泰迪熊一起睡觉。她用蜡笔画画,认为世界对她来说就像她头发上的丝带一样甜美。想象一下,作为一个五岁的小女孩,你的哥哥——那个应该保护你的男孩——开始吃你的指尖,直到他吃掉你的手臂,直到他吃掉你整个身体。你毁了她的人生,利兰。"

"她毁了她的人生。"他冲我的脸吼叫,"她毁了它。"

"这正是拉克外公会说的话。"我把他推开了。

我以为他会再次掐住我的喉咙,但他只是说:"你什么都不是,贝蒂,你永远什么都不是。"

他把纸扔在地上，重重地踩着它们。

"你不能摧毁她的故事，利兰。我把它放在了这里。"我揉了揉额头，"我把它放在这里。"我揉了揉脸颊，"我把它放在这里。"我拍了拍心口，"我把它放在我的身体里。不管你对那些纸做了什么，她的故事都会永远活着。我要让所有人都知道你是个什么样的怪物。"

我几乎能听到他的血液在沸腾。

"贝蒂，你以为你什么都知道吗？早年的时候，还没有你，那时候只有我、菲雅和爸爸妈妈在路上奔波。我还很矮，连踏板都够不着，但是爸爸改装了车子，所以大部分时间都是我在开车。我没有机会像你一样成为一个孩子。爸爸可以设法做任何工作，但他从来没有坚持下去。我不得不帮忙养家糊口。在十岁的时候，我就必须成为一个男人。"他用拳头捶打胸口，"我别无选择。难道上天不亏欠我吗？"

"你的妹妹不是你的补偿，她不属于你。你以为她属于你，为什么？就因为爸爸让你干点儿活？你强奸菲雅是因为你想这么做，剥夺她的意志就是你唯一能让自己觉得自己重要的方法。你就是个软弱的、可悲的失败者，就像拉克外公一样。你们都靠着蚕食你们生命中遇到的女孩和女人的力量苟活，那是因为你们根本没有自己的力量。"

"你和我一样有罪。"他龇牙咧嘴地说着，"你看到了我在谷仓里做的事，却什么也没做。"

"唯一有罪的人是你。有那么一天，你打开我写的故事，会发现那些真实写照的碎片。那些碎片并不是遍及所有地方，而只是出现在我给魔鬼命名的地方。当你收集完这些碎片，把它们拼在一起时，你看到的将是你自己的影子。现在滚出我们家，这里没有你的东西。"

我开始往家里走，但在他开口的时候停了下来，"她怀孕了，你知道吗？她一定要生下那个孩子。"

"我们都知道她怀孕了，"我转向他，"这就是她用树皮的原因。"

"我说的不是多年前的那个冬天,我说的是她死的时候。这一次她下定决心要做一个妈妈。这也许会长出来爪子和尾巴,他们不是经常这么说吗?"

"我不——我不明白——她死的那天晚上,她知道自己怀孕了?"

他擦了擦嘴,点点头。

"原来这就是她告诉我她要离开的原因。"我说,"她要离开你,离开呼吸镇去抚养孩子。"

"我不能让这种事发生。"他说。

"那天晚上在餐馆,她接到了一个电话。"我开始大声对自己回忆起那天晚上发生的事情,"她说没有人打电话,但我知道有人,然后我们开始争吵。"我的眼睛盯着利兰的眼睛,"那天晚上给她打电话的人是你,是不是?"

他的嘴巴动了动,好像在咀嚼什么东西。然后他凝视着天空,看着白云飘浮,然后说道:"我曾经抓住过一只老鹰,他们说老鹰飞得比其他任何鸟儿都高。"

"利兰,你对它做了什么?"我问,我的拳头攥得紧紧的。

"没什么特别的。"他耸肩,"只是把它关在笼子里,让它挨饿。菲雅尾随我进了树林,她说她会告诉父亲我做了什么。我不得不杀了它。"

"杀了菲雅?"

"那只鹰。"他的目光从天空垂下,"贝蒂,你怎么哭了?只是一只鸟而已。"

"你这个杀人犯。"我给了他一拳,他捂住下巴,踉跄着后退了几步。

"我知道她不会自杀的。"我说,"是你抓的蜜蜂。对,汽车的大灯,那是你开车过来,是你强迫她把手伸进罐子里。"

"她尖叫起来真可怕,"他笑了,"幸亏刚好有一个枕头。"

"我要杀了你。"我扑向他,但他抓住我的胳膊,把它扭到我的背后。

"你知道,"他说,"那可真有趣。当一个悲伤的女孩死去,每个人都认为这是她自己的错。"

他放开我,一脚踢在我腿上。

"你还埋了别的东西吗?"他看着地面,好像突然间满是所有他不能说的秘密,"你还有吗?"

愤怒围绕在我的每一根骨头上。我语气缓和下来说道:"是的,菲雅埋了某个东西,我取给你看。"

我爬向舞台下面最长的石头,挪开它,把手伸进洞里。

当我出来时,利兰正背对着我,把故事都撕成了碎片。

"可恶的贝蒂,"他看着它们随风而去时说道,"我必须对你做点儿什么。"

他转过身来。

"你?"他问道,眼睛盯着我瞄准他的那把猎枪,"贝蒂,一直以来都是你在开枪吗?"

"你是我的最后一枪。"我已经准备好扣动扳机。

"你只是一个拿着枪的女孩。"他笑着说,"这么多年来,没有人在乎过枪声。为什么你觉得现在还会有用呢?"

"你要知道,在那所房子里长大,给了我很多时间去思考皮科克一家是如何消失得无影无踪的。利兰,你最好相信你也会那样轻易消失,没有尸体,也没有血迹。"

"你没这个胆子,小妹妹。"

"你想打赌吗?"我射中了他脚下的地面。随着他的倒地,草丛和泥土都溅了起来。我拉动枪栓,把新的子弹推进枪膛。

"你这个邪恶的小女巫。"他爬了起来,"我真希望我也杀了你。"

他朝我走来,但一块石头击中了他的手臂,使他停了下来。我回头一看,发现林特站在那里,他的口袋鼓鼓的。他把手伸进去,掏出一把石头。

435

他扔得那么用力,双脚都跳了起来。利兰试图躲避攻击,但所有的砂岩都像雨点一样倾泻在他身上。他想用拳头反击,但只是对着空气挥舞。当一块锋利的石头击中他的额头时,他的眼睛仿佛裂开了,同时血流不止。

"我要打烂你的脸。"他对林特说。

林特从腰带上拿起父亲给崔斯汀做的弹弓。他迅速地在橡皮筋上装上一块大圆石头,我认出这是利兰从日本带回来的那块。林特摆好了石头,让上面画着的眼睛朝外盯着利兰。

"好吧,"利兰张开双臂,"如果你们要杀我,最好现在就动手。"他看着我的眼睛,"贝蒂,只要你答应我,不会像对菲雅那样火化我。我不想燃烧两次。"

"你感觉不到火焰在舔舐你的小腿吗?你感觉不到你心脏周围的热量吗?你感觉不到你的眼睛从眼眶融化出来了吗?难道你不知道,你已经在燃烧了吗?"我放下猎枪,不再需要它作为我的武器,"利兰,这个世界上或者地狱里,每一丝火焰上都有你的名字。你已经在燃烧了。"

他看了我一会儿,然后弹去袖子上的灰尘,就像弹去一丝火焰。他掸了掸双肩,又甩了甩双腿,然后笑了出来。

"哦,我的天,我烧得真旺。"他说。

他跳了起来,开始假装火焰在他的脚上燃烧。但是当他继续装下去的时候,他的笑容逐渐凝固,恐惧爬上了他的脸。

他开始再次掸掉袖子上的灰尘,动作剧烈到好像真的有火焰在舔舐他的手臂。

"妈的。"他拍打着胸口,仿佛大火正在吞噬他的内心。

他开始尖叫,求着我和林特帮他灭火,但我们只是站在那里看着。

"求你了,帮帮我。"利兰拍打着自己的头,尖叫着说他的头发着火了。

他感觉全身上下都是火焰,你几乎可以从他的眼睛里看到它们的影子。他绝望地试图用手扑灭火焰,又脱下他的夹克衫,用它上下拍打他的腿。

他大叫起来，抓着眼睛，跪倒在地。他又把头埋进地里，抓起一把把泥土扔到背上，直到他的胳膊不再挣扎，像是熔化成他身边水坑中的东西。

他抬起头，环顾四周。他的皮肤是那么火红、那么闪亮，就好像他刚刚真的走过地狱的火海似的。他的目光与我相遇，嘴唇张开，好像要说什么。但我把下巴抬得更高，一点儿也瞧不起他，他便一如既往地保持沉默。

他向我伸出手，可我背对着他。林特也一样。我们听见利兰的哭声，乞求我们帮助他。但是我对他的恳求没有一丝一毫的同情，尤其是在他对我的姐姐做了那些事之后。

我能听到他在地上抓挠的声音，然后我听到他又从地上挣扎着站了起来。他在那儿站了一会儿，望着我们的背影，然后走向他的卡车。直到听见他开车离开的声音，我才转过身来。在他站过的地方，泥土上刻着：利兰来过这里。

我用脚趾抹去了他的名字。

只剩林特在我的身边，我搂住他的肩膀，看着外面林荫巷的树在风中摇曳。

"谢谢你帮我。"我对他说。

"不客气，贝……贝……贝蒂。"

"你知道吗，这是爸爸为两个人做的。"我指着弹弓说。

"我知……知……知道。"

"那你一个人怎么用？"

"我不是一个人用……用……用的。"他抬头看着我，"崔斯汀在这里，他的手也在……在……在上面。这是他的弹……弹……弹弓。"

我们朝房子走去。就在我们走进去之前，林特说："我一直都知道。"

"知道什么？"我问。

"我一直都知道利兰是个魔……魔……魔鬼。"

437

凝视着卧室镜子里的自己,我觉得我穿上这件黑色的裙子不仅是为了我逝去的父亲,也是为了我失去的童年。在失去父亲的同时,我怎么不会也失去一点儿自己呢?那个曾经的女孩属于过去,女人已经成为我的如今。在下楼之前,转动手腕往皮肤上喷母亲的香水时,我就意识到了这一点。

林特已经把客厅里的家具搬走,摆好了折叠椅。人们也已经到了,在房间里窃窃私语。

我走到一张桌子前,桌子上放着一个信封,和林特那天早上送来的其他信件搁在一起。我认出了信封上面是弗洛茜的字迹。我打开信封,只看到一张卡片,上面有一张黑白照片,内容是翻涌的海浪。弗洛茜在卡片背面写道:太平洋是世界上最深的海洋。

她签上了自己名字的首字母。信封底部散落着几句晚安,其中有一句"再见",我知道这是写给父亲的。

我将它们收好,把信封和卡片一起放在壁炉架上。林特走了过来,站在那里盯着海浪。他穿着妈妈给他买的白衬衫,打着黑色的领结。他的长头发编成了一条辫子,披在肩膀上。

"你手里拿的是什么?"我问他。我看见他那只紧握的手里伸出了一个东西。

"是妈妈的一块……块……块面包。"他说。

"你为什么拿着它?"

"爸爸曾经告诉我,一定要把妈妈的面包和他埋在一起来喂鸟。"

"什么鸟?"

"他玻……玻……玻璃心脏里的鸟。记得吗?贝蒂,是你先告诉我那只鸟……鸟……鸟的。但后来爸爸告诉我,我一定要把他和面包埋……埋……埋葬在一起。这样他就可以在鸟儿去天堂的路上喂……喂……喂给它吃了。"

"他从来没有告诉我要把面包和他埋在一起。"我说。

"你不是他唯一的孩……孩……孩子,你知道的。"他把面包塞进了爸爸的手里。

一阵风从敞开的窗户吹了进来,所有的东西似乎都在动——窗帘、纸巾、男人的领带、女人的裙摆,包括我自己的裙子。我正走向棺材,看着父亲。当我自己的头发被吹到我面前时,父亲的脸却被厚重的妆容遮盖得僵硬无比。他的脸和脖子都覆盖在一层白粉之下,显得过于苍白,双颊涂了腮红,又显得太过红润,嘴唇紧绷,露出尴尬的微笑。我可以看到缝合它们的线头,在他的嘴角微微凸起,像一条小小的蠕虫。

格宁兄弟为我的父亲穿上了他们最便宜的衣服——一套深绿色的毯子西装。他们称之为毯子西装,是因为所有东西都是缝在一起的,包括衬衫和领带之间、衬衫和外套之间、外套和裤子之间。西装披在最外面,裹着他的身体。如果父亲在那一刻活过来,站起来的时候那套衣服就会掉下去。我敢肯定,他只会笑笑,然后把那块西装革履的毯子收起来,放在草地上,叫我们去野餐。

格宁兄弟让我们挑一条领带缝在衬衫上,我们选了父亲唯一的那条领带。它是一条鱼的形状,在我们经过蒙大拿州时,父亲从一个白发吉卜赛女人那里得到的。她一直在路边用她的货车卖馅饼,父亲从她那里买了一个鱼肉馅饼。当他切开它时,里面并没有鱼,只有一条形状像鱼的领带。他以为吉普赛人不小心把它放进了馅饼里,所以他把领带还给了吉普赛人。但她告诉父亲,她在馅饼里放了一条真正活泼乱跳的鲈鱼。

"我也没办法。"她说,"谁会料到烤到最后,鱼肉变成了一条领带。"

我仍然不记得这是否是真的。或许我见过吉普赛人的白发,见过父亲从馅饼皮中扯出一条领带。或许这只是父亲的一个膝头故事,他把它像月光石一样放在我的脑海里。

父亲唯一拥有的一双鞋是他的工作靴。"傻凳子"先生和父亲的脚码一样,他提供了一双破旧但擦得锃亮的牛津鞋。

"这双鞋子很适合穿着去见上帝。""傻凳子"先生说,"它之所以好,是因为有人穿着它们跳过舞。跳过舞的鞋子远比只是穿过的鞋子要好得多。"

这套衣服、这双鞋,还有他脸上的妆,都严严实实地罩住了我的父亲。只有当我看着他的双手时,我才看到他短短的指甲和骨瘦如柴的指关节上结了一层硬硬的泥巴。陌生人看着他的手,会觉得他是一个无足轻重的人。他们会觉得他的手很脏,这意味着他地位不高。但在生活中,你要么住在别人的房子里,要么建造自己的房子。拥有和我父亲一样双手的人,能用星星和天空建造自己的家园。他紧紧握住生命的律动,同时放弃了舒适的生活。当你在奋斗的时候,你不能指望自己手上一尘不染。手上的污渍会让你知道自己做对了。

我盯着他棺材下面悬挂的百里香和艾蒿。我想我的父亲年纪更大,活得也更长,他需要的百里香和艾蒿应该比他当初给崔斯汀的还要多。所以我没有只挂一束,而是挂了很多,为他奉献了一场没有尽头的安适之旅和美丽的梦。

我从棺材前转过身来,看着我的母亲。她坐在沙发中间,膝上放着一床叠好的被子。那天早上她让我给她化妆。我想她觉得如果她手里拿着一支口红时间太长,她就会毁了一切。她想要一张浓妆艳抹的脸,于是我如她所愿。

"你有利兰的消息吗?"当我在她的脸上扑粉时,她问道。

"他今天一大早来过,那时你还在睡觉。"我说。

"那么,他现在在哪儿?"

"他走了。"

"走了?"

我不得不让她别皱眉,这样我才能画好她的眉毛。

"走了?"她重复道,"这是他父亲的葬礼。"

她与我目光相对,然后迅速移开了视线。

"妈妈，闭上眼睛，"我说，"我要涂眼影了。"

"颜色要重一点儿。"她只说了这么一句话。

我用眼线笔画出她的眼角。涂上睫毛膏之后，她戴上了面纱。面纱遮住了她的整张脸，除了那火红的嘴唇。

"看看那面纱，她以为自己在糊弄谁呢？"我无意中听到一个女邻居在她们经过我身边时对另一个女人说的话。

每个女人都捧着一盆复活蕨，仿佛没有其他植物能像它们一样理解死亡。女人们朝母亲走去。在面纱后面，很难分辨出母亲是在看复活蕨还是在看女人们。她们表示哀悼，但她没有对她们做任何表示。她只是站着，手里拿着被子。

当她走向棺材前面的椅子时，整个房子静了下来。母亲坐下来，让我们知道父亲的葬礼开始了。

林特坐在她的旁边，把最后的座位留给了我。来了好多人，把房间里挤得满满当当。我们没有足够的位子，所以人们都拥到了其他房间和前门廊里。

似乎每个人都在等待什么人宣布开始。母亲用手肘碰了一下林特，他站了起来，紧张地清了清嗓子。

"今天不会有布……布……布道了。"他的声音颤抖着，"爸爸不想听布道，只想听故事。你们都有很多故事，所以，选……选……选个对你们来说最重要的故事说吧。这样的话，它也会对我爸爸来说最……最……最重要。"

林特快速地搓着双手，仿佛在点燃自己对父亲的记忆。

"有一次，爸爸雕刻了一些木……木……木头汽车，把它们挂在钓鱼竿上。"他说，"我们把钓鱼线抛到河……河……河面上，那些车漂漂亮亮地漂……漂……漂浮着。'让我们看看谁最快。'父亲会告诉我们，然后用嘴发出发令枪的声音。我们以最快的速度卷……卷……卷动车子，在水面上比赛。"

林特跟着做着动作,仿佛他在抛线一样。有那么一瞬间,我们觉得我们就像是和他还有父亲一起站在河边,期待着谁会赢得比赛。林特很快就收回了钓鱼线。

"他每次都让我赢。"林特放下手说,"他就是这……这……这样的爸爸。"

林特坐下后,人们开始一个接一个地站起来,讲述我父亲的故事,讲述他是如何像一个走钢丝冠军一样走遍全镇的电线,又是如何发现金子做的昆虫。

"老兰登给那些虫子涂了颜色,让它们看起来很普通。这样它们就不会因为自己是金子而被偷走,或者被关在珠宝盒里。"

这些故事,就像所有其他故事一样,已经演绎成乡间传说,布满了容易残缺的月亮和深埋地底的高粱秆。

当科顿站起来讲话时,他理直了领带,说起他有多么爱他的妻子。

"维克托里出事之后,"他说,"我以为我再也不会快乐了。然后,兰登给了我一包气球,告诉我每天写一封信,这样可以让我不再流泪。他说,通过给她写信,我就能让她以某种方式复活。虽然她不能给我回信,但兰登说,她会在林荫巷头的柳树洞里放一块石头,让我知道她收到了我的信。"

我看着林特手里滚来滚去的石头,他把它塞回了口袋。

"果然,"科顿继续说,"在我写完第一封信,把它用气球送上天空之后,我在柳树洞里发现了一块石头。我知道是兰登放的,但我还是让自己相信那是维克托里。兰登也让我相信是她。除了他不在呼吸镇的那些日子,兰登每天都在洞里放一块石头。我想即使是上帝也会厌倦迁就我,但兰登从来没有,他也从来没有要求我放下她。他只是给了我一个让我坚持下去的方法。"

听了科顿和其他人的话,我知道了一些父亲在世时我所不知道的事情。他不只是一个充数的人,更像是一片野花田的一生。我觉得草丛会永远讲述他的故事,讲述他采摘蘑菇,讲述他的人生信条,去探究那些蜂蜜究竟真正有多甜。也许这就是他的永恒。一个男人摘下帽子,走在自己的路上。

从这里开始不那么像是一场葬礼,更像是人们正把一罐父亲的私酿酒从一只手传递到另一只手上。大家开心大笑着,互相拍着彼此的背说:"哦,天啊,那是老兰登,没错。"

"够了,"母亲站起来说,"别笑了。你们都应该安静下来,表示一点点起码的尊重。"

她已经站起来了,我想她觉得这是最好的时机。她慢慢地走近棺材,摊开手里的被子。

那是她床上的、中间缝着一棵树的被子,小猫留下的血迹还在那儿。被子上新缝着一块块绿色的毛毡,它们被剪成山核桃树叶的形状,缝在树枝上。在最大的两片树叶上面,她把自己的名字和父亲的名字绣在了一起。我的名字和每一个兄弟姐妹的名字,包括亚罗和瓦康达,都绣在一片片小叶子上。前一天,我看到母亲在用针缝被子,但我以为她只是在补一个洞,我从来没有想过她是在缝我们的家族树。

每个人都看着她把被子盖在父亲身上。她轻轻地把他裹起来,仿佛她只是在扶他上床睡觉。做完这些后,她俯下身,最后吻了他一次。我仍然记得那条缝合他嘴唇的黑线擦过她嘴唇的样子。

母亲再次坐下时,房间里一片寂静。

我深吸一口气,站了起来,走到我父亲的棺材旁,我知道作为一位上帝的女儿的分量。

"这就是成长。"我说,"我觉得好像有一些纸粘在我的皮肤上,这些纸上写着我的外号——碰头会波利、战斧小子、宝嘉康蒂、杂种和印猪女。我开始用别人告诉我的一切来定义我自己和我的存在,那就是我什么都不是。正因为如此,我的人生之路变成了一条黑暗的小道,直到小道被淹没,变成了我艰难行走的沼泽。

"如果不是因为我父亲,我一辈子都会在这片沼泽里行走,是父亲在沼泽边种下了树。他把灯挂在树枝上,让我在黑暗中看清方向。他对我说的每一句话都在这光芒中结出果实。成熟的果实变成了海绵。当这些海绵从树枝上掉落到沼泽里时,它们一直在吸水,直到我站在仅存的泥巴上。我低头去看,多年来第一次看到了自己的双脚。捧住我双脚的是一双手,手指支撑在我的脚底下。我很熟悉这双手,指甲缝里有菜园的泥土。我怎么会不知道那是我爸爸的手呢?

"每当我向前迈出一步,那双手也随着我迈出一步。这时我才意识到,在我以为自己踽踽独行时,爸爸一直陪伴着我、支持我,帮我保持冷静,尽其所能地保护我。我知道我必须足够强壮才能自立。我必须从爸爸的手心里走出来,把自己从泥潭中拉出来。我原以为,没有他,我会害怕如何走完我的余生,但我知道我从未离开他,因为我每走一步,都会在我留下的脚印中看到他的手印。"

我把手伸进裙子口袋,拿出了在我还是个小女孩的时候,父亲给我看的那块鹿皮。

"我知道谁才是我自己了,爸爸。"我对他说着,把鹿皮塞在他身边。

我没有回到座位,而是走向泰迪电器店的泰迪借给我的唱机。我让唱针落在唱片上,那是菲雅多年前在一台机器里投入了一枚硬币录制的。唱片发出嗞嗞的声响,然后,菲雅美妙的声音充满了整个房间:

掠夺者和野蛮人,
上帝和人类,
又从老樱桃树上坠落下来。

神话诞生,神话消亡。
在这条路上,爱是忠诚的。

恐惧弥漫,

这毒药来自

古老的龙葵。

闪烁吧,我的女孩,闪烁吧,我的男孩。

拿走我的心,毁灭,毁灭。

闪烁吧,我的女孩,闪烁吧,我的男孩。

我父亲吟唱着寒冷的呼唤,

把神话带给所有人。

我会是我的父亲,

如果我源自牛奶与蜂蜜。

我会成为我的父亲,

当神话将我身上的锁链熔化。

魔鬼和天使拼出我的名字,

在火焰和光环中,感觉别无二致。

闪烁吧,我的女孩,闪烁吧,我的男孩。

我不会比印第安人更老。

闪烁吧,我的女孩,闪烁吧,我的男孩。

在这个战斧的神话中,

在这个托马斯和约翰的故事[1]中。

---

[1] 一八一二年,美国开国元勋约翰·亚当斯写给另一位美国开国元勋托马斯·杰斐逊的信中,论及诸多印第安原住民的传统。

呼吸镇报

枪声结束了

十多年来，呼吸镇一直被恣意的枪声所困扰。这些年来，我们目睹我们的居民受到这种持续不断的骚扰。这已经成为一种常见现象，有些人开始相信这根本不是枪声，而是我们周围的山丘被侵蚀的声音。

虽然枪手身份尚未确定，但自十一月以来没有收到任何新的枪击报告，于是警长今天宣布，他的部门认为枪击案正式结案。

"我感觉就像乌云散去了。"一位居民说。

我们可能永远不会知道枪击背后的动机。有人猜测枪手已经死亡，他现在已经安息了。

当大多数居民在得知枪击阴霾已经结束而欣喜若狂的时候，也有一些人表达了悲伤。

"我会想念它的。"一位不愿透露姓名的女士说，"你已经习惯听到这声音以后，它便开始听起来不像是枪声，更像是寄语。一直以来，有人试图用我们根本听不懂的语言告诉我们一些事情。我希望这么多年来一直在传递消息的人，最终说出了他们想说的话。"

第四十六章

"死亡的绳索勒住我。"

——《诗篇》18:4

在你把你的黑裙子挂在衣柜里面很久以后,埋葬父亲的事情仍然会伴随着你。当你相信你不再担心那些会啃噬他身体的虫子时,你还会想到它们,直到你提醒自己不能懈怠自己的责任。

一九七三年的那个冬天,我十九岁了,全身仍然像雪一样冰冷。五月到来时,春天给光秃秃的树枝送去了珍贵的宝贝。花儿让悲伤变得可以忍受。父亲坟上的青草也开始生长了。到处都是春天的气息——粉色的牡丹,暖阳的光纹,翕动鼻孔、扑扇翅膀的昆虫。所有的一切都在诉说,他死亡的微澜在新生命的影响下正在慢慢静止。

清新的春天带来了温暖的夜晚。敞开窗户,云朵就像布满天空的碎片。春天也带来了一只小黑狗。它绕着房子转,睡在门廊的台阶上,偶尔会嚎叫,但还没有学会狼的叫声。

林特发誓这只狗就是父亲。

"闻闻他,贝蒂。"他把那只浑身是泥巴的生物举到我的鼻子下面,它硬硬的毛让我的鼻子发痒,"闻起来像爸爸的烟草味,不是吗?"

在这之后,我把狗带回家中,让它睡在我的床上。我叫它渡雨,一个我认为最能代表它的切罗基名字,就像传说中狼的名字一样。

一天下午,天空乌云密布,我和渡雨在我的房间里睡着了。我被雷声惊醒。雷声无处不在,甚至在我的身体里。

我四处寻找渡雨，但它不见了。我走到走廊，听到父亲的摇椅发出声响。

我走进父母曾经的卧室，发现妈妈坐在摇椅上。迎面而来的风吹得棉布窗帘在她周围飞舞。房间里的家具和以前一样，每件物品周围都有着同样的空间。这里还多出了一些东西，比如梳妆台上的化妆品和床头柜旁的一沓报纸。然而，整个房间空荡荡的，仿佛真正占据房间的东西已经随我父亲而去了。

我知道母亲也感受到了这种空洞。她的两只脚赤裸着，一只脚坐在身子底下，另一只脚在摇着椅子。她刚洗过澡，湿漉漉的头发颜色变得更加深沉，发梢的小水滴滴在她赤裸的肩膀上。母亲身上只裹了一条淡蓝色的毛巾，脸上没有化妆。口红、睫毛膏等一切化妆品都会烧灼她，让她成为不可触碰的事物。但现在没有化妆的她看起来相貌清爽，亲近而可以接触，是我见过的最美丽的女人。我意识到我们看起来并没有那么不同。她是我的母亲，我是她的女儿。我想这段关系像斗争一样持续太久了。

"你觉得是他吗？"她朝床上的渡雨点了点头。

"爸爸？"我问，"不，我不觉得这只狗是爸爸。"

"也许我们应该问问它。"她站起来的时候，脚踝似乎在颤抖。她走向床，手心朝下地伸出双手，像是在用手掠过那些父亲曾经教我认识的野生植物的穗尖。

母亲离床够近了，便用手在床垫上爬。

"你是我丈夫吗？"她问那只狗。

它的黑眼睛也盯着她。

"兰登？"她轻轻地叫着他的名字，"你这个狗娘养的，你答应过永远不会离开我的。"

她伸出手，狗立刻跳了起来，跑出房间。母亲身心俱疲地叹了口气，转身坐在床沿上。她双手抱臂，下巴靠在胸前。

"你爸爸曾经会做世上最漂亮的柳条椅。"她说,"他会把树皮浸泡在水里,直到能把它剥下来。现在我们家里连一把这样的椅子都没有了。当我们需要钱的时候,他的家具总是首选。你们这些孩子,除了利兰,都不知道那些椅子的存在。关于你爸爸,你不知道的东西太多了。你知道他帮忙造过船吗?"她抬起眼睛看着我。

"你是说真正的船?"我坐在床上,挨着她。

"是的,那种大船,可以出海的那种。我想这就是每个人都爱他的原因。我从来没有造过船。"

她低头看看自己的手,好像突然觉得自己的手没做过什么重要的事。

"你做的东西比船还好,"我说,"你做了一张会飞的被子。"

"你还记得?"她问。

"当然,妈妈,我全都记得。我那时还是个孩子,光着脚在院子里走来走去。你在外面,在草地上,坐在那张和爸爸埋在一起的被子上。你在绣东西。我不记得是什么了,我也不在意,因为我踩到了一株蓟,然后大哭起来。你把我叫到你面前,把我的脚捧在你手里。你吻了吻我的脚,就吻在我被刺伤的地方。然后你让我坐在你的膝头,告诉我,我们要起飞了。

"你从你用来刺绣的亮紫线上剪下了一段,然后把它绑在一只六月虫的身上。虫子飞了起来,但是被线拽住了。'我们在飞。'你指着被子的边缘说道。仿佛我们飞在一切之上。

"'难道你没看到你的姐妹们坐在我们房子的屋顶上,没看到你的兄弟们在树下玩耍吗?'你问,'你看,你爸爸在卖他的蘑菇呢。'

"我望了过去,然后看到了一切。你笑了。

"'只要六月虫在飞,我们就在飞。'你说。

"我不希望我回到地面上。"

"贝蒂,为什么?"她问道,就好像她不知道原因似的。

"妈妈,因为我和你在一起。"

第四十七章

"耶稣对那女人说:'你的信救了你,平安地回去吧!'"
——《路加福音》7:50

煤渣砖约翰把小马带到了他家,让它住在一座漆成红色的漂亮谷仓里。他在他拥有的最漂亮地方的周围筑起了木栅栏。小马高兴地奔跑了一会儿,但当它碰到栅栏时,它意识到自己还没有真正自由。我明白越过栅栏的必要性。不管牧场多么美丽,是选择自由决定了我们要生存下去还是生活下去。

我知道父亲会为我感到骄傲的,当学年结束时,我拿到了我的高中毕业证书。我成为家里唯一毕业的人,连林特都在高三前退学了。

我在车库外面找到他,告诉他我要走了。我想让他跟我一起走。

"我不……不……不能。"他说。

"为什么不能?"我问,"我们可以一起去任何地方。"

"爸……爸……爸爸死前,告诉我,我得照……照……照顾妈妈。他说她需……需……需要我。"

"林特,妈妈不需要你,她能照顾好自己。"

他看着自己的双手。

"贝蒂,我不想……想……想离开家。"他说,"这是爸爸妈妈最后一起生……生……生活的地方,"他看了看车库门上的招牌,"总得有人照看……看……看他的植物。我看过他工作,我知……知……知道怎么像他一样煎茶。"

"你真的不想离开?"我问他。

"我想给你看……看……看点儿东西。"

他领我到外面。在车库和房子之间的院子里,他挖了一条道,刚好够把他的石头铺成一条小路。石头上画着的眼睛都在凝视天空。

"这就是石头一直指引我去的地……地……地方,"他说,"那就是家……家……家。我为什么要离开这里呢?"

林特继承了我们父亲的事业,而且没有将写着兰登的招牌换成他自己的名字。当人们误称呼他兰登时,林特只会骄傲地笑着说:"是的,就是我。"

在植物和石头之间,林特也会变成一个老人,闻起来就像他碾碎的草药和他煎的茶。

"我会想你的,林特。"

"我会永远在这里,你只需要过……过……过来打个招呼。"

"好,我会的。"

我能理解林特需要留下来,但是大地触动着我的灵魂,有更多的天地山川在召唤我前往。我要亲自去发现这个世界。当天晚上,我就开始收拾行李。第二天早上,当我从墙上取下三姐妹的雕刻时,母亲靠在我敞开的门前。

"我想,今天是旅行的好日子。"她说。

她把玩着她上衣的褶边领子,我这辈子第一次看到我母亲穿裤子。

她看着我把三姐妹雕刻放进我装东西的毡制大旅行包里。袋子上有一个农舍的图案,上面有树和花,还有一只狗、一只猫和一只老鼠。旅行包上的图案让我想起了弗洛茜曾经对我说过的话。

"你会住在一座农舍里,贝蒂。你会有一只狗、一只猫和一只老鼠。"

想到这里,我笑了出来。

"你要去哪里?"妈妈问。

"去遥远的地方。"我望向舞台。

她走到敞开的窗户前,站在透进来的阳光下。

"我不想耽误你,"她说,"我得去上班了。我有没有告诉过你,我在呼吸镇的鞋业公司找了份工作?我在缝纫部工作。在花饰裁剪好之后,我就和那些女人一样缝制整只鞋。"

她轻轻地、骄傲地抚摸着她的发梢,然后她伸进胸罩,取出阿帕奇之泪。

"你还记得我怎么跟你说的吗?"她问,"在你手里是一块黑色的石头,"她把它放在阳光下,直到石头变得半透明,"但是光线会改变它。他们说如果你有阿帕奇之泪——"

"你就再也不会哭了。"我说完了她要说的话,"因为阿帕奇女人会为你哭泣。"

"也许它对你来说比对我更有用。"她把石头放在我的手掌上,然后将我的手指合起来。

"贝蒂,一个女孩在刀锋下长大。"她轻轻地把我的头发拨到耳后,亲吻我的前额,"但是,她必须做出抉择,是放任刀锋深深地割伤她,将她撕碎,还是鼓起勇气,张开双臂一跃而起,勇敢地在这个如玻璃般破碎的世界中翱翔。愿你拥有这样的力量。"

她转身离开时,看到了我床上的猎枪。

"看起来和呼吸镇枪击的那把枪的型号一样。"她拿起猎枪对准墙壁,"贝蒂,你为什么要在自己的镇子上开枪?"

"我没有开枪,至少一开始没有。是菲雅。那天晚上,她出去采滑榆树的皮,进了树林,而我跟着她。我看着她从一截被树叶覆盖的空心树桩中取出猎枪。我猜她在放枪的地方也找到了最初的那些子弹。最后,她肯定是离开镇子去买了更多的子弹。

"一开始我不知道她为什么开枪。直到她告诉我,我们都是被困在罐子里的昆虫，我们需要更多的气孔来呼吸。她想帮我们把那些气孔射出来。她死后，我知道我必须接手。但现在我觉得有足够的空气了，从现在开始，我们就可以好好地呼吸了。"

母亲点了点头。临走之际，她像士兵一样行了个军礼。我能听到她把枪拿进房间的声音。她的余生都把枪放在身边，这就是她在金发变成银发时一直紧握的东西。她变成了一个老寡妇，坐在她摇摇晃晃的门廊上，把猎枪放在膝头，对着无名的孩子们大喊大叫，让他们离她的院子远一点儿。他们会来嘲笑她，因为他们还年轻，无法相信她曾经不仅仅是个坐在摇椅上的老婆婆。

那天是我最后一次听到母亲穿着高跟鞋走路。她走出房间，把猎枪放在父亲睡过的床边。她穿过走廊，咔嗒咔嗒，下了楼梯，咔嗒咔嗒，走出前门，去找一份她一直干到退休的工作。咔嗒咔嗒。

我把阿帕奇之泪拿到窗边，放在阳光下。当光线再次令它变得半透明时，我看着妈妈开车穿过林荫巷。在她走后，我把石头塞进了口袋。

我枕头上放着父亲的手杖。我把它绑在旅行包的伞架上，然后把打字机锁在箱子里。我把所有东西都放在前门，而渡雨一直跟着我。

"林特？"

"我在这……这……这里。"

我探向客厅，发现他在看电视。

"现在还是春天呢，怎么这么热？"我擦去脸上的汗水。

他站了起来，好像这是必须要做的。

"那么，再……再……再见了。"他说。

我抓住他想拥抱一下，但他笨拙地把胳膊放在身子两侧。

"当我找到一块我知道你会喜欢的石头，我就替你保管好它。"我告诉他，把他从我的怀抱中放开。

"你不害怕吗？"他问。

453

"怕什么，林特？"

"弗洛茜一直说的我们的诅……诅……诅咒，也许外面的世……世……世界更可怕。"

"诅咒从来都不存在，林特。我们的生活中没有什么超自然的苦难，有的只是我们的恐惧。我厌倦了恐惧，它让我活不下去了。"

他望向窗外开往车库的车。

"是克……克……克林克夫妇来取他们的茶了，"他说，"我最好……好……好去招呼他们。"

他急忙向门口跑去。

"回头见，贝蒂，"他说，"别忘了你的气球。"

我跑上台阶，打开我的衣柜，那里有一只红色的气球，用我父亲的鞋带系着，飘在天花板上。前一天，科顿帮我把气球注满了氦气。我抓起鞋带，把它系在背带上，这样气球就能和我绑在一起了。在我永远离开卧室之前，我最后一次环顾四周。过去的幽灵出现在我面前。我看见菲雅、弗洛茜和我自己在地板上坐成一圈，这样我们就可以互相编辫子，就像我们经常做的那样。那时，我们还相信我们围成的一圈永远不会被打破。当菲雅的鬼魂抬头看着我时，她问："贝蒂，你会记得我们吗？"

"我讨厌被遗忘。"弗洛茜补充道。

"她当然会记得我们。"年轻时的我说，"贝蒂，对不对？"

"我会记住一切的。"我答应她们。

在我离开房间时，她们回到了彼此身边。我走下楼梯，一路都能听到她们的笑声，我很高兴她们的鬼魂还在那座房子里。我很高兴，因为房子闹鬼并不总是一件可怕的事。

纱门在我身后关上，我走进了明媚的阳光里。我看了看林特，他正把克林克夫妇领进车库。走出门廊后，渡雨陪在我身边。我停下来回望了一眼菜园，现在它由林特负责了。每到新的季节，他会一个人去烧干枯的树枝，把它们的灰烬撒进土里。

我知道是时候把这些年的记忆放在一个可爱而安全的地方了，我把它们整齐地叠了起来，像一本书一样存放在我的体内。我面向前方，明白我大部分的旅程将靠我自己的双脚来完成。我不介意靠自己的双脚来远行。

当站在通往呼吸镇外面的小路上时，我从口袋里拿出了地图。我展开地图，然后决定接下来的路将是一段属于兰登·卡彭特女儿的旅程，不需要任何地图的指引。于是我又把地图收起来，回头看了看那辆从呼吸镇驶出的车。当车慢慢停下来时，我弯下身子，从敞开的乘客车窗向里看。驾驶座坐着一个穿着西装三件套、慈眉善目的男人。

"你要去哪儿？"他问。

两个小男孩坐在后座上，争抢一个棒球。

"你能带我走得越远越好吗？"我问道，在前座看到他的旁边有一本法律书。

"我要去县里，"他说，"我要带我的儿子们去看季前棒球赛。我可以带你走那么远。"

"我的朋友也能上车吗？"我抱起渡雨。

"我们家里也有一只叫格雷尼的狗，对不对，孩子们？"他转向后座的男孩们，他们还在打架。

他微笑着摇了摇头，下了车，把我的旅行包和打字机箱子放进后备厢。他拍了拍渡雨的头，然后关上了后备厢。当我们绕过车子准备上车时，他检查了一下自己的领带，确保领带稳妥地塞在背心里。我们一上路，他便伸出手介绍自己。

"顺便说一句，我是奥多塞·布利斯。"他说，"后座上的两个男孩是我的儿子，格兰德是哥哥，菲尔丁是弟弟。"

我转过身，看到两个男孩不再争抢棒球。他们一起在玩它。

"今天真热啊，是吧？"布利斯先生再次检查了他的领带，"感觉我们都要融化了。"

我回头看了看那块钉在美国梧桐高处布满裂纹的谷仓木板上的欢迎标志。在就要看不见那棵树之前,我把气球从带子上解了下来,举到窗外。

"气球是怎么回事?"布利斯先生问。

"是一封信,"我说,"给我爸爸的。"

我在放手前捏了一下鞋带。当红气球升上天空时,我看到一朵云从天堂上盘旋而下。一只手从云朵里伸出来,指甲和掌纹处都是菜园里的泥土。这只手抓住鞋带,慢慢地把气球拉了进去,直到它消失在云中。我把头靠在椅背上,看着山丘飞驰而过,想起父亲曾经说过的话。

"没有水是永远静止的。"

我现在明白他的意思了,因为他去世的微澜已经渐渐平息。但水永远不会静止。